本书为 2020-2021 年度河北省社会科学基金项目：20 世纪英国妇女小说研究之"童话模式"的延续与变革（项目批准号 HB20WW005）的研究成果。
河北经贸大学学术著作出版基金资助

20 世纪英国妇女小说研究

——"童话模式"的延续与变革

王菲菲　张凤香　著

全国百佳图书出版单位　吉林出版集团股份有限公司

图书在版编目（CIP）数据

20 世纪英国妇女小说研究："童话模式"的延续与
变革／王菲菲，张凤香著. -- 长春：吉林出版集团股
份有限公司，2023.4
    ISBN 978-7-5731-3215-4

    Ⅰ. ①2… Ⅱ. ①王… ②张… Ⅲ. ①小说研究-英国
-20 世纪 Ⅳ. ①I561.074

    中国国家版本馆 CIP 数据核字（2023）第 066626 号

20 SHIJI YINGGUO FUNÜ XIAOSHUO YANJIU TONGHUA MOSHI DE YANXU YU BIANGE

20 世纪英国妇女小说研究："童话模式"的延续与变革

    著：王菲菲　张凤香
责任编辑：朱　玲
封面设计：冯冯翼
开　　本：720mm×1000mm　1/16
字　　数：350 千字
印　　张：16.5
版　　次：2023 年 4 月第 1 版
印　　次：2023 年 4 月第 1 次印刷

出　　版：吉林出版集团股份有限公司
发　　行：吉林出版集团外语教育有限公司
地　　址：长春市福祉大路 5788 号龙腾国际大厦 B 座 7 层
电　　话：总编办：0431-81629929
印　　刷：长春新华印刷集团有限公司

ISBN 978-7-5731-3215-4　　定　　价：98.00 元

序

　　笔者无意于对20世纪的英国妇女小说作纯粹的文本分析研究，而是将其与童话文类作关照，并在此基础上考察20世纪英国妇女小说在创作实践中究竟发生了哪些变革。虽然稍加考察不难发现，以浪漫的童话故事情节作为创作模式的男性作家也并不少见，但是女性独特的认知魅力和细腻的心理体察，及其无法替代的社会属性和家庭角色无疑会投射到她们的文艺创作中去，或多或少、或隐或现地使她们的小说创作呈现出别具一格的"童话化"的审美倾向。

　　首先，如果追根溯源的话，童话实际上来源于民间，具有口头文学的特性。大约从18世纪启蒙运动时起，童话才逐渐受到欧洲知识分子的重视，成长为有别于其他文学类型的独立文类，走入了严肃文学的殿堂。因此，童话的兴起毫无疑问与欧洲精英知识分子的积极参与密不可分，而19世纪浪漫主义思潮客观上又推动了童话文类的进一步成熟。这其中不能不提及女性在童话成长过程中所起到的推动作用，甚至可以把女性看作是童话文类成长中的一支生力军。女性成就着童话，把童话作为探寻在男性为主的社会中发声和构筑女性身份的一把钥匙；与此同时，童话也毫无疑问地成就着女性作家，她们不也是在类似童话兴起这般的历史文化背景下一步步走入了男性主宰的高雅文学的殿堂？毫无疑问，从童话文类兴起、发展、成熟的轨迹可以探寻到童话与女性小说创作的同质性：一方面，女性通过作品展示了社会现实中自我的生活处境；另一方面，通过女性知识分子、妇女作家的改造，来自民间的素材、母题往往带有教益的性质，除了讲故事，还展示了其处事的生存智慧、行为准则，极具策略地发出女性身份的声音。因此，女性小说创作与童话的产生和发展有着同源同构的亲缘关系。

　　另一方面，当英国文学史的脚步迈入20世纪的大门之时，越来越多的女性小说家也步入了研究者的视野。20世纪文明的极大发展带来了英国社会政治文化方面的诸多变革，妇女和儿童地位的提升是一个不争的事实。同时，消费文化、大众传媒的普及带来越来越明显的"城市化"和"全球化"倾向，两次世界大战留下的现代人的"精神荒原"无不改变着英国女性小说创作的"童话"土壤，女性小说家以更加宏大的眼界和触及内心的细腻笔触游走于"现代性"和"城市荒漠"之间，讲述着新时代的童话。她们一方面自觉自愿地拓展着女性主义思想和价值观的传播范围和途径，把更加深化的女性性别政治意识融入小说文本构建中；另一方面在文学革新方面也毫不逊色，她们大胆地在文学创作中探索和实践着新的视角、新的叙事方式、新的表现手法，给世界范围内的文学、文化、社会批评注入了大量的新鲜血液。她们积极探寻属于女性自己的文学创作理论，实践着极具现代性的文学艺术形式，并在此基础上，把关注的目光投向了更加细腻的人的内心和更加宏大的全人类的意识走向，兼顾宏观和微观两个方向、两种走势，赢得了世界范围内的认可和尊敬。故此，在20世纪的新环境当中，除了延续女性小说与童话之间同源同构的亲密关系外，二者之间的关联性必然产生出某些新鲜的变革，值得研究者去一探究竟。

目　录

第一章　20 世纪前的英国女性创作

　　女性书写的历史伴随着整个人类的文明史①。作为两希文明源头的两希文化，不管是奥林匹斯山上以天父宙斯为首的庞大神统谱系，抑或是《圣经》中希伯来神话讲述上帝取亚当肋骨创造夏娃的故事，都体现了父权制取代母权制的历史命运。弗吉尼亚·沃尔夫认为男权文化体系的习俗和法律导致了女性在漫长文学史上的空白。在男权文化体系中，女性是"第二性"，是没有独立主体的男性的附庸，她们由男性来主宰和控制，存在的目的就是为家庭中的男性服务。这种对女性价值和职能的定位，成为权威的社会道德，反过来内化成女性自身的道德规范。女性没有独立的地位和人格，当然压抑了创造性，使英国早期的文学作品在艺术想象力方面大受影响。

第一节　早期的英国女性创作

　　在漫长的英国文学史中，从中古的史诗时代到战乱充斥的十七世纪，关于女性作家的记载和评论可谓少之又少。在《诺顿女性文学选集》中，桑德拉·吉尔伯特和苏珊·格巴记载了在英国中世纪文学史中留下墨迹的两位女性作家：朱利安（1342-1416）和玛格丽·肯普（1373-1438），前者是修女，终身离群索居，潜心研究神学，而后者是献身上帝的信徒，这也从侧面反映出早期女性作家的生存状态，即普通家庭的女性很少能从事文学创作。桑德拉·吉尔伯特和苏珊·格巴把她们列在彼时女性文学的第一和第二位，也足以说明她

---

① Mary Jacobus. Reading Woman: Essays in Feminist Criticism. London: Methuen & Co. Ltd., 1986. p. 5.

们在英国女性文学史上的开创者地位①。

16世纪的英国文艺复兴时期是英国文学史上最为辉煌的一个时期，此时的文学也无一例外的隶属于清一色的男性作家，文学写作依然被男性世袭罔替。大文豪莎士比亚的笔下，展示的是典型的男性中心社会，《驯悍记》中的女主角——那位飞扬跋扈、不肯臣服于任何男性的"悍妇"凯瑟琳，还是被一位意大利贵族男子征服，最终成了世人眼中的"贤妻良母"。富有讽刺意味的是，弗吉尼亚·沃尔夫在其文学批评名著《自己的一间屋子》中曾假设莎士比亚有一位同样天资聪颖的妹妹，她如同莎士比亚一样充满了想象力，极富才情，但是她不被允许学习文法和逻辑，更不用说研究维吉尔之类的古典文学了，她只能待在家里洗衣煮饭、做做针线活，在婚姻上还得继续听从父母的安排嫁作人妇，做个贤妻良母。她不甘于现状，拼命地反抗，但还是逃脱不了女性的"宿命"——不得不沦为男人的情妇，最终在一个冬日的深夜结束了自己短暂的生命。沃尔夫以此阐明了女性在男权社会写作的艰难②。英女王伊丽莎白一世（1533-1603）的文化修养极高，受过古典、历史、数学、诗歌和语言的教育，有很高的语言天赋。她本人也从事文学和翻译，亲自翻译了霍勒斯的《诗歌艺术》，她生前的演说和翻译作品一直流传于世。

彭布罗克女伯爵玛丽·锡德尼·赫伯特（1561-1621）是第一位得到文学荣誉的英国女性，被誉为"文学贵妇"（Literary Lady），是伊丽莎白最重要的女作家之一。她出生在条件极为优越的贵族家庭，家中文学氛围浓厚，哥哥菲利普·锡德尼（1554-1586）曾创作了16世纪著名的散文体小说《阿卡迪亚》。弟弟罗伯特·锡德尼爵士（1563-1626）也是当时小有名气的诗人。玛丽·锡德尼有3篇诗作，并曾翻译和批注《圣经·诗篇》多个章节。

当时作品见之于史的还有玛丽·罗斯夫人（1586-1651）和伊莎贝拉·惠特尼（1567-1573）等四位女性作家。《诺顿英国文学史》评价罗斯夫人是"英国第一位创作了完整散文体小说的女性作家，同时还是第一位写出十四行诗组的女诗人"③，她在1612年利用她伯父锡德尼爵士的《阿卡迪亚》的故事进行改写，增添了不少次要情节和故事，创作了散文体小说《尤拉尼亚》（Urania），小说中许多人物和事件的描写十分接近现实生活，也给罗斯福人带

---

① Sandra Gilbert, Susan Guber, eds. The Norton Anthology of Literature by Women: the Tradition in English [M]. New York: W. W. Norton company, Inc. 1996.

② Douglas Brooks—Davies, ed. Silver Poets of the Sixteenth Century [M]. Rutland, Vermont: Everyman's Library, 1992. p. 290.

③ Sandra Gilbert, Susan Gubert, eds. The Norton Anthology of Literature by Women: the Tradition in English [M]. New York: Norton and Company, Inc. 1996.

来"英国小说之母"的美誉。伊莎贝拉·惠特尼的《戈登·布雷登》是英国出版的第一部女性诗集。艾米利亚·兰叶（1569-1645）的诗歌从女性角度改写了《圣经》中伊甸园的故事，赞美了生活中的知识女性。伊丽莎白·凯莉（1585-1639）是第一个公开署上自己真实姓名的女作家，她的诗剧《玛丽安的悲剧》（*The Tragedy of Mariam*）探讨了女性在婚姻中面临的性、离婚、背叛、谋杀和宗教等诸多问题，是具有超前意识的女作家。这些女作家或是来自宫廷，或是与教会有千丝万缕的关系，而那里正是当时极少数能为女性提供文化教育的地方。

　　17 世纪英国的公共教育已经得到了很大的发展，但是全社会还是普遍认为只有男性才有读书、写作的权力。中上层家庭的父母会请专任教师指导家里的男孩，女孩则很难有机会收到系统化的教育。据统计，1600 年伦敦女性文盲的人数占比高达 90%。少数出身于文化修养比较高的家庭的女子大多只能通过阅读的方式完善自我教育。英国资产阶级革命后，英国文坛曾出现一个"反传奇"（anti-romance）的写实主义文学运动，它排斥荒诞离奇的浪漫故事，强调文学应描写事态风俗。一大批女作家在这一运动中起到了重要作用，遗憾的是她们大多出于兴趣而匿名写作，作品仅流传于身边的私密圈子，以致后人对她们的生平一无所知，但并不妨碍 17 世纪开始，女性在英国文坛上逐渐占据重要的位置。在《诺顿女性文学选集》中，桑德拉·吉尔伯特和苏珊·格巴提到了弗吉尼亚·沃尔夫的小说《奥兰多》。奥兰多先是一位天真无邪的贵族美少年，一个不折不扣的男人，后来她爱上了俄罗斯公主，失恋后请缨出使土耳其。在君士坦丁堡的一场大火之后，奥兰多变为女子，她返回英国，成为上流社会的贵妇。主人公的性别置换被桑德拉·吉尔伯特和苏珊·格巴看作是英国文学发展的一个隐喻，即它以男性的姿态崛起于文艺复兴时期，而在 17 世纪之后华丽转生，更多地具备了女性姿态和女性意识。[①] 这充分说明从 17 世纪的英国文学开始，女性已经在文坛上占据了十分重要的位置。当时著名的写实主义作家格尔斯米认为：女性创作的影响已经波及了男作家，在他们的作品中出现了许多关于女性、儿童，及人们日常起居和饮食的描写。

　　玛格丽特·卡文迪什（1623-1673）贵族出身，却立志成为作家，她笔耕不辍，终身致力于文学创作，在诗歌、戏剧、社交书信、小说、传记文学以及自然科学方面均有成就。其作品大部分出版于 17 世纪 50 至 60 年代，作品《幻想的铅笔描绘生活的自然图景》（*Nature's Picture Drawn by Fancie's Pencil to*

---

① Sandra Gilbert, Susan Gubert, eds. The Norton Anthology of Literature by Women: the Tradition in English [M]. New York: Norton and Company, Inc. 1996.

the Life, 1656) 除了自传外还包括传说故事、寓言和现实对话。另一部作品《对闪亮新世界的描绘》(*The Description of a New Blazing World*, 1666) 还可以算是科幻小说的先驱。

凯瑟琳·菲利普斯 (1632-1664) 是 17 世纪较有影响的女作家,她是英国历史上第一个女性翻译家,也是出色的诗人。她出身于伦敦的一个商贾之家,年少时就读寄宿学校。1648 年凯瑟琳嫁给詹姆斯·菲利普斯,丈夫是当地家底殷实的清教徒商人。婚后,凯瑟琳常协助丈夫打理生意,也将更多的精力投注到文学创作以及与女性朋友的交往之中。凯瑟琳创立了一个女性文学团体,名为友谊会社 (The Society of Friendship),吸引了众多女性从事文学创作,每个成员皆有一个出自古典文学的笔名,她们创作诗歌来记载她们之间往来的情谊。她自己翻译了高奈伊的悲剧《庞贝之死》(*The Death of Pompey*, 1642),这是一部由英国女性完成并出版的译作,该剧于 1663 年在都柏林和伦敦演出。她的诗歌名篇《奥林达》(*Orinda*) 中的女主人公用女性的温柔和仁慈"征服并超过了男人",表达了贞洁和友谊的主题。凯瑟琳·菲利普斯认为女性不需要武力,利用自己的温柔和爱心就可以取得对男人的胜利,因此,与她们柔和的女性特点相适应,因该建立"理智而温柔的帝国",反对暴力和感情用事。凯瑟琳的手稿广为传阅、好评如潮,然而直到 1664 年她因感染天花过世之后,这些手稿才得以付梓,并于 3 年后结集出版。

这两位女作家的写作道路大体相近,从诗歌和戏剧创作起步,后来转向小说创作。他们创作中区别于男性作家的美学特征引起了社会评论的兴趣和关注,女性写作是否符合传统角色定位,如何看待她们作品中的"女性特征",这都为随后女性创作的正式登场起到了导向和示范作用。

17 世纪中后期更是出现了英国文学史上第一位职业女作家阿芙拉·贝恩 (1640-1689)。贝恩从 1670 年创作《福特的婚姻》到去世,一共写过 40 个剧本,一卷诗集,还有不少富有创新的小说和译作,堪称女作家中的盛产者。贝恩出生在英国,后随家人迁居英国殖民地苏里南 (Surinam)。1658 年返回英国,嫁给了一位荷兰裔的英国商人,但婚后不到两年丈夫去世,她的生活陷入窘境。为了谋生贝恩开始写作,最初的创作成就是在戏剧方面。从 1671 年到 1689 年她写了 15 部左右的喜剧,主要关于爱情纠葛和金钱婚姻的苦恼,在性方面的大胆描写较之同时期的男作家毫不逊色,因此她在文学舞台上获得了成功。贝恩的小说有《一位贵族和小姨子的情书》(1684),小说中的色情描写与政治事件紧密交织,影射了英国王室的性丑闻事件。《漂亮的薄情女,或王子塔昆和米兰达的故事》(1688) 中的米兰达是个年轻美貌的贵族小姐,她爱上了一个僧侣,结果嫉恨之下反而诬陷僧侣调戏她,僧侣因此而下狱。后来米兰达嫁给了王子塔昆，为了独霸家产，她居然蛊惑丈夫联合他人谋杀其亲妹。最终阴谋败露，米兰达又利用自己的美貌逃脱死刑。这一女主人公显然有悖于传统社会的审美道德，米兰达以自己的美色为利器在男性世界掀起狂风恶浪；她亵渎宗教并操纵身边的男性。其作品中的男性形象也不是传统定位的充当女性保护者的强者角色，他们为美色所诱惑，成为情欲的奴隶。当时的评论家喜欢把女作家和她笔下的女性角色画等号，女主角不贞洁，他们便认为女作家本人有此嫌疑；女主角道德高尚或者感情坚贞，他们也归结于女作家个人的美德而加以吹捧。因此这部小说一经发表，作品和贝恩本人即遭到评论家的一致攻击和诋毁。但这一切并没有影响读者的阅读选择，贝恩德小说连连畅销，成为英国文学史上第一位成功的职业女作家。

贝恩的代表作《奥鲁诺克，或王奴史》（1688）被认为是欧洲第一部旅行小说，小说首版封面堂而皇之地署上了"贝恩夫人著"。我们知道，欧洲文学的正统体裁是史诗，虽然当时的史诗已经没落，但小说毕竟不登大雅之堂的低俗文体，以正统自居的文人颇有点羞于为之的味道。笛福的小说全部为匿名发表，理查逊的小说喜欢给自己加上个编者的身份，菲尔丁的第一部小说也隐匿了自己的真实姓名。男性如此，女性更甚，19 世纪勃朗特姐妹和乔治·艾略特还在煞费苦心掩饰自己的女作家身份。从以上例子中，我们不难体会 17 世纪的贝恩是何等的自信和自豪。小说塑造了一个"高贵的野蛮人"形象，讲述了奥鲁诺克与妻子悲欢离合的故事，也可以说是西方逐渐式微的英雄史诗传统在现代小说中的变形继承。主人公奥鲁诺克原是西非某王国的王位继承人，却被一个英国船长欺骗拐卖到苏里南，沦为奴隶，后来奥鲁诺克率众起义失败被折磨致死。奥鲁诺克的形象是个矛盾集合体，"王子"和"奴隶"便是他前后拥有的两个截然不同的身份。从外表看，他皮肤黝黑，但鼻子偏没有长成非洲人那样的扁平，却是欧洲人的高挺；从内在的素养来看，作为西非王国未来的继承人，不但没有一点粗鄙的迹象，反而从小接受了欧洲文化的熏陶，富有教养；他曾经贩卖过奴隶，最后自己成了被贩卖者。这种身份的不确定性还体现在对待基督教和欧洲文明的态度上，他都表现出既认同又抗拒的矛盾心理，因为自己的奴隶身份，他同情其他奴隶的处境，但又无法跨过那条鸿沟与他们完全融合。与奥鲁诺克的矛盾性一致，作为叙述者的第一人称"我"的立场也是模糊不定，她是住在豪华庄园里的白人殖民者，是奥鲁诺克尊敬的女主人，但对奥鲁诺克表现出同情和尊敬。正如复辟时代给了阿芙拉·贝恩介入政治的机会，非洲苏里南复杂的种族关系也让女性卷入了政治斗争。小说将英国的基督教文明与南美洲西印度群岛的原始文化和非洲文化相比较，涉及了文化间的交流、文明和野蛮等一系列具有前瞻性的问题。

贝恩在《奥鲁诺克，或王奴史》的开始就声明她要讲述的是真实故事，绝大部分内容是第一人称叙述者亲历亲见。这表明贝恩有意识地在突破以往罗曼史传奇故事脱离现实的虚幻性，而取材现实反映生活正是近代现实主义小说的一个基本特征。就这点而言，贝恩对 18 世纪现实主义小说的繁荣应该也具有一定的开拓作用。在叙述视角方面，贝恩已经注意到不同的叙述视角会带来不同的叙事效果，在《奥鲁诺克，或王奴史》中除了第一人称的直接叙述视角，贝恩还采用了简介叙述，奥鲁诺克的故事由直接叙述者通过转述的方式让读者得以了解。在长篇小说《一位贵族和小姨子的情书》中，贝恩在前半部采用了书信体，可能亲历亲见的书信体的局限性不利于清洁的流畅，在后半部贝恩改为第三人称叙述。可以说，贝恩在她为数不多的小说创作中已经尝试了在 18 世纪流行的三种基本叙述形式，足以称得上英国小说的先驱。对贝恩的历史地位和评价，伍尔夫有着非常经典的论述："所有的妇女都应当把花撒在阿芙拉·贝恩的坟墓上，因为是她替她们赢得写出她们思想的权力。[①]"在贝恩等女作家的示范下，更多的英国女性作家开始走向职业化，到了 18 世纪，英国女性终于凭借小说为手段，在男性一统天下的局面中撕开了一道口子。

第二节　18 世纪的女性与小说

十八世纪英国工业革命是一次重大的社会变革，英国从此走上了资本主义工业化道路，生产关系的变化动摇了英国固有的社会文化传统。但是，英国女性"屋子里的天使"的社会地位却没有发生根本的变化。女性没有独立的生活空间，只能通过出嫁才能得到一个饭碗，经济的依附性让她们在婚姻上无法拥有更多的自主权。但是，随着英国资本主义经济的持续发展，海外殖民地的开拓带来巨大的社会财富，英国女性的生存环境较之欧洲其他国家还是有了较大的提升。以往许多女性在操持家务之余，为了补贴家用，还会经营一些小规模地家庭作坊。随着机器大生产的普及，家庭作坊因其规模小、效益低逐渐被淘汰，英国女性日益从生产劳动中脱离出来。由于男权社会的排斥和传统文化的影响，她们几乎没有可能去从事公共的社会和经济事务，于是在"屋子里的天使"角色地闲暇之余，她们的主要消遣就是阅读各种小说，成为小说市场的消费主体。一些接受了良好教育、富有才华的女性，从被动阅读到主动参

---

① 弗吉尼亚·伍尔夫：《自己的一间屋子》，王还译，北京：三联书店出版社，1989 年，第 81 页。

与，甚至自觉提起笔来，表达自己的生活遭遇和人生感受；在私下写作日记和信件的大量写作实践的磨炼中，她们中有相当一部分人跃跃欲试，以男性笔名在小说写作中小试牛刀，不想却成就了气候；另一方面，写作带来的经济效益也成为女性摆脱男性的附庸地位，追求自我价值实现的有力工具。

德拉里维尔·曼丽、伊莉莎·海伍德与阿芙拉·贝恩被珍妮·托德称为"不安分的三女性"（the naughty triumvirate）[1]。德拉里维尔·曼丽（1663-1724）是个颇受争议的作家，她有两部极为煽情的、揭露政治和性丑闻的小说《扎拉女王的秘密》（*The Secret History of Queen Zarah*，1705）和《新大西岛》（*New Atlantis*，1709-1710），把叙事散文中的罗曼史和生活实际更为紧密地结合在一起，极大地推动了小说从虚构走向真实生活。曼丽出版于 1714 年的自传体小说《里维拉历险记》（*The Adventures of Rivella*）让我们从另一个视角了解女作家的真实生活。里维拉的故事基本上是作家自己的经历和生活体验，女主人公是一个富有激情的魅力女性。曼丽对小说的贡献在于她十分注意对日常生活的细节描写，她严厉批评"大多数的作者"和"罗曼史"，因为"他们只满足于对人物进行笼统的描述……他们无法分辨细微的差别"[2]。她早期的另外一部作品《坐公共马车去埃克塞特》（*A Stage-Coach Journey to Exeter*，1696）用书信体讲述她在七天旅行中所见到的各色人物和所听到的种种逸事，不仅继承了欧洲游记小说的传统，也为书信体小说的发展做出了贡献。

伊莉莎·海伍德（1693-1755）是 18 世纪初英国代表性的女性小说家，出身于伦敦小书商家庭，社会地位不高，但她受过良好的教育。1719 年，她的处女作《泛滥的爱情》（*Love in Excess*）出版，女主人公阿洛维莎（Alovisa）爱上男主人公德尔蒙特（Delmont）后便主动写情书示爱，最终赢得美满婚姻。她承复辟时代遗风用比较直露的笔调写性爱，大肆铺陈或渲染情爱场面而吸引读者。小说大获成功，连连再版，是当时最流行的小说之一，与斯威夫特的《格列夫游记》、笛福的《鲁滨孙漂流记》在彼时呈三足鼎立之势[3]。此后她就靠创作来维持生活，偶尔也演戏。她在 1720 年至 1730 年间出版的 38 部作品大部分是小说，如《英国隐士》《阿达莲》《命运之谜》等。但是海伍德却受

---

① Toni O' Shaughnessy Browers. Sex, Lies, and Invisibility: Amatory Fiction from the Restoration to Mid-Century, The Columbia History of the British Novel, ed. John Richett. Beijing Foreign Language Teaching and Research Press, 2005. p. 51.

② Percy G. Adamds. Travel Literature and the Evolution of the Novel. Kentucky: The University press of Kentucky, 1983. p. 244-245.

③ 黄梅：《推敲自我：小说在 18 世纪的英国》，北京：三联书店出版社，2003 年，第 35 页。

到了有史以来最为猛烈和尖刻的批评以及人身攻击。斯威夫特形容她是"又蠢又笨、声名狼藉而又写作极烂的女人",蒲伯甚至攻击她是"肥胖蠢笨的朱诺,身边牵着两个私生子"①。究其原因,海伍德笔下主动大胆掌握自己命运的女性,无疑冒犯了传统道德给女性的定位。遭此打击的海伍德从此沉寂了近20年,再次写作时她的风格发生了显著的变化。《白希·绍廖斯》(Betsy Thoughtless,1751)、《妻子》(The Wife,1756)、《丈夫》(The Husband,1756)由早期塑造的大胆追求爱情的女性转变为对女性的道德说教,指导女性如何凭借美德摆脱爱欲世界的诱惑,从而加入到理查逊、菲尔丁等男性作家的行列。如出身伦敦富裕人家的绍廖斯小姐,她心地单纯但爱慕虚荣,男人们爱慕她的美貌纷纷拜倒在她的石榴裙下,她则洋洋自得;后来她遇人不淑,历尽生活的磨难之后终于回归道德征途。小说中削减了迎合读者口味的粗糙罗曼成分,更加注重人物形象的刻画,无论在语言表达还是在情节布局上都大有改进。海伍德的文风转变正好说明了当时女性作家的创作更多地受到了男性批评舆论的控制,女作家一旦被主流道德申斥,只有主动对自己加以修正才可能被重新接纳。尽管她们仍然在努力显现着女性的风格和特色,但已经逐渐趋向与男性作家类同的审美趣味。

海伍德创作了不同形式的小说,如书信体小说、伤感小说、恐怖悬疑小说、道德说教小说,以及现实主义小说。小说的各种体裁几乎全在她手中成熟定型,成为我们现今所熟悉的模式。我们完全可以通过海伍德个人的创作过程和经历看到英国小说发展变化的轨迹。海伍德的才能和原创性表现在她不断地尝试新的文学体裁和写作手法上,且多是无先例可循,而她的成功创作为当时和以后的作家提供了很好的范本。这样一位重要的作家在过去的200多年间遭受冷遇和忽视,甚至被认为根本不存在,这是以男性为中心的社会意识形态直接造成地结果。斯彭德认为,海伍德最早描写女性,从女性的视角去审视男人,而过去的文学只注重男人的荣誉,从男人的角度去审视女人,这种性别角度的转换在文学上是一个重大的突破②。

十八世纪中期的女性小说达到一个峰值并在此后的几十年里始终保持着数量上的优势。据说,"在 18 世纪的最后 25 年,当时社会上有名的作家几乎全

---

① Dale Spender. Mothers of the novel: 100 Good Women Writers Before Jane Austen. New York: Pandora, 1986. p. 86.

② Dale Spender. Mothers of the novel: 100 Good Women Writers Before Jane Austen. New York: Pandora, 1986. p. 93-94.

是妇女，英国小说几乎完全被妇女所垄断①"。到了十八世纪后期，英国不但涌现出了像《新淑女杂志》此类专门以女性为主的新锐刊物，还不乏"女性文学"的文章活跃于此类报纸杂志之上，为英国人的茶余饭后所津津乐道②。总的说来，十八世纪的女性作家已经得到了相当的社会认可，开始在小说领域大施拳脚。其中最具有代表性的就是一批人称"蓝袜子"女作家的中上层英国妇女，她们自学成才，经常活跃于伦敦文化沙龙，和文学、翻译写作实践中。其中，萨拉·菲尔丁是大文豪亨利·菲尔丁的胞妹，她是英国最早为孩子写故事的女作家，不过她把儿童文学视为教育的一种手段，"为了教导少女们，让她们日益懂得，对她们最重要的事情就是要以慈悲为怀，要抑制粗野的感情，只有这样做，女性才能在种种生活环境中得到幸福"。这样的训导主义指导下产生的作品，最终未能获得成功。她的《朴素儿》（*The Adventure of David Simple*：*Containing an Account of His Travels thro'the Cities of London and Westminster*，*in the Search of a Real Friend*，1744）高扬情感的旗帜，表达了女作家的社会理想，对唯利是图和自私自利的商业化社会提出了批评。

小说的主人公朴素儿（David Simple）虽为男性，却有着鲜明的女性特征，他对世事一无所知，更不知欺骗为何物，无法容忍别人的尔虞我诈。他的天真质朴和他的弟弟丹尼尔的虚伪狡诈形成了鲜明的对比。朴素儿的过度单纯虽然遭到一些批评和讽刺，但这种以天真善良而又毫无社会经验的男女主人公为中心来展开故事情节，从而对社会进行讽刺和批判的结构框架，很受女性作家和批评家的偏爱。萨拉的哥哥亨利·菲尔丁笔下的汤姆·琼斯正是这类天真单纯型人物的典型。小说也通过女性的视角向我们展示了女性特有的心理感受。女主人公辛西娅与三个男人同乘一辆马车，他们拿女人做话题进行无聊的争辩，其措辞粗俗不堪。在这短短的行程中，辛西娅受够了心理上的折磨，到伦敦后她发誓将永远不同男人讲话。辛西娅的受辱感来自女性的视角，这样的感受只有女性作家才能体会。

萨拉继承了早期女性文学的传统，以女性的身份和独特视角看待社会和人类众生，当然萨拉自愿承认男人的社会主导地位，也并不反对以男人为中心的社会意识形态。她的小说得到了她的哥哥亨利·菲尔丁的肯定，理查逊和约翰逊对萨拉也非常欣赏。由此可见，萨拉作品的成就属实不凡，也表明社会已经能够接受女性作家以及她们的创作了。

---

① 龚北芳：《十九世纪英国女性作家群的崛起与英国文化》，长春师范学院学报，2004 年第 4 期，第 124 页。

② Jane Spencer. The Rise of Women Novels. Oxford：Basil Black Well，1986. p. 4.

　　夏洛特·伦诺克斯（1720-1804）也是这个时期取得瞩目成就的女作家。由于女性读者群的日益扩大，很多文学作品把女性书迷设定为自己作品的主人公。1752 年，伦诺克斯写出了好评如潮的成名作《女吉诃德》（*The Female Quixote*，1752），这部作品模仿西班牙作家塞万提斯的《堂吉诃德》，讽刺浪漫故事对读者，尤其是对女性读者的毒害。小说讲述了贵族少年阿拉贝拉随父亲隐居田园，她对社会的了解完全是通过阅读 17 世纪法国浪漫小说所获得的英国虚幻世界。她把虚幻世界引入现实生活，她猜想果园里干活的园丁是乔装打扮的王子，结果那个园丁因为偷鱼而被赶走；发现来做客的表哥格兰维尔身体微恙，便认定他是因为自己害了相思病，闹出了不少误会和笑话，她的荒唐思想和行为给周围的人们带来了很多混乱现象。最后经过牧师开导终于恢复了正常的理性。不过小说也在一定程度上表现了女性对存在和权力的自我意识。阿拉贝拉没有丝毫的自由，偶尔上教堂还要经过她侯爵父亲的同意。现实生活中，阿拉贝拉根本不可能像堂吉诃德那样去闯荡江湖，必须遵守社会给女人设定的道德规范。当然，伦诺克斯十分自觉地让阿拉贝拉的历险限定在社会道德给女性设定的范畴之内。菲尔丁也称赞《女吉诃德》是"最非同寻常的最优秀的杰作"。简·奥斯丁的《诺桑觉寺》有一部分就是模仿这部小说写成的。

　　除了小说创造，伦诺克斯还写剧本，也是个翻译家和学者，三卷本的《莎士比亚索隐》（*Shakespeare Illustrated*，1753-1754）考证了莎士比亚创作时所借鉴的意大利文学作品，并对莎士比亚的创作方法做出了精辟的评论，"她是第一个对莎士比亚的原始资料进行比较研究的人 ①"，因而这部学术专著产生了广泛的影响。

　　弗朗西斯·伯尼（1752-1840），又被称为范尼·伯尼，她继承菲尔丁的喜剧手法和社会视野，借鉴理查逊的书信体叙事形式以及近乎闹剧的喜剧手法，还继承了前者严肃的婚恋态度和女性受教育成长的主题。她的代表作《伊芙琳娜》（*Evelina*，1778）是一部用书信体写作的家庭婚恋小说，也是奥斯丁之前最成功的女性作品之一。故事讲述约翰·贝尔蒙特爵士没有从妻子伊芙琳那里获得他原以为有的一大笔财富，一气之下抛弃了妻子和女儿伊芙琳娜。妻子伊芙琳去世后，女儿伊芙琳娜被贝利山的牧师维拉斯先生收养，得到了维拉斯先生慈父般的细心呵护和精心调教，长成了一个美貌、聪慧而且举止文雅的少女。伊芙琳娜 17 岁时被霍华德庄园的女主人霍华德夫人邀请去小住，并随夫人的女儿米尔文太太去了伦敦。离开了贝利山的宁静和维拉斯的悉心监护，未曾涉事的小姑娘开始结识形形色色的人物，面对复杂的社会场合，介入

---

① 侯维瑞、李维屏：《英国小说史》，南京：译林出版社，2005 年，第 178 页。

棘手的人际关系。她所接触的人物既有她的无教养的亲戚、无知的法国外婆杜瓦尔夫人及其情人，也有米文尔太太和她的粗鲁而野蛮的船长丈夫；既有拈花惹草、浮华轻率的花花公子和纨绔子弟，又有助人为乐、诚实正义的奥维尔勋爵。天真单纯的伊芙琳娜经历了种种困境和恋爱的误会之后，最后以她的真诚善良和细致体贴赢得了完美绅士奥维尔的爱情。之后，她无意间发现了自己同父异母的兄弟，迫使自己的父亲和他见面，揭露了奶妈用自己的女儿冒充伊芙琳娜的阴谋，最终父亲羞愧地与伊芙琳娜相认。伊芙琳娜的经历和最后结局显然是传统的"灰姑娘"翻版。

　　不过，如果仔细琢磨这部书信体小说，它还包括了一个单纯少女踏入世俗社会后的"成长"过程。天真无邪的少女伊芙琳娜的涉事并从中成熟的经历，很富有教育意义和指导性。伊芙琳娜是在许多小事件的考验中成熟起来的，这些小事给她不同的体验和认识社会的机会，这些都与范尼·伯尼本人对社会的认识有关。伊芙琳娜17岁时初到伦敦，完全是"刘姥姥进大观园"的感受，她最初从伦敦写信的口气表明她已经被新奇感弄晕了头。但不久她认识到自己是过分乐观了，在一个私人晚会上，她以为得体的言行却被上流社会认为不懂礼仪。她的外婆杜瓦尔夫人举止粗俗，让她感到尴尬脸红。她把写信当作是正常的社交，却不懂得一个有教养的淑女是不能给男人写信的。小说中有一个情节是伊芙琳娜在游乐公园迷路，面对陌生环境时表现出茫然无措的恐慌感，这个情节含有丰富的象征意蕴，生活中到处都是险恶的陷阱迷宫，伊芙琳娜的困惑是少女初涉复杂人世时的本能反应。像她这样一个一无所有的女孩子，如果被免除了"淑女"身份，就直接失去了缔结美好婚姻的机会。她写信告诉维拉斯先生说自己"无精打采，忐忑不安，没有精神头儿也没有勇气干任何事"，但隐瞒了情绪变化的真实原因，她意识到了自己的率直和天真在成人世界是行不通的。伊芙琳娜就是在诸如此类的很多小事件的考验中慢慢懂得了成人世界的规则，逐渐成熟起来。换个角度来看，范尼·伯尼也隐晦地表明了被社会认可的规范对女性的改造和利用。或者说，体现在伊芙琳娜身上，这种符合男权规范的美德，实质上与女性竭力争取的目标利益是并存的，体现了一种特殊的女性主义，温顺的表象下是理性的利益算计。当然，比起理查逊作品中的帕梅拉和克拉丽莎无人关心的孤单困境，伊芙琳娜显然要幸运得多。她虽然面临许多困境，也曾经有过挫折和考验，但总会在别人的帮助下一一化解。她最终学会了严肃谨慎地行事，对人对己负责。范尼的这种设计融入了自己的影子，体现了其人与社会和谐相处的审美理想。

　　《伊芙琳娜》的一炮而红使范尼·伯尼进入了伦敦知名的文人圈子，得到了约翰逊、伯克、斯瑞尔夫人等人的高度赞扬和支持。但是伯尼的创作因缺乏创造力而显得单薄，只有用虚构来支撑她的观察和经验，所以她的创作很快就进入低谷。尽管如此，范尼·伯尼的小说不仅开创了以女性意识为中心的先河，而且还弥补了过去主流作品从男性视角对女性情感进行描写的不足。她创作的小说与理查逊和菲尔丁相比毫不逊色，甚至有着更为优越之处：

> 伯尼女士未闻名之前，描写事态的小说几乎完全出于男子之手。社会上种种的荒谬都是从深于世故者、教士、隐士、流氓等的立场来观察的。唯有理查逊一人以善于表达女子心理著名。现在情势大变。小说里的世界都是女子所见到的世界。……女子的服装描写得不厌其烦，而且她们所描写的种种感觉是男子所梦想不到的。以前的小说不但出于男子之手，而且专为男子而作。伯尼女士才替小说创作一种健全的道德风气。①

范尼·伯尼是第一位堂而皇之进入英国小说史，甚至英国文学史的女性小说家，她的声望给女作家带来了崇高的荣誉和地位。

夏洛特·史密斯（1748-1806）是又一位出色的女作家，少年时期接受过很好的教育，她的诗歌连续再版。她写的小说《埃米琳》（1788）和《埃塞琳达》（1789）塑造了睿智、成熟的女性形象。埃米琳出身名门，但父母早逝，家产也被叔父蒙特利尔霸占。她的堂哥德拉米尔纠缠不休要和她私奔，但她的父母却百般阻挠。埃米琳处于如此困境，却惊人地成熟、冷静，她一面假惺惺答应堂兄，一面巧妙安抚叔父的担忧。她和朋友阿德里娜联手，违背了她和堂兄的婚姻，嫁给了一个稳重可靠的男人，还证明了自己父母的合法婚姻，夺回了名分和财产，获得了最大的利益。这类形象不同于范尼·伯尼小说中涉世不深的女性，天真无知、胆小谨慎，只有在保护人和成年女性的指导和帮助下，才能渐渐进入社会并了解社会。这类成熟女性形象是夏洛特的创新，在以往的小说中是未曾出现过的，出版后很受欢迎。在理查逊的小说中，当 B 贵族答应正式娶帕梅拉为妻时，帕梅拉高兴地几乎晕厥过去。但在夏洛特的小说中，像 B 先生这样的贵族因人品不佳而遭到了唾弃，这正是夏洛特思想的可贵之处。《庄园古宅》（The Old Manor House，1793）被认为是夏洛特最优秀的作品。小说细致描写了奥兰多和莫尼米亚的爱情故事，说教意味淡化，人物形象生动，带有微微的哥特色彩，具有较高的艺术成就。夏洛特的作品在她生前获得了持续性的好评，"精致的道德语气"和"优雅的英国风景画面"给人留下了深刻的印象。《庄园古宅》中那淡淡的幽默和有节制的讽刺也能在奥斯丁的作品里找到踪迹。

---

① 威尔伯·克劳斯：《英国小说发展史》，周其勋、李未农、周骏章译，南京：国立编译馆，1935 年，第 159-160 页。

　　女演员伊丽莎白·因契伯德（1753-1821）以戏剧创作和评论著称。伊丽莎白最为人称道的剧本是《情人们的誓言》（*Lover's Vows*，1798），该剧本在奥斯丁的《曼斯菲尔德庄园》里演化成灾难性的预言。她流传后世的还有两部小说，《一个简单的故事》（*A Simple Story*，1791）和《自然与艺术》（*Nature and Art*，1796）。《一个简单的故事》中伊丽莎白对女主人公的形象设定完全不是以往文学中道德完美、举止得体的淑女典范。米尔纳漂亮而轻佻，这让身为监护人的牧师多利弗斯深感不安和责任重大，米尔纳却悄悄爱上了他。多利弗斯继承伯爵头衔后打算娶一个稳重贤德的小姐芬顿为妻，米尔纳得知这一消息后深感痛苦，向自己的朋友倾诉了对伯爵的爱慕之情，得知米尔纳真情的伯爵欣喜若狂，两人终于结合。但是他们婚后的生活并不幸福，两人性格存在的巨大差异，使得伯爵未能完成对妻子导师和情人集于一身的职责。丈夫去国外期间，由于长期对妻子不理不睬，米尔纳和过去的男友发生了不正当关系，导致夫妻关系彻底断绝。米尔纳是个全新的女性，传统美德认为女性应该是"无性天使"。但米尔纳明确说："我对他的爱充满了情妇般的炽热激情，也不缺少妻子的温柔体贴。①"

　　因契伯德《自然与艺术》中的说教成分较多，但还是受到了读者的欢迎和肯定，小说还在1797年被译成法文和德文。晚年因契伯德为25卷本的《英国戏剧》（*The British Theatre*，1806-1809）撰写了125篇剧作家生平和作品评论的序言，成为第一位女性戏剧评论家。

　　哥特小说流行于18世纪末19世纪初，故事常常发生在偏僻的地方，人物活动在中世纪的城堡或修道院等鬼魂出没的建筑内，神秘的继承权、隐秘的身世、丢失的遗嘱、家族的秘密、祖传的诅咒和爱情描写交织在一起，具有浓厚的恐怖色彩。安·拉德克里夫夫人（1766-1823）是18世纪哥特小说的集大成者。

　　拉德克里夫夫人出身于伦敦一个普通商人家庭，接受的是当时女子的正常教育，懂得一些音乐和艺术，阅读兴趣广泛。她最爱的剧本是莎士比亚的《麦克白》（*Macbeth*，1606）和席勒的《强盗》（*The Robbers*，1781）。1789-1791年，拉德克里夫夫人每年推出一部小说，很快确立了她作为畅销小说家的地位。出版商为她的《乌多尔福的秘密》（*The Mysteries of Udolpho*，1794）预付了空前的500英镑的版税。故事中单纯美丽的女主人公艾米莉出身于法国贵族之家，父亲死时把她交给孀居的姑母谢龙夫人监护。谢龙夫人和一个邪恶的意大利人蒙托尼同居在一起，蒙托尼不许艾米莉嫁给她的爱人瓦朗古，挟持

---

　　① Jane Spencer. The Rise of the Woman Novelist. Oxford：Blackwell, 1986. p.160.

她和她的姑母前往意大利亚平宁山危岩上的古堡。他的意图是霸占这两个女人在法国的财产。古堡荒凉阴森，犹如庞大的牢狱。刚到的那天晚上，艾米莉寻找她的卧室，有人带路还迷了路，每一件房间像一口井，艾米莉根本无法与姑母见面。不久之后，她的姑母受不了被幽闭的生活而死。艾米莉也不得不把财产让渡给蒙托尼。最后，蒙托尼被威尼斯当局逮捕，艾米莉收回了她的合法财产，终于和瓦朗古结婚。

《乌多尔福的秘密》将感伤的情调和恐怖的悬念完美地结合起来，既有感伤主义情感的气氛渲染，又有哥特式小说的神秘之处。拉德克里夫夫人善于营造一种朦胧的恐怖气氛，这种恐怖气氛引导着读者跟着她走，被故事的恐怖和惊奇所迷惑，在不知不觉中丧失自己的理性判断能力。她使用一种内外结合的叙述方法取得这种效果。有时从外部描写人物、景色，有时又以间接独白的方式展示人物的内心情感。但更多的时候，她综合使用这两种方法，使场景和事件激发起读者的情感，又反映人物的情趣，同时保留了作者对事件做出评价的权力。这部小说的成功，不仅使哥特小说在英国一跃确立了自己的地位，而且还深刻地影响了之后很多作家的文学创作，拜伦在纽斯台的修道院是另一位蒙托尼的复活，而恐怖故事里的这些鬼魂对雪莱也变得如此真实。夏洛蒂·勃朗特《简·爱》中的罗切斯特，就是处于中产阶级环境中变相的蒙托尼。而且《简·爱》也激发了艾米莉在《呼啸山庄》中的想象力。至今拉德克里夫夫人和她的作品还是哥特小说的代名词。

玛丽·沃斯通克拉夫特（1759-1797）是 18 世纪以争取妇女教育平等和社会平等而闻名的英国女作家。不愉快的家庭生活和谋生的艰辛不仅磨炼了她的意志，促使她勤奋学习，而且为她走上写作道路创造了条件。1786 年，她从撰写《对女儿教育的意见》开始陆续发表著作，1792 年的《为女权辩护》奠定了现代女权的基础。她的小说《玛丽·一篇小说》（*Marry: A Fiction*，1788）。同名的女主角因为经济上的原因结成无爱情的婚姻，她通过两次婚外情得到对爱情的满足：一场是与一位女性，一场是与一位男性。小说以同情且爱怜的笔触描写了女性最隐秘的私人体验，表现了女性自我中心的特征，含有激进意味，表现了女作家关于妇女地位和命运的思考。

到 18 世纪中期，女性写小说已经普遍为社会所接受，她们不用担心因为写小说而担上不道德的罪名。到 18 世纪末，女性小说基础已经奠定了扎实的基础。此外，在文学批评方面，有些女性小说家们也力求形成一种风格流派。透过细腻的文字描述，她们展示了女性群体对社会深入、准确的观察以及含有淡淡讽刺和幽默的评述；借助于女性人物的塑造，她们成功地剖析了女性的自我意识。

　　18 世纪的女性作家，在她们提笔进行创作之时，不谋而合地选择小说这一体裁。一方面，小说在社会上拥有极多的受众，它成为知识女性摆脱经济依附的有效手段。另一方面，西方传统的文体是史诗，小说作为新出现的文体还缺乏应有的地位，属于卑下的消遣文学，男性作家往往不屑于此。以为没有传统的钳制，女性创作也更为自由。乔治·艾略特《女性小说家的愚蠢小说》中提到"没有哪一种艺术比小说更能自由地突破苛刻的条条框框。"其次，18 世纪的女性尚没有"一间自己的屋子"，她们不能因写作而放弃自己的社会角色。而小说这种相对灵活、自由的文体，叙事从容舒缓，让女性在充当"家庭天使"角色之余的空暇能够拿起笔来一展所长。简·奥斯丁可以边创作小说边给姐姐卡桑德拉写信，也可以照顾好侄儿侄女扮演好"可爱的简姑妈"。

　　书信体是 18 世纪最盛行的小说类型，18 世纪英国城乡发达的邮政业为人们之间的书信往来提供了便利。理查逊的《帕梅拉》《克拉丽莎》让我们看到了女性们很乐于用书信记录家居琐事、交流感情体验，奥斯丁的《爱玛》中表现了弗兰克与简·费尔法克斯之间有默契又频繁的情书往来。所以，相当多的女性作家以自己熟悉的书信体形式开始其小说生涯。当男性在广阔的社会舞台时，女性的社会活动主要在家庭，长期的家居生活局限了她们的视野，同时也培养了她们对在狭窄天地中能够接触到的人物的精细观察能力和细节把握能力，而这恰恰是成功小说必不可少的关键因素。刘易斯在研究 1852 年女性小说家时指出，"就所有文学类型而言，小说无论从本质抑或处境来看，皆是女性最能适应的体裁。"

　　可以说，越来越多的 18 世纪女性走向了职业创作生涯，尽管题材狭窄，但还是在相当程度上扭转了矫揉造作的浪漫传奇文风，把小说题材从虚无缥缈的冒险引向了更具现实性的生活。当然，女性创作的缺陷也是显而易见的，往往描写偏于琐细，具有明显的自传色彩，自我感情带入强烈，从而使文字成为宣泄个人情感的手段，难以拉开作家和小说人物的距离，很难站到一定高度去思考人生的意义，与男性作家的成就还是存在着相当大的差距。她们常常不自觉地模仿男性文学，以传统的男性眼光去衡量女主人公，塑造柔弱纤细的女性，以期获得男权社会的认同。因此，19 世纪之前的英国女性虽然有了一定的写作经验，但很难获得真正意义上的话语权，在文学领域中处于边缘和劣势地位。但是英国女性通过文学创作从而介入世界，朴素地展现女性的自我意识和自我觉醒，这对后世的女作家和女性文学传统有着深远的影响。前辈女作家富有成果的写作实践，为此后简·奥斯丁们的创作活动提供了丰富的文化土壤。

第三节　19 世纪女性小说的辉煌

19 世纪的英国经历了拿破仑战争和国内改革。1789 年，法国大革命爆发。起初，许多英国人赞成革命，认为这是法国人民争取自由的壮举。然而，当革命的暴力愈演愈烈时，他们的看法便彻底改变了。法国大革命让欧洲各王室感受到了威胁，他们害怕法国大革命带来的民主和自由思想。法王路易十六被拘禁后遭到处决更是火上浇油。英国害怕欧洲大陆出现强国，它的外交政策是以力量均衡为基础的，即不让欧洲任何一国控制其他国家。为了维持这种均衡，英国经常支持弱小国家，还缔结各种盟约。1792 年英国和奥地利、普鲁士、西班牙等国结成了第一反法同盟，1793 年英法正式开战。1799 年拿破仑发动雾月政变夺取政权。经过十多年的军事扩张，几乎大半个欧洲都为他所控制，虽然英、法两国在 1802 年 3 月 25 日签署了《亚眠合约》，但双方政府都不满意条约内容，他们都没有全部面履行合约内容。1803 年 5 月 13 日英国向法国宣战，英国凭借其强大的海军，对法国及其同盟国实行海上封锁，同时出兵欧洲大陆。至 1815 年，拿破仑在比利时滑铁卢战役被彻底击败，英国的地位得到加强。

在拿破仑战争期间，英国与爱尔兰的矛盾加剧。英国统治爱尔兰已有几个世纪，爱尔兰是天主教国家，而大多数英国人则是新教徒，宗教信仰上的分歧使爱尔兰和英国一直矛盾重重。1798 年爱尔兰人举行起义被镇压后，爱尔兰正式并入英国。1800 年，英国议会通过合并法案，宣布解散爱尔兰议会，成立大不列颠联合王国。该法案于 1801 年生效。然而，爱尔兰虽然已经成为英国的一部分，天主教徒却无权成为英国议会的一员，也无权在政府部分任职，这又引起了新的社会矛盾。还有妇女问题，当时的英国妇女，无论是天主教徒还是新教徒，均无参政的权利。这些问题后来几经反复得到解决。1829 年，天主教徒终于获得与新教徒同等的权利；至于英国妇女，她们要到 100 年后的 1928 年才能真正获得政治权利。

1837 年，年仅 18 岁的维多利亚（Alexander Victoria，1819-1901）即位。维多利亚在位 63 年，使英国历史上在位时间最长的君王，这一时期史称"维多利亚时代"。在此期间，英国逐渐成为世界第一强国，全世界大约四分之一的土地和人口归她统治，来自殖民地的财富源源不断地流入英国本土，而英国逐渐成为一座"世界工厂"，向全世界出售其产品。同时，英国政坛格局发生巨变，托利党和辉格党最后分裂合并成为自由派和保守派两党。随着自由党人威廉·格莱斯顿（1809-1898）和保守党人本杰明·迪斯格雷（1804-1881）的轮流执政，英国也就正式形成了两党制度。

19 世纪英国文学界先后出现过三种主流文学思潮：浪漫主义、现实主义以及后期的"纯艺术"思潮和唯美主义思潮。这些思潮都对小说创作产生了直接影响。

自法国大革命爆发（1789）至英国议会第一次改革（1822）期间大约半个世纪，在英国文学史上通常被称为浪漫主义时期。出生于苏格兰的诗人罗伯特·彭斯（1759-1796）、诗人兼画家威廉·布莱克（1757-1827）可以说是浪漫主义文学的先驱。不过，真正开创浪漫主义潮流的是稍后的"湖畔派"诗人华兹华斯（1770-1850）、柯勒律治（1772-1839）和罗伯特·骚塞（1774-1842），他们崇尚情感，强调想象，完全摆脱了古典主义传统。之后，大批新诗人不断涌现，英国诗坛大为活跃，其中拜伦（1788-1824）、雪莱（1792-1822）和济慈（1795-1821）把浪漫主义文学推向了高潮峰，使浪漫主义真正成为当时的文坛主流。

19 世纪 30 年代末，随着维多利亚女王登基，英国文学便进入了维多利亚时期，维多利亚时代见证了英国小说的辉煌盛期，因而享有"英国小说黄金时代"的美誉。维多利亚小说家继承和发展了 18 世纪小说传统，吸收了菲尔丁"散文滑稽史诗"的历史眼光，理查逊小说的心理分析和哥特小说的奔放感情，从奥斯丁的理性嘲讽到司各特的历史透视，从勃朗特姐妹的激情到盖斯凯尔夫人的朴素，从狄更斯（1812-1870）的夸张到萨克雷（1811-1863）的心理分析，维多利亚小说家谱写了英国小说史上最辉煌的一页。

到了 19 世纪 70 年代，后起的维多利亚诗人和小说家开始追求一种超然于社会功利之上的"纯艺术"，他们的作品更趋向于主观，内容更为狭窄，强调对形势的赞美。到了 19 世纪 90 年代，以奥斯卡·王尔德（1854-1900）为首的唯美主义运动咄咄逼人，它预示着文学的彻底变革——20 世纪的现代派运动。

从英国文学的发展历程来看，在 19 世纪以前，女性作家只不过是个点缀而已。尽管英国女性写作开始于 17 世纪，但直至 18 世纪末才有女性作家在文坛上产生一定的影响。不过，当时很多女主家属于自我发泄式的自发写作，或者基于对男性文学传统的模仿。到了 19 世纪，英国小说种类之丰富，作家人数之多史无前例。而在众多的小说家中，女性写作蔚然成风，女性作家也开始走入了经典作家的行列。继 18 世纪末 19 世纪初的小说家简·奥斯丁之后，勃朗特姐妹、乔治·艾略特、盖斯凯尔夫人等优秀女作家再次震撼英国文坛，进入"辉煌的一代"作家行列,鲁宾斯坦在《英国文学的伟大传统》中,把乔治·艾略特与维多利亚时代最杰出的小说家狄更斯并列。女性作家的创作共同铸就了 19 世纪英国小说的黄金时代,也使维多利亚时期成为英国女性文学的辉煌顶峰。

英国女性文学在 19 世纪的蓬勃发展有着深刻的社会历史背景,是英国工业化、城市化发展和社会生活方式共同综合的客观结果,也与英国中产阶级的崛起以及整个社会教育水平的普及提高密不可分。

社会经济的迅猛发展是维多利亚时代的最显著特征。伴随着从 18 世纪 60 年代开始到 19 世纪中期基本结束的工业革命,英国的社会生产力迅猛发展,并推动英国在机械化和工业化的进程中大步前进,获得了世界工业和贸易的垄断地位,大英帝国成为世界加工厂和最富有的国家之一。英国的统治者对外扩张、抢占殖民地、抢夺殖民地人民的财富,使英国成为世界头号的资本主义帝国。《曼斯菲尔德庄园》里的奢华生活是以庄园主在西印度群岛安提瓜上的产业为后盾的。简·爱的叔叔爱尔先生在马地拉岛经营酒业而发财,为她留下了两万英镑的遗产,成全了简·爱经济上的独立,才能让她扬眉吐气地重返桑菲尔德庄园。我们还在狄更斯的小说中看到落魄的匹普去埃及经营茶叶。维多利亚时代看上去是一个充满了机会的时代,整个社会积极、充满向上进取的乐观精神,仿佛人人都有远大的前程。

英国选举制度和两党执政制度使英国成为民主意识深入人心的世界头号强国,民主文化促进了平等意识的普及。随着产业革命的深入,原本局限在家庭的女性也走向了社会,在与社会的接触中,她们的社会交往扩大了,视野开阔了。19 世纪上半叶爆发了一场声势浩大的女权主义运动,反对英国国会制定的针对歧视女性的《传染病法》,女权主义者成立了"全国妇女协会",发表了《告英格兰女性书》,她们强调不论男女在法律面前一律平等,维护女权就是保护一个国家的公民权,终于在 1886 年英国国会废除了这一歧视女性的法案。1870 年又通过了《已婚妇女财产法》,保障女性的财产独立权和支配权。1875 年《婚姻和离婚法》规定女性不再是丈夫的附属品,她们有权主动提出离婚。这些法规,有力地保护了女性在家庭和社会的地位,保障了女性的平等权利。

1832 年通过的《改革法案》扩大了中产阶级的选举权,在英国拥有最广泛社会基础的中产阶级逐步确立了他们在政治、经济和思想文化领域的主导地位,他们的人生价值观奠定了社会的道德基础。与此同时,英国政府创办了各级学校,保障女性拥有与男性同样的学校受教育权利。市民文化空前繁荣,尤其是妇女读者的数量剧增,大量中产阶级女性在闲暇时间读书写信,当时英国大小城镇遍布"流动图书馆"和租书店铺。"女性们可以有思想，可以博览群书……男人们开始赞同并帮助她们变得聪明、智慧，而不是嘲笑或阻止她们"。这直接激励了众多有一定才华的女性小说家。

上述诸多因素，为女性文学的繁荣提供了适宜的肥沃土壤和宽松的民主氛围，也提供了文学创作的物质条件。作为民主文化的一部分，英国女性文学有着其优良的文化传统。女性写作传统是 19 世纪英国女性文学繁荣的文学基础。沃尔夫说过，"伟大的作品不可能单独地无缘无故地诞生，它是成年累月通过思考的结晶，大家都做过努力，单个声音的背后隐藏着大众的才智。[1]"

在 19 世纪早期浪漫主义文学占据主流地位的英国文坛，诗歌是男人们竞技的舞台，他们从小接受了高等教育，懂得拉丁文、希腊文，具有丰富的古典文化修养，钟万物之灵秀。桂冠诗人骚塞在给夏洛蒂·勃朗特的一封信中这样劝导她：文学不应该也不可能成为一个妇女一生的事业！从小说本身的地位来说，在维多利亚以前，小说一直被当作通俗的、不登大雅之堂的文体而难以成为文学的主流，被排斥在经典文学殿堂之外。但是小说作为新兴的文体，本身没有必要以深厚的古典文学修养为基础，这对当时受到浪漫主义文风影响而不具备古典文化修养的女性作家有很大的诱惑。

但是不管怎样，19 世纪的英国还是一个传统的男权至上的国家，女性的职业选择面有限，不是家庭教师、护士，就是从事纺织业。在婚姻方面，维多利亚执政初期的几十年间，女性的地位和角色也是受到很大限制的，女性在家庭中以服从丈夫为天职。对于女性来说，她们的性别角色一直被规定于家庭中，女性接受教育的目的也是为了找到一个理想的丈夫，当时流行的钢琴、刺绣以及语言技能，都是为了增加征服男人的魅力，也满足男人想拥有更高贵的"家庭天使"的虚荣心和欲望，其目的是实现传统社会中男性对女性的角色期待。因此，19 世纪的女性作家也多以写家庭婚姻中的女性为主，写作家的亲身经历。纵观 19 世纪英国女性小说，几乎都是描写生活在乡间的资产阶级年轻女性的婚姻恋爱，所以写家庭和婚姻就成为女作家永远的话题。经济的发展和小说的繁荣为女性作家提供了固定的读者群和独立、稳定的经济收入。

维多利亚时代是个读小说的时代。特罗洛普曾在《自传》里写道，"前前后后，楼上楼下，在城里的公寓和乡下牧师的庭院里，不论是年轻的伯爵夫人还是农家姑娘，也不论是老于世故的律师还是毛毛躁躁的大学生……人人都在读小说。[2]"狄更斯在报刊连载的小说每次出来便被抢购一空，人们还是蜂拥

---

[1]　Mary Eagleton, ed. Feminism Literary Theory. Great Britain: Norwich Basil Blackwell, 1987. p. 8.
[2]　朱虹：《英国小说的黄金时代》，北京：中国社会科学出版社，1997 年，第 4 页。

而至听他朗读自己的小说选段。柯林斯的《白衣女人》一版再版。19 世纪英国女作家拥有的是以家庭为基础的女性读者群。尽管女性的整体地位有所提高，但因为长期以来在男权文化中的从属地位，绝大多数女性很少有机会参与公共事务。当时中产阶级女性的活动空间就是从一个客厅到另一个客厅，从这个舞厅到那个舞厅，而小说文本正是她们茶余饭后的主要谈资和精神消遣。女性读者的趣味必然影响到作家的创作取向，而作家的作品又反过来影响读者的趣味。比如在 19 世纪的英国，"对于受过良好教育但却没有多少财产的青年女子来说，嫁人是唯一的一条体面出路①"，因此，赢得一位理想的丈夫就是当时年轻小姐的唯一目标，而女性作家作为待字闺中的女性最佳的爱情教材，特别受到她们的欢迎。

17 世纪英国第一个女作家阿芙拉·贝恩的示范，鼓励了女性用手中的笔为自己摆脱人身依附，从而赢得更多的经济独立。由于社会上很多职业并没有对女性开放，女性的经济来源有限，而小说的创作拥有相对自由的时间，也能给女性带来不错的经济收入。对婚姻不幸的妇女来说，写作也成为摆脱经济依附、寻求自我独立的极好途径。奥斯丁的《理智与情感》、夏洛蒂的《简·爱》出版后，作者都得到了差不多 100 英镑的稿费，尽管与当时著名男性作家差异巨大，但对于被很多行业拒之门外的女性来说，参照当时的生活水平，一部小说的报酬也足够两年的生活开销了。

在上述种种因素的作用下，19 世纪英国的女性小说创作呈现出前所未有的繁荣局面，她们从不同于男性的视角，描写女性的日常生活，遭遇的爱情婚姻经历以及细腻的情感体验，表现出鲜明的女性意识，打破了男性作家在小说领域的垄断地位。据约翰·萨瑟兰统计，在维多利亚女王执政的 60 年中，小说家约有 6000 人，而其中三分之一是女性，有 30 多位女作家在当时享有较高的声誉和知名度，英国女性作家群终于引得了全世界的瞩目②。

从 17 世纪第一位以写作谋生的女作家贝恩到 19 世纪女性创作的辉煌时期，英国女作家走过了 200 年的艰难创作历程，在一个男性统治的世界里，她们可操作的文学样式少得可怜，还面临着女人从事文学创作是"不务正业"的敌意和指责。但毕竟她们用小说这种"唯一的她们对其贡献可以与男人相匹敌的文学形式"证明了自己不逊于男性的才华③。那么，19 世纪女作家的创

---

① 简·奥斯丁：《傲慢与偏见》，孙致礼译，南京：译林出版社，2011 年，第 112 页。

② John Sutherland, ed. The Standford Companion to Victorians: 1830-1880. Vol. 8, New York: Oxford University Press, 2002. p. 195-196.

③ Miles, R. The Female Form: Women Writers and the Conquest of the Novel. London and New York: Routledge & Kegan Paul, 1987. p. 2.

作是否有一种"女性意识"始终贯穿渗透呢？

19. J. 卡普兰曾这样界定"女性意识"：

当我用这个术语时，我希望读者知道我是以相当特殊和狭隘的方式运用它。它不是指妇女对自己女性气质的一般态度，也不是女作家群中的某种特有的情感。在我看来，它是一种文学方法，是小说写作中刻画妇女的一种方法……①

女人作为第二性和"男人的肋骨"，在欧洲的传统中早已有了固定化的审美倾向和道德规范：好女人应具备"悠悠的温柔，轻轻的畏怯……以区分另一种性别，带着某种归宿感，然而恰恰是这种归宿感使她更为可爱"②。英国男性作家如狄更斯、萨克雷等，他们都站在男性的角度来描写女性，传统的男权思想使他们笔下的女性或是妖魔化的职业女性，或者是天使化的奴隶。《老古玩店》里律师布拉斯小姐以虐待弱者为乐，《小杜丽》中的杰利毕太太整天把自己埋在文件堆里，丝毫不关心自己的子女，而蓓基·夏泼是以美色蛊惑男人来获得利益的女人，更是罪大恶极了。按男权社会对女性的审美标准和正统观点来看，她们不在家侍奉丈夫、孩子、兄弟，不安安分分待在家里，不履行"家庭天使"的职责，就是彻底违反了女人本性。沃尔夫尖锐地指出，"千百年来女人一直被当作镜子，它具有令人喜悦的魔力，可以把男人的镜中映像比他本身放大两倍。③"家庭天使"成为被普遍接受的理想女性的典范，在文学描写中形成一种模式。像我们在狄更斯小说中所见的那样，阿格尼丝、小耐儿不都是这种专门侍候男人的天使型的美丽少女吗？而这种男权社会所构建的天使型少女或贤妻良母，使女姓失去了真实自我，扭曲了女性的主体意识，沦为男性附庸的花瓶。女作家们或以个人经历为基础，或直接取材于自己熟悉的人物和事件，以独特的视角表现女性自我意识的觉醒、她们的道德困惑以及对男权社会的反抗，表露出清醒的女性意识。从女作家的创作中，我们可以看到脉络清晰的女性意识不断地深化和衍变。

埃伦·莫尔斯在《文学妇女：伟大的作家们》中写道，"1813 年，《傲慢与偏见》终于问世。它标志了妇女文学时期的到来。④"作为一个终身未婚，没有独立经济地位的女子，奥斯丁对于当时女性的附属地位有直接的深切体

---

① Kaplan, S. J. Feminine Consciousness in the Modern British Novel. Urbana：University of Chicago press，1975. p. 3.

② Addison J. The Spectator ［EB/OL］. ［2004-04-14］ ［2008-06-04］hettp：// www. gutenberg. org/files/12030. txt.

③ 弗吉尼亚·沃尔夫：《论小说与小说家》，瞿世镜译，上海译文出版社，2000 年，第 94 页。

④ 玛丽·伊格尔顿：《女权主义文学理论》，长沙：湖南文艺出版社，1989 年，第 175 页。

验。她的小说均以女性为绝对的中心人物，几乎奥斯丁的所有小说都是围绕一个外省乡间中产阶级圈子里青年男女的爱情与婚姻来展开的，通过女性"找丈夫"的曲折道路来关照女性命运。奥斯丁在作品中着意表现女性的性格魅力，伊丽莎白、安妮、埃利诺都富有理性、美德和智慧，甚至比男性更具有敏锐的观察力和判断力。当然，奥斯丁的女性意识始终局限于爱情婚姻领域。

如果说奥斯丁笔下的女性还有着美丽、善良、温柔、贤淑种种符合男性审美的传统特征，夏洛蒂·勃朗特的简·爱则是一个其貌不扬、性格叛逆的女子，她反抗男权社会给女性的定位，"我不是天使，我就是我自己!①"这个颠覆了"家庭天使"模式的新女性显然表明女性意识已从对女性性别特征的强调发展到对女性独立人格的追求。而书中的男性形象，无论是简·爱童年时期的表哥约翰·里德、劳沃德慈善学校校长布洛克赫斯特、桑菲尔德庄园的主人罗切斯特，还是传教士圣约翰，无一不是男权的化身。简·爱先后拒绝了罗切斯特和圣约翰的求婚，因为罗切斯特试图说服简·爱安于情人地位，而这威胁到了简·爱的自尊和人格独立；圣约翰则试图说服简·爱随他去环境恶劣的印度传教，这种自私的宗教狂热可能毁灭简·爱作为一个女人的激情。简·爱的反抗真实而自然，因为她深深知道只有经济独立才是人格独立的保障，"无论多么艰难，我都要坚持养活自己"，这是简·爱的人生信条，她不会让狂热的爱情毁掉自己的自尊，而沦为男人的附属品。

如果说奥斯丁、勃朗特由于"被强行剥夺了在中产阶级客厅内所能遇到的事情以外的一切经历②"，她们的小说题材尚嫌狭窄，女作家盖斯凯尔夫人则把目光投向了更开阔的社会历史场地，把笔触伸向了男性作家一统天下的政治题材。在男权社会中，除了家庭生活以外，几乎全部的社会领域都被男性垄断，女性与社会政治处于隔绝状态。盖斯凯尔夫人在《玛丽·巴顿》和《南方与北方》等小说中，把笔触探入了现实中的政治领域，使女性作家的创作摆脱了以往狭窄而琐细的情感体验，从而让女性意识融入了社会生活，实现了女性意识社会化的突破，为女性意识的深化开辟了更广阔的大道。

肖瓦尔特在《她们自己的文学》中，认为女性文学传统历史有三个发展阶段，而"女人气阶段（feminine）可从 1840 年出现男性笔名开始，到 1880 年乔治·爱略特去世为止③"。乔治·爱略特笔下的女性大多以对抗男性社会性别角色开始，这些胸怀理想的优秀女性最终都以为妻为母，以认同男性社会

---

① 夏洛蒂·勃朗特:《简·爱》，祝庆英译，上海：上海译文出版社，1995，第 339 页。

② 弗吉尼亚·沃尔夫:《论小说与小说家》，瞿世镜译，上海译文出版社，2000 年，第 53 页。

③ Showalter. E. A literature of their own: British women novelists from Bronte to Lessing [M]. Princeton university Press, 1977. p. 13.

角色安排而告终。麦琪、多萝西娅都或多或少地带有乔治·爱略特的自传色彩，也是那个时代女性地位的真实写照。乔治·爱略特与当时尚未离婚的刘易斯公开同居，相濡以沫长达20年，直到刘易斯去世。当时他们的爱情并不能被社会所容，爱略特因此而声名狼藉，众叛亲离，他们被维多利亚的上流社会放逐，长期受到伦敦社交界的排斥，种种强烈的敌意和诽谤直到多年后才逐渐平息。这些优秀女性对主流意识的叛逆与妥协正是作者在现实社会中的切身体悟和挣扎。爱略特认为女性的价值是多元的，她在保持女性独立意识的基础上，改变了"爱情至上"的女性意识。简·爱的出走应该用以爱和温情为底色的理性表现自己的价值。在爱略特的小说中，透过表面的故事我们总能文本深处无声的呐喊、女性的抗争和最终的失败命运。

19世纪英国的女性作家，当她们开始创作的时候，18世纪大量的女作家为她们提供了可资借鉴的范本，她们汲取了前代女作家的创作特色，又为女性文学的成熟奠定了很好的基础，她们在作品中的苦闷和追求，也为开始发展的女性主义批评贡献了极好的研究文本。埃伦简·莫尔斯认为，"就以奥斯丁为首的女作家而言，女性文学是她们的主要传统①"。此时的女性写作都遵循了传统小说的线性叙事模式，而在艺术特色和表现手法上又各有千秋：奥斯丁取材于现实生活，以幽默讽刺的对话见长；勃朗特姐妹则充满激情，带着哥特文学的浪漫色彩，对象征的手法情有独钟；而爱略特则更注重刻画人物的心理变化轨迹。她们把长期处于边缘地位的女性提升到引人注目的中心位置，塑造了与男性作品中模式化的"妖妇"和"天使"迥然相异的女性形象，自觉地从女性的视角关照男权传统束缚下的女性意识，以及女性在冲破男权对自身种种束缚的同时对自身价值的思考。值得注意的是，这几位女作家均不约而同地以匿名或男性笔名发表作品，说明女性创作大多注重为主流意识形态所接纳。她们试图利用男性身份隐藏自己的性别特征，这体现出19世纪女性创作的性别困境，以及当时文学界对女性创作的歧视和非难。这一矛盾同样体现在人物塑造上，这些女作家既想在作品中创造出理性、独立的女性典型，又受制于社会习俗规范和男性批评，她们尽可能使自己的女主角不触犯女德，言行遵循社习俗规范。因为反之，她们很难挤入主流文学圈，也不会被当时的文学批评圈接受。

从客厅到社会，从狭隘的个人情感小天地到广阔的政治经济领域，经过奥斯丁、勃朗特姐妹、盖斯凯尔夫人等女作家的努力。可以说，自觉的女性意识已经涵盖了方方面面。弗吉尼亚·沃尔夫说过，"在生活和艺术中，女性的价

---

① 玛丽·伊格尔顿：《女权主义文学理论》，长沙：湖南文艺出版社，1989年，第17页。

值观念不同于男性的价值观念。当一位女性着手写一部小说之时，她就会发现，她始终希望去改变那已经确立的价值观念——赋予对于男性来说似乎不屑一顾的事物以严肃性，把他认为重要的东西看得微不足道。①"沃尔夫的这段话无疑是抓住了"女性意识"最本质的内容。从《傲慢与偏见》到《米德尔马契》，从伊丽莎白、简·爱到麦琪、多萝西娅，这一个个生动的女性形象，我可以看到 19 世纪女性意识觉醒的轨迹与历程。19 世纪女性作家的创作既延续了之前的英国女性文学传统，也使之后的女性写作有了可遵循的规范，构成了绵绵不断的女性文学"流"。正是简·奥斯丁、勃朗特姐妹、乔治·爱略特等女作家的示范，此后的女性作家才得以承前启后，把一个女性文学的传统发扬光大。

---

① 弗吉尼亚·沃尔夫：《论小说与小说家》，瞿世镜译，上海译文出版社，2000 年，第 55-56 页。

第二章　20 世纪的英国与女性小说的创作走向

　　20 世纪两次世界大战的爆发对整个世界产生了强烈的冲击，但也是西方女性社会角色发生变化的分水岭，同时也是女权运动风起云涌之时，及女性小说创作向多元化、向现代性转变的里程碑。

　　19 世纪末 20 世纪初，西方女权主义运动日渐强大，其关键诉求在于争取选举权。1918 年，英国 30 岁以上女性获得选举权；1920 年，美国女性也获得了完全的选举权；欧洲其他国家女性也相继获得参政权利，这是第一次女权主义运动在世界范围内的全面胜利。第一次世界大战的爆发使交战国国内的男女两性团结在一起，大多数女性组织暂时搁置女性权益问题，转而支持自己的国家。战时的劳动力缺乏使广大女性获得了工作的机会，还有一些女性为祖国走向前线。这样的社会背景使一大批女性扮演了更为重要的角色，女性在经济上的独立为自我意识的进一步觉醒创造了条件。战后保守主义回潮，但已经觉醒的女性自我意识是保守主义无法熄灭的。到了 20 世纪 20 年代，随着更多女性在经济上获得独立，美国和西欧社会出现了一批特立独行的"新女性"：她们青春时尚，穿着轻便，梳着时髦的短发，无拘无束地参加社交活动，她们吸烟、喝酒、跳舞、骑车，流连于夜总会、歌舞厅、电影院等娱乐场所，甚至单独与异性约会，这在维多利亚时代是不可想象的。这一时期崛起的现代主义文学，无论是小说领域还是诗歌领域，女性作家都扮演了与男性作家同样重要的角色。在小说创作的创新实验方面，弗吉尼亚·沃尔夫（Virginia Woolf，1882-1941）、格特鲁德·斯泰因（Gertrude Stein，1874-1946）可与乔伊斯（James Joyce，1882-1941）、海明威（Ernest Hemingway，1899-1961）比肩。

　　第二次世界大战中，女性发挥的作用远远超过了一战时期。在英国，此间走上工作岗位的女性总数是一战时期的两倍；在美国，有 600 万女性在二战中首次参加工作，她们在承受战争磨难的同时，用汗水维护了工业的正常运转，还令工业产量有所增加。然而，战争结束后，政府不得不再一次鼓励女性回归家庭，把工作岗位让给复员军人。二战结束至 20 世纪 60 年代初，"人们对于女性、爱情、婚姻等价值取向，更多地遵循传统，尤其是维多利亚时期的性别与家庭观念①"。故而，彼时的这些妇女面临着职业生涯与传统家庭角色间的复杂矛盾，还要承受巨大的社会偏见。在这样的社会背景下，第二次女权运动也如火如荼地展开了。第二次女权主义运动的核心在于争取与男性平等的权利，进一步促成了女性参政意识的觉醒。20 世纪 60 年代以后，女性在西方逐渐成为一股不可忽视的政治力量，女性参政是"妇女地位提高的必然产物和集中体现②"。

随着战后的经济繁荣以及消费文化的迅速发展，大众媒体中的女性形象也发生了巨大的变化。从二战结束到 80 年代初，大众媒体，如影视作品和电视广告等，都乐于展现性感的、作为男性理想欲望对象的女性形象，"她们有着充满诱惑的胸部与大腿，看上去漫不经心又充满感官诱惑③"，这一时期的著名影星玛丽莲·梦露便是这种形象的代表。在文学界，女性解放运动的兴起所导致的激烈性别冲突集中表现为"垮掉的一代"的男性作家在作品中对女性身体的"肢解"以及对女性的敌视④。在 20 世纪后半叶，女性写作的另一个特点是那些性别意识与文化意识的交融。在文化呈现多元化发展、互相交融又互相冲突的时代，许多具有双重甚至多重文化背景的女作家更加关注在文化体验与性别体验中自我身份追寻，黑人女作家、华裔女作家、犹太裔女作家以及其他少数族裔女作家等都在不同文化传统构成的矛盾冲突中，以女性独特的视角和生命体验，向强势种族和主流文化发出自己的声音。

第一节　20 世纪的英国与现代性表征

从勃朗特的 19 世纪到沃尔夫的 20 世纪初，伦敦经历了整个维多利亚时期，在短短的半个多世纪里，伦敦社会发生了巨大的变化。1811 年官方人口

---

① 裔昭印等著：《西方妇女史》，北京：商务印书馆，2009 年，第 458 页。

② 同上，第 474 页。

③ Sandra Gilbert and Susan Gubar, eds. The Northon Athology of Literature by Women: The Traditions in English. New York: W. W. Norton, 1985. p. 1668.

④ Ibid.

普查显示伦敦有 100 万人，到 1901 年增加到了 700 万人。这期间，大英帝国称霸全球。随着商业的繁荣，伦敦码头区成了全世界最大的仓库，工程和制造业也取得了非凡成就。国家美术馆、国家肖像美术馆、泰特美术馆、大英博物馆、伦敦图书馆相继落成，伦敦拥有了作为国际大都市之重要标志的文化设施。就都市现代化而言，维多利亚时期的伦敦在很多方面都是先进的。伦敦不仅建立了包括火车、汽车在内的公共交通设施，还建造了第一条地铁，为后来不断的空间扩张开辟了道路。此期间，伦敦建立了排污管道，安装了街道照明，建造了第一批（仅供男士使用的）公共厕所，成立了警察局和消防队。然而随着新世纪的到来，资产阶级统治下繁荣的大英帝国气数已尽，人们越来越深刻地感受到昔日的"日不落"帝国已经成为一个沉重的负担。1901 年女王驾崩和英国军队在布尔战争中的失利，标志着大英帝国时代繁盛时期已经结束。

对于英国妇女而言，进入 20 世纪以后，她们的生存状态和社会地位已经有了明显的提升：越来越多的女性接受了良好的教育，两次世界大战把更多的女性推向社会活动的中心，女权主义和女性运动的发展为广大妇女提供了更多的就业机会，也为其生活融入了有力的政治和理论支持；女性小说家面对现代主义文学思潮掀起的革新气象跃跃欲试……

爱德华七世时代的结束引发了沃尔夫的欢呼，她的振奋既有艺术的蕴含，也有社会历史的意指，但要真正催生沃尔夫意义上的文学新思潮尚需两次世界大战的洗礼。客观来说，在两次世界性的灾难中，第一次世界大战对于促进妇女解放运动所发挥的作用尤为明显，同时对于英国社会和英国文学的"现代性"特征的催化和"现代性"经验的表达也起到了至关重要的作用。

最早做出反应的是英国中产阶级和上层社会妇女。她们在红十字协会、比利时避难基金会、女皇军队缝纫协会、士兵包裹邮寄基金会等无数爱国的地方基金会中起着突出作用，更有一部分妇女加入了军医院和爱国护士会的医院，作为护士走上前线照顾和护理伤员，甚至还有约 15 万名妇女加入辅助性的军队。与此同时，广大的工人阶级妇女也踊跃地加入了劳动力大军，甚至从事焊接、驾驶起重机、火车和卡车以及车床装配等搞技术的工作，面对操作庞大设备的挑战性工作，她们感到兴奋和创造性的满足。可以说，一战推动了英国妇女解放运动的发展：战争削弱了英国社会对女性的传统偏见，改善了英国妇女的经济状况，提高了其社会政治地位，增强了英国妇女的自我意识。

当和平重新降临后，复员归来的男性对工作和报酬的要求再次使女性的就业和工作待遇受到影响，但妇女就业的渠道与以往相比还是大大地拓宽了。此外，科技的进步从另一个角度对女性做出了补偿。二战后，家用电器的普及把女性从笨重的家务杂活中解放出来，纺织业的兴起为女性提供了更多的就业机会，流水生产线又使她们能够同男性一样胜任新的工作。同时，女性受教育的机会出现了明显的改善。避孕药于 1965 年上市，到了 20 世纪 70 年代，当人们能够随意得到避孕药之后，性革命便真正地爆发了。随着妇女解放运动加速展开，女性开始审视性与两性的关系。

话语权总是与个体或群体的社会贡献紧密联系，互为依存。随着女性社会活动的广泛开展和逐步深入，20 世纪的女权主义活动家紧紧抓住历史赋予的机遇四处游说，不断立说，女权主义政治运动如火如荼。但实践与理想的差距、女权理论在挑战父权思想过程中暴露出的问题迫使女权主义活动家冷静思考，寻求更加完美、和谐的理论框架，女性主义由此诞生了。

进入 20 世纪，英国的女权运动更加波澜壮阔。20 世纪初，在艾米琳·潘克赫斯特夫人（1880-1958）的领导下，要求参政的英国妇女举行大规模的游行，她们冲击国会，向一切官署投石示威，甚至采取狱中绝食、炸毁英国首相府邸以及与国王的赛马冲撞而死等激进形式，以彰显妇女运动的猛烈。然而，一战爆发后，女权运动组织即刻宣布妇女参政运动休战，致力于救国运动，这一爱国之举感动了长期对抗妇女参政运动的反对派。由于坚持不懈的努力，英国妇女终于在 1918 年获得了部分选举权，于 1928 年获得了普选权，得到了参与政治的入场券。

在回顾了 20 世纪英国的基本史料之后，让我们接下来着重探究一下 20 世纪英国的现代主义体征，正如马歇尔·伯曼（Marshall Berman）在《现代性的昨天、今天和明天》一书中精彩地总结了现代感受，在此不妨占用一些篇幅回顾一下他的论述，作为本书关于现代城市经验论述的铺垫。

伯曼把现代性定义为世界上男男女女所共享的"一种重要的经验——一种关于时间和空间、自我与他人、生活的各种可能和危险的经验①"。构成现代性基础的就是从乡村的田园生活向城市的世俗生活的转变，以及在转变的过程中人们表现出的种种矛盾态度：既要摧毁它同时又感到它的舒适自在；既要从根本上否定同时又难以释放肯定的情怀；既要予以严肃地批评同时又怀有嬉戏般的嘲弄。伯曼用卢梭的《新爱罗绮思》中的一个个情景说明了这种矛盾态度："年轻的主人公圣普罗伊克斯迈出了那探索的一步，即从农村到城

---

① 裔昭印等著：《西方妇女史》，北京：商务印书馆，2009 年，第 19-20 页。

市——这对未来几个世纪的千百万年轻人来说都是一个原型①"。而城市生活在她眼里却是"一些团体和阴谋小集团之间的不断冲突，是各种偏见和相互冲突的见解不断的潮起潮落……每个人都不断地把自己置于与自己相冲突的境地"；"每一件事情都是荒谬的，但却没有一件事使人震惊，因为每个人都已经习惯于每件事"；"好的、坏的、美的、丑的、真理、德行都具有地方的和有限的性质"，都必须"根据自己的听众改变自己的原则，每走一步都要调整自己的精神"②，只有这样他才能享受这些蜂拥而来的体验；他才能应付走马灯似的、令他眩晕但又无一能令他震感的事物；他才能意识到自己被扰乱了情感，以至于忘记了身份和归属。这里，走在我们面前的无疑是来自启蒙运动时期的一位漫步者；他对刚刚兴起的城市的感受无疑与游荡在19世纪巴黎街头的漫步者的感受是相同的——在无所事事中寻找城市街头所能给予他的惊颤感觉。

乡村生活向城市生活的转变也是费迪南德·滕尼斯（Ferdinard Tonnies）所说的从自然意志主导的"礼俗社会"（Gemeinschaft）向理性意志主导的"法治社会"（Gesellechaft）的转变③。在相对封闭内敛的乡村社会里，依靠土地和血缘关系聚集在一起的人们共同享受同一种语言和习俗，舒缓、静谧、慵懒的整体生活赋予他们一种持久的耐力。他们祖祖辈辈地积累着"面朝黄土背朝天"的农耕经验，或者"营造花园、饲养蜜蜂，骑着自行车到集市上叫卖农产品"的生产和贸易经验。雷蒙德·威廉斯（Raymond Williams）把这种乡村生活描写为"自然的：平和、纯真和简单，"但同时他也说这种生活是"落后、无知和局限"。然而，城市作为"学问、交流和光明的中心"，却伴随着无尽的"噪音、世俗和野心"④。可见，由理性主宰的城市之光虽然能够驱走无知的黑暗，却也无法渗透暗流涌动、充斥着暴力、色情和犯罪的地下之城。当城市用法律和资本书写着文明记忆的时候，权力和欲望却如同毒瘤一般无孔不入，侵蚀着人们的身体和灵魂，而城市给人们的却是更多的地狱般的恐怖体验：

> 城属于夜，却不属于睡眠；
>
> 酣睡并非为了疲倦的大脑；

---

① 马歇尔·伯曼：《一切坚固的东西都烟消云散了——现代性体验》，徐大建等译，北京：商务印书馆，2003年，第15页。

② 马歇尔·伯曼：《一切坚固的东西都烟消云散了——现代性体验》，徐大建等译，北京：商务印书馆，2003年，第18页。

③ 费迪南德·滕尼斯：《礼俗社会与法理社会》，严蓓雯译，载汪民安等编《现代性基本读本》，开封：河南大学出版社，2005年，第61页。

④ Raymond Williams. The Country and the City. New York：Oxford UP，1973. p. 1.

无情的时光如岁月悄悄爬过，

一夜如同无尽的地狱。这恐怖的

思绪和意识从未止息……①

诗中陈述的"不属于睡眠的夜"，不是由"疲倦"引起的"酣睡"，以及变成"无尽的地狱"的"一夜"，都从一个侧面，即城市夜生活的侧面展现了现代城市记忆中无情的岁月和现实中使人发疯的时刻，这些时刻在恍惚中凝聚成这无尽之夜给人带来的"比苦恼更糟的"恐惧。即使在威廉·华兹华斯（William Wordsworth）笔下，那晨曦中"没有比这更美的"伦敦，那"粲然闪耀"的各种建筑，还有那洒满"千门万户"从沉睡中醒来，当那"宏大的心脏"不再歇息，开始跳动之时，那"寂然"和"坦然"就会变成骚动和喧嚣，那"烟尘未染的大气"就会变成污浊滚滚，而"深层的宁静"和"由着自己心意"流淌的河水就会变成推推搡搡的拥挤的人流②。晨光熹微中的伦敦之所以展现它的质朴、清新、壮丽和恬静，是因为整座城市还在沉睡；一旦苏醒，世俗的喧嚣就会卷着浓重的烟雾毫不留情的压过天际，涌入声色犬马的物质生活之中，那里激荡着瞬息万变的商品、纷至沓来的人群、纵横交错的街道、振聋发聩的噪音和炫目耀眼的色彩。瓦砾般的形象碎片就像马赛克一样拼凑了每一座城市的现代性经验，讲述着每一座城市的历史叙事，丰富了世世代代文人墨客的文学想象。

城市是存在于特定历史空间中的实体。19 世纪起大踏步的工业化进程推动了城市的飞速发展，为现代生活充实了丰富而矛盾的内容：工业和科学的力量改善了生活的质量，同时也显露出可怕的颓废的征兆；物质的极大丰富给富人带来了前所未有的享受，但那享受却是基于穷苦大众不可思议的饥饿和疲劳；现代技术的突飞猛进伴随着现代人深刻困境的绝望，同时也不乏终将推翻现代资产阶级的革命冲动和殷切希望。这就是丰富多变的城市文化；它不断赋予人民新的感知，激发无尽的想象力，锻造独特深邃的经验，进而再将这些感知、想象和经验注入城市的历史文化建构之中。我们在理查德·勒翰（Richard Lehan）的《文学中的城市》中看到了这种文化与历史的互文建构③，

---

① 雷蒙德·威廉斯：《大都市概念与现代主义的出现》，阎嘉译，载汪民安等编《现代性基本读本》，开封：河南大学出版社，2005 年，第 890 页。

② 威廉·华兹华斯：《威斯敏斯特桥上》，载《湖畔诗魂——华兹华斯诗选》，杨德豫等译，北京：人民文学出版社，1990 年，第 178 页。

③ Richard Lehan. The City in Literature: An Intellectual and Cultural History. Berkeley: University of California press, 1998. p. xv.

而在多琳·马西（Doreen Massey）的《城市世界》中也看到了"这种多重叙事的交汇，独特而共存故事的关系网①"。毫无疑问，19 世纪下半叶到 20 世纪上半叶目睹了城市文化的万千变化，现代艺术，包括文学，都利用变化的契机，力图多样化、多角度地呈现现代城市生活全新的文化维度。大城市，尤其是帝国都市——巴黎、伦敦、柏林和纽约——不仅是政治、经济和文化中心，其复杂性和开放性也决定了它必然成为艺术家、作家、思想家从事创造性生产的唯一场所，其激动人心和具有挑战性的"解放与异化、接触与陌生、激励与标准化的复杂过程"必然会创造出一种被普遍称作"现代主义"的东西②。

　　然而，现代主义作为承载着现代性经验的媒介，在时间上代表着一个历史阶段，而且经历了这个历史阶段的全过程，从初期积极的发生到末期消极的衰亡，都蕴含着不确定性和不稳定性。这与资本主义与现代城市发展相偶合。城市以其不断更新的景观形象为艺术家提供了更直接、更多样化、更新鲜的感官刺激。而资本主义发展的速度越快，社会新旧组形式更迭得就越频繁，社会关系的变化就越迅速，"一切新形势的关系等不到固定下来就陈旧了③"。这就造成了形象能指的剩余与意义所指的缺失相并存的现象，而在这样一个时代，艺术家无从寻觅根基固定的、永恒不变的美，有的只是转瞬即逝、飘忽不定、在现实中昙花一现的美。这也正是夏尔·波德莱尔（Charles Baudelaire）倾其一生所寻找的美。这位画家并不像同时代的爱德华·莫奈那样赫赫有名，但是，由于他运用速写的方法捕捉世俗社会，表现了巴黎的"市民生活和时髦场景"；他四处观察和游荡，"到处寻找现实生活中的短暂的、瞬间的美，寻找读者允许我们称之为现代性的特点④"。这就是生活的现代性，文学的现代性，也是美学的现代性。它转瞬即逝、捉摸不定、随机偶发。它蕴涵着"时代、风尚、道德和情欲"。艺术就是由瞬间和永恒这对矛盾因素构成的。而且，"艺术的两重性又是现代生活的两重性的必然结果⑤"。于是，现代生活、现代人和现代艺术的内在逻辑关系便清楚地呈现出来了。

　　马太·卡琳内斯库（Matei Calinescu）在赞扬波德莱尔提出的现代性时说：

---

　　① Doreen Massey. City Worlds. London：Routledge，1999. p. 171.

　　② 雷蒙德·威廉斯：《大都市概念与现代主义的出现》，阎嘉译，载汪民安等编《现代性基本读本》，开封：河南大学出版社，2005 年，第 895 页。

　　③ 马克思、恩格斯：《共产党宣言》，载《马克思恩格斯选集》，第一卷，北京：人民出版社，1792 年，第 254 页。

　　④ 夏尔·波德莱尔：《现代生活的画家》，载《波德莱尔美学论文选》，郭宏安译，北京：人民文学出版社，1987 年，第 485 页。

　　⑤ 同上，第 514 页。

"他的现代性纲领似乎是一种尝试，希望通过让人充分地、无法回避地意识到这种矛盾来需求解决之道①"。显然，获得解决之道的关键在于捕获矛盾的自觉意识。艺术家的责任就是将美，也就是隐藏于丰富多彩、瞬息万变的现代生活中的这种矛盾在自己的艺术作品中呈现出来，"在对转瞬即逝、昙花一现、过眼云烟之物的抬升，对动态主义的欢庆中，同时也表现出一种对纯洁而驻留的现代的渴望②"。然而，并非所有人都能够搭建起现代生活和现代艺术的桥梁，这需要一种特殊的技能，一种新的审美视角，以及拥有这种视角的人，这就是波德莱尔所说的"漫步"。

这里，现代性是以一个寓意深厚的人物形象为体现的，这就是"城市漫步者"。他就像行走于街头、无时不在捕捉现代生活之奇景的"现代画家"一样，人群是他的场所；进入人群就是进入"梦幻迷惑的社会"，就是接触"一个巨大的电源"，而他本人就像是"一面和人群一样大的镜子"，"一台具有意识的万花筒"，"表现出丰富多彩的生活和生活的所有成分所具有的运动的魅力③"。融入人群的漫步者享受每一次观察的快乐，拥抱每一个反复无常的变化，搜寻每一个转瞬即逝的印象。他不需要传统，不因芸芸众生而心生苦恼和困惑，也不渴望永恒的整体。他游荡的脚步穿梭于城市的迷宫，要打破固定的结构但又不心怀预设的目的。他"堪称是现代生活的英雄"。

正如华兹华斯在 19 世纪就曾指出的那样，"越来越多的人聚集到城市，他们单一的职业导致对非凡事物的渴望，而知识信息的迅速交流也能不断地满足他们"。现代城市的信息爆炸削弱了"思想的辨别力，使它不适合所有的自然运用，并减退到野蛮的麻木状态"。这种被动、麻木的现代精神只有用"强有力的刺激"才能激活。就现代主义艺术而言，这种"强有力的刺激"要等到半个世纪后的一个水晶宫万国博览会（1851），以及再过半个世纪的柏林世界贸易博览会（1896）才能出现。如果说一个工业博览会标志着工业革命的长足发展，那么，柏林的世界贸易博览会就标志着作为工业革命结果的商品文化消费的巨大成功：琳琅满目的商品展示，昙花一现的时尚流转，被物质消费的海洋所淹没的兴奋不已的人群，拼贴成支离破碎、瞬息变化的现代城市生活的缩影。华兹华斯沉痛哀叹的处于麻木状态的现代人在这里已经成为"迅速的、

---

① 马泰·卡琳内斯库：《现代性的五副面孔——现代主义、先锋派、颓废、媚俗艺术、后现代主义》，顾爱斌等译，北京：商务印书馆，2002 年，第 66 页。

② 于尔根·哈贝马斯：《现代生活的画家》，曹东卫译，载汪民安等编《现代性基本读本》，开封：河南大学出版社，2005 年，第 481-482 页。

③ 夏尔·波德莱尔：《现代生活的画家》，1987 年，第 482 页。

永远变化的景观的被动无助的消费者①"。

在《大都会与精神生活》中，西美尔探讨了城市生活环境及其光怪陆离、千变万化的景观形象对城市人精神生活的锻造和影响。现代人的心理不断受到多样的、迅速变化的冲击，以至于"都会性格的心理基础包含在强烈刺激的紧张之中，这种紧张产生于内部和外部刺激而持续的变化②"。与乡村平缓安逸的生活节奏下、扎根于无意识层面的情感和感性印象相比，城市快速的生活节奏要求人们对瞬息万变的外界环境作出反应。这种反应不是出自精神的无意识层面，而是通过逐渐提高对外界的知觉和观察能力，产生于更高的精神意识层面。城市人凭借理性用头脑代替心灵作出反应，因此，其迅速直观的反应很快就被个体的保护性器官排除在外；他们用心理的麻木和冷漠保护自己不受到危险潮流的打击，抵制使自己丧失根基的来自外部环境的威胁，西美尔称之为"厌世态度"。波德莱尔理想的现代生活画家根据自我的主体意识审视外界环境，而西美尔则将对外界刺激的吸收和反应能力作为现代城市人的生存技能。"现代性的本质在于心理主义，内心对外在世界经验和阐释的反应，而在这个内心世界里，固定的内容融化到精神的流动因素之中，所有的实质都经过过滤，留下的只是运动的形式③"。

西美尔描述的精神机制植根于现代城市的社会环境，也就是标准化的货币经济之中。货币作为促成现代性和现代理性的重要因素已经深深渗透到人们的内心，改变了人们的认知和经验模式，使人们在利益的驱使下极端务实，冷漠地将一切事物都视作量化的数字交换。"中性冷漠的金钱变成了所有价值的公分母，它彻底掏空了事务的内核、个性、特殊的价值和可比性④"。人与人之间的行为都打上了金钱的烙印。为顺应现代社会的客观逻辑和组织形式，人们越来越精于算计，斤斤计较个人得失。为了在危机四伏的金钱世界里保全自我，人们把内心的漂泊和孤独无助都藏匿起来，互相疏远，互不关心，冷漠也就成了人们在物欲横流的世界上保护自我的生存技巧，进而催生出一种"自我隐退"的共存状态。

然而，在现代城市中，谁又能不为生计和获利而与他人在生活的各个层面

---

① Dana Brand. The Spectator and the City in Nineteenth-century American Literature. Cambridge：CambridgeUP，2001. p. 4.

② 格奥尔格·西美尔：《大都会与精神生活》，费勇译，载汪民安等编《城市文化读本》。北京：北京大学出版社，2008 年，第 132 页。

③ Deborah Parsons. Streetwalking the Metropolis：Women，the City and Modernity. Oxford：Oxford UP，2000. p. 30.

④ 格奥尔格·西美尔：《时尚哲学》，费勇译，北京：文化艺术出版社，2001 年，第 90 页。

上进行斗争呢？在现代城市生活中，劳动分工扮演着双重角色：一方面，它在多元丰富的物质生产中为个体提供消费刺激，使之无须费力就能随波逐流；另一方面，它要求个人的技艺突出，这样才能在激烈的竞争中求得生存，但这也意味着个体人性发展的不完整。在机械化生产中，个体仅仅是由金钱维系的庞大物质机器上的一个个齿轮，而生活的元素则越来越多地被缺乏个性、丧失真正个人价值的物质所取代。于是便产生了极端的自私自利，夸大的个性风格和不惜一切代价的自我中心。这就是生活在现代城市里的现代人的精神生活："非个体化和个体化、厌世和激情、自保式的算计和高傲的卓尔不群①"。这种矛盾的精神机制并非仅限于某一特定的地理和历史环境，而存在于整个欧洲，无论是巴黎、柏林还是伦敦，甚至表现出了历史的延续性。

不难看出，西美尔等社会家从社会学角度洞察到的现代城市现象其实就是现代主义文学和艺术所表达的内容。大卫·弗里兹比（David Frisby）得出的结论是："城市性格从高度敏感到冷漠麻木的发展与现代性从早期到晚期的审美趋势相并行②"。波德莱尔笔下充满激情和好奇心的街头"漫步者"代表着高度敏感的、创造性极强的个体意识，而印象派画家则体现了自我保护、孤独、精明、工于算计等特点，他们是比较超然、富于知性的"社会学漫步者③"。事实上，19 世纪末 20 世纪初的"现代艺术家"，无论是自然主义者还是印象派，都强调艺术家自身的主体性；他们希望描绘出不同于传统现实主义的"现实画卷"。而区别在于，自然主义者像外科医生一样用客观冷静的眼光进行分析，而印象派则脱离客观分析，从主观印象出发建构现实。乔伊斯（James Joyce）和普鲁斯特（Marcel Proust）印象式片段和潜意识流动有别于左拉（Emile Zola）和莫泊桑（Guy de Maupassant）对全景式现象的呈现。然而，自然主义者也罢，印象派也罢，他们都身处普遍主义和个人主义并存的文化环境中，都挣扎在均等化和个性化的张力对抗中，面对日趋多样化和碎片化的物质形象，他们无法成为城市景观的操控者，而只能在超然和理性的距离中进行观察，或采取全景式分析的冷静视角，或从超脱的主观意识出发，在破碎动荡、瞬息万变的现代城市中用个体的感官经验和生活感受拼贴和建构出现代城市生活的意义。

---

① 汪安民等编：《现代性基本读本》，开封：河南大学出版社，2005 年，第 5 页。

② David Frisby. Sociological Impressionism: A Reassessment of Georg Simmel's Social Theory. London: Routledge, 1992. p. ix.

③ Ibid.

第二节　现代性的断裂与后现代性显现

20 世纪中期爆发的第二次世界大战对于英国的社会、政治、经济、文化和文学无一不产生了重要的影响。从模糊划分的视界，我们可以把二战看作是英国文学史上现代派与后现代派的一个分水岭。首先仍然让我们回顾一下二战后英国社会的基本状况，从而探寻其与英国文学与英国女性文学中后现代性特征显现的渊源。

文明的进步与社会的动荡共生共存。20 世纪的 40 年代，工党政府的得力改革使英国成为"福利国家"。然而，曾经令英国经济复苏的政策到了 20 世纪 50 年代却产生了负面影响。同时，殖民地独立运动的兴起加速了大英帝国的土崩瓦解，而综合国力的下降更令英国的国际地位一落千丈，大批年轻人开始愤怒起来。20 世纪 60 年代出现了信仰危机，人们躁动不安，纷纷追求感官刺激和享乐，形成了声势浩大的反文化运动。20 世纪 70 年代以后，政府虽致力于一系列深度改革，但能源危机、通货膨胀、失业、民族惰性等社会问题则一直困扰着英国。

二战后，有关妇女的政策、法规也相继出台。1975 年，英国通过了《反性别歧视法》（*The Sex Discrimination Act*）；1991 年，英国政府在 20 世纪 70 年代的《平等报酬法案》和《反性别歧视法》的基础上进一步修订了《工作中的健康与安全管理条例》（*Occupational Health and Safety Act*），特别强调保护妊娠及哺乳期的妇女，她们可以工作，但不得因此给母婴带来伤害。2001 年 4 月，英国政府宣布实行婴儿储蓄券，这一计划对英国的广大育龄妇女，尤其是低收入的育龄妇女来说无疑是一个福音，可以或多或少地减轻她们抚育孩子的后顾之忧。可以说，社会正逐渐朝着有利于妇女身心健康的方向稳步发展。

英国女权运动受到来自各方的思想影响，并于 20 世纪六七十年代达到了高峰期。女权主义的里程碑著作，如西蒙·波伏娃（1908-1986）的《第二性》（*The Second Sex*, 1949）、凯特·米利特（1934-2017）的《政治性》（*Sexual Politics*, 1970）、弗里丹（1921-2006）的《女性的神话》（*The Feminine Mystique*, 1963）、格里尔（1939- ）的《女太监》（*The Female Eunuch*, 1970）等，把女权主义者关注的重心转移到意识形态领域。

"激进"基本上成为本时期女权主义的代名词。女权主义者把妇女所受到的压迫看作是政治性压迫，妇女因其性别特征而成为社会的下层阶级，因此，为了与传统决裂，她们尝试性解放，抛弃家庭伦理观念，甚至崇尚"双性同体"的理念，提倡由女性组织纯粹的社会群体。一般来说，激进的女权主义者多数是中产阶级妇女，她们有较高的教育水平，同拥有良好教育背景的男士竞争少而优的岗位，而工人阶级妇女则相对消极。

自 20 世纪 80 年代以来，女权主义者逐渐意识到其运动深受基于身份的政治学价值观所限。重要的哲学思潮，如西方马克思主义、解构主义、精神分析和新历史主义等，开始促使女权主义抛弃建立宏伟社会理论的雄心，更加关注性别差异以及文化、历史的特殊性。因为关于女性的问题，就性别、种族、阶级所作的宏观分析都是无效的，只有那些赋女性以价值的、多元的、微观的、边缘的理论才是有效的，要使女性摆脱男性的统治就要发明女性自己的话语，以女性自己的声音来讲话。在这一理论的指导下，女权运动不仅关注上层的白人女性，而且逐渐把目光对准了下层的白人妇女、有色人种妇女和女同性恋者，她们的生活和问题日渐上升为女权主义理论的重要研究对象，政治的女权主义由此提升为文化的女权主义。

以上在简要回顾了彼时英国的相关基础史料后，让我们聚焦于其后现代性特征，即现代性的断裂与城市空间的新变化。正如于尔根·哈贝马斯所言："现代性是未完成的工程"。所谓"未完成"，指的并不是资本主义文明的延续，而是要证明启蒙运动开创的知识现代性并未完成，而且将在所谓的后现代时期里继续延续下去。按哈贝马斯所说，对现代理性的抨击肇始于尼采。尼采驳斥现代社会标榜的科学、理性和民主，采取非理性的审美方式面对世界，突出具有偶然性、差异性、对抗性，以及不断生成的权力意志；整个世界是力的角斗场，而不是从普遍单一的真理中派生出来的结构。对待这样一个多元世界，我们只能采取透视主义的态度，即把每一种思想都看作一种阐释方式。任何一种阐释方式在一定观念的框架下都有其存在的合理性，而合理的程度则由它所服务的权力意志来决定。现实生活中的国家集权、官僚体制、社会暴力都是权力意志的结果，以此激发了普遍的反现代情绪，而其中最主要的挑战则来自审美的、文化的现代主义。

但是，我们能不能因此而放弃现代性？哈贝马斯的回答是否定的。他认为这些并不能构成完全放弃现代性的理由；对理性的批判将导致对现代性的背离，而这是要付出代价的。因此，我们的任务不是放弃现代性，而是要从现代性的经验中汲取教训，用交往理性代替工具理性，使人们在日常生活中获得一定的交往自由，以抵制约束他们的经济和政治力量，摆脱机械的、体制化的工具理性的支配，以便更好地发挥创造力，实现自我价值，从而使现代性的事业继续下去。

第二次世界大战后，现代性的事业是要创造一个"完美的社会制度"。但这一事业是以六百万犹太人的生命和世界范围内的生灵涂炭为前提的。作为一项未竟事业，追求完美的社会体制这一愿望可以溯至启蒙运动时期，但启蒙运动并不是大屠杀的直接原因；真正的原因是理性在形式上和内容上的分裂，也就是工具理性与道德原则的背道而驰。由工具理性主导的现代社会里之所以发生了那么多骇人听闻的历史事件，原因或许在于启蒙思想的正统"元叙事"，正因如此，以让·弗朗索瓦·利奥塔（Jean Francois Lyotard）为代表的后现代思想家们才对启蒙运动以来的西方思想提出质疑，以多元性、模糊性、间断性、弥散性乃至嬉戏等话语理论颠覆既定的单一体制和秩序，即与现代性相抗衡。但是，利奥塔本人并不认为后现代主义就是现代主义的终结，恰恰相反，所谓的后现代主义其实是现代主义的初始状态，而且要继续进行下去。

既然后现代主义仍然是现代主义的初始状态，也根本不能取代现代主义，而只是现代主义高潮期之后的一个时期里，用游戏的异质性形式填补了现代主义的"不可言说"和未言说的部分。把后现代主义视为现代主义的"持续"状态就等于说后现代主义仍然是现代性自身的运动。这符合本雅明的历史唯物主义观点。在本雅明看来，历史并不是一系列线性事实的发展和演变；历史是由一系列惊颤、盲点和危险的时刻构成的。这样的时刻并不是单纯的现在时刻，而是过去和未来在现在时刻的交汇，它具有"闪电"效应，总是处于消逝和生成、结束和开始的循环之中。在这个意义上，后现代性就作为对现代性的补充而继续完成后者的未竟之业。

弗雷德里克·詹姆逊（Fredric Jameson）始终坚守马克思主义的社会批判立场，在《后现代主义，或晚期资本主义的文化逻辑》一文中详细描述了后现代社会的显著特征：

一、后现代文化给人一种缺乏深度的全新感觉，这种无深度感不但能在当代社会以"形象"和"幻象"为主的新文化形式中经验到，甚至可以在当代"理论"的论述本身找到。二、后现代给人一种愈趋浅薄微弱的历史感，一方面我们与公众"历史"之间的关系越来越少，而另一方面，我们个人对"时间"体验也因历史感的消退而有所变化。三、自从拉康以语言结构来诠释弗洛伊德提出的无意识以来，可以说，一种崭新的"精神分析"式的文化语言已经形成，并且在一些表现时间经验为主的艺术形式里，产生新的语法结构和句型关系。四、后现代文化带给我们一种全新的情感状态——我称之为情感的"强度";而要探索这种特有的"强度",我认为可以追溯到"崇高"的美学观的论述。五、我会尝试分析建筑空间和空间经验,借以探讨后现代文化的一些具体变化。六、我会提到在晚期资本主义跨国企业的统治下,我们处于这样一个不可思议的世界空间里,该如何看待的政治性问题①。

詹姆逊在此提到的"无深度感""愈趋浅薄微弱的历史感""表现时间经验"的艺术形式、"情感强度",以及他要尝试分析的"空间经验",其实都仍然是现代性的经验模式,或与之相差无几,这也许是他之所以在那篇被认为是后现代主义文化批判宣言书的重要文章的标题中用了一个选项(or)的原因所在,抑或,他宁愿称这个时期为"晚期资本主义",而不愿称之为"后现代主义"。重要的是,我们需要一种方法来对这个历史时期进行测绘,包括文学、艺术、建筑、电影等多样化的表现形式。毕竟,从时间上说,这个时期也是现代性的一次断裂。

哈维认为我们需要一个理论模式来解释生成和存在,包括空间形式和实践过程,动态的城市化过程,以及城市处于社会经济转型时期的创造性张力。他用"时空压缩"(space-time comression)这个概念来表达个体和社会在不同时刻面对不同文化冲击时发生的变化。这与霍米·巴巴(Homi Bhabha)理解的现代性的时间维度比较接近:不同地方的现代历史始于不同时刻;"现代性符号的每次重复出现都是不同的,取决于特定的历史文化条件②"。从动态发展的角度看,现代性的时间维度的确不是单一的,而是多维度、多层面、异质性的发展阶段,是并行与差异共存的一个时空体。也就是说,同一个文化土壤,同一个城市环境,同一个社会形态,可能同时出现前现代、现代、后现代的文化表征;每一种文化符号都在各自的时空条件下与其他文化符号相共存,既留有过去的痕迹,同时又伴随着未来不同发展方向的可能性。如是理解,现代性就是一种同时具有回顾性和展望性的事业。卡林内斯库曾提出,"在独一无二的历史现实性中理解现实"。这里的"历史现实性"指的就是"把现实同过去及其各种残余或幸存物区别开来的那些特征",也包括"现实对未来的种种允诺",即"我们或对或错地猜测未来及其趋势、求索或发现的可能性③"。从时

---

① 詹明信:《晚期资本主义的文化逻辑》,陈清侨等译,北京:生活·读书·新知三联书店,2003 年,第 424 页。

② Homi Bhabha. The Location of Culture. p. 247.

③ 马太·卡林内斯库:《现代性的五副面孔——现代主义、先锋派、颓废、媚俗艺术、后现代主义》,顾爱斌等译,北京:商务印书馆,2002 年,第 336-337 页。

间上说，这样一个定义设涉及过去、现在与未来的一种关系或相关性。我们对现实的理解基于它自己的独一无二的那些特征，它们区别于过去及其过去的残余，同时又能对未来的种种可能性加以预测。换言之，现实性本身不纯粹是现在的，因为现实中既有过去的残余或幸存物，也有刚刚出现的、导向未来的各种新兴因素，这些过去的残余和有可能成为未来的新因素与现实性相互作用，孕育了时间中各种内在的冲突和矛盾，导致了来自现代性内外的种种悖论。

　　强调差异和多元化的后现代文化，无疑加剧了这些冲突和矛盾，这也体现在城市本身对集体和个体的身份建构上。一方面，城市空间作为社会结构，其生产和组织方式表现了社会秩序和等级，决定了个体和集体在这个秩序和等级中的位置。城市空间的身份和文化属性是以社区差异为具体体现的，如纽约的格林威治村和巴黎的左岸都以自由精神体现了这些社区的先锋属性。大城市的种族聚集地，如哈莱姆区和唐人街，也以坚守各自民族传统的独立精神体现了城市空间理异质因素的共存。在全球化进程中，全球范围内人口的加速流动打破了原有的固定身份和界限，移动性（movement）成了全球化时代现代身份的根本特征，而流动性、过渡性和短暂的非场所经验则成为日常生活的重要组成部分。奈杰尔·拉波特（Nigel Rapport）和安德鲁·道森（Andrew Dawson）写道，"现在我们置身于同步化的全球社会中，正在进行文化的克里奥尔化和压缩，并产生了异质性的身份"。就连家的概念也需要重新定义和理解：不仅要意识到现代人可以在移动中获得家的感觉，而且移动本身就是家①。这并不是说基于空间的地缘标志丧失了意义，相反，处于变化中的动态身份总是在同空间形式的协商中实现自我建构的，任何全盘抹杀身份与空间关系的说法都是值得怀疑和商榷的。对此，迈克尔·吉斯（Michael Keith）和派尔·史蒂夫（Pile Steve）也指出，

　　　　可以说，任何地方都同时存在多种空间形式的表述——而这可以同修正和回忆反霸权文化实践的空间性的过程联系起来。现在我们或许可以用"空间性"这个术语来描述社会和空间彼此不可分割、相互实现的方式；进而联想起很多情况下，社会同时在思考、感受、行动的个体中实现，又联想起另一些不同的情况下，这些思考、感受、行动的主体又经历着实现过程。②

　　"思考、感受、行动"的主体在不同的关系中组合，构成了不同的社会，

---

① Nigel Rapport and Andrew Dawson. Migrants of identity. Oxford：Berg, 1998. p. 27.

② Michael Keith and Pile Steve. Place and Politics of Identity. London：Routledge, 1993. p. 6.

其异质性和流动性的后现代特征自然决定空间经验的多种表现形式。无论是城市的物质形态，还是文学艺术的想象形式，差异的文化政治最终是由权力来决定的。然而，抵制、反抗和斗争也从来没有停止过。或许，人类历史就是以这种不平衡的社会空间的发展为标志的，而在发展中起决定作用的则是作为现代性之标志的城市空间。如果说波德莱尔的《巴黎的犹豫》诗意地展现了与权力进行斗争的"恶"的力量，那么，本雅明对 19 世纪的巴黎进行的拓扑性研究就围绕着一个个具有寓意的辩证形象揭开了波德莱尔诗歌中"恶"的神秘面纱，进而为我们辩证地透视当下混杂的、流动的、异质性的"后现代"文化提供了路径和方法。

城市的街道和城市的人群赋予城市空间以莫大的神秘性。正是这种神秘性激励着诗人、作家、艺术家用绚烂多彩的笔触书写他们对城市的爱与恨；他们或歌颂光明的启迪，痛斥黑暗的邪恶；或探寻自我的价值，批判人性的堕落，或倾诉离散的伤怀，顿悟时空的奥秘。"光明的文字划破黑暗，比流星更为神奇。认不出来的城市在田野上显得更为高大。①"

在诗人这里，现代性就是当代性与时代共脉搏、同呼吸则是每一个当代人的责任。这个责任就是带着丝丝忧郁、缕缕情怀讲述城市，或公开，或私密，或张扬，或谦虚的故事，并在讲述中忘记自己的身份，忘记自己的民族，忘记自己的苦难与忧伤、幸福和欢乐，以世界公民的身份把或"恍如隔世"或"看不见的"城市献给忠实的世界读者。

伦敦作为欧洲最大的城市，不仅是英国的历史和文化宝库，更是整个人类文明版图上的一块绮丽瑰宝，吸引着来自世界各地的游客。在伦敦，他们可以一睹古英国的容颜，回首"日不落帝国"曾经的辉煌，也可以尽享现代都市漫步者的乐趣，不经意的回眸一瞥中往往就会闪现沁人心脾的画面：布卢姆斯伯里体现历史厚重感的一块块砖墙，街角老式酒吧古色古香的风貌，海德公园争奇斗艳的鲜花，以及人群中西装革履的绅士和身着纱丽的印度裔妇女。在 20 世纪英国女性小说的经典作品中，读者可以寻找到一幅幅类似的画面，所不同的是，经过女作家们的洗礼和升华，这些细腻逼真的画面不但深刻印在了现代城市文学的殿堂中，而且构建着城市历史、文化和记忆的精神空间，讲述着城市人纷繁多样、瞬息万变的日常生活经验，其无限的精神空间蕴含着无数给当代历史以深刻启迪的故事，这也是本书试图要讲述的。

---

① 豪·路·博尔赫斯：《宁静的自得》，载《博尔赫斯全集——诗歌卷（上）》，林之木等译，杭州：浙江文艺出版社，1999 年，第 46 页。

第三节　女性小说的嬗变

不夸张地说现实主义是 19 世纪小说家创作的圭臬，人们纷纷追求细节的绝对真实，任何细节的失真都可能构成致命的错误，而同时代的小说批评家也以发现小说中的事实错误为傲。然而，现实主义并没有因为小说家的虔诚与批评家的严格而走向更高的辉煌，反而葬送在二流的小说家手中。为此，以沃尔夫为代表的小说家和读者产生了审美疲劳，不得不寻求更新、更好的艺术表现形式。20 世纪的英国，乃至世界文坛涌现出了大批优秀的女性作家，她们通过细致入微的体认与灵巧细腻的笔触塑造了许许多多个性鲜明、深入人心的女性角色，并以此来表达对长期居于存在创作主导地位的男性文学桎梏的突破与抗议。她们勇敢地抵制父权社会地压迫，积极地争取女性平等和自由，为女性文学开辟了崭新的书写时代。

20 世纪英国女作家及其创作是世界女性文学不可分割的重要组成部分，也是人类在争取自由和民主的历史进程中不可忽略的重要环节。女性作家们卓越的才华和不懈的努力体现了女性在性别意识和文化身份上的积极建构，而这一建构同西方女性运动密不可分。女性运动激发了女性意识的觉醒与成长，催生了代表妇女意志的文学作品，同时这些优秀的文学创作又反过来为运动的不断进展提供了精神支柱和理论源泉。因此，谈及 20 世纪英国女性小说家思想及艺术创作，我们有必要对西方女性主义运动做一番简要回顾。

在欧洲各国，女性运动的源头一般被认为来自法国大革命自由平等思潮的影响[1]。1789 年当革命的爆发让人们看到妇女在争取民族独立与自由过程中表现出的英勇气概，虽然制宪会议最后并未能从真正意义上赋予女性自由平等的权利，但妇女们已从实际行动上开启了捍卫自身利益的斗争。一些小规模的妇女团体和俱乐部随之在欧洲各国相继成立，它们宣传女性应享有同男性平等的权利的思想，成为女性运动第一次浪潮的星星之火。然而，彼时的妇女团体力量微弱，开展运动举步维艰，直到 19 世纪下半叶，代表妇女权益的组织才形成较大的规模，从而引发了席卷欧洲大陆的第一次女性主义运动浪潮。实际上，对于第一次浪潮的起止时间并没有确切的说法，有观点认为它始于 18 世

---

[1]　李银河：《女性主义》，济南：山东人民出版社，2005 年，第 16 页。

纪 90 年代，到 20 世纪 60 年代结束①；也有观点认为它始于 19 世纪后半叶或 20 世纪初期；更为普遍的观点认为它发生在 1840 年到 1925 年间②。虽然在起止时间上未有共识，但对第一次运动浪潮的最终目标，即争取妇女选举权，却是没有争议的。随着运动的不断深入，运动目标也在不断发生着改变——"首先是为女童争取更多的教育机会，然后是争取妇女在婚姻和工作中的权力，最后是要求获得平等……而妇女获得选举权使最后的斗争达到高潮③"。J. S. 穆勒和哈丽雅特·泰勒是争取选举权阶段最著名的代表人物。泰勒曾匿名发表《妇女的选举权》一文来抨击传统婚姻中女性的不平等地位。穆勒的《妇女的屈从地位》则提出女性不是男性的附属品，统治职能不是男性的专属，女性具有选择自己命运的自由。在 1914 年到 1928 年间，欧洲各国的妇女相继取得了选举权。同时，受教育以及参加就业的比率大幅度提高，妇女地位有了显著改善。

但是如前所述，女性运动第一次浪潮所取得的部分胜利，特别是就业方面的胜利，"都是在二战爆发时，由于许多男性离开工作岗位参战之后才取得的④"。二战的爆发迫使大量青壮年男性走上战场，为了刺激战争带来的劳务市场萎靡，妇女被鼓励承担起"男人的工作"。她们积极参与到社会工作中，用事实证明了女性对社会的价值和贡献，西方社会也开始认同她们的工作能力和效率。然而，随着战后男人们的归来，妇女们又被要求回到原来的位置，出现了"向家庭和传统女性角色的回归⑤"。1949 年，法国女作家西蒙·德·波伏娃出版了《第二性》，此书被尊为"女性主义的圣经⑥"，因为它从历史的角度论述了妇女从古到今的地位和拥有权利的情况，论述了"他者"和"他者性"的问题，探讨了造成男女地位差异的根源，认为女人之所以成为女人不是天生的，而是后天形成的。波伏娃的论断对女性运动第二次浪潮起到了"推波助澜"的重要作用。妇女们意识到，取得选举权、受教育权以及就业权并不意味着女性从此就可以和男性平起平坐了，性别间的不平等依然存在。因

---

① 克拉马雷、彭斯德主编：《路特里奇国际妇女百科全书：精选本》（上卷），北京：高等教育出版社，2007 年，第 371 页。

② 李银河：《女性主义》，济南：山东人民出版社，2005 年，第 16 页。

③ 克拉马雷、彭斯德主编：《路特里奇国际妇女百科全书：精选本》（上卷），北京：高等教育出版社，2007 年，第 371-372 页。

④ 克拉马雷、彭斯德主编：《路特里奇国际妇女百科全书：精选本》（上卷），北京：高等教育出版社，2007 年，第 375 页。

⑤ 同上。

⑥ 李银河：《女性主义》，济南：山东人民出版社，2005 年，第 27 页。

此，第二次女性运动的基调是"消除两性差别，并把这种两性差别视为造成女性对男性从属的基础①"。这一次女性运动浪潮在 20 世纪 60 年代至 70 年代达到高峰。在弗里丹等女性主义者热情的鼓励下，妇女们开始大力抨击男女不平等的社会现象，要求社会从根本上尊重女性的人格和尊严，内容涉及家庭、婚姻、生育、抚养后代等涉及女性自身权利的方方面面。这次运动带来的另一个结果是女性主义学术研究的兴起。"女性研究（又称"性别研究"）作为正式的研究领域于 20 世纪 60 年代首先在美国和英国出现……女性运动的第二次浪潮对于女性研究这一学科的建立有着根本性的影响②"。伴随着女性研究的兴起，各种女性主义流派层出不穷，各种相关书籍不断问世，这是女性主义运动取得的巨大进步。在此之前，西方社会长久以来形成的以男权霸权意识为中心的社会意识使得人们习惯从男性的角度描述和思考世界，而女性主义流派的出现从根本上挑战了既存的社会思想体系，把妇女对自由平等的追求上升到理论高度，并形成系统规模，这无疑是女性为实现自身价值取得的新的突破。

　　第三次女性主义浪潮发端于 20 世纪 80 年代，在英国它被称为"新女性主义③"。也有观点将"后现代女性主义"流派的出现视为第三次浪潮的标志④。波伏娃在《第二性》中认为，女性在社会上地位低下并不是由于同男性生理上的差异引起的，而是整个男权社会意识造成的结果。因此，在第二次妇女运动浪潮中，女性主义者致力于从根本上改变社会对于性别的偏见，强调女性天生并无劣势。这种男女对立的思想造成了很多负面的社会影响，比如单身母亲、婚外恋、堕胎等等。"新女性主义者"们开始反思女性传统的家庭角色是否同社会角色互相冲突，女性实现平等独立后又该走向何方，女性是否要为自身的独立付出诸多代价等一系列问题。特别是雅克·拉康、米歇尔·福柯、雅克·德里达等后现代理论家的出现，以及权力话语等后现代理论的兴起，更是让女性重新审视了多年运动的成果。纵然经过多年的不懈努力，妇女们在诸多领域已经取得了沃尔夫时代从未想象过的社会地位，但后现代主义颠覆了永恒的真理。真理既然可以被创造，必然就可以被颠覆。事实上，所有的意识形态、话语权力长久以来都是由男性来掌控的，人们的思维方式、书写方式也都

---

　　①　李银河：《女性主义》，济南：山东人民出版社，2005 年，第 26 页。

　　②　克拉马雷、彭斯德主编：《路特里奇国际妇女百科全书：精选本》（上卷），北京：高等教育出版社，2007 年，第 371 页。

　　③　克拉马雷、彭斯德主编：《路特里奇国际妇女百科全书：精选本》（上卷），北京：高等教育出版社，2007 年，第 434 页。

　　④　谢静芝：《全球化语境下的女性主义文学批评》，郑州：河南人民出版社，2006 年，第 116 页。

是为男性统治世界服务的，女性在这个层面上依然处于边缘位置。意识到这一点后，妇女的"作战方式"有了明显的改变，她们从只关注争取实际利益上升到更关注话语、更重视超出女性范围的哲学思考。

西方女性写作深受女性解放运动的影响，也呈现出阶段式的发展状态。美国著名的女性主义文学批评家伊莱恩·肖瓦特在其成名作《她们自己的文学：从勃朗特到莱辛的英国女性小说家》中提出了著名的女性文学"三段论"：从1840 年从女性作家采用男性笔名到1880 年乔治·爱略特去世为"女性（Feminine）"阶段，这一阶段的女性文学主要是对主流传统流行模式的模仿（Imitation）；1880 年至1920 年西方妇女取得选举权为"女权（Feminist）"阶段，这一阶段的女性文学表达了对既存价值观的抗议和对少数权利和价值观的维护；1920 年至今为"女人（Female）"阶段，此时的女性文学开始了女性的自我探索和身份认同[①]。同时，她特别指出，20 世纪 60 年代女性的自我意识进入了新的阶段。纵然肖瓦尔特这种分析并非绝对合理，但却为我们的研究提供了清晰的结构框架。作为西方女性文学重要组成部分的英国妇女小说，其发展脉络也大体遵循了这一阶段划分。

在"女权"阶段，妇女运动蓬勃发展，具有反抗意识的女性小说家不再像"女性"阶段的妇女作家那样，使用男性笔名并模仿主流文学以求得到社会的认可。她们从暗处走到明处，公然表达对男权文化的敌意，言辞犀利且富有创新精神。而 20 世纪"女人"阶段的妇女小说则超越了此前的"模仿"和"反抗"模式，进入更为成熟的自我探索阶段。实际上，20 世纪初期英国的一些女性小说兼具了"女权"和"女人"阶段的双重特征，即一方面在写作主题上表达了对男权社会的反抗，另一方面在创作形式上强调了艺术的女性自主性，摒弃一贯使用的男性语言，主张用女性自己的语言说话，比如沃尔夫的小说创作。弗吉尼亚·沃尔夫是 20 世纪英国文坛最重要的女性作家之一，她一生致力于小说艺术的革新，以女性特有的书写方式开辟了现代女性小说创作的新局面。她出身名门，家境富裕，父亲莱斯利·斯蒂芬爵士是著名的文学批评家和编辑，当时英国很多学者名流都是她的家中常客。从小耳濡目染父亲和学者们的博学多识，年轻的沃尔夫对文学艺术颇有见地，从不随波逐流，从而形成了自己独特的创作思想和艺术技巧。

沃尔夫的小说经常同女性主义思想紧密相连，她本人也被看作 20 世纪女

---

① Showalter. E. A literature of their own: British women novelists from Bronte to Lessing ［M］. Princeton university Press，1977. p. 13.

性运动的先驱。她曾尖锐地指出，社会对于女性的定位无外乎"屋子里的天使"和"丑陋的妖魔"，这种男性化的定义剥夺了女性应受到的尊重，而女性应该有自己的表达方式。因此，在写作上，沃尔夫没有继承 19 世纪维多利亚现实主义文学遗风，而是强调了文学在人类精神层面的巨大作用，认为文学应该深入地描绘人心灵深处的精神世界。沃尔夫小说达到此种艺术效果所借助的写作技巧便是后来风靡整个西方文坛的"意识流手法"。

20 世纪初期英国文坛上就已经出现了"意识流小说"创作，但并未引起很大关注。沃尔夫以女性作家的敏感发现了意识流对于传达精神内容的极大价值，随即开始了她以意识流为主要写作技巧的创作。沃尔夫长篇小说的主人公大部分都为女性，如《到灯塔去》和《达洛维夫人》等等都是如此。通过女主人公意识的书写，沃尔夫在小说中展示了普通女性的一生，以及她们对过去的回忆、一刹那的感觉、心灵深处的呼唤和对未来生活的联想，这些看似毫无规律可循的文字将女性的生活生动地展现出来，同时又包含着女性特有的价值观、人生观，是女性思想最生动的写照。《情感与艺术的焦虑——论〈到灯塔去〉"双性同体"的矛盾叙事》探讨了沃尔夫的女性主义思想与现代主义创作手法之间的联系。该研究从内聚焦点的意识衔接、点面结合的象征隐喻及建构和谐的内在冲突三方面质疑"双性同体"的女性主义立场和现代美学价值，反映了双重视角所体现的两性矛盾和视角重合所确立的男性权威，揭示出沃尔夫在把握情感与艺术时所持的矛盾态度。《沃尔夫的遗产——论短篇小说〈遗憾〉作为沃尔夫小说形式观的证据》将沃尔夫晚年短篇小说《遗产》作为研究对象。虽然这篇小说没有具体论述沃尔夫的精神转向小说形式观理论，但却恰恰以小说本身的形式和内容，证明了作家的这个理论，验证了此前她提出的精神主义。

虽然一直以来沃尔夫和詹姆斯·乔伊斯同被誉为意识流小说大师，但英国女作家多萝西·理查逊（Dorothy Miller Richardson，1873－1955）却是该形式小说开创性的实践者。肖瓦尔特在《她们自己的文学》一书中关注了自勃朗特姐妹以来大量名不见经传的女作家，理查逊就是其中重要的一位。肖瓦尔特给予了理查逊以极高的评价，认为她是"女性审美最忠实的代表——如果她再懂得些自我推广……她本可以成为英国小说界的格特鲁德·斯泰因①"。此处肖瓦尔特所表达的遗憾不无道理。理查逊在 20 世纪初写就了英国文学史上

---

① Showalter. E. A literature of their own: British women novelists from Bronte to Lessing［M］. Princeton university Press，1977. p. 248.

第一部意识流小说《人生历程》，开西方意识流小说创作之先河。然而，令人匪夷所思的是，她的作品在很长一段时间里，遭到了读者和评论家的忽视。究其原因，有人认为一是由于她本人腼腆的性格和低调的生活，使得她不愿意过多的面对外界的采访；二是她对传统创作潮流的背离，使她的作品对于习惯传统阅读方式的读者来说难以接受。然而，当我们回望 20 世纪英国妇女小说家及其创作时便会发现，理查逊无论在艺术形式上还是写作内容上均为英国文坛乃至世界文坛作出了不可磨灭的开创性贡献。

《人生历程》（*Pilgrimage*）共十三卷，是理查逊的杰出代表。它讲述了懵懂的青春少女米利安·汉德森在经过一系列的变故之后，成长为一位渴求平等的成熟女性的生活经历，其中大部分故事情节都是作者本人生活的再现。从内容上来看，理查逊通过对米利安内心世界的描绘，传达给读者的是女性追求自由的意识和反抗男权社会的勇气。从形式上看，理查逊独创性地使用了后被称为"意识流"的艺术表现手法，开创了新的女性小说叙事模式，赋予了其小说卓越的创新精神。鉴于理查逊卓越的文学成就，她后来的追随者将她与普鲁斯特和乔伊斯相提并论，然而事实上"她真正的传统是女性的，她的写作主题是女性意识①"。沃尔夫在论及理查逊的写作技巧时，曾高度评价说"她发明了，或者，如果不是发明，至少是发展并为己使用了一种句型，我们可以称它为女性心理句型。它比旧式的句式更具弹性，可以拉伸到最大长度，悬挂住最微小的例子，包裹最模糊的形状②"。然而对于该句型在理查逊小说中的具体阐释，现有的文献资料还比较缺乏。

《女性心理句型下的女性意识——〈人生历程〉的文体学分析》尝试从文体学的角度分析这种心理句型，并探讨了女性意识如何通过该句型传达给读者。通过对小说标点、句子结构、话语呈现形式以及修辞手法的使用等方面的分析，该文认为理查逊"既展现了女性意识的形式又捕捉到了女性意识的内容"。传统的小说创作，宣扬的是理性、逻辑和规则，而理查逊采取的是一种更符合内心情感的表达方式，从而捕捉到了女性飘忽不定的意识，细腻地反映了女主人公的内心世界。《〈人生历程〉女性思想的探索和界定——对个人主义的追求》则从生活经历和创作美学等方面探讨了多萝西·理查逊对于女性个人主义的追求。两篇文章分别从艺术和思想等不同方面展现了女性作家艺术创作和价值观构建的显现过程。

---

① Showalter. E. A literature of their own: British women novelists from Bronte to Lessing [M]. Princeton university Press, 1977. p. 248.

② 王佐良、周珏良：《英国二十世纪文学史》，北京：外语教学与研究出版社，1994，p. 747.

无独有偶,战后女作家克里斯蒂娜·斯泰德(Christina Stead,1902-1983)也是被人忽略的妇女作家。斯泰德出生于澳大利亚,1928年离开悉尼到达伦敦,从此开始了旅居欧美长达近五十年的写作生涯。在创作高潮期,她几乎每隔两年就出版一本小说,但却没有引起评论界的足够重视,直到1974年斯泰德回到澳大利亚定居并获得了怀特文学奖,她的小说才逐渐受到西方评论者的关注。在中国,斯泰德的起步更晚,直到现在,相关的学术论文都寥寥无几。斯泰德是一位相对来说较多产的小说家,自20世纪30年代开始有作品出版至80年代写作生涯终止,共有十三部小说问世。同时,她还出版了两部短篇小说集。但是,斯泰德的小说受关注的并不多,自第一部小说《萨尔茨堡故事》(*The Salzburg Tales*,1934)问世之后,一些评论集中探讨了小说创作形式的创新,并未对其内容进行深入探索。随后斯泰德不断有新作问世,但并未引起评论界足够的重视。1964年《热爱孩子的男人》(*The Man Who Loved Children*)再版,美国诗人兼评论家兰道尔·贾勒尔将其称为"一部被忽略的伟大著作",从此西方评论界才逐渐开始对斯泰德开展系统的研究,她作为20世纪重要妇女作家的地位才逐渐被确立。

从主题上来看,国内外对于斯泰德的研究主要集中在女性主义、精神分析、后殖民主义等方面,但斯泰德更引人注目的还是她特殊的创作风格。她"经常把自己的小说贴上自然主义的标签,无意于自佐拉以来任何的文学流派,而钟情于这一独特的创作源泉[1]"。在创作伊始,她就把自己小说的描述对象定位在那些从出生就开始遭受压迫和不公的人们。因此,她笔下的世界充满着压抑和荒凉。她以自然主义的手法描绘现实中的物质世界,精确而敏锐地观察周遭人物,记录人性中最阴暗的层面。她向读者展示的是整个世界的复杂性和人类灵魂深处不可言说的秘密。

虽然斯泰德的写作主题是阴暗甚至有些残酷的,但她无意对人物进行过多的干涉和批判,而是采取探索的态度,让人物自由发展。以代表作《热爱孩子的男人》为例,小说描绘了一个混乱的美国家庭,充满矛盾与斗争。在连续不断的家庭纷争中,每个成员的观点都得到了充分的体现,每个人物的视角同等重要,并形成交叉对话,使故事具有多声部的美感。《斯泰德的"多重声音"世界——用复调小说理论分析〈热爱孩子的男人〉》从复调小说理论的角度对该小说进行解读,挖掘存在于各种思想交汇地带的事实真相。该文认

---

[1] Lorna Sage. Women in the House of Fiction: Post-war Women Novelists. Houndmills, Basingstoke, Hampshire and London: The Macmillan Press, 1922. p. 40.

为，斯泰德运用多重声音的世界展示了复调小说的主体性、对话性和未完成性，也体现了反对男性单一话语权的思想，从而为斯泰德小说研究开辟了新的解读维度。

吉恩·瑞斯（Jean Rhys，1890-1979）也是战后颇具盛名的女性作家。她出生在多米尼加的罗素岛，父亲是威尔士人，母亲是第三代克里奥尔移民。1907年，瑞斯来到英国，遭遇到了家道中落、居无定所等一系列生活重创。为了维持生计，她做过合唱演员、时装模特，甚至依附过男人生活。第一次世界大战之后，瑞斯结识了著名作家福特·马多克斯·福特，开启了她的文学之旅。总的来说，瑞斯并非一位多产的女作家，但她的小说每一部都能引起广泛的关注，最著名的当属1966年出版的《藻海无边》（*Wild Sargasso Sea*）。与生俱来的克里奥尔血统和西印度群岛的生活经历，让她本能的在小说中聚焦边缘人物身份的塑造。《藻海无边》就让《简·爱》中的边缘人物罗切斯特家"阁楼上的疯女人"——安托瓦内特从幕后走到前台，成为小说的女主人公。小说描述了美丽的克里奥尔女孩安托瓦内特从牙买加的庄园走入英国罗切斯特家阁楼的经过，她在《简·爱》中的疯狂是对男权社会对女性压抑的深刻阐释。瑞斯赋予了这位在《简·爱》中失语的女人发出自己声音的自由，扭转了人们长时间以来对她的偏见，这正是该小说广受关注的重要原因。《梦幻人生，心灵之旅——论〈藻海无边〉女主人公的自我追寻》从自我心理发展的视角阐释了该小说女主人公追寻自我心路历程和作家思想的关系，认为该小说折射出作家本人的矛盾思想，又反映了拥有类似族群经验的心理。从这个意义上说，这部小说的终极关怀已经超越了个人与时代，具有更为深层的意义。

斯泰德和瑞斯的小说让我们看到了女性在思考现实物质世界时的深邃思想和敏锐观察，女性主义思想框架已经很难涵盖对她们作品的解读。实际上，大部分战后英国女性作家的创作已经远远超出了女性主义思想范畴，她们从女性的角度审视整个人类的生存境遇和发展空间，以细腻的笔触描摹了宏观的历史和人文景象，给予女性作家及其创作以新的体验和思维延展。

20世纪60年代的英国经济形势日益严峻，社会阶层之间关系日趋紧张，工党在战后推行的"福利国家"政策所带来的经济弊端逐渐显露。人们逐渐发现，虽然福利政策在一定程度上改善了人民的生活，复兴了战后英国的经济，但劳资矛盾并没有真正得到缓解。据1971年《经济学家》称，84%的国有资产掌握在7%的人手中，贫富悬殊依然存在并且日益严重。特别是60年代中后期，英国的经济陷入了前所未有的困境：通货膨胀、贸易逆差、劳资矛盾、高失业率、海外市场的萎缩等等，无一不把英国财政推向崩溃的边缘。巨大的悲观失望情绪弥漫全国，战前以叔本华为代表的悲观主义哲学思想并未随着战争的结束而消亡，它夹杂着人们对世界和社会的怀疑再次袭来，笼罩着整个英国。

很快，战后悲观主义成为社会的普遍心态，知识分子更是走不出迷惘和困惑的圈圈。此时形成于 20 世纪 40 年代，以萨特为代表的存在主义思潮达到了高峰，并继而成为整个英国乃至整个欧洲文坛的主要思想基础。他所提出的存在主义观点从某种程度上缓解了社会的悲观失望情绪，从而成为人们寻找寻找精神出路和解答人生迷惑的有力支撑。因此，许多作家开始以存在主义为哲学基础进行文艺作品的创作。他们坚持不懈地在作品中对人生哲理和人性道德进行思考，探究文学艺术与伦理道德的关系，试图展现人类生活的现状。

艾丽丝·默多克（Iris Murdoch，1919-1999）便是其中一位杰出的妇女作家。1953 年默多克默多克发表了研究萨特存在主义思想的文学专论《萨特：一个浪漫的理性主义者》，这为她在哲学研究领域奠定了重要的位置。随后，她以小说的形式向读者传达自己对社会存在形式和人生意义的独特见解，让法国萨特式哲学小说在英国文坛得以再现。

除了萨特，柏拉图也是对默多克影响深远的哲学家。1977 年，她出版了《火与太阳》，其中阐述了她对于柏拉图文学观和哲学观的思考。在书中，默多克将艺术和爱情相提并论，探讨了文学、艺术和爱情的关系。她认为"爱可以揭示出人们最隐秘的一面，只有处在爱这种迷狂状态，人才会把自己秉性中的全部，无论是美的还是丑的都表现出来①"。因此，爱与艺术是默多克小说的重要主题之一，她的多部小说都是以爱这一迷狂状态为描写对象的。在写作手法上，她认为，"柏拉图的艺术世界或模仿世界是理论世界，而客观现实世界是居于两者之中的，它比理念更接近真理②"。因此，默多克也坚持在写作中用写实主义的笔法不断地靠近真理，靠近事实的本质。

然而，对于一个有思想的作家而言，我们是没有办法对其写作内容与写作手法做出肯定与确切的定性描述的，因为她/他的写作永远处于不停地变换、创新与思考中。就默多克而言，她虽然受存在主义思想影响很深，但并未一味追随前人的世界观，而是在吸收和运用这些思想的同时，积极融入自己对人存在的价值和意义的思考，逐渐形成独具特色的文学观和世界观。

苏格兰女作家穆丽尔·斯帕克（Muriel Spark，1918-2006）也是 20 世纪

---

① 瞿世镜、任一鸣：《当代英国小说史》，上海：上海译文出版社，2008，第 112 页。
② 同上。

60 年代活跃在一个文坛上的独具特色的女作家。她早年生活在非洲，直到二战期间才回到英国。虽然非洲的生活经历为她的小说带来了丰富的素材，但斯帕克最具盛名的还是她的宗教小说，她本人也常被划入宗教小说家的类别。1954 年，斯帕克正式皈依天主教，也从此开始了她宗教小说的创作历程。1957 年，在麦克米兰的资助下，斯帕克的第一部长篇小说《安慰者》（*The Comforters*）问世，成为她最引人注目的作品之一。《安慰者》讲述的女主人公卡罗琳·罗斯同作家本人一样，是一名天主教徒，但在宗教信仰上却有着困惑和彷徨。形而上学式的教义灌输和神圣信仰下掩藏的道德沦丧是这部小说引人深思的主题。同时，它也从一个侧面反映了斯帕克对于天主教本质的思考和质疑。

　　20 世纪 60 年代享誉英国的还有一位重要的妇女作家——多丽丝·莱辛（Doris Lessing，1919-2013）。莱辛是一位颇为多产的作家，创作涉足小说、散文、传记、剧本等多项文学领域，并于 2007 年获得诺贝尔文学奖。莱辛的小说创作大致可以分为三个阶段①：第一个时期（20 世纪 50 年代）以作者早期在非洲的生活经历为题材，采用传统现实主义叙事手法，表达了对英国殖民主义的反对并揭露种族歧视的恶劣本质；第二个时期（20 世纪 60 年代）以长篇小说《金色笔记》（*The Golden Notebook*，1962）为代表，以反映知识女性在当代西方社会所面临的困境为题材，并在艺术形式和技巧上进行大胆突破和创新；在第三个时期（20 世纪 70 年代之后），莱辛的小说超越了类别的限制，科幻、寓言和写实交相呼应，寄托了作者对人类命运和历史发展的忧思。然而，这样的时间划分不过是一个大致上的发展概括，事实上，莱辛的小说风格独特多变，特别是晚期作品对各种手法的杂糅，让我们很难对她的作品做出确定的阶段划分，这也充分说明了莱辛小说思想和形式的复杂性和创造力。

　　诚然，20 世纪 60 年代正是西方第二次女性主义运动风起云涌之时，彼时莱辛的一部《金色笔记》让她很快就成为女性主义的偶像级代表人物，更是有人把该书同女性主义的圣经——《第二性》相媲美。然而，莱辛对此却颇为反感。她坚决否认了该书对女性主义的宣扬，更不乐意自己被贴上女性主义的标签，她希望自己的作品有着更为广阔的视野和更为深邃的哲思。她的小说《简·萨默斯的日记》体现了人类意识二元性，是剖析现代人心灵的高手，小说中的四位女性人物相互依存、相互呼应，展示了女性对于生活的不同态度，

---

　　① 关于莱辛才知道分期一直存在争议，也没有特别明确的说法。为了方便叙述，这里暂且取通常的说法。

传达了心灵的共同和命运的暗合。但莱辛并不仅仅意在描述这些人生轮回规律的表象，而是借助生活的普遍性和规律性，引导人们，尤其是女性，对自我进行剖析和反思。在《三四五区间的联姻》中，莱辛透过超越婚姻的空间和跨越联姻的意识所表出的对异质文化互动的深度关怀。《又来了，爱情》则表现了后现代语境的叙事特征，体现了莱辛晚期小说技巧的创新，如：小说互文性、话语次序的颠倒性以及时间的无止境化等。短篇小说是莱辛整体创作中重要的组成部分，突出地体现了她卓越的创作思想和技巧，然而遗憾的是，其短篇小说批评尚未引起广泛的关注。

安东尼亚·苏珊·拜厄特（Antonia Susan Byatt，1936- ）和玛格丽特·德拉布尔（Margaret Drabble，1939- ）姐妹是和莱辛同时代的妇女小说家，在英国文坛乃至世界文坛都享有极高的声誉。她们于20世纪30年代出生于英国谢菲尔德市的一个知识分子家庭，父母均为剑桥大学毕业生。布尔家族文化底蕴深厚，家中兄妹四人均接受过良好的文学艺术熏陶，日后也都在各自的领域颇有建树。拜厄特和玛格丽特两姐妹先后进入剑桥大学纽纳姆学院攻读英国文学学士学位，并均以优异的成绩毕业，成为颇具学者特色的女性作家。

作为亲生姐妹，拜厄特和德拉布尔的职业生涯十分相似。她们在同一时期进入文坛，对文学理论都有自己独到的见解，都集小说家、批评家、社会活动家于一身。但若仔细看来，其中还是有很大差别。某种程度上，拜厄特在文学批评方面的建树一度超越了她在小说领域的才能。比如，她对艾丽丝·默多克、华兹华斯、柯勒律治等作家有非常深入的研究，并有相关著述问世，如《自由的等级：论艾丽丝·默多克的小说》《华兹华斯和柯勒律治在他们的时代》等。也许正是因为拜厄特在文学批评方面独到的见解，让她的小说具有了深刻的思想内涵。她主张：文学创作一方面要来自真实生活，不能脱离现实，另一方面要有一定的哲理启迪，让读者有所受益。

拜厄特笔下的小说正是她文学主张的充分体现。虽然她的小说多以女性为书写对象，但文本的意义却并没有局限在女性主义这一主题框架之内，而是有着非常广阔的解读空间。小说《占有》（也称《隐之书》）是拜厄特最成功的作品，该书一出版就荣获英国文学最高奖项布克奖，并被翻拍成电影，流传甚广。它讲述的是19世纪维多利亚诗人艾许和美丽的兰蒙特之间神秘而浪漫的爱情故事，而这一段故事通过两位20世纪文学研究者罗兰和莫德锲而不舍的调查研究展现出来。随着艾许和兰蒙特之间爱情故事的逐渐浮出水面，罗兰和莫德之间也产生了微妙的情感。故事就这样在现代和过去之间来回穿梭，把现代人的生活和精神状态同维多利亚时期的道德操守无形中作了比较，让人回味深思。可以说，《占有》集中体现了拜厄特卓越的故事编制技巧和丰富广泛的思想内涵。故事中穿插的诗歌、童话、书信、日记、文学评论等体现了小说厚重的历史感和真实感，而文本之间形成的错综复杂的互文关系又让小说情节变得扑朔迷离，呼唤着对小说丰富内涵的不同解读。

同拜厄特一样，玛格丽特·德拉布尔的许多作品也是以女性为书写对象，反映了现代女性的心声。德拉布尔20世纪60年代进入英国文坛的时候，正值第二波女性主义运动风起云涌之时。波伏娃的《第二性》为她提供了丰富的写作素材与灵感，她把早期作品的主题定位在反映现代知识女性内心纠葛、描绘那些生存状况、传达女性意识以及女性自我认知等方面。如首部小说《夏日鸟笼》描绘了女大学生对于世俗婚姻的迷茫，《加里克年》讲述了进入婚姻的女性所面临的危机的和迷茫，《磨砺》展现了一位未婚母亲艰辛的生活。然而，德拉布尔的女性意识是温和的，她不赞同女性以压抑个性和放弃人生追求为代价来扮演传统的贤妻良母角色，亦不鼓励将她们同男性对立起来、激进地采取行动以为自己在家庭和社会中争得一席之地。她的创作致力于在这两者之间找到一条可行的中间道路，即女性以"某种方式"与男性平等相处的可能性，或者说女性在贤妻良母与女权主义的中间地带进行选择的可能性。

到了后期，德拉布尔的小说视角发生了很大的转变，她开始广泛地关注社会，积极地以一名记录者的身份去描写当代英国存在的种种弊端，呼吁整个社会普遍的平等和正义。比如《针眼》和《冰期》两部小说突出反映了德拉布尔写作风格的转变。她秉持着作家高度的社会责任感，尖锐地追问造成70年代英国社会动荡不安的根本原因，笔触几乎涉及存在的所有问题：高失业率、通货膨胀、福利国家的隐患、战争威胁、法律制度的弊端等等。在这一系列问题面前，德拉布尔引导着读者反思自己所处的时代，以图能够找到一条出路，带领英国走向未来。

德拉布尔写作素材的转变提醒我们应把她的作品作为一个整体来考察。妇女作家的性别身份赋予她们细致描写女性经验得天独厚的优势，但是，"一个女性作家，如果放纵自己在性别上的写作潜能，那是很容易淹没在经验的泥潭里，因为过度的经验化，必然会冲淡写作中的伦理感觉；经验一旦变成终极，写作就会变成表象化的写作，无法企及生存的核心地带①"。这一点在德拉布尔身上体现得尤为明显。家庭出身和早期教育所接受的宗教影响使她成长为一位具有高度社会责任感和高尚道德观的女作家。她所关心的根本问题，在于整

---

① 谢有顺：《铁凝小说的叙事伦理》，载《当代作家评论》，2003（6），第25页。

个社会普遍的平等和正义。妇女的权益问题，不过是其中的一个部分而已。因而，德拉布尔的小说具有特别的人文精神和社会价值。德拉布尔的小说《金色的耶路撒冷》体现了自由伦理的个体叙事，其使用的"复合伦理叙事模式"让读者忽略了对克拉拉的道德审判，从而赋予读者设身处地地感受克拉拉命运的自由；小说《红王妃》揭示了德拉布尔所表达的意义：生命的意义就在于积极地理解生活、面对生活。

后现代主义盛行带来的另一个文学效应就是高雅文化与通俗文化之间的界限越来越模糊。20 世纪中叶以来，伴随着电影、电视等大众传媒的日益发展，越来越多的通俗小说被搬上荧屏供广大观众欣赏。具有现代特征的精英文化和具有严肃文学性质的英国小说在阅读市场上所占的份额不再有优势，取而代之的是通俗小说的蓬勃发展。这类小说以其通俗易懂的文风、引人入胜的情节以及易于同电影、电视媒体结合的特点迅速传播，成为 20 世纪英国小说不可分割的组成部分。

进入 20 世纪 80 年代，移民小说和后殖民主义小说开始登上英国主流文坛并迅速发展起来，这一景观打破了长期以来英国本土白人文学的垄断现象，英国文坛听到了其他种族作家发出的声音。这些来自以前英国殖民地的作家夹带的多元社会背景、新奇的英语表达特色、新颖的批判立场和丰富的文化身份，犹如一阵清新的风扑面而来，为英语文学长久以来沉闷的局面注入了生机和活力。后殖民帝国的瓦解造就了各殖民地的独立，这些新独立国家的作家有着英国本土白人作家少有的漂泊感和错位感，加之多元的文化熏陶和耳濡目染，他们的作品有着极为丰富的灵感来源和写作素材。同时，随着科技的发展，各国之间的人口流动频繁，移民现象日益普遍，文化交流更加便捷，语言差异也不再是各族人民交流的巨大障碍，很多来自殖民地的作家可以流畅地用英语写作，这为他们的作品在英语文坛取得一席之地奠定了重要的基础。

在诸多移民作家中，我们也发现了很多女性的身影。安德里娅·利维（Andrea Levy，1956- ）就是一位杰出的英国黑人女作家。2004 年，李维凭借一部反映战后牙买加移民生活的小说《小岛》（Small Island）一举获得了专为女性作家设立的"奥兰治文学奖"，成为获此殊荣的第九位妇女作家；时隔不久，这部小说又获得了"惠特布莱德年度最佳小说奖"，这无疑在很大程度上肯定了利维的移民写作成就并确定了她在移民文学圈中的重要地位。《小岛》是利维的第四部小说，在此之前，利维以移民为题材，探讨英国的黑人身份问题已有 10 年之久。1994 年，她出版了处女作《屋里灯火通明》，描绘了 60 年代一个牙买加家庭在英国的艰辛生活。时隔两年，她推出第二部小说《从未远离》,讲述了生活在伦敦的两个姐妹的故事。1999 年,利维第三部小说《柠檬果》问世,这是一部有关牙买加移民回故土寻根的故事,引起了很多移民者对身份认同和文化归属问题的深思。

利维的父母同为英国牙买加移民。1948 年利维的父亲搭乘"帝国疾风号"轮船,和大约 500 名西印第安人一起跨越加勒比还来到英国,希望在新的土地上开始新的生活。这次航行标志着二战后加勒比移民大规模进入英国的开始。然而,利维一家在英国的生活并不像想象中的美好,虽然她的父母通过自己的努力获得了稳定的职位,然而肤色的不同还是给他们的生活造成了很多困扰和无奈。利维虽然肤色较白,可周围的人依然将她视为黑人对待,这给她的成长带来很大影响,迫使她不得不认真地思考英国籍黑人存在的意义和命运的归宿。父辈的生活轨迹给利维提供了丰富的移民写作素材,她的所有小说与她个人以及家庭的生活都有着密切的关联,内容真实而生动。《小岛》就是一部以利维父母的真实经历为蓝本讲述二战后牙买加人移民到伦敦开始新生活的故事。小说讲述了二战结束后,一对牙买加夫妇吉尔伯特和霍滕斯移民英国所面临的因种族问题而造成的压力、失落与困惑,深刻反映了殖民主义、阶层、性别差异等多重主题。小说由四位不同的叙述者讲述:一对牙买加夫妇——吉尔伯特和霍滕斯和一对白人夫妇——伯纳德和奎妮。故事从吉尔伯特夫妇从牙买加来到英国,投宿伯纳德夫妇家开始。四种叙述声音展现了四种不同的生存意识:霍滕斯在牙买加接受了上等的白人教育,摒弃了牙买加的本土文化,来到英国却因肤色原因与社会环境格格不入。尽管她不愿承认这种歧视的存在,但残酷的现实还是无情地击碎了她美好的幻想。吉尔伯特则十分现实,他对自身的处境有着客观清醒的认识,渴望通过自己的努力求得平等交流的可能。而奎妮作为一个白人女性,却以宽容的心胸邀请吉尔伯特夫妇入住,热情地对待肤色不同的人,这与丈夫伯纳德严重的种族歧视情绪形成鲜明对比。四种完全不同的视角从不同角度折射了黑人移民的生存境遇。

珍妮特·温特森(Jeanette Winterson, 1959-)也是一位我们所关注的女性小说家。温特森是 20 世纪末英国优秀的年轻小说家,她才华横溢,曾以优异的成绩考入牛津大学攻读英文专业。1985 年温特森的处女作《橘子不是唯一的水果》刚一出版,便引起了学界内外的一致好评。在书中,作者通过技艺娴熟的叙事手法,以半自传的形式描绘了一个生活在福音教派新教家庭中的小女孩珍妮特的成长过程。

凯瑟琳·曼斯菲尔德(Katherine Mansfield, 1888-1923)则是女性短篇小说家中的佼佼者。曼斯菲尔德出生在新西兰的惠林顿,后到英国接受教育,一生经历坎坷，疾病缠身。然而她在短暂的一生中，却写下了许许多多优秀的短篇小说，如《幸福和其他故事》《花园聚会和其他故事》等。这些短篇小说集收录了曼斯菲尔德对于生活和人生的诸多感悟。她的小说多以细致入微的片段描写和细节观察取胜，内心独白和意识流也是经常使用的写作手法。

以上谈及的作家只是 20 世纪英国女性小说家中富有代表意义的人物。其实，20 世纪的英国还有相当多的女性小说家值得关注和研究。她们的创作无论在传播女性主义思想和价值观，还是在艺术形式的创新方面都对 20 世纪英国，乃至全世界范围内的社会、文化和文学，以及文学批评产生了巨大的影响。她们独特的思想从根本上颠覆了延续几千年的传统观念，引发了文艺理论界对女性创作主体的讨论和重视。其艺术创作将女性意识融入小说形式之中，打破了传统小说的写作形式，开辟了艺术创作的新视野。因此，探讨 20 世纪英国女性小说家的思想和艺术对从新的角度阐释女性文学传统，具有重要的理论意义和参考价值。

第三章　童话的缘起与存在

　　童话的故事元素存在于神话、传说、寓言等体裁之中，它源于民间，具有广义的民俗学特征，时至今日却成为我们每一个人精神生活记忆库中的重要组成部分。对"童话"内涵的关注，伴随着启蒙运动前后知识分子不经意的叙事策略，它逐渐发展成为独立的文类并演化定型，其发展之迅速是出乎意料的。经历几个世纪成长而来的"童话"，得益于人们对其名称的浪漫想象，加之启蒙主义、浪漫主义知识分子有意识地"返回自然"的研究姿态，使得童话在"美丽的误解"和"无意的策略"中孕育而生，其影响之深远在当今洋溢着勃勃生机的奇幻小说、魔幻电影的火爆热销中仍可见一斑。

　　与女性自己拿起笔主动进行文本创作所不同，童话并非由儿童执笔，甚至最初也并不是为儿童创作的，它是一种成人的叙述。童话的听众、读者多是被动的受众，童话来源于民间，但毫无疑问，童话中又夹杂着知识分子的声音，甚至有女性的声音。童话原初作为"寄生"的存在，与神话、传说等概念较之相伴，因而带来界定的困难。尽管难以"清算"它的概念，但到底何为童话？诸如此类的问题，学者们都曾关注过，有分歧却也曾达成局部的一致，要了解"童话"这一术语的认识发展过程以及童话作为文类在欧洲的演化，我们在进一步探讨女性创作和童话模式之前，非常有必要对"童话"这一名称的由来及其发展演变过程进行一番回溯。

第一节　童话与民俗学

　　童话在当代备受关注，凭借影像媒体的烘云托月，其如火如荼的流行势头，也许会让格林兄弟、安徒生等老前辈们意料不到，尽管在文化研究领域它仍然处于边缘状态，但从欧洲童话作为文类出现并定型发展过程看来，经历了民间文化——经典文化——大众文化的发展轨迹，它在过去、现在和未来都对每个人发挥着或多或少的影响。

西方对童话的研究，大致有三种走向，国际儿童文学研究会理事长玛丽亚·尼古拉耶叶娃在为韦苇先生的《世界童话史》作序时就明确指出：第一种走向是社会拟态学研究，注重于童话的社会功能、教育内涵。作为传统的研究方法，经由童话考察社会状况，分析作家的立场，能发挥童话在社会中对孩子的教育意义，但较为功利的解析童话的内容，指导、干预童话及创作；第二种心理分析学的走向，是心理学成果应用于民俗学研究的产物，弗洛伊德、荣格等学者的解析提供了研究范例，他们以及布鲁诺·贝特海姆（Bruno Bettelheim, 1903 - 1990）关于"小红帽"故事的分析具有代表性，凡·弗朗兹（Marie Louise von Franz, 1915-1998）是荣格的后继者，在心理解析童话领域颇有建树。精神分析法应用于童话研究兴盛于 20 世纪 70 年代，不仅用心理分析法来研究童话，还发挥了童话的心理治疗功能，借助童话中所蕴含的人类心理深层的智慧，他们从中汲取灵感和力量，寻求一种神秘的精神支柱，抵御现实中的某些困境给人类带来的压迫，对一些有心理障碍的人员进行疏导，成为"心灵鸡汤"式的养料；结构主义的研究是童话研究的第三种走向，普罗普和列维·斯特劳斯作为先驱者，着重研究了文本自身的内在联系，当然结构主义的方法也有所发展，邓迪斯就印第安民间故事作的形态分析还借助比较方法对民俗事项作了跨文化的比较。

这三种走向无疑涵盖了西方民间故事、作家童话研究的大致趋势，但本人认为，值得一提的还有当代杰克·兹普斯教授的研究工作，这位学者曾执教于美国明尼苏达大学，研究领域涉及法兰克福学派的批评理论、戏剧研究等等，在民俗学和童话的隐喻、象征特性以及在文化生活中的现实意义，从民俗、文学、文化领域介入的研究方法使童话的意义更为深远，并具有当代的应用价值。兹普斯教授的研究视野超出了原有童话研究的范畴，可以说他以一种更为开放的研究姿态，集社会历史、传媒、政治等学科领域为一体，在广阔的学术背景下，利用田野调查的有关资料，对传统民间童话向现代作家童话的转型过渡以及当代社会中童话话语经由传媒文化的影响作了一番"后现代"的考察，他的研究成果——《破解魔咒》（*Breaking the Magic Spell*：*Radical Theories of Folk & Fairy Tales*）以及《童话与颠覆的艺术》（*Fairy Tales and the Art of Subversion*）等著作都是文艺民俗学领域的丰硕成果，值得学习和借鉴。

国内，周树人、周作人兄弟、赵景深、茅盾、郑振铎等学者都先后参与这一学术领域的构建，洪汛涛、刘守华等先生也分别在童话或中外民间故事领域进行过理论研究，后者还提供了比较故事学的基本理论和方法，近年来的研究成果还有蒋冯先生的《中国儿童文学史》、韦苇先生所著的《世界童话史》、方卫平的《儿童文学理论文集》以及谭旭东的《重绘中国儿童文学地图》等。朱自强、曹文轩、方卫平等儿童文学作家、评论家在各自的研究中，更多地从儿童文学的发展角度关怀着人类不朽的童年文化读物。作为儿童文学创作者和理论家的梅子涵先生就曾提倡要"种植童话"，童话阅读对孩子有深远意义，而且他深刻地意识到成人也要阅读儿童文学，应该从童话中汲取诗意和美的精神。关于儿童的理论批评，张嘉骅、谭旭东等学者已经感到研究视野的局促、理论建设的滞后，他们呼吁儿童文学研究界应该"借重文化研究的理论和方法来对儿童文学进行外部考察，这样才能全面地考察儿童文学的发展……①"。儿童文学研究在我国的边缘状态一定程度上制约了理论建设，此外，研究方法的传统和单一也束缚了部分学者发挥建设性作用地潜力。可以发现，国外童话研究的动态正映照了我国在该领域的欠缺，发掘童话文类研究的更大潜能，也即通过文化关照和深度阐释，这方面还应该有广阔的发展前景。

　　在散文体叙事中，童话"寄生"于神话、民间故事和传说等口头传承的文学形式之中，但又有着独特的个性特征。作为口传的散文体叙事形式，神话、民间故事和传说这几个概念的阐释得到学界的基本认同。阿兰·邓迪斯所编的《神话学读本》导言中直切主题——神话的界定："神话是关于世界和人怎样产生并成为今天这个样子的神圣的叙事性解释。"神话中包含有宗教的核心内容，它对人类文化影响巨大，"神话是文化的有机成分，它以象征的叙事故事的形式表达着一个民族或一种文化的基本价值观②"。威廉·巴斯科姆比较细致地区分了神话、传说和民间故事，基于对宗教的虔诚信仰，对神圣叙事的笃定，或是与书面历史相对应，他把"神话"与"传说"定义为"事实"，这一判断还有待验证，但这种对比关照也有一定的参考价值。

　　因此，如果粗略地进行划分，神圣性与世俗性的差异成为"神话"与"传说"尤其是"民间故事"的清晰的分水岭，而真实性与虚幻性区分了"神话""传说"与"民间故事"的基本内涵。尽管如此区分，还是不能令人满意，作为术语和概念，对于童话、民间故事等相近的"幻想性故事"的界定还存在界限不明的模糊认识，尤其是关于"童话"这一名称的使用和理解，仍然并不统一，童话作为幻想性的故事，来源于民间故事，而童话与神话、民间故事之间千丝万缕的联系还需做进一步了解，特别是童话和民间故事，使用

---

① 谭旭东：《重建儿童文学理论批评》，《文艺报》，2005 年 2 月 24 日第 2 版。
② 叶舒宪选编：《神话——原型批评》，西安：陕西师范大学出版社，1987 年 7 月版，第 12 页。

时常常将两者等同。就一些重要文献的用词来说，如普罗普的 "Morphology of the Folktale" ——《故事形态学》一书中，"民间故事""神奇故事""幻想故事""童话"等名称都同时并用，在这部名著的英译中，分别表达为 "Folk tale""Magic tale""Fantastic tale"，当然还有 "Fairy tale"。普罗普在书中所引用的阿尔奈关于童话（此处他采用的是 "Fairy tale" 一词）的分类，共七项，体现出童话所具备的超自然的神奇特点①。每一类都以 "supernatural"（超自然）一词加以修饰，其实也暗合了英文中 "Fairy tale" 的本意——超自然的精灵仙子故事。童话，也许从这一术语的诞生之时起，就注定是个难以自在自为的概念。

首先，它与神话有着近亲"血缘关系"，赵景深先生在阐释童话的意义最后才一言以蔽之，"童话是神话的最后形式，是小说的最初形式"。周作人在《神话与传说》中，按照各自的性质特点，将与神话大同小异的文学作品划分为四类：一是神话，二是传说，三是故事，四是童话。谈到童话之起源，他认为"神话者原人之宗教，世说者其历史，而童话则其文学②"。就生活性而言，它与民间故事有着相似之处，"它讲给成年人听，不是作为可信的但作为一度可信的；它讲给孩子听，不是讲给男人们；是讲给浪漫的情人们，不是讲给未知物的崇拜者；它是由母亲们和保姆们讲述的，而不是由哲学家们或女教士们讲述的；是在家居生活的场合，或幼儿园，而不是在肃穆的神圣的景仰中"。文化进化论者戈姆的论述给我们清楚地勾勒出童话的生活性特征，但不要忘记，就奇妙幻境、仙术魔法而言，它又具备了神话的超现实性的想象的特质，童话的一些因素早就寄生于远古的神话、传说，还有寓言等文学样式之中，尽管很多地区（如澳大利亚的某些部落，或北美印第安人的某一族）将神话视为事实③，但时代的久远、故事生态环境的变迁等因素都会阻碍人们对神话真实性的接受，而更易于在时过境迁之后认同神话的象征性表述的特征。

"民间故事"这一术语，有时与童话故事难以区分。在英语中，民间故事可用来指"家常故事"（Household tale），也可以指"童话故事"（Fairy tale），这一散文叙事体的形式内涵更为宽泛，赵景深先生在《童话学 ABC》例言中，标明自己是从民俗学上立论，他指出："童话即民间故事"，但我们不禁要问，童话真的等同于民间故事吗？童话如何从诸多民间口传文学之中浮出历史地

---

① V. Prop. Morphology of the Folktale. University of Texas press, 2003. p. 10.

② 周作人著：《儿童文学小论》，石家庄：河北教育出版社，2002 年 1 月版，第五页。

③ 阿兰·邓迪斯编：《西方神话学读本》中，选编了拉斐尔·贝塔佐尼的《神话的真实性》一文，文章参考了北美、非洲等地区部落的民俗事项，解析神话真实性的理解问题。可参见第 119 页相关内容。

表？就现代意义的"童话"的表层能指来说，它是那些充满幻想、具有娱乐或教育特征、面向儿童读者的散文体叙事，而就其深层的所指来看，童话中的丰富内涵、象征意义有很多值得研究的成分。国内外学者对童话的研究，可以说是仁者见仁，智者见智，但"童话"这一指涉宽泛笼统的叙事作品，涵盖了神话的奇幻色彩，具有传说的口传、现实性，还可能带有寓言的哲理性、拟人风格等特征。这一在使用中没有明确严格"非此即彼"式的限定、难以绝对"清算"的概念术语为我们的研究带来一定的难度。但是，从另一个角度来说，却使我们的考察有更为宽广的线索和充分的研究空间，为了深入了解这一看似隶属"小儿科"的文类，我们还须追溯童话的真实状态。

童话这一叙事文体，没有歧视，跨越时空，长期以来受到世界各地人们的热爱，但童话并非仅仅是"对儿童的叙述"。首先，我们绝对不能从字面上将它理解为童言儿语，童话并非儿童的话语；其次，童话最初与儿童本没有必然的联系；第三，童话曾经并且当今还是很多成年人的心灵寄托。童话不仅是成人的一种叙述，而且，最初也只是为成人叙述的。就术语的精确度来说，汉语中"童话"这一词语最易造成误解。汉语中"童话"于 20 世纪初来源于日语，本意就是"儿童故事"，可见，从诞生之日起，它就当然的与儿童这一被动群体死死地连接在一起，更值得注意并应该澄清的是，受日语的影响，汉语中的"童话"内涵比英文、德文类似的语汇要小得多，而多年来，我国从这一文类到创作、研究的内容，很早就将童话与儿童文学自然地联系在一起。名称的选用，使得汉语中"童话"一词存在着先天的缺陷及认识上的先入为主的误区，我们将在下文中逐步澄清。

说起童话，使人自然地联想到世界共同的记忆——格林童话、安徒生童话、霍夫曼童话这一类举世闻名的经文人改造加工的艺术童话。但在口头传承、文字传承、多媒体传承并且日益发达的今天，对很多孩童来说，越来越多的童话情节则来源于迪士尼动画、卡通影视剧的精美制作。但是，要考证童话源于何年何月，却并非易事。童话产生的时间是模糊的，正如大多数童话的那个开场白——似乎只能够说是"很久很久以前"。但不论如何，它的创作者不是儿童而是成年人：或是未知的"无名氏"，故事情节不断地在行游僧人、水手或妇女们之中流传、加工并日益丰满，充满魅力的口传叙说经历若干年；或是某个慈祥的祖母、手工作坊间的纺纱的农妇，也可能是个打鱼砍柴的山野村夫；当然，我们如今所借助的阅读的文本，更多的是知识分子的再加工的产物。如民间文学一样，童话最初也是口耳相传的，我们所阅读的文本是"由文人润笔整理的文学读本①"。

　　赵景深先生在《童话 ABC》一书中并未单刀直入，而是出人意料地以否定的形式来给童话"定义"：童话不是小儿语；童话也不是小说；童话也不是神话。这当然不够精确，但是却指出了有关童话的几个重要因素，即：童话是"原始的文学，与小说有同样的组织，也是含有有趣的情节……小说是由个人创造的，童话是由民族创作的……②"除赵景深外，周氏兄弟在我国童话研究领域做了大量的开创性的工作：鲁迅的译作中，涉及儿童文学的作品占了较大的比重，童话译介实践体现了他对儿童教育的重视；周作人经研究，认为中文"童话"一词最早源于日本，他从民俗学、人类学、文学等角度出发，比较了中国古代童话与西方童话，从发生的角度缕析了神话、童话、世说的同源关系。童话是神话、世说的一支，它以娱乐为主，但保留了原人的思想和习俗，从童话中人兽易形，木石能言的艺术形象及情节故事中，周作人一再挖掘了童话对儿童成长的教育功用，当然也一并重视童话艺术的审美。我国早期的童话研究的实践，进一步证明学者们在学科之初就很自然地把童话和儿童的文学连接在一起了。当代学者韦苇在《世界童话史》中作了如此界定："童话是以口头形式和书面形式存在的荒诞性与真实性和谐统一的奇妙故事，是特别容易被儿童接受的、具有历史和人类共享的文学样式之一……"对"童话是什么？"这一问题做了正面表述之外，还附加了若干条款对"童话"概念进行了文学化的描述，从其中的"儿童""奇幻"等关键词可以发现，在我国，对于童话的儿童本位和非现实性特征基本达成共识。看来，汉语中"童话"名称的使用，促进了这一以儿童为中心的文学的研究与实践，儿童文学在我国诞生之初就受到文学骁将的瞩目，未尝不是受惠于对"童话"概念的狭义理解。

　　在我国被视为既定的"儿童文学"的"童话"概念，与西方的相应概念其实存在着一定程度的错位，英语中"童话"为"Fairy tale"，直译应该是"小妖精故事"，万物有灵的观念使得故事中出现了仙子精灵、妖怪、侏儒、巨人等形象并为世人所接受。"Fairy"本身来自法语词汇"contest de fee"。1697 年，奥诺伊夫人（Madame D'Aulnoy）的作品集中，尽管有些童话（Fairy tale）根本没有姿态曼妙、轻盈飞舞的仙女精灵什么的（Fairies），倒是常常采用动物拟人的表现手法，神奇虚幻的故事情节，但这一叫法却从此沿用了下来。在美国民俗家斯蒂·汤普森看来，德语词"Marchen"对界定童话的内涵

---

① 陈勤建等选注：《民间文学》，广州：广东人民出版社，2003 年 1 月版，前言，第 3 页。
② 赵景深：《童话 ABC》，上海书店，1990 年 12 月版（据世界书局 1929 年版影印），第 2-4 页。

更为准确，意为它在某种程度上包含了"连续的母题或插曲的故事①"。兹普斯教授考察过"Marchen"的词源，其词根"Mare"最早的意思是"消息、闲话②"，而日本学者梅内幸信的考证更为详细，他认为"Marchen"的词根最初有"伟大的、有声望的"意思，作形容词表示"重要的、有名的"，大约15世纪后，词义缩小并逐渐确认为"报告、物语"的意思，19世纪后意为"报告、小故事"并含有幻想文学、虚构文学的非显示内容，这一术语演变看来是有点矛盾的——从过去现实的内容反映到近现代非现实的幻想文学、虚构故事甚至某地历史人物的传说，可见，要精确界定"童话"的概念并不是一件简单的工作，从西方"Marchen"词义演变的过程中，就可以看到该词原有的严肃性被渐渐弱化，有意趋向于故事性的内涵并兼具虚幻的意蕴。

对童话的认识，仅仅停留在"儿童""虚幻"层面的理解是远远不够的，尽管这一误解带来的是童话正面积极的良性发展硕果，但还应在历史的回顾中，冷静地了解童话发生的真实情态。取材于民间的故事起初并非儿童特制，并且口述的家庭故事也并非浪漫奇幻的神奇叙事。在民间通行的农民的故事版本中，营养不良、后母虐待的素材来源于真实的家庭生活，故事中农人所幻想的愿望非常实际（他们对精致奢华生活了解有限，浅陋的见识抑制了想象力）——平日食不果腹，盼望能借助神奇力量满足的最大心愿便是大快朵颐，故事最后的 Happy Ending 也不过分，乃是基于生活的罕见梦想——拥有房子、田地或牧场填饱肚子，或借助魔力渡过生存难关。事实上，很多民间故事告诉"农民这个世界是什么模样，并且为他们提供处事的策略③"。可见，来源于民间故事的童话，原本就不是为儿童而作的，衣食无着的经济发展状态，哪里有教育孩子的"雅兴"？即使是贝洛冠名以"鹅妈妈"的童话创作，别看它封面上画着坐在火炉前边抽线给孩子讲故事的情形，其实这些"儿童类古典名著都是经过一番修饰的嘲讽寓言。④"。原生材料最初充满谋杀，（如《蓝胡子》）、饥饿（如《亨舍尔和格莱特》），甚至强暴（如《睡美人》）。由此看来，从叙事内容判断，所谓"童话"，不但是成人的一种叙述，而且，最初也只是为

---

① 斯蒂·汤普森著，郑海等译：《世界民间故事分类学》，上海文艺出版社，1991年2月版，第8页。

② Jack Zipes. Breaking the Magic Spell: Radical Theories of Folk & Fairy Tales. The University Press of Kentucky, 1979. p. 27-28.

③ 罗伯特·达恩顿著，吕健忠译：《屠猫记——法国文化史钩沉》，新星出版社，2006年4月版，第54页。

④ 凯瑟琳·奥兰斯姐著，杨淑智译：《百变小红帽：一则童话的性、道德和演变》，张老师文化事业股份有限公司，2003年8月，第50页。

成人叙述的，那时的听众或读者并非儿童。从故事的可信度来看，它折射了一定的历史真实。而我们当今对童话的浪漫记忆，掩盖了童话原生态的历史真相。

第二节　童话与文学的关联性

童话作为成人的叙述，又是如何演变为以"儿童"为受众的专属文类？童话与儿童的关联，甚至可以视之为某一特定阶段的历史机缘，童话渐渐分离于神话、传说等概念并逐步独立，历经了对童话受众的误解，对口传内容的扬弃，恰恰促成了它的发展和兴旺。丰沃的民间土壤、适时的文化思潮，还有知识分子的参与，都与童话的"发达"有着密不可分的关系。

周作人在《童话略论》中，根据童话的来源，大致作了如下划分：一是民间童话（也称为天然童话、民族童话），它是若干年来代代口耳相传的童话，其中反映了人类童年的思维状态、生存方式，它没有特定的作者，是集体创作的结晶，内涵深远，是某一群体的共同记忆，具有时空的穿透力；二是作家童话（或曰创作童话、艺术童话），这类童话有些经由作家收集、改编民间童话，经删繁去秽，复述加工后定型署名并出版发行，格林童话、安德鲁·朗的各色童话便是收集改写的杰作，鉴于民间叙事的口传性、流变性、变异性，一些作家所收集的民间故事，为故事类型的研究提供了可资参考的文本，有着非常重要的意义和价值。最为典型的作家童话——安徒生童话、王尔德童话以及豪夫、霍夫曼童话等都是作家童话的范例，此外还有巴里的《彼得·潘》、格雷厄姆的《杨柳风》等传世之作。相比之下，作家童话更具有鲜明的时代特征，又具有各自的主体意识，对来自民间童话素材的收集、整理，汲取养料再加工转述，作家童话在模仿、升华中使得童话创作走向渐入自觉。与我国的唐传奇的发展情况相类似，童话也是"一种在民间文学浇灌下成长起来的新文学样式，一种带有文人语言与笔法的新故事[1]"。无论是民间童话还是作家自觉创作的所谓艺术童话，都浸染了民间文化与精英文化的双重特点，可以这么说，童话，"与文人文学相比，它拥有大量民间文学的因素，与民间文学相比，它又增添了文人自己的语言甚至一些艺术的再创作[2]。"

---

① 陈勤建等选注：《民间文学》，广州：广东人民出版社，2003 年 1 月，前言。
② 同上，第 2 页。

　　无论如何，对童话的分类至少有一点是肯定的，即民间口头文学，是童话的最初源头，童话产生于民间，其后文人汲取民间文学的营养、精神，提炼并创造富有个性的作品，从民间原初自在自为的口头传承到作家文人主动地演绎并展开文本创作，进而现当代媒体介入烘云托月，建构起多元复合的童话体系，当今世界各地围绕童话、魔幻大做文章，其发展势头有增无减，J. K. 罗琳的《哈利·波特》系列幻想文本、影视交相辉映，掀起的阵阵热潮让人为世间芸芸众生童心依旧、诗性犹存所感动，童话及其衍生产品的冲击力和审美愉悦不仅让我们思索着下一个问题：童话究竟何为？

　　从当代儿童的主要读物——童话来看，其中的故事经过几代作家的自觉改造，愈发贴近孩子的心灵。雪登·凯许登教授在《巫婆一定得死》一书中，概括出童话故事所描绘的情节以及触及的主题内涵主要包括"七宗罪"——虚荣、贪吃、嫉妒、色欲、欺骗、贪婪及懒惰。西蒙·德·波娃回忆录中记载着童年在童话故事中，对这"七宗罪"的展示正是孩童的心理实际，虽说其中含有虚幻的故事，想象丰富、用笔夸张，但从孩子的心灵世界来看，无疑是该年龄层次的"现实主义"。一方面，童话激发了儿童的想象，在当代娱乐经济的催生下，某些故事书中的"法器"、道具风靡世界，更进一步强化了幼童的模仿欲望，混淆现实与虚幻的界限，想象自己的超能，甚至在当代生活现实中也曾酿成悲剧，如成人沉溺于网络游戏无法自拔，孩童也如此走火入魔，甚至有孩子想象自己自由飞翔而从高楼坠落的事件亦曾见之于中外媒体；另一方面，童话具有更多的情绪宣泄作用，心绪适当合理的抒发，无论在幼年还是成年都十分的有必要，童话中某些夸张的因素契合了孩童的娱乐天性，巴赫金的狂欢化理论也可以从童话对孩子的吸引力中得到印证。童话是没有国界的，这一特征在欧洲尤其显著，很多故事情节如出一辙，《白雪公主》《小红帽》《灰姑娘》在贝尔、格林等人的文本中都有所反映，童话继承了原初作为民间故事利于口承的模式，与其他口头叙事作品一样，具备一定主题。尽管各国的版本故事情节有着细微差别，风格也不尽相同，如："意大利的版本富有喜感，德国的版本以恐怖著称，法国的版本极具戏剧效果，英国的版本逗趣……①"但就大多数故事开篇来说，不外乎，"从前……"，而最终多以令人满足的大团圆结束："从此，他们过着幸福美满的生活"。以满足听众或读者的心理期待，并借此塑造读者受众的善恶是非的判断力、丰富他们的情感体验，培育勇敢、坚定等意志，发挥正面、积极的教育功能。

---

　　① 罗伯特·达恩顿·著，吕健忠译：《屠猫记——法国文化史钩沉》，新星出版社，2006年4月，第47页。

　　民间故事由原生态的口头传承形式向书面文字印刷物的转化，童话的特征破土而出，如果用形象化的事物来比照，犹如扎根于肥沃泥土的植物，在花匠的精心培育下，修剪枝蔓，继而灼灼其华、芬芳袭人，点缀中产阶级家庭优雅的客厅。从内容上看，童话由现实转为浪漫，民间故事中叙述的内容本与浪漫精灵无缘，是知识分子的想象和田园牧歌式的怀旧情绪、卢梭"返回自然"的精神求索进一步突出并建构了奇异的虚幻故事，为它罩上了神圣的光环，是他们心目中对理想境界的乌托邦式的寄托。文人介入童话的发掘和创作，一方面满足了知识分子的浪漫幻想；另一方面借助这一民间元素，施展了文人的政治抱负，而从文学角度来看，最为受益的则是童话作为独立文类的悄然兴起。18 世纪以降，童话将叙述对象逐渐定格为儿童，无疑让我们感受到妇女、儿童作为"人"的地位的崛起，故事叙述由口头传承到书面文本的传播，这一文化发展史上的重要一环得益于知识分子的身体力行。在此期间，有两股力量不经意地参与其中成就了童话的崛起。一为女性知识分子，二为启蒙运动即浪漫主义的文学精英。他们的本意都不在发展这被误解为儿童文学的童话，作为女性而非男性，或作为知识分子而非政治家的边缘的身份，他们所要建构的分别是女性的话语或知识分子爱国复兴的民族的声音，而恰恰是"无心插柳"的收集、改制，使他们在借助"童话"发源于民间这一特征的基础上，间接地推动了童话作为独立文体的发育与成熟。

　　17 世纪的女性知识分子是"童话"崛起的重要力量。兹普斯教授认为，"Fairy tale"如果用来指"民间故事"（Volks Marchen），实属"用词不当"，在他看来，童话"Fairy tale"是 16 世纪到 18 世纪，中产阶级或贵族作家如贝洛、奥诺依夫人、博蒙夫人为那些受过教育的读者而改制的，他们从自我所属阶层的口味出发，增加了新的视角，口头的民间故事在保留基本故事情节的情况下转化为文本形式的所谓"童话"。1697 年，法国就出版了夏尔·贝洛（Charles Perrault，1628-1703）的所谓童话故事书——《鹅妈妈故事集，又名寓有道德教训的往昔故事集》。而当时上流社会除贝洛外，还有不少出入宫廷沙龙的贵族侍女，在谈书论道的聚会间歇讲述"童话故事"，（法语称之为"Conteuses"，意即女性讲故事者）。那些追逐风雅辞令的高贵妇人，在沙龙聚会中，有闲阶级名门闺秀就曾钟情于玩弄文字的游戏，选材于民间故事的即兴讲授犹如席间的一首插曲，"法国民间故事不说教，也不归纳道德命题"，她们主要是通过这一即兴节目，以优雅的表述，一展自己非同寻常的语言才华、雅致情趣、高尚品味，巧妙改编、修饰来自普通民众的口传故事，通过女性的时尚作为逐渐定格，沙龙聚会的表现机会也使童话这一崭露头角的文类成为特定载体，它为女性提供改善生存条件的想象空间，女性通过介入童话创作的形式，既合乎上层社会的风尚，又将自己的改编内容形成书面文字出版。"童话"这一并不精准的术语，就在大众与精英文化的交融点上诞生，而这一特定阶层的女性的创作不期而然地与民间故事的相遇，为童话的"生长"提供了温室般的条件，也为女性的创作开辟了道路。

18 世纪以后的启蒙知识分子自然是"童话"崛起的至关重要的因素。西方学界对童话的大规模考察是与民间故事的大规模搜集相伴而生的，而这首先表现在德国知识分子的努力中，德国知识分子以实绩证明他们在民间文化领域的有效挖掘，他们尽力收集，保存民歌、童话，这些工作对民间生机勃勃的艺术素材的保护起了有效、积极的作用。德国启蒙思想的传播、民族文学的复兴，在客观上使得民间文学包括童话这一特殊的文类为世人所接受提供了肥沃的土壤，在这一发展历程中，赫尔德民歌收集的实践无疑有着极其重要的意义，作为德国"狂飙突进运动"的理论指导者，他身体力行，收集编撰的《民歌集》无疑是对欧洲民歌整理的一大贡献，阿尔尼姆与布伦塔诺收集编写的《儿童的奇异号角》是继赫尔德之后充实民间文艺宝库的佳作，德国浪漫主义文学潮流中涌现了大批童话的收集者、创作者，蒂克作为近代艺术童话的奠基人，与格勒斯、霍夫曼、施瓦普、豪夫等浪漫派的艺术家们共同创造了德国童话王国的天地。时势造英雄，与他们同时代的格林兄弟，虽然在德国语言史上做出了卓越的贡献，但更为瞩目的是，童话集奠定了他们在文学史上的地位，如今享誉全球，2005 年 6 月 21 日，联合国教科文组织宣布格林童话为世界文化遗产，誉为"欧洲和东方童话传统"划时代的汇编作品的《儿童与家庭童话集》，感染、影响了世界各地一代又一代人，格林兄弟成就了"世界记忆"，启蒙运动的时代精神为他们关怀民间叙事的实践提供了可能，那些反映人类共同情感的浪漫幻想故事，跨越国界，成为东西方人的共同财富，并继续以丰富多样的传媒方式施展着它的魔力，渗透到当下的生活，影响着未来的岁月。

如果说神话表现了人类童年时代的天真，反映着原始思维的特征，那么，根据弗洛伊德的心理学实验，童话对人类童年的作用也并不亚于神话对理解文化原型的巨大价值。1913 年，弗洛伊德在《来源于童话的梦的素材》一文中指出，民间童话影响着儿童思维活动，并且有些人对自我童年的回忆，被自己曾经喜爱的童话所代替，因为这些童话成为一个个电影镜头，储存在头脑中。18、19 世纪德国民族文学的土壤、启蒙思想、浪漫主义的思潮犹如甘霖，为童话的兴起提供了条件，童话则成为民族语言、文化及传统精神力量的载体，发挥着它潜在的影响力，因此，说童话语言是浪漫主义者的文学实践的叙事策略并不过分。

　　童话的兴起是浪漫主义者叙事策略的间接产物，他们运用民间故事素材，找寻民族语言文化的源头。按照格林兄弟的初衷："我们是按照我们听到的那种样子来转达故事内容的。但是不言而喻，转述的方式和细节的描绘主要是属于我们的。我们做出最大努力，尽量保存一切有特色的东西，以天然的、不加修饰的面貌来出版这部故事集①"。主观上对民间故事保持尊重和审慎的态度，客观上则让步于浪漫主义的美学原则，对采撷口述的民间故事的文本化转述，不可避免地使他们采用了"修饰"的手法，"他们具有充分批判的敏锐眼光和正确选择的鉴赏能力，他们在叙述上具有驾驭旧问题的能力……"恩格斯对他们的评价充分说明了格林兄弟的提炼才华，他们按照中产阶级的文化观念，迎合这一阶层的读者群，揭开了童话这一新型文类的生产序幕。于是，原本血淋淋、粗俗的故事，为了适应中产阶级家庭的优雅女性、天真少儿的阅读口味，渐渐地被修改、演化：女主人公温柔可人尽显淑女潜质，男主人公英勇智慧极具绅士风范，礼仪、美德、善良等特质的道德文化取代下层苦难现实生活中的冷酷、血腥的细节，极力涂抹着纯洁、温柔的色调，城堡森林、精灵仙子、灵兽宝物，哪怕是善恶角逐、贫富更迭、爱恨美丑等等场景，以至于浪漫空灵的境界，最终将以振奋人心、正义伸张的形式终结，当今影视传媒业对童话题材的巨大商机的发掘，无一不利用科技的魔力，又一次使童话的迷幻魅力大行其道。

　　欧洲各国对童话的关注各有不同，法国童话经由文人精英的"点化"，借助内闱沙龙（贵族妇女们常常采用一些民间故事的母题，点缀席间），受到女士的青睐，逐渐进入书面文学的领域。童话从边缘一角再度获得关注，与女性创作由边缘走向中心的境况近乎一致。而借助启蒙思想、浪漫主义的思潮，德国文人俯身民间，在民众生活场中寻找真与善，他们采集、整理、加工德国民间童话，极力保持民间口述的特征（虽然客观事实是他们已经进行了精心雕琢）。美国学者罗伯特·达恩顿在研究法国文化的过程中，就比较了同一故事在法国与德国的不同风格，他认为法国与德国的文化差异使得前者更具写实、朴拙的特征，而德国的故事则偏向于超自然、诗意、离奇和暴力；在分析民间农夫、农妇的故事与贝洛故事的差异时，他注意到了民间传述故事与文人的改制版所体现出来的不同特征，前者没有提供道德教诲，不经营抽象的观念，而是以现实的精神表明，世界是怎么组成的以及如何应对这样的世界，在口耳相传的乡间农庄传播，向包括孩子在内的人展露这个世界的无情与危险，发挥实

---

　　① 刘魁立：《欧洲神话学派的奠基人——格林兄弟》，《民间文学论文选》，长沙：湖南人民出版社，1982 年 12 月，第 95 页。

用的警示功能。可见，民间故事传述的是生活现实，展示的是日常生活经验，通过故事形式告知防卫策略。在法国，来自民间故事的口述传统经由诸如贝洛等文人的改写传入沙龙，筛选提炼使故事经典化，之后贝洛版本的故事又重返通俗文化的长河，以印刷物的形式塑造、影响着一批批读者或那些参照文本的讲故事者。

从上述史实中，浪漫主义知识分子的功劳清晰可见，而更值得一提的，是那些 17、18 世纪法国有闲阶级名流聚会中的妇人们也是我们在论及童话时不可遗漏的重要人物。不管其初衷怎样，法国的沙龙文化氛围，客观上为童话的兴盛提供了温床，对其发展有着积极意义。精英文化与民间通俗文化的交融互动，其最终结果与德国殊途同归——民间故事的价值在转化为童话的过程中得以发现和提炼，并以其异于其他文类的方式弘扬并发展。

正如兹普斯教授所指出的，"民间故事"（Folk tale）是前资本主义时代人民的口头传统的一部分，通过描绘他们的斗争与矛盾表达其渴望美好生活的期望。"童话"这一术语是贵族和资产阶级读者的渴望和需求，"童话"一词的出现显示出一种新的文学样式的兴起。

童话作为一种独立的文学样式，也是社会政治、经济、文化的发展在文学样式上的一种反映：首先，童话的产生必须以把儿童视作精神独立的"人"为前提的，因此研究者们追本溯源，把古老的神话中的幻想故事、寓言中拟人的动物故事也视为童话的判断是值得商榷的，因为人类文明、文化发展的那一阶段还并未上升到以儿童为本位的层面，神话、寓言的某些特征也只是恰恰符合儿童这一年龄层次的接受能力；其次，启蒙思想、浪漫主义者的文学表达策略是他们选择民间故事为载体，建构反应资产阶级情感思想的话语层面，那些多年流传、积淀已久的口头经典故事，"时来运转"就借助 18、19 世纪文学思潮的东风的催化，从民间大地肥沃的土壤下发芽、生长，勾起浪漫主义者的怀旧雅兴，乡间采风的积极参与和实践，将"名不见经传"的乡野故事固化为书面的文字形式，在这一提升过程中，浪漫主义思想的知识分子对欧洲童话发展的贡献不可小觑，童话得益于民间文学的滋养，来源于真实生活，被适时地辅以充满"小资情调"的虚幻成分。文人对民间素材的运用和创新转化，是童话这一新型文类诞生的重要途径，当然，它所孕育的土壤是不容怀疑的，那就是民间，源于民间文学的口传的特征，与文人学者的再加工，双重复合、互为浸润，跨越世纪几经沉浮于民间和精英文化层面，凝练为经典。

童话的兴起伴随着社会历史的演进，它体现着不同社会阶层的审美情趣、价值取向，作为历史产物的文学样式，其中折射着社会的变迁。从欧洲童话的演化进程的真实情形看来，童话与民间故事是不能完全等同的，两者之间的差别，我们可以从"童话"收集者、编撰者对民间故事情节浪漫化、格调高雅化、语言规范化的史实中得到澄清。特定的历史阶段为童话的发现与发展创造了条件，童话成为浪漫作家们幻想、梦境的寄托，作为语言记录、文化，凝聚民族精神的载体，或记述民间生存的现实，转而由精英文人改写，附着教义、道德说教，可以发现童话之功能或提升为民族大义，或积淀文化精神，其中的意义非同小可。作为凝聚民族精神的副产品，童话确立了它日益不可或缺的地位。

美丽的"误解"，成就童话这一文类的诞生，面向成人的口述故事经知识分子的"改造"，发展到儿童的专属文本，其中隐含的知识分子无意中的叙事"策略"，在当代它仍乘势而行，由儿童受众面继续纵深扩展，在媒体的包装之后，它继续变形（口传、文本、视觉形象），以强大的吸引力获取成人读者的关注，让成人受众在回味童年映像中重温旧梦，在天马行空的幻想世界中享受片刻的精神休憩，在虚构叙事中体悟飞扬的永恒真实。我们至今还念念不忘的经典作品：《白雪公主》《灰姑娘》《小红帽》《睡美人》《丑小鸭》等等，生活中处处可见童话的影子，走进超市，芭比娃娃向你"微笑"，更不用说世界各地游客蜂拥而至的迪士尼童话乐园了，童话王国使大家流连忘返，童话人物让我们似曾相识、记忆犹新；打开电视，《曼哈顿女佣》《流星花园》之类"麻雀变凤凰"的剧情演绎着现代版的"辛德瑞拉"的故事。以后，也许有更多的人愿意进入这样的世界。几个世纪的历史"误解"，让儿童真正进入历史的视野，让童话这一新型文类借以焕发出勃勃生机，传递着人类的诗意追求，这未尝不是此"误解"的最大价值。

第三节　女性小说与童话的关联性

童话的兴起，与启蒙思想家、知识分子阶层的精英人士积极介入有密切的联系，它和 19 世纪的社会历史条件相互关联，是启蒙主义、浪漫主义文学思潮的副产品，对人类社会组织中的重要组成部分——儿童来说，是一大幸事；同时它也是女性介入社会话语、建构社会身份的发端。

女性作家的兴起是在相似的历史文化背景下发生、发展的，与法国文人的转述过程相仿，女性深入创作的过程经历了民间故事的书面、经典化，并逐步走上自觉自在地书写，这与童话的萌芽轨迹有着某种同构性。一方面，女性通过作品展示了社会现实中自我的生活处境，犹如农夫、农妇转述的民间故事的朴素功能，说者告知生存环境（贫穷饥饿、恶毒继母的普遍存在）；另一方面，通过女性知识分子、女性作家的改造，来自民间的素材、母题往往带有教义的性质，除了讲故事，还展示其处事的生存智慧、行为准则，或者策略地发出作为女性的声音。女性小说创作与童话产生、生产有着同源同构的亲密联系。

弥尔顿所著《失乐园》的诗句："他只为上帝而生，她作为他的部分为上帝而生"中明明白白地阐述女性在社会生活中的从属地位，几代女性的挣扎才使社会中的部分女性得以云开见日，从被写的边缘进入主流话语的述说体系。现代童话的"生产"是伴随着需求渐渐滋生的，这种需求的发生首先必须具备一个前提，即只有当儿童成为"人"，在社会中有独立的人格和价值尊严时，文学领域与出版市场的默契相合才兴起迎合这一消费群体的创作。先有儿童的发现，才有童话从文学中的独立，才达到童话及其创作的自觉期，但这只是一个侧面，无论是口述故事还是笔录创作，都在其中作出了重要贡献。

在男性文学史中，已有有限的史料证明女性除了自己的创作外，也间接参与了男性作家的文学创作过程，尽管就业、教育等公共领域排斥女性，但至少文学领域的大门是半敞开式的，虽不鼓励也未明确禁止女性介入文艺的神圣领地，因为那些高雅的贵族女性能够为文人墨客提供灵感，赋予形象，激发感情，如贝阿特利采（Beatrice）之于但丁（Dante），阿德莱德（Adelaide）之于圣安塞尔姆（St. Anselm），以及劳拉（Laura）之于彼得拉克（Petrarch）。贵妇名媛甚至参与兴建大学，并成为作家的明智的保护人，最初是从宗教目的出发拯救自我灵魂，她们的行善义举，为艺术家们显露才华创造条件，实际上通过她们的阅读和品评，也间接促使社会学术的发展，这一中世纪即有的高尚风情直接影响了法国文艺沙龙的情趣，两者之间有着一脉相承的渊源关系，而在中世纪的文学遗产中，除了那些讴歌英雄的各民族史诗外，还提供了一道意味深远的特别的"饭后甜点"——盛行于法国的骑士文学。

骑士传奇中缠绵悱恻的浪漫故事把贵妇人身为女性的地位捧到了极致，英勇骑士为了赢得自己心爱女子的垂青和芳心，殷勤备至，"唯命是从"，哪怕赴汤蹈火也在所不辞。女性的虚荣心在这一特定的文学样式中得到满足和鼓舞，潇洒的骑士拜倒在石榴裙下，这是对其魅力四射的肯定。虽然这类文字游戏、人生插曲与社会上遵从妇德、顺从丈夫的原则相违背，但却达到了奇异的效果，一定程度上提升了她——女性可人的文学形象以及她们被众星捧月似的社会认可度，短暂地获得至尊受宠的地位，然而这种对女性的尊崇成为世界公认的礼仪规范，影响至今，并且骑士传奇中文雅知礼、谦逊行侠的骑士，勇敢接受佳人的种种考验，建功立业，完美男性与勇猛战士的特征，提升了男性的精神境界，促使他们走向道德的完善。源于女性动力机制的结果，虽然没有改变社会男尊女卑的地位，但审美情趣却一度得到矫正，在圣母玛利亚崇拜之外，贵族女性中的一部分无意中成为幕后的"巾帼英雄"，激励着骑士传奇的发达，施展着她们的才华机智，建构了女性的支配主导的新形象，并且间接地发挥着话语功能。由此发展而来的绅士风度使得法国趣味、礼仪规范、社交处事的某些品质成了19世纪英国女性作家笔下理想男性的"精神之父"。

贵妇人功绩还不止于此，她们还一度以自己的温情的羽翼庇护那些落魄失意的文人，在她们的善心扶持资助下，文坛上又增添了不朽之作。文学史中不乏此类绯色的记录：夏侯莱侯爵夫人为伏尔泰提供了布莱兹河畔宁静安谧的乡村庄园，而华伦夫人施恩于贫困潦倒的卢梭，让后者终生铭记。贵妇人母性的关怀、接济，物质上、精神上的安慰温暖着他们的心灵，同时也滋润了文人纤细、敏感的神经，创作中哀婉多情、细腻温柔的女性化书写倾向增加了浪漫主义的阴柔之美的情调，为女性气质书写提供了范例。也许女性（哪怕是贵族妇女）在社会中的边缘地位与下层文人的不得志产生了共鸣，男性作家作品中的纤纤细诉反映出女性的某种特有心声，他们仿佛捉刀代笔，隐喻了女性的愁苦哀怨，作品能够引起女性的喜爱和推崇，并非偶然。卢梭于1761年发表的书信体小说《新爱洛伊丝》吸引了大批女性读者，甚至连王妃都不忍释手，一口气读到凌晨4点，并吩咐下人卸下套好的马车，彻底放弃赶赴舞会的计划。让高贵夫人陷入虚幻的文学作品不能自拔，能达到如此痴迷勾魂的程度，如果没有相似体验和动人笔力，恐怕也难以做到。

童话，无论是从古代民间故事的角度，还是现代意义上文人或多或少的再加工，创作主体都非孩童，但他们的独特喜好、心理需求、理解能力会左右童话生产的方向，尤其是当今在经济杠杆的指引下，作为庞大消费群体，罗琳等"童话妈妈"的创作为迎合受众少年儿童口味，挥舞着魔棒；更确切地说，在传媒时代，则任由仙灵奇境随着指尖飘转，在键盘上生成游转，实现一个又一个书城与票房的"神话"。童话趣味和女性思想、情感外向展露，曾经就这样，以迂回的方式，从旁门左道施展着魔法，暗中影响着男性或成人的作品诞生，却似有似无的间接参与了话语建构。

女性创作的生机与童话文类兴起，两者"联袂"出场有着特定时代所促成的偶然性，启蒙思想家所呼吁的自由、平等观所激起的思想浪潮，不可避免地在女性与儿童这生存的弱势群体中发挥着用武之地，女人和儿童的被发现是时代的产物，同时她们间的亲缘关系更多地展现出两者很大程度上相关联的必然性。

首先，边缘从属地位使妇女和儿童常常被相提并论。兴许都是社会中的弱势群体，女性与儿童多为学者、哲人相提并论。古希腊的先哲们鼓励母亲或保姆给孩子讲故事，以熏陶美好的思想，陶冶孩子的情操，以利于儿童的健康发展。在《理想国》中记载着对话，可以看出苏格拉底就尤为重视故事的教育意义，意识到儿童早期教育的重要性。在苏格拉底这位智者看来，女人与儿童一律共有，男人"像保护羊群和财产一样保护妇女儿童"，他在对话录中认为它是益处多多且毫无争议的公理，当然他们也承认女人也具有男人特有的天赋与才能①。有意思的是，童话中所归纳的七宗罪，竟然和中世纪欧洲对全体妇女过失和罪恶的罗列有着惊人的一致性。被视为同一阶层的全体妇女的罪行包括：虚荣、骄傲、贪婪、心智不明、贪吃、酗酒、坏脾气、易变等等②。在讨论"第二性"时，西蒙·德·波伏娃就看到无论是男权社会还是女性自己，都把女人看成是"永远长不大的小孩"，如易卜生笔下的娜拉，婚前是父亲的泥娃娃，婚后是丈夫快乐的小鸟、小松鼠。早就被认定"名字是弱者"的女性，和天真烂漫的儿童一样，被看作玩偶般尚未开化的生灵。直至 18 世纪，知识界才"发现"了"女人和小孩"，她们由附属地位，逐渐成为精神独立的"人"，再进一步开始自我的话语和书写。

其次，担负着生养子女的天然责任的女性，与孩子有着剪不断的"脐带"，婴儿呱呱坠地，哺育他们时安详的目光、温柔的抚摸、轻声的哼唱都在孩子的成长中不可或缺，女性的母亲职责是性别分工的产物，她发挥着家庭内部的核心作用，女性在社会再生产中的枢纽作用，使她具备着不可替代的绝对意义。每个人的成长经历都多少接受着母亲的絮叨，而且幼年的经历会给人留下深刻的记忆。

"无论人们把妇女看作专门的养育者有什么样的批评，事实上，正是妇女，也只有妇女才是童年的监护者，她们始终在塑造童年和保护童年③"。尼尔·波兹曼的论断无疑概括了女性与形塑儿童心灵的密切联系。回顾古今中外许多伟人的童年经历，他们的传记、回忆录中都能够得到证实，聆听母亲或保姆讲述民间童话、传说故事的记忆会深深铭刻在他们的脑海里。俄罗斯的伟大文学家普希金在保姆讲述的童话、传说中度过孩提时代，汲取了丰富的文学养料，并融入自己的诗作中；外祖母的民间童话故事也同样伴随着高尔基度过童

---

① 见【古希腊】柏拉图《理想国》一书中分别在《论城邦的妇女儿童公有制度》，第 37 页，与《论妇女的天赋》，第 192 页，以及《论国民教育》，第 167 页，中的辩论都涉及妇女儿童的教育问题，苏格拉底主张两方面教育：体育用以强健体魄，而音乐用来陶冶灵魂。光明日报出版社，2006 年 6 月。

② 苏拉密斯·萨哈著，林英译：《第四等级——中世纪欧洲妇女史》，广州：广东人民出版社，2003 年 10 月，第 3 页。

③ 尼尔·波兹曼著，吴燕莛译：《童年的消逝》，广西师范大学出版社，2004 年 5 月，第 211 页。

年；加西亚·马尔克斯的《百年孤独》采用了外祖母讲故事的方法；鲁迅的文章中时常流露出对叙说民间故事的祖母和长妈妈的怀念。俗民日常生活中，用民间故事、童话育儿，以代代相传、口耳相承等方式传递着文化信息，周作人之谓"母歌"是母亲和孩子沟通的最初纽带，如果将它视之为女性不自觉的创作之滥觞的话也未尝不可。女性故事讲述者们用童话故事的乳汁"哺育"着孩童，传播着民俗信息、道德观念，建构着价值体系。乌丙安等学者在研究民俗传承的系谱过程中，对女性故事传人进行多例调查，发现女性故事传承人大多数都是以母系故事传承为主，她们所掌握的故事类型较多的是幻想性的童话故事[①]。

西蒙·德·波娃在其《回忆少女时代》中就提及了不少难忘的细节：身为长女而自豪，装扮成童话故事中的"小红帽"，听保姆讲图画书的故事，如此等等。回忆虽如同过眼云烟，但都多少成为无法擦拭了之的留存在脑海中的印记，童年经历对于每一个人的成长有着至关重要的作用，女作家林格伦的童话作品都参照自己的童年时代的生活，她写作时回想童年时代的生活，她从童年时代的自己身上汲取灵感，还有众多文学家的传记、佛洛伊德等心理学家的实验结果都展示了童年的"法力"，由此可见童话在塑造人们性格过程中的价值不可小觑。

在美国文学界多次获奖的华裔女作家汤亭亭（Maxine Hong Kingston）在记者的采访中曾谈到，她的短篇小说中有很多都是从母亲讲的故事里来的，她的母亲则是从外祖母那儿听来的故事。母亲成为讲故事的人，并代代相传，这又从另一个侧面为民间故事的母系传承提供了切实的佐证。童年生活、经历和那些故事在作家的脑海中多年来都梦萦魂牵，它们都以碎片的形式蛰居于潜意识中，一旦触及则纷纷从记忆宝库中释放出来，组合成作家笔下的故事元素。

再次，女性向来是叙事的主体，她们具备"说者"的天然才华，这是基于她们通常受制于家庭范围，叙说家长里短的平凡琐事的总体特征，有研究结果表明女性的唠叨是一种天然的心理调节能力，因为这种先天的机能，女性借以宣泄情感，唠叨虽然被认为是不遵从理性的一种表现，但从客观上来说，这种方式至少对自身健康是有着积极意义的。实际上，在这种絮絮叨叨的过程中，重复、再现的特点以及贴近社会生活现实的特征也见之于众多的民间文学叙事作品之中，它在民俗、故事的传播机制中起着相当重要的作用。口传的故事之所以能传承、流转，其中非常重要的技巧之一便是同一句式的重复，同一

---

① 乌丙安：《民俗学原理》介绍了民俗传承的系谱，通过调查证明了血缘传承和地缘传承的两条线路，第323-324页。

主题的反复呈现或者同一曲调的辗转复现。文学史上一再出现的主题渐渐浓缩为含意深远的母题，其中与女性絮叨的"重现"特征有着相似之处。种种非文字的口头叙事与经历大浪淘沙的经典作品，沉淀于人类记忆中的集体记忆，或以神话、传说、故事形式凝固下来，或仍以口头传播等民间流传等形式继续其功能，这种重现特征是否与女性的天然特征有着必然的关联，在此暂不作详尽的分析，问题的关键在于，文学作品尤其是民间文学中的故事模式为本书考察女性作家的小说创作提供了研究思路。

孩子对母性的原始依恋。不仅是物质营养层面的需求，还有更为适合的精神抚慰，民间故事为孩子无拘无束的想象空间注入了文化食粮，催生着儿童心智的健全发展，虽说最初那些故事并不专为他们而作，但那些故事符合他们的理解力，激发想象，儿童群体逐渐为人们所关注，这一受众的需求，促成了童话及其创作、生产的繁荣。

女性抚育孩子、讲述童话故事的天职并非仅仅停留在过去、属于尘封的历史，多萝特亚·维曼，这位"童话婆婆"为格林童话提供了原始素材，并作为故事讲述者留名史册。令人难以置信的是，德国"欧洲童话协会"的分支数目众多，当今民间故事讲述爱好者大有人在，格林童话的中文本译者杨武能先生就曾介绍自己在德国访问期间，接触由家庭主妇所组成的"童话小组"的经历①。凭借这自发的民间童话传承力量，女性发挥着先天的优势，在文学的代际传递过程中，女性与儿童所结下的文化情缘无可替代，女性在传承人类非物质文化遗产中担当着至关重要的重任，这集体的记忆，打动着一代又一代孩童的心灵，并跨越国界成为人类共同的精神财富。

童话运行天然联姻，孩子在接受母亲乳汁哺育的同时，汲取着人类传统文化、文明的精神养料。无须赘言，女性与童话故事的联姻有着不证自明的天然合理性。启蒙主义和浪漫主义思潮对童话文本的催生得益于时代的风尚，未曾料想大量童话的最初萌芽竟是由女性主体大行其道，早年童话作者大部分是女性，乃至 17 世纪 90 年代出版的童话，有三分之二出自女性之手。令人遗憾的是，她们的丰硕成果被"鹅妈妈故事"（贝洛著）的名声所湮没，甚至格林兄弟以及后世的学者还误解为她们是对贝洛的有意模仿，直至 20 世纪 90 年代兹普斯教授以及瓦尔纳女士在著作中澄清，这一历史性的误差才得以校正，女性小试牛刀之作才浮出历史地表。

女性与童话的必然"关联"为女性堂而皇之持笔创作、走向文坛，为童话新文类的出现带来了双丰收。与近代世人对女性的创作及其价值的关注相类

---

① 杨武能：《格林童话何以诞生在德国》，《中华读书报》，2006 年 11 月 1 日第 7 版。

似，对儿童的尊重与认同几乎发生在同一时期，这种经历边缘处境的身份认证，同是"天涯沦落人"似曾相识之感受使女性更倾向于从主观叙事入手，借熟悉的故事题材记述故事。女性的经历、童话的素材，其中是否有着相似的主题、共同的模式，带着这一问题，我们有必要考察女性创作及童话叙事的共同特性。

第四章　女性创作之童话叙述策略的延续

到底有没有女性的声音，女性的创作是否绝对有别于男性的作品……诸如此类的问题尤其让 20 世纪的女权主义者们反感，那些"男性""女性"性别差异的无限放大或二元对立的概念是她们要竭力避免的概念。我们并不否认，某些男性作家创作的童话性叙事特征也异常显著，狄更斯就是这么一个用童话模式去表现现实社会的作家，他以童话般的神奇来经营故事结构，并且总是毫不吝啬地满足读者的阅读期待。女性创作的童话叙事方式体现在作品中洋溢的理想主义的追求，她们记录女性自我的精神成长，她们无须掩盖爱憎冰火般的极端的情感，疯癫、神魔、离奇、荒诞的表现手法都可以视之为情理之中，而且比任何时候都更大胆、更直接、更深刻。

第一节　关于叙事内容

早期童话与女性小说的关联性毋庸置疑。在主题方面体现为家庭伦理，在人物形象方面表现为道德成长型，在叙事内容方面的相似性特征体现了两者的亲缘关系，而在故事演绎过程中，情感的交流以及人物日常对话的陈述形式使女性小说创作与童话拥有共同的私语空间。童话在儿童心目中也许是一部激动人心的史诗，也许会引起浪漫遐想；女性的小说给读者带来温馨慰藉，或是情感的强烈共鸣。童话所反映的往往是某些"观念"（如某些伦理道德规范），但是它本身所具有的虚幻性色彩却为儿童的想象插上巨大的翅膀，美好的幻想世界和奇妙的虚拟形象与接受者产生方向一致的情感反应。

对美好的事物追求源自人类的本真理想，这一超越性的情感诉求也为女性叙事敞开了大门，提供了自由发挥的开放性的便利。童话若超出儿童心理的身心特点，则难以形成"视野融合"而被接受，因而在表现范围方面，它是有限的，但与维多利亚时代的女性一样，后者的生活活动范围并不宽广，题材狭窄一直被批评者视为"缺陷"，不过从童话文本与女性创作的叙事内容层面看，两种文类在表现外界活动领域的缺失，却另外开辟了一方宽广的自由的精神天地，在这一带有私语化色彩的有限空间，她们建构了无比充沛的情感世界，儿童与女性的精神触角超越了现实世界，得以无限延伸，感情得以升华，心灵得到滋润，在浪漫的超现实境界中，未尝不是心灵的诗意栖息之地。无怪乎女性读者会不厌其烦地躲在罗曼司的温柔乡中难以自拔，尽管知道它的虚构性，缠绵婉丽的情感世界让现实世界中身心俱疲的女人们暂时摆脱生活的羁绊，在想象世界中获得些许单纯、明澈的情感体验或者情绪的补偿和满足。

此处必须要澄清的是，女性小说中的情感内涵与劳伦斯·斯特恩（Laurence Sterne，1713-1768）感伤主义文学时代所奉行的"眼泪"策略是不可同日而语的。《多情客游记》中感情丰富："亲爱的敏感啊！给予我们欢乐时所珍贵的东西，痛苦是要付出高昂代价的东西的永不枯竭的源泉……这一切都来自你，伟大的感觉中枢！[①]"恣意放纵的敏感性的抒发随处可见，那些打动他们的是自己乐善好施，或是对穷苦农民哀悼思虑引发的无限感慨，在他的另一部代表作《项狄传》中，竟为一个黑人女仆"客气地"赶走苍蝇，而不打死它引起情感的波动。相形之下，女作家的情感之作不仅仅停留在这一纤细甚至略带矫情的层面。评论家认为"善感者"（敏感者）所表现的被动和无能是一种典型的女性特质，情感主义小说的无情节性也是和女性化趋向相呼应的，这验证了小说情感性的叙述方式与女性化的问题连接起来的文化渊源，但女性创作中的真情实感远远超出了情感小说通行的虚伪、多情，小说创作为她们提供了宣泄感情的途径，追求心灵的自由、人格的平等、渴望生活的安稳幸福，这一切的一切在现实中也许是未知数，然而经由文学创作，她们可以自由搭建理想的王国——纵使它是童话般的海市蜃楼。

安东尼娅·苏珊·拜厄特是英国现当代杰出的妇女小说家。她出生于英国的谢菲尔德市，父母均为剑桥大学毕业生，由于患上哮喘，拜厄特的童年过得十分不开心。后来因父母宗教信仰的缘故，她被送往约克的教友派学校接受教育，那时她就已经开始尝试写作了。1957 年拜厄特以优异的成绩从剑桥大学毕业，随后获得奖学金前往布林莫尔学院攻读研究生学位，毕业后回到英国继续博士课程的学习，学业尚未完成，拜厄特就结婚生子并出版了第一部小说《太阳的影子》（*The Shadow of the Sun*，1964），同时也开始了文学评论的写

---

① 劳伦斯·斯特恩：《多情游客记》，人民文学出版社，1990 年 2 月，第 161 页。

作，作为一名小说家、评论家、编辑和演说家，拜厄特的作品提供了观察当代社会的万花筒。《游戏》（*The Game*，1967）是拜厄特的第二部长篇小说，同她的第一部小说《太阳的影子》一样，《游戏》包含了拜厄特此后作品中反复使用的叙事策略和主题元素，因此，该小说颇具研究价值。小说中"阁楼上的疯女人"卡珊德拉·考伯特堪称是拜厄特在其巅峰之作《占有：一部罗曼司》（*Possession*：*A Romance*，1990）和其他作品中运用多重神话原型塑造小说人物手法的初步体验。

在文本建构和人物塑造中，《游戏》所映射的最主要的神话是古希腊神话中关于特洛伊女预言家卡珊德拉的记述。依据荷马史诗《伊利亚特》，卡珊德拉是特洛伊国王普里阿莫斯和王后赫卡柏的女儿，也就是特洛伊的公主。她是太阳神殿的女祭司，其美貌深深吸引着太阳神阿波罗，她也因此被阿波罗赋予预知命运的能力。不幸的是，当她拒绝了阿波罗的垂爱时，他气恼地向她施以诅咒。这个魔咒就是，卡珊德拉的语言会百发百中，但是没有人会愿意相信，卡珊德拉因而成为一个被诅咒的女预言家。阿波罗所施的魔咒令卡珊德拉说出的预言全是不吉利的：背叛、过失、人类的死亡和国家的沦落，她也因此遭到人们的嘲笑和憎恨。面对注定一生讲真话而从不会被人相信的爱女，普利阿莫斯国王一筹莫展，只好把她关起来，使其远离参战的特洛伊士兵。特洛伊沦陷后，卡珊德拉惨遭希腊士兵的凌辱，并最终被赐予人间法律、维护社会秩序的雅典娜女神所惩罚。当卡珊德拉作为希腊英雄阿伽门农的情人随其返回家乡后，两人均被阿伽门农的妻子杀害。

阿波罗所施的魔咒令卡珊德拉的神力成为无限痛苦的根源。由于她自己的家人和特洛伊的臣民把她错认为是胡言乱语的疯子，卡珊德拉总是被视作疯女人或世界末日的预言者。研究表明，在莎士比亚的戏剧《特洛挨勒斯与克雷雪达》和艺术家的绘画中，卡珊德拉都被描绘成披头散发、失望无助的疯女人。然而，这位貌似疯癫的女预言家却令人倍感同情：她是一位智慧女性，只是因为没有按照神的游戏规则行事则遭到诅咒。卡珊德拉此后便成为一个原型意象。在现实生活和文学作品中，"卡珊德拉"这个名字已经成为那些说真话而被人忽视的人的代名词，因为卡珊德拉命中注定要预测别人拒绝相信的预言。

受该古希腊神话的启发，拜厄特把两位姐妹女主角中的姐姐命名为卡珊德拉·考伯特，她的身份是一位牛津大学的教师和文学学者。如神话中的女预言家一样，小说中的卡珊德拉也非常聪慧，但是，她生活在由她自己的想象构建的虚拟世界里，备受幻想与现实之间的不平衡所带来的折磨，终日恐惧于他人对她的猜测和评判中。"卡珊德拉是个牺牲品，陷入物质的、精神的和创造力的困境中①"。作为一名38岁的未婚女教师，她时而认为自己比实际年龄要老得多：在实际生活中老得多，而在梦魇中则年轻得多。

小说中的卡珊德拉·考伯特与古希腊神话中的女预言家最明显的相似之处在于，她们都洞察无人相信的事实。从7岁到17岁长达10年的时间里，妹妹朱丽叶煞费苦心地偷偷阅读卡珊德拉的日记。虽然姐姐锁上了所有装有日记的抽屉和盒子，但是朱丽叶总能够想办法打开而且从未被姐姐发现。卡珊德拉的想象力令朱丽叶感到震惊。当朱丽叶窃取了卡珊德拉日记中的灵感并在国家级小说竞赛中获得大奖时，卡珊德拉虽然内心伤痛至深但却无以辩解，因为故事的源版本是人所共知的，而朱丽叶的版本比她本人的结构更为严谨，也更具创新性。这件事加剧了姐妹间的隔阂并最终成为一切悲剧的根源。

拜厄特发现，在神话中，"富有想象力的女性都被看作是疯女巫或女预言家，而富有想象力的男性则被看作是先知和诗人②"。拜厄特把卡珊德拉同希腊神话中的同名原型相联系，实际上是把她同失败联系在了一起——此处是指女性的想象力和作为幻想家的女艺术家的失败。正如有的学者所评论的那样，"在拜厄特的写作生涯中，作为幻想的艺术家的概念一直萦绕在她的脑海。在这部小说（《游戏》）中，这些概念与性别和神话文本的契合尤为有趣③"。在《太阳的影子》前言中，拜厄特回忆了在创作头两部小说时，具有远见卓识的女性和卡珊德拉神话是如何在其脑海中挥之不去的："我在剑桥大学写的另一样东西，反反复复的，是被太阳之神，亦即艺术众神之王阿波罗所爱的卡珊德拉的故事。她不愿意屈从于阿波罗，因此无法开口说话，或者无法被任何人所相信④"。

在小说中，卡珊德拉·考伯特曾直接提及古希腊的卡珊德拉神话。在明确地把自己同神话中与她同名的女预言家相提并论时，学者卡珊德拉同时也承认了自己是一名失败的女幻想家："身为阿波罗的女祭司的卡珊德拉，因为她拒绝与文艺之神交往，因此也便成不了艺术家——无法交流，无法与她周围的物质世界建立联系。……卡珊德拉，就像我自己，就像我自己，一个拥有无用的知识的专家。⑤"这种无法与外部世界融为一体的感受深深地折磨着卡珊德拉。她认为镜子只能反映部分事实，因此被各种玻璃器皿和各种视觉上的错觉

① Celia M. Wallhead. The Old, the New and the Metaphor: A Critical Study of the Novels of A. S. Byatt. London: Minerva Press, 1999. p. 202.

② A. S. Byatt. "Introduction." in The Shadow of the Sun. New York: Harvest, 1993. p. ix.

③ Christien Franken. A. S. Byatt: Art, Authoship, Creativity. New York: Palgrave, 2001. p. 69.

④ A. S. Byatt. "Introduction." in The Shadow of the Sun. New York: Harvest, 1993. p. ix.

⑤ A. S. Byatt. The Game. London: Chatto and Windus, 1967. London: Vintage, 1992. p. 141.

困扰。游离于幻想与现实之间的卡珊德拉把自己定义为生活在两个世界里：一个是冷酷、残忍和富有威胁性的，包含有暴虐的物体；另一个正好相反，是无限的，是天堂。她认为，生活在幻想世界里将是一种解脱："她知道幻想会导致疯狂，正如凡·高一样，但是没有它便没有真正的艺术。①"她清楚地懂得，在真实世界和纯虚幻世界之间的那层玻璃无论如何都不可以打破。对她而言，两个世界相互融合渗透似乎更为理想；但是，她同时也明白这将是毁灭性的，所以她最终选择了与世隔绝。

虽然本质上稍有不同，但是同其神话中的原型一样，卡珊德拉·考伯特也被一段没有结果的爱情禁锢。在去牛津之前，卡珊德拉与年轻的西蒙·毛飞特彼此倾心、交往甚密。但是，当她上了大学之后，从她日记中早已熟知西蒙的朱丽叶主动与他开始了浪漫的交往。卡珊德拉在一年后返乡时发现妹妹再次背叛了自己，于是她决然断绝了姐妹情谊和与西蒙的恋情。被卡珊德拉拒绝后的西蒙不久便前往巴西的热带丛林。当卡珊德拉独自呆坐在她牛津大学的公寓时，她"就像一个蜘蛛，在一个网中，等待②"，寄托对西蒙无尽的遐思。她在自己的脑海里和画作中勾勒着他的世界、他的生活。

古希腊神话中的卡珊德拉在特洛伊城沦陷后深陷困境，是阿伽门农把她带入现实世界，并被视其为情敌的阿伽门农之妻杀害。在深陷两个世界的困境时，小说中的卡珊德拉倍加渴望西蒙的安慰，期盼她的阿伽门农前来拯救她。她认为，只有西蒙的拥抱才能化解掉她在现实世界所遭受的一切，才能消除人们对她的误解。"恐惧"成为卡珊德拉生活的常态，她也因此彻夜难眠。正当她的精神分裂症愈加严重时，西蒙回到了她的世界。正如卡珊德拉所期待的那样，西蒙的归来却对她的世界产生了巨大的影响。他们重拾旧情，谈论着她们所经历的创伤。西蒙把卡珊德拉从暴虐的物体世界解救出来，而卡珊德拉则通过倾听把西蒙从好友的死亡阴影中解救出来，正如她年少时帮西蒙从失去父亲的梦魇中解救出来一样。他们频繁约会，发现彼此仍然可以像老朋友一样交谈，而卡珊德拉也发现自己的世界已焕然一新。一旦与真实世界再次建立联系，卡珊德拉便放弃了自己编织的想象中的世界——日记和绘画。

神话中的卡珊德拉因阿伽门农的妻子的嫉妒而被害，小说中的卡珊德拉则因妹妹朱丽叶的嫉妒而无辜自杀。朱丽叶新出版的小说《自豪感》将卡珊德拉再次逐回到她以前的世界，令其无法区分朱丽叶的虚构和她自己的生活现

---

① Celia M. Wallhead. The Old, the New and the Metaphor: A Critical Study of the Novels of A. S. Byatt. London: Minerva Press, 1999. p.200.

② A. S. Byatt. The Game. London: Chatto and Windus, 1967. London: Vintage, 1992. p.141.

实。小说暴露了卡珊德拉的隐私，甚至连她和西蒙的再次相见和约会都已经在现实中预先设计好了。小说中的含沙射影和不真实的描述令卡珊德拉感到疯狂。在这里，读者再次看到了 A. S. 拜厄特的讽刺：几乎没有什么想象力的朱丽叶会是一个小说家，而极富想象力的卡珊德拉则把自己局限在日记写作中。对朱丽叶的背叛的震怒和对众人评论的恐惧迫使卡珊德拉为了自尊而选择自杀。

因此，正如神话中失败的女预言家一样，小说中的女学者卡珊德拉被塑造成了一位愿望无法实现的失败的女艺术家的形象。拜厄特在《游戏》中对卡珊德拉悲剧性神话的引用表明她在 20 世纪五六十年代对知识女性命运的担忧和对女艺术家才华与能力的困惑。

在《阁楼上的疯女人：妇女作家与十九世纪文学想象》——这部迄今为止整个西方女权主义文学批评史上最具有代表性的文学论著中，桑德拉·吉尔伯特和苏珊·古芭两位美国女学者对《简·爱》里罗切斯特的疯妻伯莎·梅森做出了精辟的女权主义分析；在另一部重要的女权主义著作《她们自己的文学——从勃朗特到莱辛的英国女性小说家》中，作者伊莱恩·肖瓦尔特认为，由于受历史、文学以及维多利亚时期精神病学理论最富有成果的影响，勃朗特对"疯妻"神话的处理非常全面，反响强烈，并且富有历史的、医学的和社会学的暗示以及心理学上的影响力①。事实上，这种处理手法已然成为一种文学资源并且影响着此后乃至当下的文学创作。作为维多利亚文学的热衷者和继承者，拜厄特在其小说中多次明确展示了夏洛蒂·勃朗特对其创作的影响。众多封闭意象和被禁锢的女性不仅体现在她对维多利亚时期的描述中，而且表现在她对二战后和后现代时期英国社会的描述中。这种影响的一个自然结果之一便是她把《游戏》中的女主人公卡珊德拉·考伯特塑造成了一位长期遭受各种禁锢的"疯女人"。

在展示导致卡珊德拉精神疾病的众多因素时，拜厄特暗示了一种最根本的原因，那就是"陌生环境恐惧症"——一种在女性作品中与"禁闭和逃脱"主题模式密切相关的明显的女性疾病。卡珊德拉自上学起便患有这种恐惧症，直到妹妹朱丽叶和她上了同一所学校，她那种毫无理性的、无法抵抗的恐惧感才逐渐消失。当她在牛津大学求学和执教时，这种恐惧感再次袭来，她带着不信任与人交往，时刻担心别人对自己的评价，从而最终丧失了理性。卡珊德拉与妹妹的关系并没有像开始时那样一直维持下去。姐妹俩小时候一直玩一种游

① Elaine Showalter. A Literature of Their Own: British Women Novelists from Bronte to Lessing. Princeton University Press, 1999. p. 118-119.

戏,并幸福地度过了她们的童年时光。小说题目所指的游戏始于卡珊德拉九岁和朱丽叶七岁时,是姐妹俩凭借各自的想象力设计的,游戏规则也有两人交替制定。因此,这个游戏成了姐妹俩共同合作和相互依赖的象征——姐妹俩体现了一个具有创造性的女性统一体。但是,正如某些评论家所说:"在大多数家庭里可能极为正常的兄弟姐妹间的竞争(比如勃朗特姐妹间)对于考伯特姐妹来说却是致命的①",当更具想象力的卡珊德拉越来越多地主宰着游戏规则时,姐妹关系开始破裂。她们由游戏伙伴变成了竞争对手,阴谋和迷失的爱导致了永久的仇恨。

在与空间和精神相关的封闭意象中,儿时的这个游戏成为最为致命的一个,其阴影一直影响着姐妹俩成年后各自身份和独立创作兴趣的形成。拜厄特显然是把卡珊德拉曾经沉溺其中寻求安宁而现在却布满阴谋的"游戏"暗喻为禁锢两姐妹的一张无形的网。读者几乎不知不觉地被拉进一个紧张、不安和恐怖的世界。卡珊德拉和朱丽叶儿时的游戏令人想起失去的乐园和夏洛蒂·勃朗特笔下的安格力拉(Angria)王国②。朱丽叶对以卡珊德拉为主宰的儿时游戏的暗中破坏使姐妹俩的关系构成一张互相占有对方的网,而这张网的禁锢令人窒息。

同伯莎·梅森一样,卡珊德拉也因为自己所爱的人的背叛而变得愤怒和疯狂。朱丽叶对姐姐的感情是嫉妒和敬畏的。她崇拜并模仿姐姐,但是,她在创作和感情上对姐姐的严重背叛对卡珊德拉的内心造成了极大的创伤,最终导致了游戏的终结和姐妹关系的长期恶化。与伯莎·梅森不同的是,卡珊德拉所遭受的是朱丽叶的背叛,而西蒙却始终在她虚构的和现实的世界里给予她无尽的安慰。她所不能忍受的是朱丽叶把她与西蒙的关系向他人提及,更不能忍受朱丽叶把他们的关系写进书里,混淆虚构与真实。她意识到,她一直以来都是朱丽叶用于思考和讲故事的对象。她甚至认为西蒙对朱丽叶谈起她都是一种耻辱。

出于对中世纪的宗教和粗犷的世俗文学的浪漫专注,卡珊德拉选择了中世纪文学作为其学习、研究的方向,并为之倾力付出,但是,这一选择却成为对她精神的另一种禁锢。拜厄特在牛津大学攻读博士学位时,其导师海伦·加德纳曾提出过一个如修道士般做学问的建议:"一位女性只有像尼姑一样的专注,才能取得成就,成为有才智的人③"。很显然,在这部当时就已经酝酿成

---

① Kathleen Coyne Kelly. A. S. byatt. New York:Twayne, 1996. p. 25.

② Richard Todd. A. S. byatt. Plymouth, UK:Northcote House, 1997. p. 10.

③ A. S. Byatt. "Introduction." in The Shadow of the Sun. New York:Harvest, 1993. p. viii.

型的小说中，卡珊德拉·考伯特正是在这样的建议启发下被塑造而成的。卡珊德拉怀着对中世纪文学的渴望来到牛津求学，但是她的艺术研究之路并非一帆风顺，她对完美的感受和追求完全背叛了她。"她培养了搭建带围墙的花园的能力，牺牲了她可能拥有的其他的一切"①。卡珊德拉发现文学世界并非如她所想，有时甚至认为这个世界已经对她关闭。而朱丽叶对她私人生活的侵入则进一步加剧了她的文学理想的幻灭。

　　拜厄特把卡珊德拉·考伯特完全塑造成了一个把肉体和灵魂都锁进封闭空间的女性。幼时的她同朱丽叶一起缩进自己编织的游戏世界里，把日记锁进抽屉和盒子里，并将这一习惯保留到生命的结束。即使当她在牛津大学拥有自己独立的住所时，她仍然把一本本日记锁起来，把钥匙随时带在身上。她把自己的灵魂锁进盒子里的同时，也把自己的肉体锁在了牛津的房间里，周围环绕着她为写日记而收集的各种实物。很显然，卡珊德拉已然成为桑德拉·吉尔伯特和苏珊·古芭所列举的惧怕公共场所和开放空间的女性中的一员。

　　然而，与伯莎·梅森不同的是，卡珊德拉自愿地把自己封闭在一个物理空间里，从而享受着所谓的精神上的自由和愉悦。从她身上，读者不难发现拜厄特中后期小说中很多女性艺术家的影子。在父亲病危时，卡珊德拉和朱丽叶回家乡纽斯卡尔小住。家乡灰色的街道令姐妹俩渴望伦敦生机勃勃的生活。这一短暂的居住重新燃起了姐妹俩对未知世界探索的愿望。在这里，一个在拜厄特后来的成长小说四部曲中反复出现的主题第一次被清楚地表述：乡村和北方小镇被视作封闭的空间，而胸怀大志的年轻女艺术家们急切地从这种封闭空间的禁锢中逃离出来。但是，卡珊德拉只不过是从一个封闭的空间逃离，又进入另一种意义上的封闭空间。当父亲的葬礼结束之后，她很高兴又回到了牛津，把自己关在屋子里，精力充沛、轻松愉快。住在牛津古老的校舍里似乎令她有一种强烈的与世隔离的感觉，尽情享受一种逃避和离群索居的生活。

　　由此可见，卡珊德拉在姐妹关系、情爱纠葛、艺术失败等方面所遭受到的精神上的禁锢远远大于其身体上的禁锢。肖瓦尔特认为，"伯莎失去人性很大程度上……是受禁闭的结果而非被禁闭的原因。经过十年的禁锢，伯莎成了关在笼子里的困兽"②。正如伯莎·梅森一样，卡珊德拉·考伯特也以各种各样的方式遭遇禁闭——不是十年，而是长达二十多年。她自愿或不自愿地被禁锢着，有意或无意地试图逃离各种禁锢，但是最终只是发现她被禁锢得越来越

① A. S. Byatt. The Game. London：Chatto and Windus, 1967. London：Vintage, 1992. p. 18.

② Elaine Showalter. A Literature of Their Own：British Women Novelists from Bronte to Lessing. Princeton University Press, 1999. p. 118-119.

深。当她无法摆脱各种纠结时，精神完全崩溃的卡珊德拉不得不结束自己的悲剧人生。

第二节　关于叙事载体

传统的民间童话以口头语言的形式传承，文人的艺术童话则以文本形式承载故事情节，而女性创作是假以小说的形式进行故事的文字载录的。回顾女性"舞文弄墨"的历程，最初始于书信，虽说有别于童话原初的口述形式，但内里却有着暗合的相似性。女作家身后留下了大量的书信，借助这些业已公开的与亲朋好友的通信的蛛丝马迹不难发现，她们最初是在口述性的创作过程中磨砺着未来的笔锋。

葵·道·里维斯曾经仔细比较了奥斯丁的书信和她的小说，研究作家创作的背景资料，从书信素材中辨认出长篇小说中的鲜活人物，这是了解作家所凸显的现实主义创作原则绝佳的附录，然而从"通信"这一非正式的文本，我们可以挖掘的还远远不止这些信息。"信"是古老而又具强大生命力的信息传播形式之一，迄今为止，写信、读信、寄信等等细节多次反复地出现在小说文本之中（改编的电影也无法删除这一日常生活的代表性镜头，尽管在现代化的今天，传统的信件已被更为便捷的电子邮件所取代），这一信号值得我们细细揣摩。早期有不少女作家，如简·奥斯丁、勃朗特姐妹，她们的和睦家庭犹如一个小集体，这为她们提供了一个现成的"听众场"（这一欧洲的娱乐或文艺方式并不孤立，家庭聚会、沙龙等场合，朗诵、表演都是司空见惯的生活方式），作家拜访远亲好友，最初的家书报告了亲友的家庭情况，对社交活动的品头论足，对世态人情的夹叙夹议——宴请舞会、男婚女嫁等东拉西扯的俗事充斥其间，写信与读信的往返过程其实就是发出信号、接受反馈的交流过程，它是一个延时的"对话场"，借助文字、叙事的载体，超越空间的阻隔进行心灵沟通。虽是书信，但却在特定的生活环境中，择其只言片语，"读"给相关的家庭成员，娱乐、消遣的有限、贫乏，使书信往来成为身边故事的传播载体和真实情感的文字载体，书信记载着身边事，措辞轻松，往往以第一人称的形式作为目击者叙述故事，传达身临其境的感受，书信是进入人物心灵的捷径、女性小说的前身，它的私密性近似于口语，适于转述的表达方式，却与童话讲述环境（炉火边或纺锤旁的小型场所）、口述性的原初形态有着一定程度的吻合。杜法叶的《乡野闲谈》中透露了与之相似的情形："入夜后大家围坐在炉火边，男人修理工具，女人缝补衣物，边听已经流传几个世纪、三百年后将有民俗学家记录下来的古老故事①"。

如果说小说是女性的形式，那么这一特征又拉近了女性小说和童话的距离，妇女的母性关怀源于天然的生理特征，女性在与孩童沟通中的亲切慈爱的对话能让双方获得精神愉悦。口述故事的过程，对说者和听者、观者而言也都是情感交流的过程，同时，代代传述的故事在与孩童的情感磨合中得以进一步凝练升华。因而，无论十多年传承的民间童话还是有意模拟孩童需求而加工、创作的艺术童话，在本质上都多少与母性舐犊情深的本能关怀和精神追求是息息相通的。围绕这两种文类"讲故事"这一显性功能，"童话"与"女性小说"在叙事方面都体现为主题家庭伦理、形象的道德成长型，这些特征为童话和小说的平面比照提供了同一平台。

18 世纪的小说家，诸如丹尼尔·迪福、塞缪尔·理查逊，甚至查尔斯·狄更斯等人在行文中常常要假借编辑的身份，此地无银三百两地强调作品所叙述的是真人真事，而到了维多利亚时代，小说辉煌繁荣的年月，小说虚构叙事的特征已经得到了大多数读者的认可。作家要讲的是故事，情节曲折动人是吸引读者、赢得市场的法宝。小说对女性作家来说，之所以驾轻就熟，是因为女作家所"经营"的是再熟悉不过的题材，女作家对此得心应手，伸缩自如，不脱离家庭这一活动范围，讲述世俗故事，或以浪漫传奇式的虚拟情节点缀其中，将"神奇"与"现实"完美地嫁接于一处，虽然难逃陈旧故事模式的窠臼，却在各个时代不乏爱好者，络绎不绝地在文本中体验两个世纪前女性的精神成就。女作家儿女情长，脱离不开"婚恋"的主题，英国广播公司近年来把大量经典名著改编为影视剧。其中女性作家作品相当可观，受到观众的欢迎，百看不厌，除了满足观众对故事情节的追踪心理外，原著呈现了维多利亚时期真实的社会历史风貌（这不能完全归功于当代媒体视觉艺术的发达，18世纪的叙事文学本身就是与社会生活密切相关的），而爱情婚姻的故事内容永远是一大卖点。婚姻的母题、浪漫之爱展示着奇妙的吸引力，窈窕淑女君子好逑，无论是在那个时代、哪个社会阶层，美满和睦的家庭都是芸芸众生的人伦追求。格林童话全名为《儿童和家庭故事集》。其出发点也是"家庭"故事，而有意思的是，在童话故事中结婚母题非常普通，众多的快乐结局都以"他们幸福地生活在一起"而落下帷幕。"灰姑娘"——这一全世界都家喻户晓的人物成为一种文化符号，重视现实与虚拟世界有千般差距，可还是无法阻挡世人对灰姑娘的无限想象，灰姑娘范式体现出跨越种族的不约而同的情感诉求，

---

① 转引自罗伯特·达恩顿，吕健忠译：《屠猫记——法国文化史钩沉》.

哪怕是个终究要破碎的梦，也要尽情地在小说、童话中回味体会一番。从阅读心理来理解这类罗曼司（Romance，浪漫小说）的动机，英国学者安东尼·吉登斯考察了男女"亲密关系的变革"，对女性罗曼司幻想提供了释义，他指出"罗曼司"就如 18 世纪以来一直被理解的那样，仍然回荡着从前的宇宙命运的观念，但是又把这种观念和展望开放未来的姿态相融合……它还是一种（从根本上）保障心理安全的形式①。结婚母题犹如故事的中心枢纽，也是情节发展最终要逼近的目标，它实质上是文化历史的积淀，通过艺术化作品反映的集体意识，其中蕴含着人类家庭伦理的基本指向，是人类文化心理的现实呈现。

较之早期传统民间童话，作家创作的童话更富有理性的教育意义，以规范儿童的行为，采用说教性的故事警示孩童，为他们步入成人社会传授游戏规则。道德"成长"的主人公形象往往成为正面形象。《鹅妈妈故事集》先前曾以"富有道德教训的往昔故事"冠名，不言而喻，它有着劝善教化的原初目的，法国以"第一流的家庭女教师"著名的博蒙夫人，更因为她作品内弥漫着强烈的劝导气息，在短短的几年中就推出七十卷著作，被认为"是一大堆教育的苦药，抹了一点游戏的蜜之后，就哄孩子说这是甜美的糖果，令孩子吞食……"，在理性的时代，童话中幻想被视为对儿童成长不利，因为它不真实，在道德方面不让人放心，包括启蒙思想家卢梭在内的知识分子，对成人按照自己意志强迫儿童接受教育尤为反感，他主张的是自然教育，德育的方法是靠善良行为和道德示范的影响，而不应该靠道德说教。卢梭的自然教育观在当时有一定的影响力，在"返回自然"的思潮中，对儿童童年的主动发现和保护有着积极合理的意义，对功利性教育有矫正的影响力，但从另一角度来看，轻视人类文化的积累，一味放大本能的率性教育，实际上也一定程度上消解了教育的行为。卢梭等思想家认为"灰姑娘的故事的流布会是人类最恶劣的情感，诸如嫉妒、对继母和非同胞姐妹的厌恶、虚荣、对漂亮衣服的爱慕等等渗入孩子心灵"，其实，这只是童话呈现其现实性的一个方面，而童话故事中积极、正面的元素，诸如灰姑娘的坚韧、勇敢和乐观、进取，还有白雪公主的善良、纯真的一面却被大大忽略，因此，童话中适量、适度的教育功能是必须的，它给孩子体验生活的机会，情感、角色、好恶、美丑，树立道德是非观念，童话中体现着人类社会的美好理想，从孩提时期，引导和谐、正义、自由的追求目标。意大利作家科洛迪创作的《木偶奇遇记》，故事中的懵懂少年

---

① 安东尼·吉登斯：《亲密关系的变革——现代社会中的性、爱与爱欲》，陈永国译，2001 年 10 月，第 55 页。

"匹诺曹"经历了种种险境，最后道德完善，成为一个真正的"少年"，童话教育功能在润物细无声中发挥着潜能。乔治·桑这位法国特立独行的艺术家，晚年致力于童话创作，俄罗斯作家赫尔岑为乔治·桑的作品《格里布尔》俄文版作序时这样写道："格里布尔是个天真纯朴、无利己之心，而且一心向善、热爱群伦的人物。向孩子们宣传这种道德观是再健康不过了。乔治·桑为这种道德观念赋予完美的儿童诗意……①"。可见，女性作家介入童话创作，其功能的类同性愈发清晰，童话故事中叙述了心灵与道德的成长历程，而鉴于时代力量对女性社会行为的约束，孩子在走向社会和女性步入社交场合有着一定的相似之处，童话发挥着对孩子的教育功能，而女性题材作品中，少女成长史中所叙述的故事也同样起着道德训诫的作用。女性浪漫小说让许多女性读者欲罢不能并产生共鸣，与儿童在虚幻故事中获得某种伦理道德的明示或暗示的效果如出一辙。

　　少女的成长史伴随着烦恼、觉醒及超越，小说多以婚姻的结局作为少女心智修行的终点站。沿袭了家庭婚恋小说的套路，许多女主人公涉世不深，天真无邪的少女对人物的认识程度随着阅历而逐步深入，从一桩桩事件中汲取教训，经受挫折、考研，小说的教育主旨显而易见。小说中严肃的道德思考在人际交往言行中所表达的教育意义是包括在男性话语之中"淑女"教育的历史体系之内的，卢梭在《爱弥儿》中谈及儿童的教育问题，还论及了女子的教育，出人意料的是，对"童权"如此张扬，却无视"女权"的合理地位，这有悖于他自己提出的"人生而平等"的伟大宣言，他鼓吹女性的教育无须发展智力，而只须培养她们贤淑品质以成为贤妻良母，这一抹杀女性独立人格的观点在当时不在少数，代表了对女子教育的极为普遍的认识，男性作家笔下无数的"家庭天使"的美好形象正是最好的图解，也是男性作家发挥小说的道德训诫功能的最好表征。

　　到了 20 世纪，小说载体呈现出多种多样、异彩纷呈的景象：诗歌、书信、日记、神话与童话……以其多样的文体代替小说中的人物成为变化莫测的叙述者，共同创造了现代派和后现代派女性小说颇具个性特征的声音文本。诗，可以以假乱真的维多利亚诗歌；日记，琐碎细小却吐露着真情；通信，充满了思辨和心智的对话；神话与童话，神秘而具隐喻性……下面我们以拜厄特为例，深入分析 20 世纪女性小说的多体裁叙述中所隐藏的女性声音。

　　安东尼娅·苏珊·拜厄特（Antonia Susan Byatt, 1936- ）是一个表达女性声音的高手，她的很多作品无不以各式腔调吟唱女性之歌。拜厄特在 1990

---

　　① 韦苇：《世界童话史》，福建教育出版社，2002 年 10 月，第 98 页。

年出版的长篇小说《占有：一段罗曼史》，也叫作《隐之书》。作者因此书荣获当年英文小说奖的最高荣誉"布克奖"。《隐之书》本身也是一部隐藏着女性声音的书。书中出现的十几个女性人物分别代表着不同时代、虚幻与现实中的女性声音，声音弥漫在古今两个故事里面，娓娓道来，波澜不惊。细致读来，在文化寻根、历史悬疑、学术计谋、雅致古典的爱情情节里面，在多种叙述技巧、多种体裁叙述下的复调结构中，小说呈现出汹涌澎湃、触及心灵的众声喧哗：她的所思、她的所想、她的热爱、她的忧伤……跟着拜厄特巧妙的叙述，我们可以倾听到隐藏在维多利亚诗歌、远古神话、书信、日记背后失落的暗哑之声，体会到隐藏在叙述话语背后自己的声音，欣赏到隐藏在双重叙述结构背后的嘹亮之声，聆听不同时代的众多女性由衷地发出抑扬顿挫、高低起伏的声音。

　　《隐之书》中的诗歌、童话、书信、日记、文学评论等以多元状分散陈列在诸多文本之间，形成了错综复杂的互文关系。各种文体纷乱杂陈，"大量的'文中文'形成错综复杂的文本碎片"和拜厄特的"诡异文本迷宫"，构成了叙事的"迷糊性"。就这样，情不自禁地跟着作者的笔触慢慢走进一个时代里，对远古时代的世界初始历史进行追忆，在作者的牵引之下，细细聆听躲在多种叙述体裁背后的暗哑的歌声。生活在男性话语权力的不同时代的女性用不同的形式抒发着自己压抑已久的声音。随意翻动《隐之书》，这些体裁跃然纸上，仿佛一个个能说会道的精灵，七嘴八舌地为读者讲述着为人知和不为人知的故事；又好像一个个乐手，用多种乐器合奏出一曲压抑已久的呜咽之曲。在女性声音备受压抑的维多利亚时代和貌似众声喧哗的当代社会，克里斯塔贝尔·贝利一样压抑着自己的声音。兰蒙特依靠隐喻，把一段愁肠百结的爱情深藏于瑰丽奇幻的诗句之中；艾伦·艾许（艾许的妻子）依靠删除，把一段痛楚隐匿在乏味枯燥的日记之中；莫德也会用头巾包起自己金黄色的头发，用无言的桌椅板凳和兰蒙特的作品默默维护女性研究中心里仅存的女性声音；还有那些被艾许带入坟墓的信件、热情洋溢的情书，在另一个世界叙述着真实。

　　拜厄特借助维多利亚诗人艾许和兰蒙特之手仿写了大量的维多利亚诗歌。诗歌文字精巧、语句饱满、严谨而清新，犹如《隐之书》封皮上古典、厚重的维多利亚书房，幽静、静谧，隐隐透露着这个想爱又不能爱的女性备受压抑的微弱声音。

> 达尔娃守着这个秘密
> 严密胜过朋友
> 达尔娃无言的相惜
> 恒久没有尽头

> ……
> 达尔娃不眠不休
> 高高在上凝神俯瞰
> 残害与碎片
> 原是我俩遗落的爱恋
> 她的小小指尖
> 自始未曾事爱转变
> ……①

当100多年后的莫德吟诵起兰蒙特写下的《达尔娃的秘密》时，就像在念咒一样。在诗歌的牵引下，莫德从思尔庄园（兰蒙特故居）的娃娃床里面找到了这些尘封的书信。"她探进娃娃床里，拦腰拎起来那只金发娃娃……莫德把枕头拿出来，掀开床单，又翻折了三条漂亮的羊毛毯子、一件针织的披肩，然后拉开一床羽毛床垫，接着再掀一床，然后是一张草席。她伸手探进草席底下，摸到了一只木盒子，撬开盒子上的锁链之后，取出一包东西。那东西就包在细致的白色亚麻里，外面缠绕着线带，一层又一层，一层又一层……袋子松脱了，一层又一层的亚麻布摊开来。里头有两包小东西，都包在浸过油的绸布里，外头则绑着黑色的缎带，老旧的丝布发出一阵吱吱嘎嘎的声响……"（77—78）②那掩藏在重重包裹里的书信和蕴含着古典韵律的诗篇里的爱情像洋娃娃压着的床单、羊毛毯子、羽绒床垫、草席一样，层层被揭开，一点点展露出来。兰蒙特的生活与爱情都让她以隐忍坚强的方式将自己封藏起来，而这些"干巴巴的纸页"却低低地吟唱着隐之深深的压抑的声音。"手套相依偎，柔弱安详；手指对手指，手心对手心，以最白的质料，永久保存……"（300）兰蒙特的诗歌，以清新典雅的气质低吟浅唱这她不为人知的内心世界。这种无声的呐喊应该是兰蒙特大胆冲破禁锢、以血做墨，对自我身份和话语权利的一次确认。

在罗兰和莫德追踪历史的同时，书信与日记以"见字如面"的亲切感逐渐将所有的悬疑和隐秘揭开，表达出人物的内心情感，真实而透彻。艾许和兰蒙特的通信、艾许和夫人艾伦的通信、艾许与自己未知的亲生女儿的通信、兰蒙特的日记、兰蒙特表侄女沙滨的日记等等，无不透露着人物的点滴心声。艾许和兰蒙特的通信部分，尤其是兰蒙特大段的自我描述充分展现了一个坚强隐忍的女性细腻的情感之声。"在最后那个阴暗的日子——要离开，离开彼此，

---

① A. S. 拜厄特：《隐之书》，于冬梅、宋瑛堂译，海口：南海出版公司，2008年，第76页。
② 后文出自《隐之书》的引文，将随文标出页码，不在另行作注。

一刻也不回头……我坐在这里，一个住在角楼里的老巫婆……这三十年来，我一直都是卢梅西娜。我在这城堡的垛口处自由飞翔，对着风哭喊着我盼望的事……如今尽头将至，热情消磨殆尽，心境祥和，我再度想起你，心中带有清澈的爱意……"（465-468）该是什么样的女人才写得出这样的文字？她该有多聪慧，她的心思该有多敏感细密！然而正是如此聪慧的她，竭尽全力同理性来捍卫自己的独立与完整，却仍痛苦又甜蜜地融化在艾许的激情里；也正是如此敏感的她，带着"清澈的爱意"把自己所有的心声隐藏在无法昭示的书信和日记里。那些渐渐远去的感情，如今静静地封存在故纸里，岁月老去，却抹不掉泛黄纸页里的幽幽回忆。这些隐匿的语言不仅在兰蒙特自己的书信和日记里有所展示，在沙宾的私人日记里更是大量存在。"她说：自从我来到这里，就没想过动笔写东西，因为我不知道该用哪种语言来思考。我就像仙怪卢梅西娜，美声海妖，美人鱼一样，半英半法，在英文和法文的后面，是布列塔尼语和凯尔特语……我想写作的欲望遗传自我父亲……但是，我写作的语言——其实是我母亲的语言——并不是他的语言，而是我母亲的语言。我母亲并不信教，她的语言属于茶米油盐酱醋茶的小事，属于女性风格……"（336）这仿佛是对世界的一个宣言，宣告"我"的作品语言是"母亲的语言"，"并不是他的语言"，"我"用的是"女性风格"。可是这种宣言没有出现在任何公开的作品中，却出现在一个初学写作的表侄女的私人日记中，形式隐秘却语气笃定、斩钉截铁地宣布自己的语言立场。作者选择以书信和日记的形式表达兰蒙特的真实声音，是因为在男性话语权的时代里，这些不会言语的东西是兰蒙特有限的能够发出内心声音的一个途径。

大量改编的童话和神话故事又给小说蒙上了一层神秘的面纱，增添了悬疑的色彩。妖灵、仙怪、魔兽，在拜厄特的笔下，兼具《天方夜谭》的神秘奇异和《格林童话》的朴素优雅，有着自成一派、天马行空的诡异气质。艾许的诗歌里难得有女性出现，但是兰蒙特的仙怪神话里却到处充斥着女性的呜咽、呐喊和歌唱。在《玻璃棺材》的故事里，黑袍魔法师向公主求婚遭到拒绝，于是残酷地将公主变成哑巴囚禁在水晶棺内长达百年，这无疑象征着在男性强势话语的压制下沉默的女性要么遭遇死亡，要么虽死犹生，被剥夺了话语权的世代女性莫不如此。再如，兰蒙特笔下的女性先祖卢梅西娜是一位半人半神的迷人女神，每逢星期六就得化作龙蛇，只有与凡人的婚姻才能使她解除诅咒，赎清罪孽，永获美丽女身。卢梅西娜用"细小清晰的金嗓子"唱歌，但一遇到雷蒙丁，她便停止了快乐的吟唱，"四周顿时宁静无声，他隐约感到，在这无声之中，所有喃喃耳语尽皆不在"（291）。拜厄特借此暗示，拥有自由之身的女性一旦遭遇男性便不可避免地失去了话语权。

拜厄特在书中借用了另外一个女性人物奥利诺拉·斯特恩写的文学评论《兰蒙特诗中的母题与母体》来表达对兰蒙特的《卢梅西娜》的观点："卢梅西娜的母亲凭借在泉水之旁，有人发现她正在那儿高声歌唱，那声音的和美，在所有的美声海妖、所有仙怪、所有女神的歌声中，实在是前所未闻。……迷了路的骑士和马……然后靠向卢梅西娜低微而清朗的声音，听她兀自鸣唱，当这名男子和他的畜生无奈的下滑并迸起一块石头时，这个声音便自此停住不在鸣唱……这或可以解读为专属女性的一种象征，女性语言一来十足压抑，一来极度自省，面对闯入的男性，往往哑口无言、无法发声……卢梅西娜，她在这座神秘的泉边兀自对着自己鸣唱，显然意味着一股无比强大的权力足以知悉万物的起源与终结……"。

拜厄特是神话与童话的读者、搜罗者、编撰者，通过这些改编了的仙怪妖魔的故事，一如既往地抒发着她的女性主义声音。大时代滚滚而过，她拾得沧海里的一枚遗珠，虚虚实实，纵览全观，态度却仍旧怡然。她直面女性的历史失声之创伤，力求用女性自己的眼光重新解读西方传统文学中的原始意象，用女性自己的声音讲述鲜为人知的历史叙事的另一面，改变女性形象缺失、声音失落的历史局面，以揭示自古以来被西方失真的男性眼光篡改的女性历史真相，填补西方男性中心话语蓄意制造的女性历史的"空白之页"。她从历史文化传统中的心理积淀切入，用传统叙事的诸多实证来破除男性历史叙事之神话，揭示男性视角的失真和歪曲，剥去男性话语的谎言和假象，从文化历史的层面说明女人之为女人的后天性和人为性，从而找回失落已久的女性自我，展现女性被历史的尘埃掩盖的声明本真和自我之声。

第三节　虚构与现实互为表里的双重叙事特征

女性与儿童与生俱来的固有联系，为我们理解女性创作与童话共有的特征创造了前提条件。除了生理上、社会组织上的紧密关联外，女性的心理特征使她们的创作倾向与现代意义的童话非常相似，两者都具有幻想与现实互为表里的双重特征。

关于女性的心态，女性人类学的研究成果从一个侧面进行了揭示。作为女权主义重要人物的西蒙·德·波伏娃，就从女性自我本位的角度剖析了女性从女童、少女、女人的成长经历中的心理状态，她在《第二性》中对女性心理进行了非常详尽的描述，她的细致入微有助于我们理解女性作家的幻想与写实特征，它犹如搭建在社会生活中的海市蜃楼。她认为：女人"因袭了过去崇拜土地魔力的农业社会心理：她是相信魔术的"。（《第二性》第385页）魔力对于女性——"永远长不大的孩子"而言，或更进一步说，渴望魔术、魔法，也许是摆脱不了那不如意的现实的捷径，抱有幻想和憧憬——这平淡的生活中的奢侈念头，或许是一种天然的积极奏效的心理调节方式。这种奢侈的幻想又是与生活如此接近，他们宁可信其有，因为她们的生活实在需要通过超自然的力量来加以改善。作为理论家和实践家，波伏娃的自传为我们深入作家创作心理提供了最好的注释，毫无疑问，也为我们深入地探究女性创作与童年经验的迷宫扔出了线圈。她有意识地回顾了自我成长经历，在《回忆少女时代》的自传中，她这样写道：

> "我们眼里的世界根据善与恶划分为两个王国。我是在善的王国里。在这里，人们崇尚的是美德，因而他们必然会得到幸福。诚然我曾经受过不该遭受的痛苦。……我并不因此怀疑善有善报、恶有恶报的真理……恶和我保持着一定的距离，我只是根据传说的形象来想象它的帮凶：魔鬼、巫婆、灰姑娘的姐姐们……矮人给白雪公主的后母穿上烧红的铁鞋，用烈火焚烧路济费尔魔王从未使我想象到肉体的痛苦。吃人的妖魔、老巫婆、魔鬼、虐待女儿的后母、刽子手，这些无人性的家伙象征着某种看不见的恶势力，他们所受的折磨说明他们的可耻的失败①"。

从作家的回忆中，我们可以发现几个关键的要素：首先，经典童话人物提供了善与恶的象征符号。它们代代传述，已经深深印入了每一个孩子的脑海之中，成为领悟道德观念的解码器，童话中角色身份、虚拟情景及人格象征展示着奇妙的魔力。其次，恶在现实中虽然与"我"——儿童保持距离，却以一种人类经验，通过邪恶的消息传递给他们，引发心里的憎恶感，形塑孩子的是非观念。童话作品提供的是幻想的文本，因而它有无限充足的空间，激发孩子的想象力，却潜藏、积淀着某种精神领域的真实，童话故事的审美过程、情感体验，使它生成超现实的抽象意义和象征意义，叙事故事本身的虚构性、幻想性并不影响听众或读者的心理、情绪反应的真实性，他们完成审美体验后所产生的种种情绪，诸如厌恶、同情，抑或喜悦、乐观、激昂，乃至对自我、对历史的反思，恰恰是虚幻故事的直接、真实的产物，或许是虚幻中的永恒情愫打动了人们，童话中的艺术旨趣让人们在爱与幻想中，在消解时空的表征下完成具象性的内容表述，在永恒纯净中进行着诗意生命的体验。荣格曾在其主要论

---

① 西蒙·德·波伏娃：《回忆少女时代》，何三雅等译，海口：海南出版社，1995年9月，第10-11页。

著《心理学与文学》中指出，幻想是一种真正的原始经验，现代生活中的幻想，来源于集体无意识中的神话原型，它们至今"仍然是人们取得心理平衡和心理不长的一种不可缺少的手段①"。

当然，被现代称之为"童话"的故事文本中曾真真切切地反映了部分社会真实，哪怕杨武能先生多次呼吁，捍卫格林童话的纯洁性，但一些早期的童话文本中确实带有一些恐怖的"少儿不宜"的凶杀、非正常死亡的情节，这些情节涉及乱伦的企图（如《千种皮》中，国王金发妻子死后要续娶美丽的女儿）、嫉妒的罪恶（如《桧树》中，继母放下箱盖，男孩子的头被砍掉，落到苹果当中），还确实有血淋淋的骇人谋杀（如贝洛的《蓝胡子》，在蓝胡子的密室中一字排开吊着被割断喉咙的女尸）。不少学者从研究的角度，用精神分析方法诠释其内涵（如贝特海姆的《魔法的种种用途》，即 Bruno Bettelheim, The Use of Enchantment：The Meaninng and Importance of Fairy Tales），它肯定了童话对孩子的现实意义，凸显了童话解决心理冲突的实用功能及在临床心理治疗的应用价值；更有商家据此大做文章，以耸人听闻的情色成人童话混淆视听，极度夸大童话中的某些隐晦内容，把它们至于放大镜下，对其"添油加醋"，日本畅销三十余版的《令人战栗的格林童话》，在台湾也掀起了销售热潮，极大发泄了大众图书消费市场对传统经典的颠覆快感，两位女士合用笔名桐生操，试图对童话原型进行解构，展开无限想象，其矫枉过正的偏激书写似乎印证了女性对男权话语下的童话的彻底挑战。童话在现实生活中勾起的意识革命不可小觑！与欧美的现代版童话《小红帽》异曲同工，《与狼为伴》的作者安杰拉·卡特旗帜鲜明地站在激进的女权主义的立场上，什么道德规范，要走"正道"，统统被抛到九霄云外，征服者——这兴许代表了现实生活中的一部分锋芒毕露的女性叛逆者由来已久的潜意识的实现。看来，经典童话，其文本和影响力与现实并不遥远。

童话，依靠其夸张的生活变形，还藏着人类男女两性的话语之争，男女的关系模式可以在文本的改写中交换易位，传统的女主角——被迫害的天真女孩渐渐在现当代成长为英勇而足智多谋，具有很强的自主性的女性甚至走向了极端，将动物性本能注入到女主角的塑造中，当代强悍女孩彻底改变了传统"小红帽"为代表的顺从、可爱的刻板形象。凯瑟琳·奥兰斯姐所著的《百变小红帽》考察了这则童话中所包含的性、道德的主题，更引人注目的是，她还仔细研究了这则故事的演变过程，寻找出《小红帽》故事角色"与时俱进"的不同版本的特征。作者立足当代，环顾生活中处处都存在的童话影响，分析

---

① 荣格：《心理学和文学》，冯川、苏克译，北京：三联书店，1987 年 11 月，第 13 页。

"小红帽"版本变迁的事实和"小红帽"的演变特征，与美国学者罗伯特·达恩顿（著有《屠猫记》）的观点相一致，他们都认为童话也是历史文献。"它们记载的不只是广泛人类经验的基本要素，且是每天和每个时代特殊事务的详情，也表达人类集体想法的真理，即使这些真理会不断修正改变。童话部分的魔力就在于不只能隐约了解当代，且能记录历史①"。童话中现实与环境不分彼此，虚幻童话中隐含着飞扬的现实，它在非常态的创造中隐匿了现实生活，超现实性中又折射了生活的影子，并蕴含着丰富的诗意和人生哲理。以精美隽永著称的日本女性童话作家安房直子，为人们留下了"一山坡野菊花"似的童话，当代的日本评论家西本鸡介曾如是评说她的童话作品："幻想的世界没有停止在憧憬中，而是以深刻而敏锐的洞察力探讨了人究竟是什么的哲学命题。看上去是一个不可思议的架空故事，却不是荒唐的谎言而是象征着真实的人生②"。现实与幻想有着天壤之别，而童话总能在它们的交界之处让梦幻的瑰丽色彩照亮滚滚红尘。童话交代给读者的往往是"从前……"一般模糊的时空，但是多元的现实、错综的世界却以一目了然的形式，通过实质性的事物展现出来，将人类存在包含的丰富母题与有限的篇幅完美结合，"像在玻璃球游戏中那样，在这些母题中反映出人类的存在。童话包罗万象③"。

作家的创作，有更多的写实特征，乔治·爱略特在《亚当·比德》第十七章中明确表示，叙述者的"责任是要尽量确切地告诉你，那反应的形象是什么样子，正如我在证人席上发了誓，要如实叙述我所见到的情况一样④"，甚至有些作品还脱不去自传的痕迹，这当然不是女性作家的专利，为数众多的男性作家作品同样具有浓郁的自传的特征：屠格涅夫的《初恋》、狄更斯的《大卫·科波菲尔》，还有跨越国家为全世界小读者所喜爱的安徒生，谁能否认他就是那只"丑小鸭"？相比之下，女作家在著作中的身影更为清晰，平平淡淡的生活才是真，而情节曲折的故事犹如生活中的涟漪，她们在现实生活中的奋斗经历转化为女性步履的真实文本。女性最初的书信体创作来源于琐细的生活实录，女性话题、儿女情长、细微情感、风花雪月，直陈的表述，传递了一代代的生活经验，作为边缘女性，她们记录自我生存的体验与感悟，描绘了她们的心灵之声，记载了各自的心路历程，在有限的视域中要起了笔杆。对于19 世纪大多数资产阶级女性来说，社会交际的有限使得她们的叙事多集中于

---

① 凯瑟琳·奥兰斯妲：《百变小红帽：一则童话的性、道德和演变》，杨淑智译，张老师文化股份有限公司，2003 年 8 月，第 35 页。

② 转引自彭懿撰文《安房直子和她的那片魅力森林，还有天国……》。

③ 麦克斯·吕蒂：《童话的魅力》，张田英译，社会科学文献出版社，1995 年 3 月，第 124 页。

④ 乔治·爱略特：《亚当·比德》，周定之译，长沙：湖南人民出版社，1984 年 10 月，第 186 页。

身边平凡的生活。早在 17 世纪，第一个以卖文为生的职业女作家阿芙拉·贝恩（Aphra Behn，1640-1689），创作中篇小说《奥鲁诺克·或王奴：一段信使》。作家叙述故事，并在作品开场白中明确申明，她要讲述的是实际发生的事情，并且极力追求纪实性。她们的作品中有主人公（大都是自己），却没有英雄；她们的主题是三、五户人家的平凡故事，缺乏战争、变革等宏大的历史叙事，但又有谁能说平平淡淡不是真？司各特就曾直言，奥斯丁的小说"包含了大量的真实……普通的中产阶级生活的真实……①"。而爱弥儿·蒙泰居评论夏洛特·勃朗特及其作品，认为"她的生活是她的小说的实质；她三次总结了她曾想象的、见闻的和感受的事物。在《简·爱》里，她描述了她想象中的生活。在《维莱特》里，她描述了她真实的道德生活。在《雪莉》里，她稍许离开了她自己——其实离开的很少——仿佛站在她心灵的窗前，描述了她所居住的约克郡的一角，以及她所看到的那一小部分人类社会②"。

当代英国女作家多丽丝·莱辛（Doris Lessing，1919- ）在长达半个多世纪的文学创作体现出强烈的道德责任感，其前期作品主要是对社会政治斗争的批判写实，采用传统的现实主义叙事手法，当中涉及和探讨了诸多社会现实问题，如非洲殖民地的种族压迫、大国的霸权主义、原子弹核问题、全球环境恶化、现当代知识女性面临的事业和家庭的重重困难、两性情感、婚姻生活中的共存与冲突以及人到晚年的种种无奈等等。其中"女性主题"是评论界关注的重点，很多批评家把莱辛看作是女权主义的先驱者，相当一部分研究探讨的是她的代表作《金色笔记》所表达的女性意识。再次是对该作家艺术思想和创作方法的研究。莱辛的创作不仅题材丰富，而且创作风格和形式也在不断创新变化。

对"女性问题"的密切关注使莱辛被公认为当代英国、乃至全球最出色的女性作家。莱辛的许多作品都从女性独特的视角聚焦了女性的心理和生活，描述了她们精神上的压抑和痛苦，从另一个角度揭示出当代社会中女性所面临的问题，以及男人和女人之间错综复杂的关系。无论在她的长篇或是短篇小说中，我们都可以随处看到女性在当代社会生活中的生存危机和精神状态。如《一个男人和两个女人》（A Man and Two Women）形象地刻画了当代知识女性的心理状态以及所面临的两性关系；莱辛 1962 年创作的长篇小说《金色笔记》则反映了女主人公的个人情感生活和社会政治活动，同时也体现了她对有关历史和艺术的观察和思考，该小说被研究者誉为女权主义运动的奠基石，

---

① 朱虹：《奥斯丁研究》，中国文联出版社，1985 年 9 月，第 26 页。
② 杨静远：《勃朗特姐妹研究》，中国社会出版社，1983 年 11 月，第 182 页。

成为女权主义者的又一部圣经。

安吉拉·卡特（Angela Carter，1940-1992）是 20 世纪英国最具独创性与突破性的作家之一，在英语文坛上占有重要一席。卡特的作品文体繁杂、题材多样，魔幻现实主义、浪漫主义、荒诞派、科幻、哥特式、女性主义、后现代主义都可指涉一二，但皆不足以涵盖其全部，因为没有任何一种文体始终贯穿她的整个创作体系。但有一点可以肯定的是，她十分擅长把华丽、诡异的想象与社会现实结合起来，对传统习俗和经典故事进行改写，从而颠覆桎梏下弱势群体（包括女性和儿童）的刻板形象，解构二元对立。卡特一直以女性主义者自居，积极投身妇女解放运动的激流，在作品中深入探讨两性关系。她认为，所有关于性别的"社会神话"不过是大脑的产物，是男性主导的社会制度"编造出来的约束人的谎言①"。她极力为失声人发出声音，述说被掩盖着的故事，以崭新的观念改写神话、童话和民间故事，揭露各种规约背后的权力关系。卡特的作品经常以女性情欲与性别身份为主题，质疑男女性别的权力分配。比如：《魔幻玩具铺》对传统童话"蓝胡子"故事的戏虐，聚焦于女性对自己的肉体和欲望的最初觉醒；《新夏娃的激情》大胆把玩常见性别印象，用后现代主义的手法拆解性、性别、种族等刻板成见；《血腥暗室》（*The Bloody Chamber*，1979）等短篇小说致力于系统解构童话或民间传说所建构的女性形象，将美女、小红帽和蓝胡子的最后一个妻子等从温馨和谐的家庭背景中割离出来，把故事改写为充满情色、欲望的版本；而《明智的孩子》转而关注女性于家族关系中位置，创建了一个用爱而非血缘关系连缀彼此的母系家族，公然对抗父权社会体制。总之，卡特的创作理想与成就就是通过各种艺术手法，拆穿所有父权社会约定俗成"真实、客观、公正"的伪装，揭示其权力意识的真实面目，使男女两性通过角色与权力重新分配，最终消解性别对峙与冲突。

她发表于 1984 年的《马戏团之夜》（*Night at the Circus*）是一部集中体现虚构与现实完美结合的作品。现实与虚构关系到历史叙事的本质问题，即决定历史到底是真实的抑或是虚假的问题，这是新历史主义研究的重要课题之一。传统的历史观把历史看作一个可供客观认识的领域，认为历史是独立于研究者和读者的客观存在，也独立于研究手段和工具。如果历史记录者或研究者能够在了解、认识或再现历史的过程中排除主观因素，公正、中性地使用语言工具，就能够发现或再现历史的"真相"。新历史主义者则认为，"历史都是主

---

① Angela Carter. "Notes from the Front Line," Critical Essays on Angela Carter, ed. Lindsey Tucker, New York: G. K. Hall, 1998. p. 38.

观的想象，在阐释过程中不可避免受到编写者主观偏见的影响"；"历史不能还远客观的真实，也不能为过往事件或已故人群的世界观提供绝对精确的画面①"。《马戏团》中，光怪陆离的文学想象就是"历史的文本性"的有力证据。在叙事中，卡特通过虚构怪诞神奇的女主人公菲福斯来批判父权社会对女性的性别歧视与压迫，同时通过强化这个角色的复杂性与神秘性、神性与兽性，达到颠覆和解构传统女性观的目的。

菲福斯无疑是卡特在《马戏团》中最浓墨重彩刻画的女性形象。她的真实身份难以界定：她到底是神（天使），还是人，或是某种奇特的动物，没人能够确定；没人知道她的父母是谁，无人知晓她的过去如何（或许除了她自己或她的奶奶兼保姆）；她的空中飞人记忆令人惊叹，声名远扬四海，但对人们来说，她只是个神话。神——人、人——鸟、女人——男人、处女——妓女，各种特质杂糅于一身，使她具有多种意义的可能。首先，她背上的那对翅膀充满丰富的意象和隐喻，给人广阔的想象空间。她自己称自己与特洛伊的海伦一样，是从一只"带血的大蛋"② 里孵化出来的，她的翅膀则来自她那"也许存在的父亲：天鹅"③。"海伦"与"天鹅"这两个著名的意向显现来自宙斯变身天鹅占有美女勒达的古希腊神话，戏虐中影射了男性不择手段地征服女性的悠久历史，同时也以海伦的隐喻暗示了菲福斯，或女性，生命的神奇与高贵。然而，与象征美丽与完美的海伦截然不同，菲福斯从外表到举止都与标准的理想女性形象相去甚远。她比普通女人高大许多，赤脚站地仍有六尺二寸。她那又长又宽的大脸使她看上去十分庸俗，仿佛"脸的尺寸本身就是一种错误"（20）。她的声音"沙哑，带着金属的质感，似男中音或女低音垃圾桶似的响声"（13）。她胃口极大，吃东西时狼吞虎咽，野蛮粗俗；无论身边有无他人，随心所欲地放屁、打嗝，丝毫不在乎这种行为是否得体。总之，她的外貌举止与她自己所说的神圣高贵的血统毫无关系。

菲福斯身上最具神话色彩的当属背上那对神奇的翅膀。平时不演出时，收起的翅膀附在她背上，宛如一座山，或一个硕大的瘤子，使她看上去像一个驼背巨人。在飞行演出时，当人们亲眼看见一双巨大的白色羽翼在她腾起身子时慢慢打开，适时地托起她的身子，优雅地飞翔在天空中，不少观众禁不住发出阵阵诧异的尖叫。男主人公沃尔斯有幸近距离检验她的翅膀，他感觉这对柔韧

---

① Charles E. Bressler. Literary Criticism: An Introduction to Theory and Practice. New Jersey: Prentice-Hall, 1999. p. 238.

② Angela Carter. Nights at the Circus. New York: Viking, 1984. p. 7. 本节所有小说引文均出自此处，以下只在正文标明页码。

③ 勒达和天鹅的故事是希腊神话中的著名故事之一：宙斯变身天鹅，诱惑勒达现身。

的粉色的长着毛的翅膀紧贴在菲福斯肩后，看上去那么自然，甚至让他觉得普通人身上没有这一对肉瘤，反而是不正常的。虽然理性告诉他，这个女人不是一个自然人或正常人，但是她那"巨大的、庸俗的"手势却表明她自我感觉良好，与自己背上额外的负担相安无事。难道她就是《圣经》所说的无性别的带翼的"天使"，或者是希腊神话里的鸟怪哈皮斯（Harpies）？

无论是天使，还是鸟怪，正因为她神奇诡异的外貌，菲福斯成为许多男性追逐的目标，或被当作科学研究的标本，或被当作满足变态欲望的工具。他们希望占有这个另类的女性，探索她身体的奥秘，或通过粗暴地施虐满足自己的性欲。与其他一些不幸的畸形女性一样，菲福斯曾经被关进一个隐秘的私人地下展览馆，里面以各种姿态被囚禁的都是所谓美丽、精致、优雅的女性。因为长相怪异或奇特的生理原因（如：每天除了醒来吃饭、喝水之外）一直处于睡眠状态的睡美人，她们沦为那些有钱、有身份的心理变态的男性的玩物。

因此，菲福斯这个人物可以说是虚幻想象的结果，在她身上融合了神、人、妖、兽、男性、女性的特质，对观众（小说里）和读者（小说外）的想象能力造成强烈的冲击，既让读者与身为新闻记者的男主人公一样，对她产生浓厚的兴趣，同时也时刻质疑她身份的真实性。

菲福斯半人半神、似男又女的形象与性格使她更似一个象征符号而非一个真实的女人。在她的人物塑造中，卡特无限放大了文本的虚构性，刻意模糊了菲福斯的性别特征，揭示出女性被客体化的危险境地。从"丘比特""长着翅膀的胜利女神"，到"死亡天使""阿瑞里芙，维纳斯，阿卡忙托斯，索菲亚的显现"，菲福斯在世人的眼中，只是一串文字符号，一个象征。从新历史主义批评角度看，不同人从不同利益出发，受到各自文化的局限，对同一事物的认识总是带有主观偏见；那么，一千个观众或读者，就有一千个菲福斯。然而，角色的符号化暴露了父权社会将女性客体化，以致物化的传统。在化妆间，菲福斯的味道弥散在空气中的每一颗尘埃里，甚至拿来镇酒的、带鱼腥味的冰块都与她的气味融合的天衣无缝，但是，专程前来采访和寻找事实真相的沃尔瑟却处处寻不到她的影子，只有墙上的一幅海报，似真似幻。此时，菲福斯作为一个符号，在封闭的空间内被无限放大，无影无踪而又无处不在，刺激着人们对历史与幻象、现实与虚构进行无效甚至错误的判断。卡特对父权社会将女性符号化的过程的讽刺性模仿揭示了历史人物角色定位的虚构性，颠覆了理性的客体化规则，从而消解了传统二元对立模式。

另外，菲福斯身份的不确定性还赋予了她建立个人主体性的机会和逃脱神话和历史的控制。逃脱被范式的女性命运。"翅膀"这一"意象"象征女性所具有的某种超乎寻常的力量，使菲福斯远离弱者的形象。当意识到自己面临被客体化为主流叙事中浪漫神奇的柔弱女性的传统形象的危险时，她以自己神奇的翅膀为武器进行反击，飞跃以沃尔瑟为代表的男性理性化思维的控制，摆脱被客体化的境地。确立自己复杂、独特、另类的主体。在某种意义上，菲福斯就是独立、自由女性的象征，她的生活与爱情经历也标志着妇女从父权性别歧视与压迫中争取解放的历程。

除了虚幻与现实结合的人物塑造，《马戏团》的历史文本也通过叙事模式得以呈现，尤其是在女主人公历史建构的初期。叙事以青年记者沃尔瑟千里迢迢赶到马戏团表演现场，在观看完节目后进入菲福斯的化妆间开始对她进行采访。受过严格科学或理性教育的沃尔瑟对诸家报纸关于神奇女飞人菲福斯的报道疑心重重，决定亲自采访与接触菲福斯，戳穿虚假的报道，以事实真相张扬新闻报道的客观真实原则。但采访一开始，他发现自己已经完全失去了话语控制权，菲福斯的奇特形象与性格很快使他忘却了自己的任务。在她娓娓道来的故事中，他很快就迷失了方向，成为一个被动而渴望的听众，消失在现实与虚构交融的世界里。

作为自己历史的叙述者，菲福斯完全把握了自主权，按照自己的意愿确定自己的身份，讲述自己的历史。这种叙事颠覆体现了卡特的新历史主义叙事观，说明历史可以因叙事主体的变化而改变，进一步突出了历史和现实的虚幻与不定因素。与此同时，也颠倒了传统历史叙述中男性的"作者/讲述者、主动、积极"的原则，赋予女性"在受限的环境里掌握自己命运的能力，对男性挪动女性生活和历史的传统提出了挑战①"。众所周知，在正统历史的宏大叙述中，女性的经历和故事常常遭忽略，而新历史主义通过将事业投向那些为传统历史所消音的弱者和被其掩盖的历史碎片和边缘材料，试图还原真实的历史。而真实的历史是有众多小写的、由不同人讲述的故事组成，其中包括了女性的真实生活经历。卡特以菲福斯为例让女性讲述自己的历史，既还原了女性被掩盖的生活真相，揭露了历史的文本虚构性，又赋予女性以主体的自主权利，彻底地颠覆了女性柔软附庸的传统形象。芒特罗斯认为，"所有文本都标有意识形态的印记②"。卡特直指历史的文本性，通过戏谑地融合多种女性形象来揭露隐藏在现实社会背后的父权意识形态，从而解除二元极端化结构以女性为代表的弱者的压迫。通过神、人、鸟、兽、男性、女性等的特征，塑造了一个全新的、从身体到心理与男性一样强大的女性形象。

---

① Linden Peach. Angela Carter. New York: St. Martin's Press, 1998. p. 133.

② Louis A. Montrose. "Professing the Renaissance: The Poetics and Politics of Culture," The New Historicism, ed. H. Aram Veeser. New York: Routledge, 1989. p. 22.

曾有一个美丽的故事：美少年那喀索斯在泉边掬水取饮时，被倒映在水中自己那俊俏的面容所陶醉，他不忍离去，痴痴地俯视着水面，终于憔悴而死，化为临波自照的水仙。这顾影自怜的神话故事表现了人类对于认识自我、把我自我的困惑。女性创作以自我为本，在无法走向社会大展宏图的历史环境中，她们积极思索无疑展示着思想巨人的风采，在平凡的岁月中，观察描写平常生活的各种纠葛，她们对照镜像，带着无奈却怡然自得地描写普通的面孔，使读者在作品人物的待人接物中产生耳濡目染的亲近感以及愉悦之情，这恰恰是写实性特征带来的优势和结果。她们的创作为自我的人生涂抹了绚丽的色彩，同时，她们凭借作品，又不失时机地做着在现实生活中无法实现的梦，奢望和梦想可以在作品中得以实现，心灵可以宣泄并达到满足。"小说中的想象世界不仅是对生活的动态再现，而且常常是对现实存在的社会秩序发表意见、谋求修正的一种方式①"。在女性口传的故事中，有不少都是富于浪漫幻想的民间故事，而在小说文本创作中，又有谁会拒绝主人公最终的幸福呢？何况经历中世纪传奇故事，且现实主义文学仍余韵未了，护身符和魔法杖已经失去了作用，骑士、侏儒和妖怪都化成了青烟。尽管如此，读者的猎奇心态、审美情趣一点不亚于从前，女性笔触纤细，童话般浪漫的叙事手法，只要运用地巧妙，哪怕进入现代主义创作占据主导的历史时期，作品中虚幻想象的内容还是大受越来越多的读者欢迎的。客观条件的成熟和小说本身虚实糅合的双重特质，催化了20 世纪女作家及其作品的产生，使她们纷纷浮出历史地表。

在人类的生命历程中，一定会发现，虚幻的叙事世界与现实的生存世界原来是可以互相转化的，源于生活的女性小说与童话有着内在的相似性，博尔赫斯的论述肯定了这种转化，他认为："如果小说中的人物可以变成读者（或）另一故事的见证人，你们，我们作为他们的读者和见证人也可能是虚构的②"。小说家们在记录人生故事的游戏时，也许她们正成为游戏人生的主角，当"说者"被说之时，恰恰应验虚构与现实的转换性——假作真时真亦假，真亦假来假亦真！童话、小说中的一个个故事，是对人生经验的稀释或浓缩，因此，现实生活中的人和事，总能在文艺作品中找到相应的位置，而故事中的人物形象总能在现实生活中以大同小异的方式一次次地重演着他们的命运。故事情节与现实生活呈现着亚里士多德式的模仿与被模仿的关系，在聆听或阅读过程中，似曾相识的人物、场景、时间，让人触景生情，文学作品就这样不断地

---

① 黄梅：《推敲"自我"：小说在 18 世纪的英国》，三联书店，2003 年 5 月，第 316 页。

② 转引自赵毅衡著：《当说者被说的时候：比较叙述学导论》，中国人民大学出版社，1998 年 10 月，第 79 页。

撩动着阅读者的审美情感。

　　这正是童话与女性作家创作的成功逻辑：模糊现实与虚幻的界限，或者说具备现实与虚幻的双重特质，因为虚幻的美好才能集聚现实生活中奋斗的动力，因现实的单调、乏味甚至残酷，才无止境地追求渴望幻想中的真、善、美。"想象力和经验一样，有它存在的权利①"，这是夏洛蒂·勃朗特的看法，也实实在在地印证了女性小说与童话虚构与写实的共性。

---

① 杨静远：《勃朗特姐妹研究》，中国社会科学出版社，1983 年 11 月，第 185 页。

第五章　女性话语的童话化内涵延续

中国现代女性作家冰心曾说过："世界上若没有了女人，这世界上至少要失去十分之五的'真'、十分之六的'善'、十分之七的'美'"。关于女人的看法，冰心如此温婉地吐露出她对女性自我特征的中肯评价。在她的作品中女性怀有着母性的情怀，同时她以博爱的胸怀讴歌童真、自然。冰心主动致力于儿童创作，使她的作品回旋着母性的博大胸怀和与自然万物的亲近之感。女性生命深处与童话的同源同构这一特征是跨越国界的。乔治·桑，这位理想主义者，带着对孩子的深情关爱，一向离经叛道的老祖母也在暮年不厌其烦地为孙儿创作出《老祖母的故事》。

细致地探究童话的本质，它不仅指那种至爱至纯的境界，更是一种独具一格的思维方式。女作家文本中得到的关怀、灰姑娘式的人物造型、充满鬼怪的奇幻故事，还有一目了然的二元对立式的模式——爱恨情仇的恩恩怨怨，林林总总的生活故事与童话的超越性的思维方式愈发接近，她们作品中所获得的本真意义就越发纯净。女性作家的童话内涵是多元综合的，道德感、灰姑娘式的追求、善恶角逐等等话语主体在不同作家的作品中都曾出现过，在20世纪的女性作家作品中，它们以不同程度的变体的形式存在着、活跃着和超越着，为我们更深入地理解女性话语的童话化内涵，更深入地品味女性作家小说创作的童话式表述打开了一个新的通道。

第一节　"二元对立"的反复重演

"二元对立"模式是人类最简单，也是最基本的结构概念，是童话最为基本的特征之一。它是原始人和儿童把握世界的方法，从自然界所观察到的交替、循环现象使他们用最简单的对立法来进行理性的分类，它符合儿童的原始思维，也满足了儿童的审美特性。对这一单纯思维模式虽说有争议，但它却普遍存在于童话之中，这是因为为适于接受者——儿童的天性，在创作的艺术童话中，往往有意识地选择那些孩子易于理解的简单、直观的东西，从耳濡目染的形象、现象的本质中，抽取生命色彩的"三原色"，将高度凝练概括的现实本质幻化成奇妙的神奇世界，编排成非凡的奇异景象，让小读者在寻找类似"七色花""九色鹿"还有"青鸟"等简约、单纯的象征物的形式体验中领悟生活真谛。"在童话中，人类的内心世界方面被描述的有：敌对与友谊、犯罪与帮助、战争与和平、幸运与晦气、任务、考验、危险、斗争、叛变、忠实以及美味佳肴和睡眠"①。"二元对立"是将现实的本质高度集中概括的最佳方式，将抽象概念赋予具体形象，从"善良—丑恶""英雄—懦夫""仙女—巫婆"等两极对照中加深给读者的印象，深化两极的情感体验。

童话中常见的对立结构，在女作家笔下也如此奏效。"二元对立"的传统故事模式，满足了人们既有的传统阅读习惯，易于产生爱憎分明的思想感情共鸣。经典在于简单的内核，平凡归于至真的永恒，两极的游走，夸张的凸显，将幻想与现实相连，这是童话生命之所在；女性创作立足零星琐事构成的世界，是通过生存的基本生活"元素"发现其意义和价值的尝试。张爱玲女士在《自己的文章》中曾对文学有过感慨，她发现舞弄文学的人，向来是注重人生飞扬的一面，而忽视人生安稳的一面；她则深信安稳是具有永恒意味的，安稳性存在于一切时代，它是人的神性，也可以说是妇人性……只有写人生和谐安稳的一面，才是美的，才能给人以启示：孩子每天盼望着奇迹发生，如同封闭在自家客厅中的中产阶级女性，她们都渴望改变平淡乏味的每一天，女性创作与童话中记载并表现了生活的原态，又赋予了想象的权利和张力，在两极相悖的思想、观念中，正义—邪恶、幸运—苦难等竞相上演，绚丽最终归于平淡，复现生活原貌，在举重若轻的辩证哲理中获得价值和不朽。

二百多年来，简·奥斯丁的作品受到读者的广泛喜爱和欢迎，甚至备受皇室成员的青睐。连现实中的皇家公主都对民间的灰姑娘牵挂万分，真让人倍感童话那跨越权势的神奇引力。据 2006 年 2 月 5 日英国《星期日邮报》报道，英国公主贝阿特丽丝 18 岁生日时，计划在温莎城堡中举办生日庆典，令人瞩目的是，这次庆典以《傲慢与偏见》情节为主题，按照公主的设想，参加晚会的客人——尊贵的伊丽莎白女王、诸王子都将身着戏服，出演小说中的角色，演绎这部备受读者喜爱的女性经典佳作。不管这是事实还是媒体炒作，不

---

① 麦克斯·吕蒂：《童话的魅力》，张田英译，社会科学文献出版社，1995 年 3 月，第 124 页。

论皇家成员粉墨登场与否，获得如此殊荣，此类逸事并非司空见惯。虽说同为19 世纪的女作家，但夏洛蒂·勃朗特本人并不欣赏奥斯丁，在 1848 年致乔·亨·刘易斯的信中，她勉强承认"奥斯丁女士只是机灵的、善于观察的"，同时对她的作品表现得不屑一顾："一张平凡的面孔的一幅惟妙惟肖的达格尔银版照片！"她断然表示"我可真不愿意跟他的那些绅士淑女们生活在一起，住在他们那些雅致的可是狭窄的房子里……"① 虽说欣赏的角度大异其趣，但她对奥斯丁的评价并没有造成多大的影响力，并且事实证明了沃尔夫对简·奥斯丁的看法——女性中最完美的艺术家。二百多年过去了，奥斯丁依旧拥有无数的爱好者。说不尽的奥斯丁，至今让人津津乐道。

是繁杂的尘世让生活节奏日益紧张的现代读者更倾心于选择简单、宁静的情感型读物，奥斯丁编织的精致故事优雅、简洁，让喜爱她的读者在情窦初开的岁月续上了童年的梦。奥斯丁的小说，是一部纯情女子的童话读物，是她们踏入情感世界的教科书，是得体言行、交际处事的行为指南，也是自我警示、保持理性思考的生存守则。无怪乎时至今日，不仅因特网上奥斯丁的专门网站（http//www. pemberley. com/）经营得红红火火，连借助她的影响力出版的《简·奥斯丁书友会》也成为欧美畅销小说，风行各国。奥斯丁是个敏感的女生，早就留意了金钱在女性婚姻生活中的地位，而当今的"奥斯丁"经济所带来的巨大收益也许会令她咋舌。《简·奥斯丁书友会》的作者在她自己的小说答谢辞最后提及，"再次感谢奥斯丁！"确实应该感谢这位平凡却充满智慧、警惕却不乏俏皮的故事写手，她把我们带进了自己的浪漫世界，而作品带给我们每一个人的原则是原原本本的平凡生活。虽说现实，但作品的童话化倾向是较为明显的，不光每部小说都包含着道德教义的内容，而且每个故事展示的都是两两相对的行为特征及价值取向，从小说的标题我们不难看出这一特征，《理智与情感》《傲慢与偏见》不言而喻，《劝导》——讲述的是"迷失"与"修正"的故事；《诺桑觉寺》带领读者出入于"神秘"与"现实"之间。这些仿佛日常生活经验的理性表述，围绕的全是细致入微的倾心之恋、家长里短。看来，关注人生的平凡故事，虽是老生常谈、看似过时的主题，却在童话般的简单对立的二元叙事模式中，赋予了浪漫的气质，无论是在物质、精神匮乏的岁月，还是当今信息发达、科技飞跃、经济繁荣的年代，精神的适用、物质的实用，当代人在时尚生活之余还追随这位"婚恋故事专家"的后现代展演，毫无疑义地证明了奥斯丁式的文学标书获得了不朽与永恒。这类对照模式在女作家笔下俯拾皆是，盖斯凯尔夫人的《北与南》——地域的对举却掩盖

---

① 杨静远：《勃朗特姐妹研究》，中国社会科学出版社，1983 年 11 月，第 45 页。

不了内里似曾相识的情节元素，又是一个"傲慢与偏见"式的故事。与奥斯丁笔下的男女主人公一样，他们互相教育、互为启迪，最后消除误会、偏见，真心相爱结为伉俪。二元对立式的情节模式并不仅仅停留于表层，在女作家们汩汩泉涌的文思之下，折射出女性作家对世俗生活的思索，对自我身份的认定，她们通过人物和故事，也在传统与超越的摆荡中寻找自我生命价值的实现。

女性作家的浪漫故事，离不开淑女、绅士，如何界定理想人物，如何教导道德行为，对比时一目了然的最佳手法，作家泾渭分明地选择几类人物，清晰地表达了应有的态度：作为一名淑女要彬彬有礼、行为得体，有自制能力，了解自己内心，尊重他人，善解人意。同是一家的女儿，《傲慢与偏见》中的伊丽莎白与姐姐吉英明显优于她们的妹妹，她们不但外表妩媚可人、仪态优雅，而且不卑不亢，全力维护自我人格和家族的尊严，与委曲求全、违背本意的夏绿蒂相比，后者完全是丧失理性的卑劣行为。《理智与情感》中，除了姊妹俩处理各自情感挫败时的强烈反差外，还有伊莲娜和露西的对比，前者沉稳、正直、观察敏锐，而后者轻浮、虚伪、孤陋寡闻。与理想女子相配的"白马王子"具备的绅士品质，包括磊落、正直，他们应该慷慨、行为高尚，奥斯丁笔下傲慢的达西与卑鄙龌龊的韦翰有着天壤之别，作家对虚伪、愚钝表现出轻蔑、厌恶的态度，犀利尖刻地作出了道德判断。艾米丽·勃朗特的《呼啸山庄》风格独特，但也不乏二元模式的呈现——爱恨、善恶、文明与原始等等，她超出凡人俗世的领域，展开的是"我们，整个人类"和"你们，永恒的力量"的深层对话。

这种两两相对的比照性描述，建立在德行规范的体系之下，应该说明的是，女作家笔下的淑女形象与男性作家笔下的"家中天使"是有所差别的，她们的形象塑造具有一定的时代超越性，她们"培养"的淑女理解自身所处的环境，恪守礼仪，但绝不一味地无条件顺从。奥斯丁等女作家笔下的淑女们，与男权话语体系下童话中温柔可爱的女性并不完全一致。她们获得了精神成长，她们的品性中已经浸润了女作家对自我女性身份的思考，在接受传统贤妻良母、"家庭天使"角色定位的同时，她们有自己的思想，表现出一定的行动能力，女性们拿起笔，以书信、小说的形式发出自我的声音。实际上，在那一时期，冲破重重阻力，投身创作本身，已经体现出她们渴望"发声"的女性意识。"女性气质"在女性自我的笔下也随之有所发展，淑女才有了生命的内涵和活力，逐渐"健康"成长。

当时间的指针走向 20 世纪之时，对于一个有思想的女作家而言，我们没有办法对其写作内容与写作手法作出肯定与确切的定性描述，因为她的写作永远处于不停的变幻、创新与思考当中。她们并未一味地追逐前辈作家的世界观，而是在继承、吸收和运用这些思想的同时，积极融入自己对现代人存在价值和意义的思考，逐渐形成了独具特色的文学观和世界观。她们善于发现并阐释"本我"与"他我"，"自我"与"他人"的"二元对立"哲学，并以现实主义和后现代主义手法相结合的方式将爱与艺术统一起来，展示了自我与他人从对立走向对话的可能性，从而在文本层面上走出了存在主义的困境；她们深谙人类意识的"二元性"，是剖析现代人心灵的高手，在她们笔下，小说人物，尤其是女性人物相互依存、相互呼应，展示了女性对于现实生活的不同态度，传达了心灵的共同和命运的暗合；她们并不仅仅意在描述这些人生轮回规律的表象，而是借助生活的普遍性合规律性，引导人们，尤其是女性，对自我进行剖析和反思。

20世纪80年代，英国女作家多丽丝·莱辛（Doris Lessing）运用笔名简·萨默斯（Jane Somers）创作了小说《简·萨默斯的日记》（*The Dairies of Jane Somers*）[①]，这样做的目的据说是要跟出版商和读者开个玩笑，已检验她多变的风格能否被人识别。当人们发现了真相后，却评论莱辛是在用笔名的掩护表达自己尴尬的内容，更有人曾努力地在莱辛的生活中寻找日记人物的原型。然而细读小说，我们可以发现，不必去探究原型的出处，这些人物本身就承载着日记的巨大意义。莱辛自青少年时期就深受陀思妥耶夫斯基（Dostoevsky）、罗伯特·路易斯·斯蒂文森（R. L. Stevenson）、鲁德亚德·吉卜林（Rudyard Kipling）、狄更斯（Dickens）等双人物主题（双人物主题指作品通过双人物表现的宿命、自我分裂、人格阴影或双重人格等主题。例如，在陀思妥耶夫斯基的双重人物主题作品《双重人格》（*The Double*）中，格雷阿德金（Golyadkin）有一个能为其所不能为的双人物，这个双人物的存在游移于主观与客观之间，不仅反映了他受到的社会压迫，也体现了其虚荣、野心等心理弱点，这些主题由双人物做载体传达，代表作家的影响，她深谙人类意识的二元性，以文学家的直觉在日记中塑造的人物之间安排了重要的双人物关系，借以揭示各个主题。关于该小说的双人物设置，有人曾经讨论过男性形象中弗雷德（Freddie）和理查德（Richard）的关系，以及通过他们所揭示的爱情婚姻主题。

双人物是在文学作品中析出自我主体的某些元素产生的人物个体。它通过人物内在心理冲突的可视化来探索人格画像。例如，当自我愿望受到外界的强烈压制时，对立的双人物就凸显出来，在文中达成人格的整合。因此，双人物

---

① Doris lessing. The Dairies of Jane Somers. Beijing: Foreign Language Teaching and Research Press, 2000. 后文引自同一文献，不再一一说明。

又被称为"另一个自我"（alter ego）。双人物主题常常涉及人格颠覆、角色篡夺、宿命、忏悔的可能等等。小说《简·萨默斯的日记》以日记的形式表现了叙述者简·萨默斯这位典型的现代职业女性到中年的一段感悟。有评论家发现小说中人物和情节有许多重复暗合的地方，在一定程度上揭示了生活的普遍性和规律性。但莱辛绝不仅仅是在陈述这些人生轮回规律的表象，而是借助精心选取的一组女性人物和她们遭遇的具有社会普遍性的矛盾作为切入点，引导人们，尤其是女性，对"自我"进行剖析、反思、悔改和整合，其中的重复和暗合之处正是双人物关系的体现。

既然对"自我"进行剖析，必然涉及心理学理论。纵观双人物主题的文学史，心理学与艺术总是携手并肩①。著名分析心理学家荣格的部分理论与双人物主题最为契合。荣格把人的心理功能分为四种：思维、情感、感觉、直觉。其中，思维与情感都是理性功能，但是它们却相互冲突、相互干扰，换言之，思维发达的人则情感功能羸弱，怕被情感攫住，反之亦然。小说中的简·萨默斯作为一家高级时尚杂志的编辑，终日沉浸于繁忙的工作，工作使她感到愉悦，"在杂志社工作，我的思维方式是另一样的，快速的决策，令我如同深处浪尖，而我正是如鱼得水。这就是为什么我总把工作放在首位"（9）。然而她对丈夫非常冷漠，对母亲的离世也表现得无动于衷。可见，简以思维功能见长，思维是支配她生命的激情，而作为价值判断功能的情感则令她感到困惑、恐惧，从而逃避或避免。虽然她已经模糊地意识到自己人格的缺陷，"决定学些别的东西"（11），"应该表现得像一个人，而不是一个小女孩"（11），但此时她对自己的情感世界是缺乏自知的。缺乏自知正是双人物出现的一个重要条件。"我们已经看到，对于那些产生双人物作为第二个自我的精神分裂的人物，缺乏自知总是极其致命的弱点，这个弱点产生于道德盲区，没有悔改的可能"② 因此，双人物便有必要凸显出来发挥作用，帮助叙述者实现自知和悔改。毛蒂作为析出主题的老年自我给了简情感启蒙，使简看到了自己的未来；简的外甥女吉尔，作为成长起来的新一代，崇拜简，模仿她，最后变成简年轻的自我。简通过她们展望未来，忏悔过去。三位命运暗和的女性构成了一个"自我"的同一体，表现了简的人格变化轨迹，但是简的人格完善尚未达成。

荣格主张，人类心理的发展以获得完整（wholeness）为最终目标，但由于人是复杂的矛盾体，总是存在许多似是而非的对立，因此"没有体验'对

---

① John herdman. The Double in Nineteenth-Century Fiction. London：The Macmillan Press, 1990. p. 153.

② John herdman. The Double in Nineteenth-Century Fiction. London：The Macmillan Press, 1990. p. 65.

立'就没有体验'完整'"。荣格在《心理学与炼金术》（*Psychology and Alchemy*）一书中谈到"*the dilemma of 3+1*"现象，指出在宗教、炼金术等能够间接反映人类心理现象的神秘学领域，包含对立的完整和统一（unity）常由四个元素表现："一般有四个元素，但经常三个为一组，第四个处于特殊位置"①，而所谓的第四元素，与前三个元素对立，是否定的、丑陋的、卑鄙的，是恐惧的对象（object of fear）"②。小说中毛蒂、吉尔和简是同一性的一组，承载了其人格的发展变化过程，但这种不模糊、不矛盾的组合是片面的，并不适合表现人格的复杂性，因此乔伊斯充当对立人物、反叛角色，持与简相反的态度，做与简相反的选择，正外显了简的内心冲突，或者说是压抑的另一种可能，使简"在另一个人明显的异质（foreignness）中，找到自己愿望的特征轮廓"③，帮助达成了简的"自我"的完整性和立体感。可以说，这部现实主义小说对人格的把握的精准性、辩证性和深度恰恰体现在"*the dilemma of 3+1*"模式的双人物形象中。

在《简·萨默斯的日记》中，毛蒂·福勒是简的老年自我，她寡居、孤独、自尊、自立、照顾自己力不从心、愤怒——这些老年人典型的生活和心理特征都印证在中年丧偶的简身上，"她（简）与毛蒂的关系使简意识到先前埋藏的自己的许多方面"。暗示毛蒂就是简的老年。

通常年轻人会把老年人看作"别人"，不同情他们，也避讳谈及跟衰老有关的话题。但对老年人来说，衰老已经成为残酷的现实，个中滋味只有自身知晓。弥足珍贵的是，简对这种衰老做到了"感同身受"。起初，毛蒂混乱、肮脏的老年生活对简来说也是陌生的。渐渐地，简才理解了这种状态。她在日记中记录了"毛蒂的一天"（113），生动地描述了衰老造成的生活混乱。"我（毛蒂）得去厕所，否则就得尿床了。可怕！我是不是已经尿床了？她的手摩挲着床，嘟嘟着，可怕，可怕，可怕……（113）"年轻人易如反掌的事情却是毛蒂的大麻烦，因此毛蒂的混乱、肮脏在所难免，由于无助和无奈而形成的自尊和自立也可见一斑。但简仍不明白为何终日愤怒和抱怨，理解这一点也成了简情感得到启蒙的关键。"我不理解在她嘟嘟'糟糕、糟糕'的背后说明了什么，也不理解让她的蓝眼睛闪着怒火的愤怒（127）"。然而双人物的命运总是息息相关的，很快，简通过自己的经历有了情感——她犯了腰病。同样因

---

① Carl Gustav Jung. Psychology and Alchemy（Collected Works, vol. 12）. Trans R. F. C. Hull. Princeton University Press, 1968. p. 26.

② 同上. p. 225.

③ John David Pizer. Ego-Alter Ego: Double and/as Other in the Age of German Poetic Realism. Chapel Hill: The University of North Carolina Press, 1998. p. 2.

寡居没人可以求助，"两周以来，我像极了毛蒂，……过度焦虑地想，我还能
憋的住吗？不行，不能喝茶，护士可能不来，我可能会尿床……（131）"她
也第一次嘟囔起"糟糕"（133）——这个毛蒂常说的词来。简通过病中的感
受联想到毛蒂衰老的机体与鲜活的灵魂之间无奈、"糟糕"的矛盾，找到了导
致毛蒂终日愤怒的原因，两个人物的内心达成了共情——明了或察觉到当事人
蕴含着的个人意义的世界，就好像是你自己的世界。

　　简参透毛蒂不久，毛蒂便罹患癌症，不久于人世。在文学作品中，"双人
物是凶兆，预示着死亡[1]"。但是双人物的死并不是彻底消失，其生命往往在
对方身上得以延续或重生。毛蒂作为简老年的化身已经完成了启发简的使命，
析出的老年自我回归了主体，因此载体便死去。毛蒂病中洗澡的事情只让简经
手，"现在，除了翟娜（简的昵称）这个真正的朋友，这个可以依靠的人（你
的另一个自我），谁会总说行，有求必应呢（207）"，小说在此处以文字的形
式明确了二者的双人物关系。在毛蒂被确诊为癌症后，作为双人物的简也深刻
体会到死亡的压抑感，她似乎看到了自己临死的样子——"我目睹自己——
翟娜，依着高枕头坐在那里，非常老，身体正从里面开始衰败"（234）。毛蒂
死后，简篡夺了她的角色，而不再仅限于共情，"我大发雷霆。……我开始纳
闷我到底跟谁生气"（251），"我回到家，很生气，在屋里摔摔打打，嘟嘟囔
囔。像毛蒂一样"（252）。对于老年状态的认知，（使）简产生了强烈的情绪
反应，标志着简拥有了毛蒂的人格特征。借助双人物之间常见的篡夺行为，简
实现了人格的转变和丰满。转变后的简会回顾自己的过往，那么谁来替代简的
过去呢？

　　简年轻的副本是她的外甥女，她也是篡夺型的双重人物。"她（吉尔）实
际上就是年轻时的我"（263）。吉尔聪明，事业心旺盛，崇拜简，在工作上刻
意地模仿她，"很快，她变成了我，具有了我的性格、我的举止、我走路的样
子，她的声音也是我这样的"（263）。这种机械性的模仿令二者的同一性初见
端倪，且这种同一性很快延伸到精神层面——思维功能发达，情感功能羸弱。

　　简年轻时逃避情感，吉尔同样"无情"。吉尔对爱人马克的冷漠态度触动
了简的感慨。

　　　　"有时我（吉尔）觉得窒息，你呢，有没有过？有时候我气得要炸
　　了——只想跑。我（简）没说什么，因为我的记忆很心酸……

　　　　我不记得了……

　　　　总不得闲，我问他，我说，给我说实话，你老和别人待着不烦吗？他

---

① Karl Miller. Doubles: Studies in Library History. New York: Oxford University Press, 1985. p. 47.

说，我不能说我烦。她学着他的举动，幽默又任性。她的身体演示她是如何生气地从他怀抱里挣脱的。

噢，可能你太年轻了还不懂。

什么意思？

突然，我泪流满面……" （322-323）

简后悔自己的过去，因此泪流满面。此外，吉尔婚后不愿产子，无限度地令马克失望，与简完全相同。简承认，吉尔已经变成了自己的副本。"三年了，马上就四年了，我看着你变了。……你现在大不一样了！我几乎要说，我看着你变成了简·萨默斯二世"（336）。吉尔成为情感麻木的工作狂，篡夺了简先前的形象，但这个形象并不丰满，仅是简年轻自我整合后的镜像，她没能像简一样超越年龄的阻碍获得智慧。"翟娜，看着聪明有野心的吉尔对待伴侣，好想他对她的权利仅限于此，十分想去劝告她，但当然不能……因为年轻人不知道……"① 小说下半部题目《假如老人能够》，而这个谚语的前一半内容正是"如果年轻人知道"。年轻人不知道的正是年长人知道的，这也正如荣格对人格发展规律所作的评价："对于我们已是什么，我们清楚得很，但对于我们将要成为什么，我们却不知道"②。

毛蒂、简和吉尔在年龄和心智上构成顺承关系，在逐一进行角色篡夺的过程中形成简的过去、现在和未来三个"自我"层面的鲜明对比，发人深省。但是，人的心灵矛盾复杂，通达心灵完整的道路也是曲折反复的，小说中的乔伊斯与简的双人物关系就体现了这种典型的、矛盾反复的关于人物设置的典型"二元对立"。

第二节　哥特式表征

哥特文学是欧美哥特传统的重要内容。哥特文化最早可追溯到中世纪的建筑艺术。它的表现符号为高耸的塔顶，幽暗的地道、阴森的密室，一度成为恐怖、神秘、荒蛮的代名词。18 世纪之后，这一术语与小说结下了不解之缘，哥特式小说一度辉煌，其幻想性、颠覆性风靡一时，受到众多读者追捧，也成

---

① Nuria Soler Perez. "The Diaries of Jane Somers". [EB/OL] http: // mural. uv. Es/nusope/work10. html, 2005-3-10.

② 荣格：《分析心理学的理论与实践》，成穷、王作虹译，北京：生活·读书·新知三联书店，1991，第19页。

为女性作家效仿或反讽的对象。那些笼罩在阴郁气氛之中，充满悬念、情节恐怖刺激、精灵鬼怪出没的创作令人印象深刻，"哥特式小说在批评家的怒号声中流行到下一个世纪。它宛如神奇的豆蔓，一夜之间生长成熟，大胆的小说家趋之若鹜。"① 贺拉斯·瓦尔普（Horace Walpole，1717–1797）的开山之作《奥特龙多堡——一个哥特的故事》使得"哥特小说"之名由此诞生。复仇、凶杀、古堡、幽灵还有令人迷幻的超自然现象，在哥特小说中屡见不鲜，而变形、符咒等大量夸张想象的故事情节、恐怖紧张的情感体验都成为吸引读者的重要手法，达到不同一般的艺术效果。

哥特小说与童话故事有着明显的相似之处，首先，幻想性和非理性因素是它们共同的特征和表现形式。哥特小说家威廉·贝克富特（William Beckford，1759–1844）在他的成名作《瓦塞克》中，虚构了一个完全幻想的领域，东方神话传说与西方的鬼怪故事相结合，"充满了洞穴和深渊中的大火、飞舞的地府精灵、怪异的小矮人、变为美女的魔鬼、遍地乱滚的肉球等哥特式因素"②，精灵、小矮人、奇幻法术，这些未尝不是童话的代表性特征，但在阴郁、压抑的氛围当中，超自然的正义力量又在冥冥当中施展着法力，光明与黑暗、善与恶的冲突是哥特小说的突出主题，这鲜明的美丑对照原则，又在哥特小说与童话之间，增添了一些近似的元素。

其次，哥特式小说的一大创作视角是道德说教。按照亚里士多德的观点，悲剧能引起怜悯与恐惧，使情感得到陶冶，进而产生道德净化的作用。哥特式小说中的令人毛骨悚然的恐惧体验直逼警示性的教育目的，强烈的情感刺激引起的艺术震撼力和审美感受让读者过目难忘，成人世界焦虑与恐惧的经历与儿童在童话中的神奇体验发挥着一致的艺术效果，童话以魔幻想象恢复充满灵性的世界，以正义惩恶，正是哥特式小说同一指向的精神旨归，所呼唤的是人类美好的情感的精神共鸣。

追本溯源，哥特式小说和童话都来自于一脉的血缘——丰富的民间传说。"这些传说不仅为哥特式小说提供了素材和灵感，而且造就了产生和接受哥特式小说的所谓'心态'"。培植了《贝奥武夫》之类英雄史诗的文化土壤，又不断滋生为世人所接受或认同的"英雄""怪物"，广为流传的浮士德与魔鬼交易的故事也成为一大素材，为各国文人提供艺术想象、灵感。借助传统的民间元素，构建灵性世界，哥特式小说与童话一样，非现实的幻想故事却具有独

---

① 吴景荣、刘意青：《英国十八世纪文学史》，外语教学与研究出版社，2000 年 12 月，第 312 页。

② 蒋承勇：《英国小说发展史》，浙江大学出版社，2006 年 3 月，第 94 页。

特的超现实的艺术魅力。

女性创作对内心的挖掘、对情感的表现总有着独到之处，哥特式小说的上述特征，恰好能够发挥女性作家的创作优势，气氛的烘托、心理刻画等手法在女性作家的笔下游刃有余。生活在 18、19 世纪英国的女作家，除了哥特式小说成名的克拉拉·里夫（Clara Reeve, 1729-1807）、安·拉德克里夫夫人（Mrs Ann Radcliff, 1764-1823）外，还有不少作品也呈现了一度风靡的哥特式小说的痕迹，盖斯凯尔夫人创作题材宽广，她创作的哥特式小说也不乏上乘之作。如《老保姆的故事》营造出阴郁、神秘的气氛，叙述的正是善恶有报的复仇故事，还有《格瑞菲斯的厄运》《女巫路易斯》及《灰色的女人》等小说演绎的同样是超自然、恐怖悬疑的情节。在维多利亚时代，一位女性作家，既能够驾驭宏大广阔的历史题材，反映社会政治经济现实，又能以抒情的笔触铺陈小镇田园的家庭故事，还为狄更斯主持的《家常话》投稿，兼顾哥特式鬼怪小说的流行时尚，这种驾驭多元题材的功力，不能不让我们对她高超多元的文学才华感到钦佩。盖斯凯尔夫人是一位擅长讲故事的能手，除了善恶道德叙事，让读者从个个成人版童话中得到教诲意义，她那些充斥着神秘因素的哥特式小说，也照样令读者难以忘怀，因果报应、诅咒、预言反复出现在作品中，连载的形式更是吊足了读者好奇的胃口。《老保姆的故事》中，老保姆亲历的家族复仇故事，其阴郁气氛、叙述方式与艾米丽·勃朗特的《呼啸山庄》如出一辙，叫人不寒而栗，作品人物最后的哀叹悔悟出了善恶有报的创作主旨。

勃朗特姐妹作品中哥特式特征也极度鲜明。是他们把"卡莱尔带到历史里来的东西——北方神秘主义的狂飙"[1] 带进了小说，她们的父亲常给她们讲他少年时代在爱尔兰听到的离奇故事，夏洛蒂《简·爱》中闹鬼的"红房子"，让读者与小主人公一块儿担惊受怕，还有那深夜传来的响声，莫名的纵火事件、阁楼上的疯女人以及荒野的沼屋、来自罗切斯特先生遥远的呼唤，诸如此类恐怖、神秘、阴森的气氛，超自然的奇幻景象，处处环绕着哥特式的鬼魅意象。艾米丽仅有的小说《呼啸山庄》是以疾风骤雨的形式演绎的人鬼情未了的前世姻缘。她爱读德国浪漫主义作家霍夫曼的神秘、恐怖的故事，也许受这些故事的影响，她作品中魔鬼般的"恶棍"人物实施着处心积虑的复仇计划，痛苦的精神折磨、诱拐、禁闭、逃跑以及歇斯底里的梦魇，哥特式故事惯用的渲染手法遍及《呼啸山庄》每个角落，其中恐怖的景物描写，尤其是让人不寒而栗，叙述者"洛克伍德先生"在寒风呼啸的深夜，当他敲破玻璃窗，将手臂伸出窗外，"谁想树枝倒没有抓到，却握住一只冰冷的小手的手指

---

① 杨静远：《勃朗特姐妹研究》，中国社会科学出版社，1983 年 11 月，第 271 页。

头"，发抖的声音向他倾诉，"模模糊糊的一张孩子的脸而向窗里探望……恐怖使我发了狠……就把她的手腕向碎玻璃上拉，来回的摩擦，直到淌下来的血水浸透了被褥"①。

血淋淋的描写让人不由自主地想到《蓝胡子》，出于好奇，女主人公抵挡不住窥探壁橱的诱惑，而开门后的景象让人触目惊心："地板上全是凝固的血渍……她发现出现在自己眼前的是一字排开的七个铁夹子，每一个上面都吊着一具女尸，尸体脚不沾地，离开地面足有好几英寸……这些被割断喉咙的可怜的女人都是被蓝胡子一个接一个地杀死的前妻"。②惊魂未定，她把壁橱的钥匙掉在地上，而沾在钥匙上的血迹仿佛有着魔力，怎么样都去除不掉。虽然《蓝胡子》的故事因其恐怖血腥，渐渐地从童话选本中删除，但类似的恐怖场景，在童话中并不缺乏相似的残忍的细节描述，格林童话的《桧树》中继母有意使箱盖落下，砍掉男孩子的头，还"把男孩子切成碎块，放到锅里煨汤……"③，爸爸回来喝汤，越吃越有味，把肉汤喝光，骨头丢在桌子上地下。这残忍的情景如哥特小说般令人生寒。

玛丽·雪莱的《弗兰肯斯坦》（*Frankenstein, or Modern Promethus*，1818）叙述了人造人的故事，显露出哥特式恐怖小说的种种痕迹，可怕的氛围、奇特的想象，科学与伦理等主题贯穿于一体，被誉为第一部科幻小说。创作《弗兰肯斯坦》的动机起于兴之所致，拜伦、雪莱等志同道合的浪漫主义者在日内瓦生活，大家在阴冷的冬日围坐在熊熊的炉火旁，终日以阅读日耳曼鬼怪故事自娱自乐，拜伦突发奇想，建议各写一篇鬼怪故事，《弗兰肯斯坦》就此诞生。"魔鬼"复仇的表面形象了发明家弗兰肯斯坦不负责任的道德缺失，作品中对人性的反思与普罗米修斯式的叛逆反抗具有现代性意义。正如作家在序言中所阐释的："我如此致力于保持人性种种基本要素的真相，而又毫无顾忌地对其组合加以创新"。玛丽·雪莱以其超时空的新颖技巧，关注了创造与责任、科学与伦理、理性与情感乃至人性之爱这些永恒的主题。书中的科学、哲学思想使它超越一般意义上的哥特式小说，在克隆技术飞速发展的今天，这部小说仍然具有预言性的现实意义。

后现代主义盛行带来的另一个文学效应就是高雅文化与通俗文化之间的界限越来越模糊。20世纪中叶以来，伴随着电影、电视等大众传媒媒体的日益发展，越来越多的通俗小说被搬上荧屏供广大观众欣赏。具有现代特征的精英

---

① 艾米丽·勃朗特：《呼啸山庄》，方平译，上海译文出版社，1993年5月，第23页。
② 阿瑟·奎尔-考奇爵士：《美女与野兽》，安静译，中国电影出版社，2004年2月，第125-126页。
③ 格林兄弟：《格林童话全集——儿童和家庭故事》，人民文学出版社，1988年5月，第166页。

文化和具有严肃文学性值得英国小说在阅读市场上所占的份额不再有优势，取而代之的是通俗小说的蓬勃发展。这类小说以其通俗易懂的文风、引人入胜的情节以及易于同电影、电视媒体结合的特点迅速传播，成为 20 世纪英国小说不可分割的组成部分。

达芙妮·杜穆里埃是英国当代著名的通俗小说作家之一。她出身艺术世家，祖父乔治·杜穆里埃是英国著名的歌唱家和通俗小说家，父亲杰拉德·杜穆里埃是一位演员和经纪人。在家庭环境的耳濡目染之下，杜穆里埃很早就对文学、艺术表现出极大的兴趣和天赋。1931 年，小说《牙买加客栈》的出版才使她名声大噪，获得了大量读者的追捧与认可。两年后，杜穆里埃又出版了小说《蝴蝶梦》，获得了巨大的成功，该书不断再版，并被译为几十种文字。此后，她笔耕不辍，相继出版了《法国人的港湾》《国王的将军》《浮生梦》《替罪羊》等一系列情节引人入胜的小说。1969 年她被授予了英国女爵士爵位。

杜穆里埃厌倦世俗，长期避居在英国南部的具有维多利亚时代特征的康沃尔郡，她的不少小说都以此地的社会习俗为背景，康沃尔海滩的神秘和荒凉也经常出现在她的小说情节的描绘中，因此，她的小说又被称为"康沃尔小说①"。她深受 19 世纪哥特小说的影响，她的小说情节引人入胜，构思精巧，文笔细腻动人，充满神秘、恐怖和冒险精神，吸引了大批读者。尤其是《牙买加客栈》和《蝴蝶梦》两部小说，分别在 1938 年和 1939 年由世界著名的惊悚悬疑片导演阿尔弗雷德·希区柯克拍成电影，自上映以来久演不衰，深受世界范围内观众的喜爱。杜穆里埃在她的作品中充分体现了哥特式浪漫主义的情怀，神秘、恐怖、悬疑穿插在扑朔迷离的小说情节中，极富吸引力。《蝴蝶梦》是杜穆里埃的代表作之一，在书中作者成功塑造了一个神秘的女主人公吕贝卡的角色。她虽未在书中出现正面形象，但却如同幽灵般若隐若现。而故事叙述者"我"，一个单纯健康的女孩，每时每刻不生活在吕贝卡的阴影之下不能自拔。随着情节的发展，吕贝卡神秘的面纱被一层层揭开，她放浪形骸的腐化生活以及与丈夫畸形的婚姻呈现在读者面前。作品一方面悬念不断，阴森恐怖的氛围笼罩全书，为读者带来刺激的感官享受；另一方面通过对吕贝卡放荡生活的描写，对英国中上层社会的伪善虚假、尔虞我诈作了无情的披露。

小说《蝴蝶梦》的双重意义也是杜穆里埃通俗小说所具有的重要特征。杜穆里埃的小说继承了浪漫主义和现实主义的双重写作手法，一方面以哥特式悬疑吸引读者，让他们在阅读过程中得到享受与消遣；另一方面深刻地反映了

---

① 瞿世镜、任一鸣：《当代英国小说史》，上海：上海译文出版社，2008，第 505 页。

当代社会的主要问题，特别是女性所面临的困境，引起广大读者的深思。这就使她的小说兼具娱乐性与严肃性，具有十分广大的影响力。事实上，杜穆里埃的小说的特点反映了英国当代通俗小说普遍的特征。这些小说不仅满足了读者的猎奇心理，使他们在阅读中得到消遣，更在取材上涉及当代社会存在的问题，在娱乐读者的同时又能激发起读者的对社会现实以及人生意义的思考。因此，英国当代通俗小说"摆脱了纯粹的娱乐性，在思想和艺术型逐渐靠近严肃文学①"。

另外一位具有明显哥特式叙事风格的英国现代女性作家是安吉拉·卡特。她在 1966 年发表了小说《影子舞》，次年推出第二部小说《魔幻玩具店》，并获得莱斯奖。此后她的优秀作品源源不断，相继有不同题材的长篇小说问世，如《几种感觉》《英雄与恶徒》《爱》等。在 26 年的写作生涯里，卡特创作了9 部长篇小说、4 部短篇小说集，以及若干散文、剧本、书评和新闻报道等等。她是多项英国文学奖的获奖者，包括莱斯纪念奖、毛姆文学奖等等都曾被她收入囊中。卡特的小说因其独具的吸引力，在世界范围内拥有数量众多的读者，是一位颇具研究价值的英国妇女小说家。

卡特的小说之所以具有如此广泛的影响力，逾期作品的反复多样和新颖创意紧密相关。卡特本人博学多才，毕业于英国布里斯托尔大学英语文学专业，有着良好的心理学、社会学、人类学文化背景，她的创作吸收融合了多种文化因素，呈现出很强的可读性。同时，科特对于民间传说和神话故事情有独钟。她热衷于搜集各类民间传说和童话故事，并十分擅长将这些传说和故事加以改编，赋予其现代性气息。她用哥特式传奇风格渲染阴森恐怖的气氛，故事情节怪诞离奇、跌宕起伏，很大程度上满足了读者的猎奇心理，达到了娱乐和消遣的目的。此外，卡特还热衷于将古老的民间传说和神话故事改编成现代童话，赋予传统形式以现代意义，从而实现了形式和内容的双重革新，让读者在感受阅读快乐的同时，体验现代童话的深刻寓意。卡特很少明确地说明故事想要表达的含义，完全放任读者自行思考，赋予阅读过程以积极的含义。

《血室》是卡特根据 17 世纪法国作家贝洛的童话《蓝胡子》改编而成的中篇小说，被收录在 1979 年出版的同名小说集中，该书曾荣获切尔顿汉姆文学成就奖。《血室》是典型的哥特式小说，全篇充满了阴森恐怖的气氛，古堡、密室、骷髅、尸体、血迹等等，让人毛骨悚然。女主人公的离奇遭遇把读者带入了一个神秘的世界，每时每刻都带给读者惊悚的感受。这种恐怖的气氛和传奇的描写引得大量的青少年以及成年读者为之痴迷。

---

① 　瞿世镜、任一鸣：《当代英国小说史》，上海：上海译文出版社，2008，第 473 页。

关于《血室》我们会在本书第七章中"戏仿经典童话"部分详加叙述，接下来让我们着重分析一下在杜穆里埃代表作《牙买加客栈》中哥特式表征下隐性书写的女性自我认知是如何在空间的跳跃中不断地觉醒。达芙妮注重从女性内心体验、价值观念、自身解放和人生理想等方面去塑造新女性，她没有直截了当地让女主人公找到自己人生的定位，而是巧妙地安排了一种空间感知形式——让女主人公在三元空间中旅行。正如苏珊·威里斯（Susan Willis）在《黑人女作家的批评透视》中说的："对黑人妇女小说中所写的旅行，不能仅当作女作家为了方便串联情节的而使用的结构技巧，而应把空间的穿越与个人的意识发展联系起来，这样地理空间中的旅程就是一个女人走向自我认知的过程"①。正是在男性空间铁板化和女性空间缺失化的冲突和碰撞中，女主人公逐渐寻求到女性的价值，从而构筑了那个具有抵抗和防御作用的第三空间。故此，我们对杜穆里埃的小说《牙买加客栈》的关注不应该仅仅局限于其哥特式创作风格的表现，而忽略了女作家隐性书写预期中的女性呼声，对二者的研究应该相辅相成地展开。

在《牙买加客栈》中杜穆里埃巧妙地设计了两位"家庭天使"的形象，以此为鉴来引导女主人公玛丽·耶伦认清现实，思索自己的处境，唤醒她潜在的女性意识。这两位家庭天使就是在男性力量空间化的过程中被蓄意孤立起来，从而蜷缩在小家庭中，俯首帖耳于男性的。玛丽的父亲是一位农场主，他在属于男性的空间中开创了一片天地。作为"公共的"男人，他让"私密的"女人俯首称臣于自己的王国，让她明白在家这个王国里，她最真实的表现就是与丈夫共存亡。于是玛丽的母亲始终如一地固守着自己的身份，在丈夫死后，从没动过再找一个男人的心思，而是在丈夫留下的农场上寻找丈夫的影子，辛苦劳作，毫无私心地奉献着，她说："为某人工作会让一个女人感到平静和满足，而为自己工作就是另外一回事了，那是有为而没有心"②。然而危险的是她占据了属于男人的空间，农场的劳作是属于公共男人的，这种体能和精力的消耗不是一个在私人领域里的女人所能承受的。在经历了穷困潦倒和固守身份的艰辛努力之后，她的人格逐渐走向分裂，精神世界走向崩溃。当那匹作为丈夫化身的老母马倒下后，她的心也死了，她说："我身上有什么东西也随可爱的内尔一同进了那坟墓，玛丽，我不知道那是我的信念呢，还是别的什么东西。我的心累了，再也走不动了"③。丈夫的死导致了家庭天使对个人肉体生

---

① 康正果：《女权主义与文学》，北京：中国社会科学出版社，1994，第116页。

② 达芙妮·杜穆里埃：《牙买加客栈 法国人的港湾》，王东风、姚燕瑾译，南京：译林出版社，2001年，第15页。

③ 同上。后文出自《牙买加客栈》的引文，将随文标出出处页码，不在另行做注。

活极端的冷漠、如果按照古芭（Susan Gubar）和吉伯特（Sandra M. Gillbert）的症状分析就是得了"女性弊病"中的"健忘症"和"失语症"①：她忘了自我，从来不爱惜自己的身体，"守寡十七年来不断地驱使和鞭策着自己的体能和精力"（13），生病卧床，却崇拜着"死亡天使"，连同生命抗争的愿望都没有了。然而她不忘告诫女儿说："我不要你像我那样玩命，那对身体和精神都是一种摧残。……女孩子不能一个人过日子，除非她脑子里有毛病，要嘛就是堕落了，非此即彼。"（16）在自己边缘化的人生经验的舞台上，她想让玛丽继承一种刻板的女权思想——远离男性空间，远离农场。因为那终究不是女孩子家过的日子，女孩子必须找个依靠，在家掌控女性空间。

忠贞诚信是女性从属者最高的德行，柔顺谦卑是女人的本分。而另一位家庭天使，玛丽的佩兴斯姨妈，也是一位被公共男性网罗在私人领域里温柔、贤淑的理想化女性。尽管她是牙买加客栈的女主人，但这个客栈是以乔伊斯姨夫为首的歹徒进行犯罪和走私勾当的秘密据点，在这些男人的凝视下她无处可逃，只能把自己幽闭在阁楼上。她无法体验人与人之间的和谐之美，生活在缺乏心灵交流的世界里，她的心被无形禁锢住了。在来自男性空间投射出的父权力量的压迫与管制下，她由一个开朗活泼的漂亮仙女变成了一个愁云满面、破衣烂衫的可怜人。在父权制的折磨下她患了"健忘症"，忘了自我的存在，只知道她是奴隶，她得听命于主人："她像一条呜咽的狗，受惯了虐待而养成了一种愚忠，无论是挨了踢还是受了骂，都会像猛虎一样替主人厮杀。"（29）她患上了幽闭恐惧症：深居简出，只知道在两层楼高的客栈里活动，她凹陷的眼睛里溢满焦虑与恐惧，说话颤抖，夜里会哭泣。她患了失语症：总是处于沉默无语的状态，蠕动的嘴唇只会叽叽喳喳地吐出一串胡言乱语。她患上了旷野恐惧症：吧嗒吧嗒的脚步声只会回荡在客栈的楼上楼下，远于客栈后面鸡场的地方她哪儿也不去。这个阁楼里的"疯女人""几乎过着一种心思单纯的生活……她是理想，是无私心和心地单纯的典范"②，她实际上是出于无知无识的状态。她对玛丽说："你千万要躺在床上，用手指塞住耳朵，你千万不要问我，不要问他，不要问任何人，因为如果你终于……玛丽，你的头发会变白，就像我一样，你说话就会颤抖，到了夜里就会哭泣，你无忧无虑美好青春就会断送，玛丽，就像我一样"（48）。显然，这个本属于女性，给人以安全感和归属感的家庭，因为有了男人的存在而变成了折磨女性身心的牢笼。

① Sandra M. Gillbert & Susan Gubar. The Madwomen in the Attic, the Women Writer and the Nineteenth-century Literary Imagination. New Haven and London：Yale University Press, 1979. p. 54-55.

② Sandra M. Gillbert & Susan Gubar. The Madwomen in the Attic, the Women Writer and the Nineteenth-century Literary Imagination. New Haven and London：Yale University Press, 1979. p. 22.

眼中的可怜人让玛丽意识到男人因为占有了空间而优越，私密的女人只能被迫把所有的生活重心压在丈夫身上，而把自己局限在私人领域，这是女性无尽的悲哀。正如波伏娃在《第二性》中说的："耕田是男人，建造教堂是男人，持剑搏击是男人。通过男人的手，上帝在人间的计划得以完成，女人只是辅助者，她安分守己，维持旧章，消极等待；'我依然故我，常处于斯'。"①而玛丽也会"依然故我，常处于斯"吗？

古芭和吉伯特一言道出了女性的悲哀："男性的一支笔创造了女性，也禁闭了女性"②。然而，杜穆里埃的一支笔同样创造了女性，但却试图解放女性。在《牙买加客栈》中，杜穆里埃以家庭天使——玛丽的母亲与姨妈的形象的塑造来产生"镜像"效果，引导玛丽认识女性遭受着来自男性空间的种种迫害，并试着找寻女性的出路。在那块斑斑点点有裂缝的镜子里，玛丽有生以来发现了自己和姨妈的相似之处。女诗人 M. E. 柯勒律治（Mary Elizabeth Coleridge）在《镜子的背面》一诗中写道："她发现自己的镜中影像并不可爱，而充满了愁苦于愤怒，她张着伤口般的嘴，双目含着疯狂"③。玛丽正像这诗中的"她"，在发现了自己近乎分裂的形象后，她开始暗暗寻求自我的界定。她想她得反抗了，像男子汉一样地反抗冲破这房子，飞出这牢笼，将那帮歹徒绳之以法，然后带上姨妈去过自由的生活。这就是杜穆里埃首先让玛丽所尝试的二元对立中非此即彼的女性空间的构筑，就像弗吉尼亚·沃尔夫那样构筑一间自己的屋子，构筑属于女性的空间，这是女性想象身份的场所。"在这样一个空间里，她们可以走出自己的性别身份而走进一短暂的、非现实的想象空间中，成为一个自由自主的主体"④，而不再是因为男性占据空间的优势而是自己沦为丧失自主的客体。

然而真正女性空间的建构并不是那么轻而易举的。玛丽·耶伦面对的是铁板化的父权大陆，用米粒·哲伦（Myra Jehlen）的比喻来说就是："正想要用杠杆把大地翘起，又要站在大地上，并在其上找基点的阿基米德一样"⑤。单凭女性的愤怒是无法战胜那帮恶魔的，男子汉的行动才是支点。为了找到这个支点，她危险地占据了男性的空间，褪去身上的女子气，克服一系列的"女

---

① 西蒙·德·波伏娃：《第二性》，陶铁柱译，南京：中国书籍出版社，1997 年，第 264 页。

② Sandra M. Gillbert & Susan Gubar. The Madwomen in the Attic, the Women Writer and the Nineteenth-century Literary Imagination. New Haven and London: Yale University Press, 1979. p. 13.

③ 转引自康正果：《女权主义与文学》，北京：中国社会科学出版社，1994 年，第 96~97 页。

④ 黄继刚：《爱德华·索雅的空间文化理论研究》，山东大学博士学位论文，2009 年，第 121 页。

⑤ Myra Jehlen. Archimedes and the Paradox of Feminism Criticism, Women, Gender and Research. The University of Chicago Press, 1981.

性弊病"到充满危险的荒原、沼泽、海岸线、灌木丛等她熟悉的地形，为蓄势待发的女性空间的构筑做准备。靠自我的勇敢和智慧去为想象中的女性空间而奋斗是她的理想，可身为女性的悲哀无时无刻不萦绕在她的身边。在跨进属于男性冒险和斗志的空间里时，她也一脚踩进了精神分裂的门槛。被狭窄的私密空间圈置的她不知道在属于男性的空间教堂里的阿尔塔能教长实质上是一个"躲在十字架后，用上帝使者的外衣作为盾牌来抵抗别人的怀疑"（281）。而冲破牢笼，营救姨妈，构建空间的行动她身边男人的参与：代表权威的治安法官巴西特先生，暗中为她行动的杰姆，带她赶上充满危险的牙买加客栈旅程的理查兹。当"战争"走到最后的时候，她身为女性的卑微再一次暴露出来："一旦体力和精神垮掉，会被人认为是情理之中，理所当然的事。……她成了一个大包袱和延缓大家行动的原因，女人和孩子在遇到什么灾祸以后都是这样"（260）。玛丽不得不承认自己属于弱势群体、边缘群体，自己女性空间的建构到底还是男性军团作用的结果，而自己还是要俯首帖耳听命于他们。一个社会的危险在于人们占据了错误的空间，并且在男性大陆的中心上构筑一块自己的活动空间。在基于对女性私人空间以及家庭生活经验的考察，基于对女性真实空间和想象空间的认识基础上，玛丽敏锐地注意到女性在空间占有上的缺失以及女性空间的边缘性。承认自己是他者，做个"真正的女人"，回到边缘化的赫尔福德乡村的安宁与平静中去，那才是可供女性使用的最好的地理空间。刘易斯·芒福德（Lewis MumFord）也曾表达过这种性别地理差异，她说："村庄组织结构是女性特质的，而城市组织结构则是男性特质的"①。在男性空间铁板化和女性空间缺失化的冲突和碰撞中，回到边缘化的赫尔福德，这也许是玛丽没有能力扭转自己身为女人的事实的情况下必须屈从的命运。然而，杜穆里埃并没有放弃女性价值的继续追寻，而是着手构筑一个具有抵抗和防御作用的第三空间——即开放化的，用于两性谈判的"话语场"。但是女性主义的"第三空间"支离破碎、飘摇不定，"这是个既是边缘又是中心的空间，或者说是一个由边缘构成的中心。这个地带充满危机和挑战，同时也充满着差异性和矛盾，是一个含混不清的混杂地带"②。正如杰姆告诫玛丽时所说："你要是跟我走的话就没有好日子过了，有时会很动荡，会休息不好，过不了舒心的日子……你所渴望的安宁也没有什么指望了"（303）。这就是杜穆里埃在沉入对第三空间的探索中为我们所呈现出来的男女相互融合的文化域，它并不意味着你取我舍的特权，而是呈现一种邀请的姿态，旨在恢复三元辩证法的平衡，直

---

① 黄继刚：《爱德华·索雅的空间文化理论研究》，山东大学博士学位论文，2009年，第121页。
② John Charvel. Feminism. Everyman's University Library, 1982. p. 126.

接体现了作者寄托于女主人公的两性由对立走向融合的新型女性意识。杜穆里埃巧妙安排"三元空间"的描写与玛丽·耶伦在新女性精神取向上的契合，激励着读者以不同方式来思考传统"哥特式小说"在两性空间上的崭新含义。

第三节 "爱与被爱"的永恒主题

作为第二性的女性，其思维模式与男性相比有着自身的独特性。波伏娃从社会学的角度考察了女性气质的形成，现代心理学的研究成果表明，女性思维具有形而上学性，片面孤立地看事物，缺乏科学严谨的逻辑思维能力，女性对事物的表象的在意、敏感就是感性、直觉、主观的一大表现。泛经验性特征往往让女人们跟着感觉走，女性思维模式的消极倾向还不止这些，求全责备的理想主义、不切实际的空想主义，诸如此类，足以把女性的创造力的天资降低到零点状态。就这些先天的弱势似乎已让女性"自惭形秽"了吧。不！天生我才必有用，反倒看看女性都怎样书写，她们在自己的作品中毫不掩饰、大方自然地调侃着自我的种种缺陷：简·奥斯丁就不止一次地拿自己所喜爱的女主人公开涮——聪明可人的伊丽莎白对花花公子产生好感，反而带着偏见拒绝傲慢的绅士（作品《傲慢与偏见》）；爱玛则自以为是、好为人师，差一点儿棒打了鸳鸯，错牵了红线，还差点儿断送自己的美满姻缘（作品《爱玛》）；凯瑟琳渴望着古寺冒险，搜寻家族的黑暗秘密，哥特式的迷失展示了她那唐吉诃德般的幻想和罗曼蒂克的愚蠢（作品《诺桑觉寺》）。奥斯汀的反讽机制全然指向自我，笔触尖刻犀利，体现着一介女子的勇气和大度。

女性天生的"弱项"并非一无是处，事实证明，她们伶牙俐齿，听觉、色彩敏感度高，比男性更有耐力……而且，至少在文学创作领域，她们的才华也并不逊色，文学作品中处处展示着她们天赋的流光溢彩：博朗特姐妹对大自然的挚爱化为激情洋溢的笔墨，与自然界息息相关的神秘契合与交流，旷野中的生命活力如果没有情感的火种来点燃，没有敏感情绪来促发，仅凭女性所欠缺的理性、逻辑的特征，那注定黯然无光。顽强、自由、激情像她们所生活的荒野一般具有迥然不同的个性。她们的弱点也正是她们的长处，感性浇灌着平凡的生活真理，女性经验话语提炼了世俗的要义，理想主义的诉求净化心灵，乌托邦式的幻想再造失去的乐园。

对女性思维模式特征的常规认识为我们理解女性的文学创作开启了一扇门。女性往往对爱情寄予厚望，这是基于她们对安全的渴望，尤其是在几个世纪前，女性没有独立的经济地位，依附于父亲、丈夫的状况下，进入婚姻城堡意味着获取安宁、可靠的生活保障。这种生存直觉投射于作品之中，开始反复呈现淳朴、自然的表达，表现俗世生活、男女恋情，依据中产阶级的道德观念做出的是非判断，合乎普通读者的口味，与童话的简单明了的艺术情趣相仿，女性感性思维模式易与读者产生感情感共鸣。"天真类比的艺术包括大多数喜剧（以皆大欢喜收场）、田园牧歌、浪漫情调、景仰或颂扬的作品理想化以及不可思议的魔力，这类艺术基本上都想迎合人们的欲望，只是采用的方式合乎人情，令人倍感亲切，仿佛唾手即可取得，又为道德所允许。"① 女性耽于幻想性的童话思维模式与身临其境的生活真实感在作品中两相结合，使女性书写获得阅读消费者的认可。

内倾并且凭借直觉，敏锐地揭示问题本质，使女性的文本充满新奇幻妙的纤细特征。"奎勒·库奇症状"② 描述的女性风格表现为 "模糊、脆弱、过分敏感、柔和"；"女画家症状"，或称 "她像男性一样创作"，那可是对优秀的女作家们的褒扬，但无论如何编派，男性本位观的这种偏狭视角，对女性情感型特质的种种夸张和排斥语气并不能遮蔽女性小说创作才华横溢的光彩。

一味地沉溺于个体情感的宣泄，并不能成为流芳百世的传世之作，个人情感升华为人类的普遍情感，将小我的故事凝聚成旷世的寓言，将最本质的内涵以预言的形式向世人宣告，通俗的浪漫小说和普通的童话一样，交给读者大众的是某种角色或结构的定式，女性创作要进入经典化的层面，需要向西苏所指出的那样，"人必须在自己之外发展自己……在我看来，人必须跨过一段完整而漫长的时间，即穿越自我的时间，才能完成这种造就。人必须逐渐熟悉这个自己，必须深谙这个令自己焦虑不安的秘密，深谙它内在的风暴。人必须走完这段蜿蜒复杂的道路进入潜意识的栖居地，以便届时从我挣脱，走向他人"③。西苏所希望达到的理想境界是："愈来愈无我，而日渐有你"。这种潜意识转为历史的场景之说，看来如此接近荣格的 "千万个人" 的集体的声音。对于当代中国女作家海男的采访片段印证了女性创作的这一思维特征，她坦言："每一次写作都是偶然降临的，我被一种来自滇西的很炽热的、色彩浓郁的意象所笼罩着。……小说最重要的技巧在于虚构；即虚构出有可能存在的谜，以及解谜的多种方式。《妖娆罪》像寓言之书，这正是我的追求，它将我意识中

---

① 诺斯罗普·弗莱：《批评的解剖》，陈慧等译，百花文艺出版社，2006 年 1 月，第 224-225 页。

② 玛丽·伊格尔顿：《女权主义文学理论》，胡敏、陈彩霞等译，湖南文艺出版社，1989 年，第133-134 页。

③ 埃莱娜·西苏：《从潜意识场景到历史场景》，转引自张京媛主编：《当代女性主义文学批评》，北京大学出版社，1992 年。

模糊的情绪和思想通过小说展现出来了"。①

"认识你自己！"这是古希腊哲人的警句名言，这既是女作家创作的起点，也是她们精神劳作的终点。

与女性创作的思维特征相比，童话的自由度更具弹性。就传统的口承故事而言，它具有流变的不稳定特征，但故事内核却能够保持相对的稳定，当然故事内容离奇、虚幻，不合理性逻辑、荒诞感更甚于女性的创作。现代意义的童话与现实生活若即若离，童话对儿童群体的影响力则有过之而无不及，借助某些作家的回忆、儿童心理学家的研究来审视孩子眼中的缤纷天地，不难理解他们的心灵世界。波夫娃《回忆少女时代》的自述，让我们易于理解童话中的精灵故事（fairy tale）为何具有永久的迷人魅力，尤其对于儿童，美好、奇妙境界的随机出现满足了幼小童心的最朴素的需求，如同女作家凭借创作完成一个个白日梦。创作宣泄了激情，童话中"巫婆一定得死"的大团圆结局解决了潜意识中的冲突，迎合了童年惩恶扬善的先天欲望。

爱与和谐常常作为女作家笔下的探索生命恒常的主题，而现代童话，同一故事在不同地域的变异，反映出所处的社会习俗价值与文本间的互动关系，传统童话的当代翻版，也隐喻着真实生活的种种困境。作为透视着真实和幻境的双面镜，它们传递社会价值观，形塑读者受众的性格、心灵，这是女性创作与童话文本作为文学艺术陶冶性灵之外，为扩展人生认识的广度和深度所发挥的实用性的功效。

如同《灰姑娘》故事一样，《美女与野兽》的类似情节在许多国家都曾流行，故事原型来源于古罗马作家阿普列乌斯（Lucius Apeuleius，约 124-170）的作品《金驴记》，作者意欲表现为求得至爱，灵魂经历苦难的过程。《美女与野兽》在法国女作家博蒙夫人笔下定型，此外类似的故事，如俄罗斯的《小红花》、英国的《小獒犬》。还有中国的《蛇郎》故事，现代影视剧《金刚》《史莱克》都是这一故事的变体。《美女与野兽》中隐含着不少启示，外表美与心灵美、善良的回报、不要被表象所误导等等，还包括其他的要义，如信守诺言：美女答应野兽，回去看望父亲，然后回到野兽身边，这实际上是一场考验，由此才引带出更为重要的内容：爱有着无比神奇的力量，它能破解魔咒，让真心相爱的人获得幸福。伟大的爱，创造了奇迹，拯救了生命，这人世间最为珍贵的元素多次呈现在故事之中——是爱，使王子的一吻唤醒了沉睡百年的"睡美人"，破除了女巫的魔咒；是爱，让王子凭借一只水晶鞋找到了灰

---

① 汪炜报道：《〈妖娆罪〉是一部"肉体忏悔录"——访作家海男》，《文汇读书周报》，2007 年 1 月 12 日。

姑娘；也是爱，小美人鱼牺牲了自己。虽然没有得到渴望已久的圆满的"被爱"的结局，但却成全了"爱人"的幸福，自己虽化为了泡沫，哪怕有形的生命消失，但灵魂与无私、利他的奉献之爱却获得了永恒的意义。

男女之爱——获得爱情然后步入婚姻的故事，在童话中是屡见不鲜的主题。对爱的不懈追求，灰姑娘模式的结婚母题，犹如被施法的魔咒，成为女作家创作偏好的重要题材。尽管男女之爱还打着男性话语的明显烙印，如乔治·艾略特笔下的多萝西娅，哪怕她是个理想主义者，她认定的却是"真正幸福的婚姻，必须是你的丈夫带有一些父亲的性质，可以指导你的一切……"（《米德尔马契》第 8 页），当然，19 世纪女作家作品中灰姑娘"高攀式"的追求，已明显包含了精神平等要求，这一成长模式在前文已做阐释。

此外，作品也表达了作家们博爱的宗教倾诉。宗教的精神内涵在不同作家的笔下浓淡不均，这方面较为突出的有盖斯凯尔夫人、乔治·艾略特等作家，这与她们的家庭背景和受教育情况有密切关联。

盖斯凯尔夫人童年和青少年时期都在姨妈家所在的纳茨福德镇度过，当今这一偏远的乡村小镇因盖斯凯尔夫人而驰名，但仍保留着淳朴恬静的风格，展示出《克兰夫镇》和《妻子与女儿》等文学作品中那远离尘嚣，却充满人情味的田园背景。小镇相对封闭的人文风情、和睦的生活环境成为盖斯凯尔夫人终身眷恋的精神家园，这里清水微澜的生活衍化成她的部分作品的原型，提供了上演平凡人物风俗故事的真实背景，和谐、温情的生活方式为她的家庭题材小说奠定了爱与善的基调。盖斯凯尔夫人作品中突出的道德关怀主题，与作家自幼以来的生活环境、宗教思想息息相关，同时，社会思潮也为作家创作的理性原则提供了基础。

道德化的追求，离不开她的个人修养、主观意志以及她对社会改良的思考，除了投入笔耕不辍的文学创作，在现实生活中，她还从事慈善事业，开展真诚的扶助行动，这与作家的宗教信仰有密切的联系。她出生于唯一神教的牧师家庭，父亲、丈夫都从事宗教工作。她虔诚信奉的唯一神教推崇理性、高尚的思想品质，作品中的诸多正面形象，无论男女，都表现为努力行善，博爱、宽容以及利他的思想，《妻子与女儿》中谨慎行医、平等待人的布吉森先生，《克兰夫镇》舍身救人的布朗上尉，还有《北与南》中玛格丽特出入工棚、茅舍的慈爱关怀，《莉比·玛什一生中的三段时间》所塑造的莉比无私奉献的爱心善举，无不笼罩着神圣的光环，他们正视人生、关怀他人的精神品质形成了盖斯凯尔夫人作品中理想人物的共同指向，洋溢着博爱、平等的希冀追求，闪耀着宗教的灵性色彩。

乔治·艾略特是一位极富哲学思想的文学家，她在创作中把哲学思想和道德思想结合在一起，她坚持人本宗教的道德理想，这一执着的精神理念使她的创作中，作品人物具备很强的道德内省力，推崇宗教的博爱精神。其代表作《米德尔马契》中的卡苏朋先生，以又老又丑、极为自私的"空心大葫芦"形象出现在读者面前，但小说开场，他却以雄心勃勃、带着博士与圣徒光环的形象彻底把追求卓越人生的女主人公多萝西娅俘虏了，读者为美丽、个性执着的多萝西娅担忧，旁观者怀疑她一意孤行的婚姻选择，与亨利·詹姆斯作品《一位女士的画像》中的女主人公伊莎贝尔的人生观相一致，她们崇尚独立自主，坚持己见，努力提升自我生活的意义，她们是理想主义者，因为她们未能入俗，游离于人间烟火的形而上的思考，却使她们以自己的婚姻为赌注，换来的却是理想的破灭，这是一位身处边缘地位的名门淑女，她衣食无忧，"过多的闲暇""无所事事的压力"（第 262 页）成为生命中不能承受之轻，萦绕在她脑海中的始终是"我应该做什么呢？"（第 262 页）的叩问。在这类思想型的女主人公身上，结婚本是"走向有益的、必要的活动的阶梯"（第 262 页），但是现实生活给这些涉世不深的少女的教育，让她们逐渐成长，婚姻挫折换来的教训，该使她们重新正视生活智慧，重新理解生命的意义，在真实的情感的引导下，她最后放弃地位和财产，嫁给没有产业和家世的威尔，作为妻子，以强烈的正义感支持丈夫与世上的恶作斗争，始终不渝地坚持着慈善的行为。

作品中卡苏朋先生是个较为特别的人物，他有一个宏大的构想——命名为《世界神话索引大全》的研究计划，这一目标并非空穴来风，尽管在小说中，他心胸狭窄，但是作为一名勤奋苦读的学者，他的攀登和尝试还是值得肯定的。只是这位老学究雄心壮志的光环，吸引着虔诚的大家闺秀为之孤注一掷，葬送了英国养尊处优但无法施展才华，克己、理智却同时有着空泛、浪漫理想的少女的青春年华。女主人公多萝西娅对未来的婚姻有明确的表白——"我希望嫁的丈夫，是在见解和一切知识上都超过我的人"（第 39 页）。她把枯槁的书蠹卡苏朋先生想象为天使，崇拜那貌似"伟大的灵魂"，渴望能指导她一如既往地克制个人享乐，走上庄严崇高的道路。依靠着头脑中幻象的指引，多萝西娅在"天路历程"的尾声中，饱尝的唯有失望的苦痛。从天上回到人间的关爱，这是那一时代试图有所作为的"事业型女子"展示自我力量的普遍特征，多萝西娅就是如此，她在力之所及的范围内超越普通女子的精神世界，追求过高尚理想的生活的女性典型。她毅然抛弃卡朋苏先生的遗产，追求真实充沛的情感生活，从事仁慈事业并支持丈夫伸张正义、反抗邪恶的社会活动，在贤妻良母的世俗生活中实现这生活所具有的隽永的崇高意义。

爱是人类生命的源泉，是互为依存的基础，它是文学作品的永恒主题。童话是虚幻与真实的复合，情节的夸张可以无拘无束，而真实的情感是打动读者心灵的本质要素。"爱"便是这情感中的主旋律，打动着读者的心弦——无论男女老幼。仁慈、和善、怜悯等情感的共振都源于西方文化中造物主所赐的"爱"的力量，爱成为沟通情感的桥梁，无论是友爱、母爱，还是所谓耶稣基督的人类之爱，它转为具象型的亲情、爱情，体现为正义—邪恶、崇高—卑下的角逐。"艺术家与普通人相比，其真正的优越性在于：他不仅能够得到丰富的经验，而且有能力通过某种特定的媒介去捕捉和体现这些经验的本质和意义，从而把他们变成一种可触知的东西"①。女作家们的成功奥秘与童话仿佛如出一辙，通过爱的主题获得永恒的定义。

20世纪60年代的英国经济形势日益严峻，社会阶层之间关系日趋紧张，工党在战争后推行的"福利国家"政策所带来的经济弊端逐渐显露。人们逐渐发现，虽然福利政策在一定程度上改善了人民的生活，复兴了战后英国的经济，但劳资矛盾并没有真正得到缓解。据1971年《经济学家》称，84%的国有资产掌握在7%的人手中，贫富差距依然存在并且日益严重。特别是20世纪60年代中后期，英国的经济陷入了前所未有的困境；通货膨胀、贸易逆差、劳资纠纷、高失业率、海外市场的萎缩等等，无一不把英国财政推向崩溃的边缘。巨大的悲观失望情绪弥漫全国，战前以叔本华为代表的悲观主义哲学思想并尾随着战争的结束而消亡，它夹杂着人们对世界和社会的怀疑再次袭来，笼罩着整个英国。

很快，战后悲观主义成为社会的普遍心态，知识分子更是走不出迷惘和困惑的囹圄。此时形成于20世纪40年代，以萨特为代表的存在主义思潮达到了高潮，并继而成为整个英国乃至整个欧美文坛的主要思想基础。他所提出的存在主义观点从某种程度上缓解了社会的悲观失望情绪，从而成为人们寻找精神出路和解答人生迷惑的有力支撑。因此，许多作家开始以存在主义哲学为基础进行文艺作品的创作。他们坚持不懈地在作品中对人生哲理和人性道德进行思考，探究文学艺术与论理道德的关系，试图展现人类生活的现状。艾丽斯·默多克（Iris Murdoch，1919-1999）便是其中一位杰出的妇女作家。1953年默多克发表了研究萨特存在主义思想的文学专论《萨特：一个浪漫主义的理性主义者》，这为她在哲学研究领域奠定了重要的位置。随后，她以小说的形式向读者传达自己对社会存在的形式和人生意义的独特见解，让法国萨特式哲学小说在英国文坛得以再现。

除了萨特，柏拉图也是对默多克影响深远的哲学家。1977年，她出版了

---

① 阿思海姆·鲁道夫：《艺术与视知觉》，滕守尧、朱疆源译，中国社会科学出版社，1984年，第228页。

《火与太阳》，其中阐释了她对于柏拉图文学观和哲学观的思考。在书中，默多克将艺术和爱情相提并论，探讨了文学、艺术和爱情的关系。她认为"爱可以揭示出人们最隐秘的一面，只有处在爱这种迷狂状态，人才会把自己秉性中的全部，无论是美的还是丑的都表现出来"①。因此，爱与艺术是默多克小说的重要主题之一，她的多部小说是以爱这一迷狂状态为描写对象的。在写作手法上，她认为，"柏拉图的艺术世界或模仿世界是理论世界，而客观现实世界是居于两者之中的，它比理念更接近真理"②。因此，默多克也坚持在写作中用写实主义的笔法不断地靠近真理，靠近事物的本质。

然而，对于一个有理想的作家而言，我们是没有办法对其写作内容与写作手法做出肯定与确切的定型描述的，因为她/他的写作永远处于不停的变换、创新与思考中。就默多克而言，她虽然受存在主义思想影响很深，但并未一味追随前人的世界观，而是在吸收和运用这些思想的同时，积极融入自己对人生存在的价值和意义的思考，逐渐形成独具特色的文学观和世界观；阐释了自我与他人对立的存在主义哲学，并以现实主义和后现代主义手法相结合的方式，将爱与艺术统一起来，展示了自我与他人从对立走向对话的可能性，从而在文本层面上走出了存在主义哲学的困境。

作为 20 世纪英国现代最有影响的女作家之一，从 1953 年至 1997 年默多克发表了小说、剧本、诗集和哲学及批评著作近 40 部。可以系统反映默多克哲学思想的著作主要有两部：一部是《萨特，英国浪漫的理性主义者》（*Sartre, Romantic Rationalist*, 1953），体现了存在主义的哲学思想；另一部《火与太阳》（*The Fire and the Sun: Why Plato Banished the Artists*, 1977）则有关于柏拉图的哲学观将艺术与爱情相提并论，因而爱与艺术、自我与他人的关系自然成为默多克小说探讨的主题。哲学家兼文学家的双重身份使得评论界将她的文学作品看成是其哲学思想的演绎。默多克的小说与存在主义理论所面对的和研究的是同一个时代，在她的作品中，人与外在环境的敌对情绪成为一个较为突出的主题，作品中的人物都在努力摆脱来自外部的操纵力，而这股势力却像魔法一般缠住她们，难以挣脱，就像《黑王子》中的主人公布拉德利身陷困境试图用自我意志来控制现实。然而，这部小说并未局限于此，《黑王子》是默多克以牺牲形式发表的宣言，在小说中她注入了对艺术本身及艺术和人类行为、人类发展的深刻思考。这并非单一的"去自我性"和"关注他人"的道德说教，而是以融统一性和开放性于一体的叙事手法巧妙地揭示出

---

① 瞿世镜、任一鸣：《当代英国小说史》，上海：上海译文出版社，2008，第 112 页。
② 同上。

"爱与艺术""自我与他人"等关系的真实内涵，从而在文本层面打破了存在主义的僵局。

小说的主体部分"布拉德利·皮尔逊的故事——爱的庆典"以主人公布拉德利第一人称现实主义叙事的手法塑造了各式各样的人物，并构建了人物间的简单认同以推动情节的发展。然而身兼主人公和叙述者的布拉德利不断对已述事实进行错误的价值判断，使故事层和话语层发生断裂，最终导致了开篇和结局的讽刺对照，从而从根本上解构了这个爱情故事的真实性。

小说题名"黑王子"并非是童话故事中经常出现的骑着黑马的王子，其英文首字母与主人公布拉德利·皮尔逊姓名的英文首字母一致，构成了二者能指的相似性，而"黑王子"的所指恰好与哈姆雷特身着黑装的王子身份相符，于是"黑王子"一词的能指与所指在这里交汇，形成了布拉德利与哈姆雷特的模糊认同。但随着叙述的展开，我们逐渐发现二者表层认同下的深层矛盾。《哈姆雷特》是莎士比亚最受推崇的作品，在文中是以主人公布拉德利与朱利安讨论的形式出现的，因而有了重新被解读的可能性。正如故事的副标题"爱的庆典"所提示的那样，布拉德利视《哈姆雷特》为"一封情书"①。根据布拉德利恋母情结的理论，剧中人物错综复杂的关系正好与他的现实处境相吻合，哈姆雷特、克劳狄斯、格特鲁斯、奥菲利亚分别对应布拉德利、阿诺尔德、蕾切尔和朱莉安。然而布拉德利真的是哈姆雷特吗？哈姆雷特给世人留下最深刻印象的是他复仇时犹豫不决的独白，他悲叹着自己的命运，更是对遭受不幸的劳苦大众给与了深切的同情。而布拉德利和朱莉安为了在一起，弃急需照顾的妹妹普利希娜于不顾，用"对于普利希娜我再做什么也于事无补"（355）的想法来敷衍自己的良心，还暗自盘算"如何才能永远拥有朱莉安"（355）。布拉德利将爱情进行到底的坚决与哈姆雷特复仇时的犹豫形成了鲜明的对比，其爱的自私程度不言而喻。但叙述者布拉德利一开始就将爱与"善"（229）相联系，在事情败露之后，更将其升华至艺术的高度，认为这"关系到奉献和苦难，是另一类（他）必须以绝对忠诚的态度来对待的东西"（371）。不难看出，在主人公兼叙述者的现实主义叙事中，主人公与叙述者自然联手共谋着代表自我意志的爱情故事。

就像布拉德利在故事开始点评那样，"这个故事的要点就是我与阿诺尔德的关系以及这关系如何走向惊人的顶点"（23）。布拉德利声称自己是阿诺尔德的"发现者和保护者"（24），然而这对精神父子的认同关系并不牢靠，时

---

① 艾丽斯·默多克：《黑王子》，萧安溥、李郊译，南京：译林出版社，2008年，第219页。后文引自同一文献，不再一一说明。

常要经历斗争的危险。这种斗争始于两人对艺术的不同观点，布拉德利指责阿诺尔德的作品是"闲聊加幻想"（46），同时也被对方嘲讽为"憋着一肚子的怨气在虚幻的完美理想之中讨生活"（184）。后来两人在艺术领域的竞争逐渐转化为对身边女性的占有势力的比拼。布拉德利先后占有了阿诺尔德的妻子蕾切尔和女儿朱莉安，阿诺尔德则与布拉德利的前妻克里斯蒂安关系暧昧。布拉德利与蕾切尔私通源自"让阿诺尔德丢脸的想法，特别是将他置于秘密之外的想法"（198）。在阿诺尔德意欲摧毁朱莉安对布拉德利的爱恋而将全部实情和盘托出，致使朱莉安不辞而别后，布拉德利"感到强烈的愤怒，这是一种嫉妒，一种可鄙的情感。至少他是朱莉安的父亲，同朱莉安之间存在一种不可摧毁的联系"（382）。在这里，作为文本最小单位的书信发挥了至关重要的作用，正如布拉德利所言，"一封信是对付世界的一道屏障、一种缓冲、一个符咒、一种可靠而有效的远距离操作方法"（60），从布拉德利写信给阿诺尔德试图防止他和克里斯蒂安搭上关系，到阿诺尔德发现朱莉安和布拉德利恋爱后警告他"不要妄想可以给她写信，她将受到全方位的保护"（309），再到朱莉安在阿诺尔德的监视下写信给布拉德利："我想我从未对你说清楚我多爱我的爸爸（或许他便是我生命中的那个男人）。"（405）无不显示着"文字交流的魔力"（387），而这种力量自然成了两位艺术家争夺身边女性的最佳武器。由此，我们看到了打着艺术幌子的性别政治，如同蕾切尔所言"没有一个男人瞧得起女人"（192），女人就像是男人间互相攀比的私有财产。在这错综复杂的情爱纠葛中，真正的戏剧是在布拉德利和阿诺尔德之间演出的，女人"不过是附带的话题"（192）。

于是艺术沦为男性意志的合法声明和有力武器，与叙述者"艺术就是道出真理"（81）的观点大相径庭，而开篇和结局的讽刺对照则彻底粉碎了爱和艺术的美丽光环。故事以爱情暴力开局，又以爱情暴力结局，相同的人物却扮演了不同的角色。蕾切尔由受害者变为施暴者，阿诺尔德和布拉德利分别由施暴者和旁观者沦为牺牲品。根据阿诺尔德的说法，开局的场面源自"那场有关（他）写的一本书的极其无聊的争论"（31），具有强烈女性意识的蕾切尔讨厌自己被写进丈夫的书中。由此可见，艺术已经成为男女双方控制与反控制的战场，而从事后阿诺尔德的得意与布拉德利"邪恶十足的兴奋"（49）来看，男性无疑有着天生的优越感。推动结局走向骇人的杀人案的是一封阿诺尔德写给布拉德利的信。在信中，阿诺尔德向布拉德利透露了自己对与蕾切尔婚姻的厌倦及追求克里斯蒂安的决心，并请求布拉德利"放开一个，并且去安慰另一个"（277）。这是两个男人从敌对走向联盟的信号，正如信中所说"（他们）是有点敌意的朋友，而不是有点交情的敌人"（277），而女人只不过是供他们踢来踢去的皮球。当蕾切尔不无讥讽地嘲笑痛失朱莉安的布拉德利时，布拉德利拿出了这封信，而当蕾切尔痛斥他"你干嘛把它当作击打我的武器，……因为你认为我抛弃了你"（397-398）时，布拉德利冷冷地回答："我根本没有想到过你!"（398）蕾切尔这才明白自己已经成为被两个男人背叛并抛弃的可怜女人。她的尖叫"像火焰一般在光线渐暗的房间里腾起"，"像头受惊的野兽"（398）夺门而出。此时她流露出的不仅是伤心绝望，更是满腔怒火。最终蕾切尔用火钳结束了的阿诺尔德生命并嫁祸给布拉德利，"巧妙的报复了她生命中的两个男人"（420），颠覆了传统的性别政治。从文本表层水乳交融的爱和艺术中，我们看到的是残酷暴力的性别政治，两性之间表现出的"暴力美学"。

第六章　女性创作之童话叙述策略的变革

　　《女人和小说》一书中，康正果在阐释拉康精神分析理论术语"想象态"和"象征秩序"后概括了当代女权主义者对语言问题的关注："由于命名的大权操纵在男性手中，所以语言是男人制造的，它传达男性的价值，妇女使用男人制造的语言，难免要内化男性的价值。"① 消极状态且不会说话的孩子、沉默的妇女一度被男性化语"言说"。但是人类历史中有那么一天，当母亲以给孩子讲故事的形式，在发出"母亲之声"的同时，掺杂了潜意识领域流露的关于自我的"呓语"，她们的创作激情便可有的放矢，"讲故事"渐渐成为显形的方式，从无声沉默变为发声叙述，进而从言说到书写，讲故事为特征的童话文体不仅体现出"儿童"成"人"的革命性意义，而且还获得了隐性的存在意义，成为女性话语策略的最佳形式和载体。从此那无始无终的声音开始萦绕："一个女人的声音从远处向我飞来，好像来自故乡，她使我获得了我曾有过的洞见，暗示内心的洞见，天真而又圆滑，古老而又新颖……"② "从前……"模式的叙述成为满足女性言说/写作欲望的精神支架。

　　女性文学的独立并非靠"模仿"传统或"对抗"压制来实现，而是要"找到自己的声音"，20世纪初之所以成为英国女性小说发展的"历史时刻"，是因为这一时期女性小说家取材于女性的独特经历和价值观，建立起独立于男性传统的"女性美学"。如果说18、19世纪的英国女性小说主要表现了女性如何追求独立的话，那么，20世纪的女性小说更多的是表现独立以后的女性所面临的种种问题。这一时期的女性创作与20世纪的社会政治问题紧密结合，在表现寻求个人归属、女性自我意识中取得更加广阔的视野，同时也更细腻地表现了女性的生活情感经历以及她们在现代社会寻求自我的过程中的困难和矛盾心理。

---

① 康正果：《女权主义与文学》，中国社会科学出版社，1994年，第133-134页。
② 康正果：《女权主义与文学》，中国社会科学出版社，1994年，第145页。

第一节 叙事视角从外在走向内心

　　童话作为生活真实与幻想世界结合的产物，在讲述、传播故事时，带给听众或读者愉悦的感受，满足人们的好奇心、激发人们的想象力。更为重要的是，通过这种艺术形式，表达对美好生活、理想的向往、追求。按照心理学研究者的看法，阅读、创作的过程，获得心灵与道德的成长，消解现实中的困境，释放心理冲突。女性的创作也是如此这般，在作品中象征性地表述现实中的处境、渴求的未来。

　　民间的声音往往更为真实，传统叙事中早已掩映着女性借助民间口述的权利，诉说以她们为主体的故事。无从考证，无须遮掩的讲述，渐渐在口传中形成集体的声音。中国的民间故事传说为我们提供了有意义的范例，中国传统人物画廊中不乏辣妹、侠女的形象，但民间流传的女性形象却大胆反映出女性潜意识的价值渴求。中国历经几千年的封建社会，男尊女卑的思想根深蒂固，书写的文学作品随处可见"红颜祸水"的男性话语故事，有趣的是，在中国流传已久的四大民间故事中，却不约而同地展现为阴盛阳衰的"景象"——男性形象大多为阴柔的男子，缺乏阳刚之气，而女性则刚柔并济，表现得更为积极主动。如，许仙平庸本分，懦弱谋生；牛郎勤劳笃实、憨厚贫穷；梁山伯正直傻气、呆若笨鹅；王喜良则是个俊秀的白面书生，与之相对更为出彩的则是女性。白素贞抛弃千年道行，寻觅人间真爱，她的抗争可歌可泣、感人肺腑；织女毅然放弃天庭的仙境生活，甘愿与牛郎同甘共苦；祝英台昂首反抗、追求自由、生死相随；孟姜女则是"泪飞更作倾盆雨"式的刚烈女子。虽然这里的四大女性都以悲剧告终，但却都是藐视权贵、违背天条的叛逆女性，她们对幸福生活的追求合乎情理，而谋求的途径非常人所能及，故事惊天动地、感人肺腑。

　　20 世纪上半叶的小说领域试图突破传统，寻求创新，一场反叛传统的现代主义变革应运而生，而在这个转变中女性作家可谓首当其冲。肖瓦尔特认为，这一时期"女性美学"最大的成就就是抛弃传统的现实主义手法，对现实的描写从外部经历转入主观内心世界，正如 R·布莱姆利·约翰逊（R. Brimley Johnson）所言，20 世纪的女性小说家用热情和决心寻求真实，但"这个真实不存在于物质……而属于精神"①。事实上，这种用新的创作方法来抗衡当时盛行的"男性的现实主义"正是女性主义意识的体现，在男性统治的世界，少数属于女性的独立自由的空间之一便是"区别于外部现实的个人意识"②。

最早在小说中应用意识流技巧、心理分析方法等现代主义小说技巧的女性作家有多萝西·理查逊（Dorothy Richardson，1873-1957）、梅·辛克莱尔（May Sinclair，1863-1946）以及丽贝卡·韦斯特（Rebecca West，1892-1983）等等。在以《人生历程》（*Pilgrimage*，1915-1967）为题的系列心理小说中，多萝西·理查逊通过别具一格的手法揭示了女主角在漫长岁月中流动的、变幻莫测的意识，对传统的现实主义小说从内容到技巧上进行了一次彻底的革命。她认为男性作家推崇的传统的写作技巧过分重视理性分析而歪曲了女性，只有进入意识空间，才能如实展现女性的经历和视角③。而梅·辛克莱尔不但采用了理查逊的意识流技巧，而且使用了弗洛伊德的心理分析方法来探索人物复杂而微妙的内心世界，极大地拓展了女性作家的视野。丽贝卡·韦斯特的创作也深受弗洛伊德的影响，她的小说往往突显出人物心理冲突和性等问题。

而将意识流小说推向顶峰的则是弗吉尼亚·沃尔夫（Virginia Woolf，1882-1941）。沃尔夫首先从理论上对传统的现实主义手法提出了猛烈的挑战，在"本涅特先生和布朗太太"（"Mr. Bennett and Mrs. Bennett"，1924）这篇评论中，她对本涅特（Arnold Bennett）、高尔斯华绥（John Galsworthy）和威尔斯（H. G. Wells）为代表的现实主义作家进行了抨击，并称他们为"物质主义者"，认为他们没能在作品中表现人性和捕捉真正的生活④。她眼中的真实的生活并不是客观存在的现实，而是人类精神活动的总和，她认为只有人的主观世界才是真正和永恒的，因此，小说要摒弃以刻画社会、人物性格为主的旧方法而采用深入内心世界的意识流方法⑤。沃尔夫的现代小说里面集中体现在了《达洛维夫人》（*Mrs. Dalloway*，1925）和《到灯塔去》（*To the Lighthouse*，1927）这两部作品中，她的意识流、变换的叙事视角、心理时间、内心独白等独特的叙事方式极大地推动了现代小说的发展。当然，沃尔夫除了是现代主义

---

① Eliane Showalter. A Literature of Their Own: British Women Novelists from Bronte to Lessing. Beijing: Foreign Language Teaching and Research Press, 2004. p. 241.

② Kathleen Wheeler. A Critical Guild to Twentieth- Century Women Novelists. Oxford: Blackwell, 1998. p. 43.

③ Ibid.

④ Ibid. p. 94.

⑤ Virginia Woolf. "Modern Fiction," The Norton Anthology of English Literature, Vol. 2, ed. M. H. Abrams. New York: Norton, 1996. p. 1921-1926.

的倡导者，也是西方女性主义的先锋，正如 E. M. 福斯特（E. M. Foster）所说："女性主义始终占据了她的心灵"①，可以说她的所有小说都体现了对女性话题的思考，处处洋溢着饱满的女性意识。例如：《夜与日》（*Night and Day*，1919）运用了象征的手法暗示了男女两性的对立和互补的关系——"夜"代表女性，意指想象、情感和直觉，而"日"则代表男性，指代对事实、理性和逻辑的推崇。《达洛维夫人》则以达洛维夫人一天的生活为线索，重点探讨了女性的自我价值问题。《到灯塔去》通过两个性格完全相反的女性——拉姆齐夫人和莉莉——的鲜明对比充分体现了女性自强自立的重要性。而在弥漫着幻想色彩的《奥兰多》（*Orlando*，1928）中，女主人公的性别身份无疑寄托了沃尔夫对于性别的思索。

现代主义小说理论影响了很多后来的女作家，伊丽莎白·鲍思（Elizabeth Bowen，1899-1973）就是其中的一位。受到沃尔夫的启发，鲍思在其作品中广泛使用内心独白来表现人物的内心存在。简·里斯（Jean Rhys，1890-1979）也同样受到了现代主义的影响，她的四部曲之一《早安，午夜》（*Good Morning，Midnight*，1939）运用"过去与现在交错的意识和记忆"表现只身在巴黎漂泊的迷惘的女主角的内心世界，而被称赞为"不但继承，而且发展了现代主义技巧"②。但是里斯最为关注的不是她的创作技巧，而是女性主题，特别是她的后期作品《藻海无边》（*Wild Sargasso Sea*，1966）。小说以《简·爱》（*Jane Eyre*，1847）为蓝本，创造性地改写了罗切斯特的疯妻伯莎的故事，从正面塑造了这个来自西印度群岛的克里奥尔姑娘，让这个疯女人在被压抑和贬斥了一百多年后，终于挣脱了被强加的丑恶标签，用其不幸的遭遇来控诉男权统治和压迫。这部小说俨然成为女性主义和后殖民主义批评的经典文本，不但引发大量的评论，甚至还影响了人们对前文本《简·爱》的接受和批评。

20 世纪的女性成长史伴随着女权运动的风起云涌，与 19 世纪的"天真少女""家庭天使"有着显著的区别。女性小说家进一步拓宽自己的观察视野，在长篇小说在继承发展现实主义文学传统的同时，与短篇小说一起致力于小说形式的创新和向现代人内心挖掘的过程，给读者以耳目一新之感。

在 20 世纪的英国女性作家中，以弗吉尼亚·沃尔夫为例，沃尔夫在创作初期对短篇小说的艺术形式进行了大胆试验和深度探索。20 世纪初，英国的

---

① 瞿世镜：《沃尔夫研究》，上海文艺出版社，1988 年，第 18 页。

② Kathleen Wheeler. A Critical Guild to Twentieth-Century Women Novelists. Oxford：Blackwell, 1998. p. 105.

短篇小说可谓步履维艰,不但受到冷落,而且缺乏方向。尽管 19 世纪的狄更斯和哈代等现实主义大师也曾在小说创作中一试身手,但他们却未能改变这种文学样式不景气的态势。幸亏来自大洋彼岸的亨利·詹姆斯为短篇小说注入了一定的活力,才未使英国短篇小说创作显得过于萧条。由于短篇小说具有灵活多样、短小精悍和自成一体的特点,因此沃尔夫将它作为小说试验的首选目标应在情理之中。从某种意义上说,短篇小说不仅成为沃尔夫投身文学革新的试验场,而且也为她日后从事长篇小说的改革奠定了重要的基础。

沃尔夫的短篇小说大都收集在名为《星期一或星期二》的短篇小说集中。在这些被她称作"速写"(Sketch)的短篇中,沃尔夫大胆摒弃了故事情节和传统的结构形式,删去了对物质世界的客观描述,而是集中反映了人物在一个特定时间与空间内飘忽不定的意识活动。作者将她所揭示的这一时刻称作"重要的瞬间"(the moment of importance)或"生存的关键时刻"(moment of being)。她认为这一时刻之所以十分重要和关键是因为此时此刻人物正在对现实世界作出真实的反映,对人生的真谛正有所感悟。在这些既无情节又无行动的生活片段中,作者生动揭示了人物稍纵即逝的思考与浮想,捕捉了人物微妙的印象与感受,并以此来反映生活的本质。通常,这些实验主义短篇小说没有传统小说中司空见惯的开局、冲突、高潮和结局,而是描写了一些极为短暂地生活片段,有的甚至像带有印象主义色彩的散文。尽管这些作品所涉及的空间不大,时间跨度也极为有限,但它们却真实地反映了人物错综复杂的精神世界,使读者大开眼界。不言而喻,沃尔夫早期的实验主义短篇小说是她在展示大手笔之前对现代主义小说艺术的有益尝试。沃尔夫早期的短篇小说体现了极强的现代感和实验精神。其中最出色的、最受评论界青睐的无疑是《墙上的斑点》(The Mark on the Wall,1917)和《邱园记事》(Kew Garden,1919)等作品。这些短篇小说不仅展示了作者超凡的小说艺术,而且也标志着小说形式的历史性突破。在创作中,沃尔夫推行了时间、意识和技巧三位一体的艺术原则,通过其独特的谋取篇布局和人物描写方式对英语小说的秩序进行了大胆的重构。她在作品中删除了一切在她看来不必要的传统因素,同时果断地注入了大量的实验成分。显然,这种在现代主义语境中诞生的新型的小说文本不但使同时代的作家大开眼界,而且也对读者的审美意识提出了挑战,迫使其改变原来的阅读习惯。

《墙上的斑点》充分体现了沃尔夫早期的实验精神和绝妙的创作技巧。作者摒弃了传统的小说模式和一切在她看来无意味的、纯属多余的成分。这篇小说以主人公对墙上一个小小的斑点的会意开局,既不介绍人物的背景,也不对主人公的姓名、年龄、相貌、性别、身份和职业作任何交代,而是直接将读者带入人物的精神世界。这个斑点只是"一个圆形的小东西，在雪白的墙壁上显得很黑，位于壁炉上方大约六、七英寸的地方"，其本身并无多大的意义。然而，它却引发了主人公无限的回忆与遐想。主人公起初认为它也许是一枚钉子，于是便猜测起原先钉子上所挂的画，并由此联想起原来那位房东的艺术趣味以及他搬家的种种原因。在一阵凝思遐想之后，主人公突然怀疑起这种猜测的可靠性，觉得墙上的斑点实在令人难以捉摸。"它不像是钉子留下的痕迹，它太大，太圆了。""即使我站起身来瞧一瞧，也很难说出它究竟是什么"。此刻，主人公不由从心底发出一阵感叹："唉！天哪，生活是多么神秘！思想是多么含糊！人类是多么无知！"经过一阵漫无边际的沉思冥想之后，主人公的意识再次回到了墙上的斑点，并由此产生了新的联想。正是在这样一种假设、否定、再假设、再否定的过程中，墙上的斑点不断变化着自己的形象，而主人公则一再睹物生情，浮想联翩。从某种意义上说，墙上的斑点不仅成为人物意识活动的跳板和自由联想的媒介，而且也成为其精神世界与外部世界之间唯一的联系。显然，在这篇实验小说中，传统小说的故事情节和因果关系已不复存在。取而代之的是主人公飘忽不定的意识和支离破碎的印象。

应当指出的是《墙上的斑点》别开生面地揭示了沃尔夫所称的"重要的瞬间"。在这一"生存的关键时刻"主人公凭借着墙上的斑点这一外部形象的微妙变化，沉湎于无限的沉思与想象之中，不顾一切地思索人生，其头脑中闪现出一幅幅朦胧的历史画面和一个个极速更迭的生活镜头。莎士比亚、查尔斯一世、古希腊文学、生存与死亡以及主人公在伦敦街头散步时的情景都历历在目。小说的叙述者似乎从这一"重要的瞬间"中获得了"一种令人陶醉的、非法的自由感"，同时也体会到了"一种令人心满意足的现实感"。在给墙上的斑点不断赋以新形象的同时，叙述者竭力抓住每一条令其愉快的思路，置身于沉思遐想之中，乐此不疲。最终，叙述者的意识被外部世界的一个对话所打断，这才使其恍然大悟："哦，墙上的斑点！原来是只蜗牛！"随着顿悟的出现，这一"重要的瞬间"便告结束。引人注目的是，这篇约4000词的意识流小说从主人公发现斑点开局到弄清斑点结束，期间既没有物质意义上的行动，也没有故事情节，只有从人物头脑中飘然而过的生活镜头。尽管这一瞬间所涉及的物理时间极其有限，但它却反映了包括过去与现在、历史与现实在内的精神世界。显然，沃尔夫将这一瞬间视为真正的现实，因为他正是人物透视生活、感悟人生的一个关键时刻。毋庸置疑，《墙上的斑点》展示了一种全新的小说模式，同时也反映了作者对现代主义小说艺术的大胆尝试。

沃尔夫的另一著名短篇《邱园记事》同样体现了她的革新精神。这是一篇具有浓郁印象主义色彩的作品，与其说是小说，倒不如说像是一篇反映人物感官印象的散文或速写。作者生动地表现了邱园的一个花坛为轴心，详细地记录了四对具有不同性格和不同经历的人物路过花坛时的意识反应。这四对人物根据各自的经历与感受，对眼前的景色作出了不同的心理反应，产生了不同的联想。最先经过花坛的是一名叫西蒙的中年男子和他的太太埃莉诺。同他们一起来到邱园的还有他们的两个孩子。西蒙触景生情，有感而发，完全沉浸在对往事的回忆之中。他似乎忘记了同自己结伴而来的妻子与孩子，竭力回忆着他15 年前在邱园向一位名叫莉莉的姑娘求爱的情景。此刻，他感到人生是多么的变幻无常和不可思议，就像一只在空中飞舞的蜻蜓一样难以捉摸。接踵而来的是一老一少两个男人。那位老人看上去像是一位绅士，但他的言行有些失常，属于那种精神出了毛病的人。他先是喋喋不休地谈论天堂中的鬼魂，随后又滔滔不绝地向身边那位名叫威廉的年轻人讲述自己百年前在乌拉圭的原始森林中与欧洲佳丽艳遇的奇闻。接着，一对普通妇女来到了花坛边。两人似乎对老人的怪诞行为颇感好奇，既无心赏花，又无意交谈。她们之间的对话支离破碎，令人费解。最后经过花坛的是一对青年男女，两人似乎各有所思，说话模棱两可。显然，沃尔夫笔下的人物都是现代社会中的匆匆过客，他们毫无目的、漫不经心地走过花坛，其对话是如此的枯燥乏味，其行为是如此的微不足道。

《邱园记事》已经完全脱离了传统小说的艺术轨迹。它像是一幅具有浓郁印象主义色彩的图画，着力渲染自然界的光、形、声、色对人物的意识所产生的影响。沃尔夫在这篇作品中对现代主义小说艺术进行了大胆的探索。在结构上，她打破了传统小说的合理框架，将看似碎片的描写拼凑在一起，使作品的表层结构显得朦胧和杂乱。但她巧妙地运用了主题句和蜗牛等形象为作品增添了一种内在逻辑与秩序。在人物塑造方面，作者成功地采用印象主义的手法描写了四对既不相识又不相干的人物在一个特定的环境和特定的时刻内的言行举止和意识反应。这些人物就像邱园里的蝴蝶和小鸟一样飘然而过。"一对又一对的伴侣同样毫无秩序、毫无目的地经过了花坛，继而又被一层层青绿色的雾气所吞没……"显然，这种人物形象和人物关系在传统小说中是难以寻觅的。小说结尾，幻觉与现实的界限已不复存在，人物发出的呼吸声、脚步声和说话声，连同他们的身体一起统统被鲜花、植物和雾气所吞没。与完全置身于人物精神世界的《墙上的斑点》相比，《邱园记事》更像是一篇着力描写自然景色和人物感官印象的散文。这无疑体现了沃尔夫早期对小说形式的全方位探索。

在长篇小说方面，沃尔夫前期的长篇小说主要有三篇：《出航》《夜与日》和《雅各布的房间》。1922 年 7 月，当她完成第三部长篇小说《雅各布的房间》时，她曾在日记中写道："毫无疑问，在我看来，我已经学会了如何用我自己的声音来表达思想了。①"评论界普遍认为,《雅各布的房间》是沃尔夫小说创新阶段的重要标志,而她前期的长篇小说依然属于传统的现实主义小说,在题材、和人物塑造方面与同时代的作家福斯特的小说颇为相似。尽管批评家们大都认为沃尔夫前期的长篇小说在艺术上不够成熟,只是为她提供了习作练笔的机会,但这些作品反映了作者早年对艺术的执着追求和对人生的有益探索。

《出航》是沃尔夫的第一部长篇小说,在题材上和形式上均属于传统现实主义小说的范畴,同时也是带有"女性成长小说"(female bildungsroman)的色彩。这部小说生动描写了一位名叫蕾切尔的女青年乘船前往南美的人生经历。蕾切尔是一位颇具才华的年轻女子。她失去了母亲,长期生活在孤独和痛苦之中。1905 年,他乘坐其父亲的船前往南美,渴望开始新的生活。尽管在旅途中蕾切尔因遭到政客达洛维先生的性骚扰而度过一段噩梦般的日子,但她在南美的生活经历使她获益匪浅。那里的自然景色和风土人情进一步拓展了她的视野。蕾切尔结识了不少艺术届人士,并爱上了一位名叫赫维特的小说家。不料,蕾切尔突然发病,高烧不退,昏迷不醒,多日后她死在男友的怀里。沃尔夫试图通过蕾切尔的死亡向读者暗示,主人公缺乏足够的社会空间来拓展自己的事业,尤其当她将与信奉传统的小说家赫维特结婚时,她已经无法实现自己当艺术家的梦想。从某种意义上说,有关蕾切尔心理成长、浪漫爱情和因病去世的故事情节是作者用以反映现实生活的艺术手段,同时也是使小说家能够揭露和批判困扰蕾切尔的英帝国主义和阶级制度的一种结构上的安排。

《出航》客观反映了沃尔夫在 20 世纪初对英国女性的地位和命运的关注。作为她的第一部处女作,《出航》不仅代表了沃尔夫涉足文坛时的世界观和价值观,而且也体现了一位女性作家所具备的强烈的女性意识。在作者看来,女主人公蕾切尔的命运是当时广大知识女性的真实写照。蕾切尔无疑是当时英国女性的具体化身。像同时代的绝大多数女性一样,蕾切尔遭受到男权社会的种种歧视和压抑。她在心理成熟和意识觉醒之前便离开了人世。在现存制度下,即使她能幸存并能结婚,她也无法实现当音乐家的梦想。就此而言,"出航"带有女主人公一去不复返的悲剧色彩,其意义远远超出了物质意义上的南美之行,而是一种精神意义上的探索。在她的第一部长篇小说中,沃尔夫将自己视为一个痛苦的女人,希望真实地描写她所了解的生活,并对女性所面临的困惑发表自己的看法。

---

① Magali Cornier Michael. Feminism and the Postmodern Impulse: Post-World War I Fiction. Albany: State University of New York Press, 1996. p. 50.

沃尔夫的第二部小说《夜与日》是一部传统的现实主义作品，也是作者所写的篇幅最长的一部小说。作品生动描写了一对恋爱中的男女青年的情感困惑与人生选择。女主人公凯瑟琳的原型便是作者的妹妹。凯瑟琳出生在伦敦的一个上层知识分子家庭，她的祖父是一位著名的诗人。她正帮助母亲撰写一部有关她祖父的传记。凯瑟琳平时夜晚喜欢独自在房间里研究天文学，享受着一种当时仅属于男人们的理性夜生活。她受到一位名叫罗德尼的诗人的追求，并与他订婚。然而，凯瑟琳同时也爱上了律师拉尔夫。经过一系列错位和误解，最终，凯瑟琳与才华横溢的律师拉尔夫订婚，而诗人罗德尼则爱上了凯瑟琳的表妹卡桑德拉。小说中的另一位重要女性人物是具有同性恋倾向的玛丽。她是凯瑟琳的密友，也一度爱上了拉尔夫。小说结尾，依然单身的玛丽投身于女权主义运动与社会改革，而凯瑟琳和拉尔夫则继续面临爱情的考验。

《夜与日》是一部描写 20 世纪初英国青年人情感生活的小说。尽管这部作品似乎刻意模仿 19 世纪现实主义小说的题材与形式，但它却蕴含着现代主义的自我意识。小说最初的书名是"梦幻与现实"，同"夜与日"一样，折射出一种二元对立的原则，反映了男人与女人、理智与情感以及虚构与现实之间的辩证关系。虽然小说反映的是男女恋爱问题，但作者的意图是探索在社会转型时期男人与女人的社会角色和相互关系。除了男女主人公的情感波折与错位之外，小说还存在多个"潜文本"（subtext）。一是凯瑟琳与玛丽的同性恋关系，书中有多处详细的描写；而是对传统男女角色的颠覆与戏仿，并在一定程度上反映了作者的"中性"理论（androgyny）。此外，小说还偶尔涉及英国的帝国主义政策与战争问题。尽管《夜与日》发表后未获得评论界的好评，但沃尔夫对现代女性意识的探索以及对明与暗、梦幻与现实的关注继续成为她小说创作的核心问题。

沃尔夫的第三部长篇小说《雅各布的房间》标志着她的小说艺术的重大转折。《雅各布的房间》是一部先锋派成长小说，被评论界视为沃尔夫第一部现代主义小说。这部小说公分 14 章，其中有名有姓的人物达 150 余人。主人公雅各布·弗兰德斯是一位才思敏捷的剑桥学子，完成学业后到伦敦居住，随后到西方文明发源地希腊游览。但像相同时代的许多人一样死于战争期间。小说本身并无生动曲折的故事情节，而是包括了纷繁复杂的生活场景和人物变化多端的印象感觉。小说的视角在第一人称和第三人称之间流转徘徊，以飘忽不定的意识流语体反映了其他人对雅各布的印象。主人公雅各布短暂的人生经历不是以有序的、合乎逻辑的进程来叙述，而是在一连串近似于蒙太奇的瞬间中得以展示。雅各布的房间本身并没有特殊的意义，只是为人物的意识活动提供了一个有限的却又必要的物理空间。尽管读者在很多场合遇见主人公，包括他与家人和朋友在一起聊天、在大学读书以及在希腊游览的情景，但雅各布在小说中缺场的现象却十分明显。不言而喻，《雅各布的房间》在题材、形式和技巧上已经与传统小说分道扬镳。

《雅各布的房间》与乔伊斯的《尤利西斯》同年发表，因而它无论在沃尔夫的创作生涯，还是在现代英国小说史上都具有开拓性意义。在创作过程中，沃尔夫曾经坦言：自己正在做的也许不如乔伊斯做得好。但她在小说的谋篇布局和叙事形式上充分显示了一位现代主义者的革新精神。作者在这部小说中试图探索人物精神世界的本质以及它与时间和死亡的关系。显然，这种题材无法用传统的艺术形式来表现，只能通过恰当形式，并充分展示了她传达印象与意识的卓越才华。除了作者的实验主义精神之外，《雅各布的房间》还通过女叙述者的喉舌表达了作者的女性主义观点，反映了作者对女性在现代社会中的角色和话语权的思考。

作为一种文学体裁，短篇小说经历了丰富多彩的历史演变。从 14 世纪的文艺复兴时期传达世俗价值的小故事开始，到 20 世纪越来越多的女性小说家创造短篇小说的新风尚。凯瑟琳·曼斯菲尔德（1888-1923）即为 20 世纪初杰出的短篇小说作家。曼斯菲尔德的小说具有强烈的个性特征。她的作品众多，人物形象繁杂，而且每一部作品、每一个人物几乎都带给读者常新常异的感觉，没有雷同重复。她的笔触精致微妙。富有诗意和音乐性，善于在平凡中挖掘生命的真切感受，紧紧攫住瞬间细节中的精彩意义，一幅有创新性的个性风格画充分展示出来。作为沃尔夫的同代人，曼斯菲尔德的声誉和影响都不及前者的辉煌，然而，她却是有着同样出众的艺术见解和意识自觉性的作家；她也是一个先知先觉的现代主义小说家，她不但很早就出色运用了现代主义的写作技巧，而且也是 20 世纪初现代主义文学思潮的追随者和推动力量。不论是在艺术表现的内倾转向、意识流技巧、思想情感的现代性，还是在文学文类的情节结构、叙述视角的创新，乃至语言形式的国际化倾向上，曼斯菲尔德先驱性的贡献都值得一提。

第二节　女性性别意识的深度参与

中国民间叙事流传至今的四大传说，建构了女性刚烈、积极的形象，她们获得认可并流传至今，唤起了无数听者的共鸣，但与西方近代文化形成反差的是，中国女性得以步入解放的起点，主要得益于"自上而下"的革命。西方文化土壤则以不同的形式展开漫长的性别革命，她们共享一种丰富的内心生活，结成反男性暴戾同盟，相互给与和接受政治的和实际的支持，以姊妹情谊开始自救的历程，"亚马孙"女人的传说早已提供了女性乌托邦的途径。在描述沙龙女人德·拉法耶特夫人与德·塞维涅夫人持续 40 多年的亲密交往时，曾有人冷嘲热讽，用"漂亮的丝带绞接在了一起"来形容女性间的友谊，尽管徒有其表的贬损溢于言表，但在沙龙女人"前赴后继"或此起彼伏的史实中，似乎可以看到众多边缘女性（在此当然是指那些衣食无忧的上流或部分中产阶级知识型妇女）强有力的凝聚力。

早期的沙龙打出的是"反愚昧和反堕落的鲜明旗帜，其女性领导人物不仅卓有才华，而且志趣高洁"[1]，巴黎成为世人瞩目的中心，她们的实绩造就了 17、18 世纪法国知识界的盛况，法国趣味、礼仪传向欧洲各地，成为人们纷纷效仿的典范。沙龙崇尚平等、典雅和智慧，女性在这里汲取并奉献诗意、激情和灵感，女性的社会、创作身份的认同，从这里起步。孟德斯鸠曾经评价法国沙龙女性的政治潜能："如果一个人只看到那些执掌权势的人物，而不知道统帅他们的女人，那就无异于只看到机器运转，却不知道它隐匿的动力源泉"[2]。追求精神独立的法国上流女性也许是女性解放的始作俑者，她们以一种"垂帘听政"式的隐秘作用力施展着魅力。

最早倡导姐妹情谊的是萨拉·埃利斯，她是维多利亚时代的保守作家，伊莱恩·肖瓦特在《她们自己的文学》中明确指出了女性之间文化上的彼此默契[3]，这种默契基于共同的性别经历、身体体验，女性作家们靠她们扮演过的女儿、妻子和母亲这一类的角色统一起来，相互理解、彼此同情。她们先后体会过唇亡齿寒的境遇，女性间的特有认同构成人类文化的某种潜在的"亚文化群"。女人的生活囿于丈夫与孩子的围城之中，婚姻决定她们的命运，孩子是他们生命的寄托和希望。女性们世代生活在男权的阴影之中，她们一代代传承（之后颠覆）着女性生活的"禁律"，生存在男性的宇宙中，她们相信自己的直觉，抑或有那么几位乔治·桑之类的另一类女子，行为举止再怎么骇人听闻，也绝不割舍对孙儿们的爱，自由和爱是她们毕生追求的目标。

盖斯凯尔夫人就曾借她的小说《妻子和女儿》直言不讳："一个女人有这种魅力，那不仅会迷住男人，也会迷住她的女同伴。这种魅力我们无法界定，

---

① 艾米莉亚·基尔·梅森：《法国沙龙女人》，郭小言译，中国社会科学出版社，2003 年，第 80 页。

② 同上，第 147 页。

③ 玛丽·伊格尔顿：《女权主义文学理论》，胡敏、陈彩霞译，湖南文艺出版社，1989 年，第 22 -23 页。

或者说这种魅力是一种微妙的混合物，由多方面的天赋和才气混然构成，不可能断定每个方面各占多大比例。也许这种魅力和标准的为人准则有矛盾。因为它的根本所在似乎是精妙绝伦的适应能力，能因人而异，更能对千变万化的具体情况具体对待，真所谓同什么人交往便做什么人"①。难怪纯情善良的茉莉为继母的女儿辛西娅着迷，在那股迷人的女性特有的魔力之下，她心甘情愿地为辛西娅效劳。盖斯凯尔夫人一手建立的"女儿国"《克兰夫镇》洋溢着女性的乌托邦精神，其中传达的女性集体的叙述声音是女性权威的象征隐喻，小说开门见山地把男子排除在独门独户的氛围之外，"首先要说的是《克兰夫镇》是个女人王国……要是有一对夫妇从外地迁居到这里，那个男的总是由于某种原因而销声匿迹……②"女性人物间潜在的相互认同不光在作品中实现，女作家们还在创作生涯中走访沟通。盖斯凯尔夫人与女性亲朋好友，包括他国女性"笔友"时有交往，出版她早期作品的玛丽·豪伊特（Marry Howitt）、瑞典女性主义作家弗里德瑞克·布瑞玛（Fredrika Bremer）、还受惠于女性作家摩尔女士（Mme Mohl）、安娜·詹姆森（Anna Jameson）及著有《19 世纪英国妇女法》（English Laws for Women in the Nineteenth Century）一书的卡罗琳·诺顿（Caroline Norton），她与伊丽莎白·巴雷特·勃朗宁（Elizabeth Barrett Browning）和乔治·爱略特（George Eliot）保持着书信往来③，与夏洛蒂·勃朗特的真诚友谊有那本权威的传记为证。女性间的友谊抚平共同的性别视野感受到的沧桑，也坚定了她们不懈追求自由的信念。

　　20 世纪六七十年代，随着沃尔夫的去世和现代主义小说的衰落，"英国女性小说显得漫无目的"，很多四五十年代的女性作家继续沿用传统保守的方式写作，代表了对女性文学传统的"消极的而非主动的继承"，而她们的被动消极在很大程度上是英国战后小说的写照④。这种情况到了 20 世纪 60 年代得到了极大的改变，女性小说开始进入充满活力的新阶段，有人甚至认为她们使英国 60 年代的现实主义小说得到了复兴。

　　这一时期英国女性小说的一个共同特点就是受到了女性运动第二次浪潮的极大影响。在小说的创作形式上，这一时期的很多女性小说家都继承了 19 世纪现实主义的写实传统，同时糅合了现代创作技巧或借鉴哲学、宗教等视角，形成了"新现实主义潮流"。内容上，她们关注当前女性的生活和地位，从一

---

①　盖斯凯尔夫人：《妻子和女儿》，秫佩、逢珍译，上海译文出版社，1998 年，第 256-257 页。

②　盖斯凯尔夫人：《克兰夫镇》，刘凯芳、吴宣豪译，上海译文出版社，1984 年，第 1 页。

③　Patsy Stoneman. Elizabeth Gaskell. Indiana University, 1987. p. 26-27.

④　Eliane Showalter. A Literature of Their Own: British Women Novelists from Bronte to Lessing. Beijing: Foreign Language Teaching and Research Press, 2004. p. 298.

个侧面描写社会和人性。新的时代背景赋予了女性新的经历和语言，反映在小说关于身份、事业、爱情、婚姻、性、母亲身份及经济独立等问题也变得更加复杂。虽然她们无一例外都受到女性主义运动的影响，但是，她们的作品所反映的内容如此广泛和丰富，以至于做任何概括和归纳都显得困难，任何一种分类都只能是相对而言。

就女性主题的表现形式来说，多丽斯·莱辛（Doris Lessing，1919-2013）、玛格利特·德拉布尔（Margaret Drabble，1939- ）和费·韦尔登（Fay Weldon，1931- ）都可以被归入现实主义之列，但是就作品所表达的女性主义内容而言，后者比前两位则显得激进很多。多丽斯·莱辛创造的许多作品都体现了对女性问题的关注和思考，也塑造了许多具有独立意识的女性形象。她的代表作《金色笔记》（The Golden Notebook，1962）因探讨女性的独立意识和自我解放的道路而成为战后女性主义里程碑式的小说，被誉为西蒙·德·波夫娃的《第二性》的姊妹篇。莱辛在她这部最具实验性的作品中，用支离破碎的形式展现了现代女性的生存状态，探讨了她所面临的婚姻、政治、社会诸方面的问题。《金色笔记》的意义在于它代表了 60 年代女性小说的共同声音，道出"'自由女性'事实上并不自由"这一不争的事实。表面上现代女性经济独立，行动自由；事实上，她们仍难以摆脱对男性的情感依附，仍然在寻找自我的道路上艰难前行。

和莱辛一样，玛格利特·德拉布尔的叙述手法也深受 19 世纪现实主义小说的影响，肖瓦尔特甚至称她为"英国所有当代女性小说家中最热烈的传统现实主义者"[1]。德拉布尔的作品几乎都是以现代女性为中心，因关注探讨女性在事业与家庭、婚姻与爱情等上面的矛盾使她被称为"女性的小说家"[2]，她与六七十年代陆续发表了《夏日鸟笼》（A Summer Birdcage，1963）、《贾里克年》（The Garrick Year，1964）、《魔石》（Millston，1966）、《金色的耶路撒冷》（Jerusalem the Golden，1967）和《针眼》（The Needle's Eye，1972）等作品都以青年知识女性为主角，描写她们从学校步入社会，面对爱情、婚姻和事业时的迷茫与困惑。搁笔十年后德拉布尔又创作了三部曲《光辉大道》（The Radiant Way，1987）、《天生好奇》（A Natural Curiosity，1989）以及《象牙门》（The Gates of Ivory，1991）。这三部曲以三个女性的生活经历为主线，从一个侧面展现现代人的生存境况。跟激进女性主义者拒绝传统性别角色的观点

①　Eliane Showalter. A Literature of Their Own: British Women Novelists from Bronte to Lessing. Beijing: Foreign Language Teaching and Research Press, 2004. p. 304.

②　DomicileHead. The Cambridge Introduction to Modern British Fiction, 1950-2000. Cambridge: Cambridge University Press, 2002. p. 86.

相反，德拉布尔是支持履行这一职责和义务的，尤其是母亲的角色。她的作品充分肯定了在母亲的基础上寻求女性的价值和意义，因此，德拉布尔也被称作是"写母性的小说家"①。

而同样是写女性题材，费·韦尔登则显得激进很多，她甚至被称为"最能体现第二次女性主义浪潮的时代精神"的作家②。韦尔登的小说都以女性的生活情感为主题，表现女性在父权社会中对理想生活方式的探索。她们与第二次女性主义运动遥相呼应，集中反映了70年代激进女性主义的观点，其中《普拉克西斯》（Praxis, 1978）就是一个典型例子。小说讲述了一个在父权社会压迫下的女性从如何觉醒到最后挣脱父权枷锁的过程。在韦尔登笔下，父权是一个"利用男女生理区别来制造和延续社会不公"的体制，而普拉克西斯所反抗的正是父权社会对女性身体的控制，甚至"普拉克西斯"这个名字本身就暗示了"转折、顶点、行动"，——一种利用女性的性来挑战父权的女权主义思想。

虽然莱辛、德拉布尔和韦尔登都可以被列入现实主义的范畴，但是她们笔下的现实主义并不是简单的回归，而是一种带实验性的、糅合了各种现代主义，甚至是后现代主义技巧的现实主义。这种实验精神在穆莉尔·斯帕克（Muriel Spark, 1918-2006）和艾丽丝·默多克（Iris Murdoch, 1919-1999）身上得到了完全的体现，她们的作品注重将现实主义手法与哲学、美学、宗教、伦理和神话等视角相结合，穆莉尔·斯帕克往往从宗教、哲学和心理学等方面探讨人的地位和价值，并不断尝试新的创作形式。威廉·迈克布莱恩（William Mcbrien,）认为斯帕克是当下少数几位仅用作品的形式就可以使读者着迷的作家③。同样，由于受到哲学研究的影响，默多克的小说也是从哲学、宗教、伦理等角度来探讨人性善恶等问题。她的创作手法主要沿袭批判现实主义传统，同时又能娴熟驾驭诸如哥特式隐喻、象征、精神分析等多种现代表现技巧。评论界对她的论讨论最多的正是她的创作手法，谁都无法将她明确的归于哪一类文学流派；她既不是女性主义作家，也不属于现实主义或者现代主义作家之列。很多评论家在谈论她的时候都避免对她做任何归类，而是注重分析她那种"既否定19世纪的力求客观性和语言对现实的准确再现的写作手法，

①　Eliane Showalter. A Literature of Their Own: British Women Novelists from Bronte to Lessing. Beijing: Foreign Language Teaching and Research Press, 2004. p. 305.

②　Olga Kenyon. Women Novelists Today: A Survey of English Writing in the Seventies and Eighties. Brighton: The Harvester Press, 1988. p. 104.

③　William Mcbrien. "Muriel Spark: the Novelist as Dandy," Twenties- Century Women Novelists, ed. Thomas F. Staley. London: Macmillan, 1982. p. 153.

又反对极端的实验主义的'灵敏'的现实主义"①。

这一时期对小说形式作出最大胆改革的女作家当属安吉拉·卡特（Angela Carter，1940-1992），她体现了女性主义立场与小说形式变革的完美结合。卡特是少数几个公开承认自己是女权主义者的作家，她的作品中总是透露出强烈的女权主义气息。她的一个重要思想是："语言和思维习惯的去殖民化"，即作家需要转变语言和创作手法才能避免使用统治者的语言，才能将女性（和男性）从男权社会的统治中解放出来②。于是，她对小说形式做最激进的实验来解构女性的传统形象和揭露女性性别的社会建构。例如，她对神话、童话故事和民间传说的改写和重述就是为了消解和颠覆其背后的男性传统价值观。哥特式风格是卡特小说的另外一大特色，她的所有作品中都或多或少带有这种元素。可以说，卡特小说的哥特式风格与英国女性哥特传统一脉相承，强调恐怖的根源是现实生活中性别角色的被禁锢以及女性身体的被束缚③。卡特利用女性哥特小说场景中的黑暗城堡、迷宫等禁锢特征来表现男权制度压迫下女性的心理感受。受到卡特的影响，后来很多女性作家开始更多的利用语言和神话的形式来探索身份问题，也更直接地将女性主义批评揉进小说创作之中。

女性主义的发展到了 20 世纪 80 年代以后，进入了"后女性主义"阶段，表现在对女性主义思想的反思和重新思考，以及寻求女性在新时代背景下生存和发展的更多可能。与此对应，这一时期的女性小说也表达了对女性主义政治立场及其合理性的质疑。海伦·菲尔丁（Helen Fielding，1958- ）发表的《BJ 单身日记》被视为后女性主义文学的代表，它刻画了世纪末女性生存的真实图景，并传达了"女性气质而非女性主义才是女性获得力量的途径"这一观点④。这部小说不但引起读者的强烈反响，更派生出"少女文学"（Kick let）这一以都市女性为主角、以第一人称的语气叙述爱情、事业、生活的小说体裁。

身体政治成为这一时期女性小说关于女性身份探索的重要领域，作家对女性身体、情欲和性爱等话题的讨论更加大胆直接，对同性恋经历的叙写则表达了亚文化人群的关注和反对父权文化霸权的立场。作为世纪末"最好、也最具争议性"的作家，简妮特·温森特（Jeanette Winterson，1959- ）在出版了

---

① Kathleen Wheeler. A Critical Guild to Twentieth- Century Women Novelists. Oxford：Blackwell, 1998. p. 186.

② Ibid. p. 273.

③ David Punter and Glennis Byron. The Gothic. London：Blackwell, 2004. p. 278-279.

④ Clare Hanson. "Fiction, Feminism and Femininity from the Eighties to the Noughties," Contemporary British Women Writers, ed. Emma Parker. Cambridge：D. S. Brewer, 2004. p. 17.

半自传体小说《橘子不是唯一的水果》（*Oranges Are Not the Only Fruit*，1985）之后，又连续发表了《激情》（*The passion*，1987）、《樱桃的性别》（*Sexing the Cherry*，1989）及《写在身体上》（*Written on the Body*，1992）三部作品。她通过后现代的创作手法探讨爱情、身体和政治等话题，并超越性别的疆界来表达对性的思考。温特森于 2000 年发表的《苹果笔记本》（The PowerBook，也译《力量之书》）甚至通过电脑网络语言来探索双性恋、三角恋等问题，称她是当代作家在描写爱情与女性躯体方面最具艺术狂想力的作家一点都不夸张。另外一位女性小说家莎拉·沃特斯（Sarah Waters，1966- ）则以创作女同性恋题材而闻名，她于 90 年代发表的两部作品《轻舐丝绒》（*Tipping the Velvet*，1998）和《半身》（*Affinity*，1999）都是以维多利亚时代为背景的关于女性间友谊和爱情的故事。

　　事实上，对"女同性恋"的理解有两种：一种是狭义上的只有身体/性亲密关系的女性情感；另一种则是广义的，尽管不排除有身体上的亲密关系，但更多的指向女性间精神依恋和情感慰藉，"包括更多形式的妇女之间和妇女内部的原有的强烈情感，如分享丰富的内心生活，结合起来反对男性暴君，提供和接受物质支持和政治援助，反对男人侵占女人的权利"①。因此，女同性恋小说（Lesbian Fiction）是指以女同性恋现象为题材，探讨同性间的性爱、情感与精神关系的小说，它的兴起可以说与女性女权主义运动的深入发展密切相关。进入 20 世纪 70 年代，随着女性主义运动的纵深发展以及对个体差异的进一步强调，女同性恋女权组织应运而生。女同性恋者纷纷走向街头游行示威，要求社会尊重她们的性取向自由，消除对她们的歧视，并在各种场合进行演讲宣传，向正统观念进行挑战，这些活动直接引发了同性恋合法化运动，而运动的结果是惩治同性恋行为的法条法规被逐渐废止，人们的思想观念出现了不可逆转的变化。与此同时，同性恋小说也逐渐走出了黑暗地带并被主流社会读者所接受。到了 20 世纪 90 年代，英国女同性恋小说可谓是进入一个高速发展期，出现了一大批引人注目的重要作品。除了上面提到的两位代表作家，另外一位不得不提的则是杰姬·凯（Jackie Kay，1961- ）。她于 1998 年发表的同性恋小说《小号》（*Trumpet*）获得卫报小说奖和国际都柏林文学奖候选提名。小说讲述了一名黑人女性通过易装，成功地扮演了丈夫、父亲和爵士乐小号手的故事。《小号》不仅是一个社会性别表演的文本，揭露了性别身份不是与生俱来，而是通过一系列模仿和学习而建构的事实；也是用女性经验来解构和颠

---

　　① 艾德里安娜·里奇："强制的异性恋和女同性恋存在"：《女权主义文学理论》，玛丽·伊格尔顿编，胡敏等译，湖南文艺出版社，1989 年，第 39 页。

覆父权，反抗制度化的性别模式的女性主义之作。

女同性恋主题甚至还在侦探小说中体现，从而出现了女同性恋侦探小说，它主要讲述身为女同性恋，同时具有极强推理判断能力的主人公如何根据一系列线索破解犯罪疑案的故事。虽然女同性恋的主题很早就在侦探小说中有所体现，但是女同性恋侦探小说可以说在近 20 年才开始流行。随着桑德拉·斯科帕顿（Sandra Scoppettone）的《你的所有一切都是我的》（*Everything You Have Is Mine*，1991）的问世，女同性恋侦探小说才获得主流出版商的接纳，女同性恋侦探这一形象才开始被广大读者所认识①。瓦尔·麦克德米德（Val McDermid，1955– ）在谋杀报告中塑造了一位周旋于政治犯罪之中的左翼报社工作者联琳·格登（Lindsay Gordon）；而丽贝卡·欧诺克（Rebecca O'Rourke，1955– ）则在《跳过裂缝》中塑造了一位遭社会排斥的女同性恋侦探瑞斯（Rats）。这些小说描写了女侦探人物性格的多面性，塑造了不同于主流文学的女同性恋形象。

后女性主义（post-feminism）无论在理论和实践方面都是多元而散乱的，存在不同的立场、观点和派别，因此有人称后女性主义从未有过定义，是"假想之物"，是一个与后现代主义有着共同语言联系的"难以名状"的概念②。它更像一个宽泛的理论界定，同时又是一个进行中的理论。确立后女性主义思潮的影响是 1991 年苏珊·法鲁迪（Susan Faludi）的《反挫：对女性的不宣而战》（*The Undeclared War against Women*），作者在该书中认为后女性主义是对现代女性主义的质疑和反挫③。而索菲亚·孚卡（Sophia Phoca）则将后女性主义的观点视为女性主义的一部分，认为后女性主义在很多方面都继承了女性主义的观点，是"女性主义理论的一次转型"④。事实上，无论哪种观点都表明后女性主义与女性主义既有联系又有差异。

首先，后女性主义从传统女性主义的理想回归现实，结合当前文化语境中女性实际的生存状况，突破以往普遍的宏大理论视角而转向了分散和局部的理论探讨；它改变了以白人中产阶级女性为中心的理论倾向，注重女性个体经验的复杂性和多样性。其次，后女性主义关注的焦点不再是追求平等而落在关于

---

① 李晶："被冷落的角落——同性恋侦探小说综述"，《电影文学》2008 年第 10 期，第 91–92 页。

② Sarah Gamble. "Postfeminism," Rouledge：Companion to Feminism and Postfeminism, ed. Sarah Gamble. New York：Routledge, 2006. p. 36.

③ 转引自林树明著："后女性主义文学批评及其启示"，《贵州师范大学学报》（社会科学版）2009 年第 1 期，第 82–85 页。

④ 索菲亚·孚卡：《后女性主义》，王丽译，文化艺术出版社，2003 年，第 1 页。

差异的讨论上。后女性主义与女性主义一样重视"性社会性别"（Gender）这个概念，同样将男女差别视为男权社会的文化构成，但是，其着眼点却不再是试图从根本上改变这一社会文化而追求理想中的男女平等地位，而是在更多地承认女性性别差异的基础上去适应甚至利用这一角色，在既定社会秩序中寻求生存和发展的更多可能，其背后的逻辑是彰显女性性别差异本身就是对男权社会的一种反抗。再者，后女性主义者认为争取女性解放不应该强调男性与女性之间的对立和斗争，而应该主张两性间的联系和合作。正如李银河在《女性主义》一书中提到的，后女性主义思潮的其中一个关注点就是"认为对于男女不平等问题不宜以对立态度提出，而应以寻求两性和谐的态度提出来"[1]。可以说淡化两性间的对立情绪、平衡两性的社会关系成为后女性主义的心理场。

《BJ单身日记》之所以被标榜为后女性主义文本的一个重要原因，就是它恰好体现了后女性主义对待女性主义的矛盾态度。在这部小说中，女性主义不断被引用然后被驳斥，被借用又被否定。正如小说女主人公布莉琪所说的："没有什么要比一个咄咄逼人的女性主义者更让男人觉得没有吸引力的了"[2]。女主人公一方面强调作为一名女性主义者的必要性，同时又承认女性主义缺乏吸引力的事实。事实上，女性主义被认为重要的和赋予权利的，同时也被认为是不可靠的、苛刻的、毫无用处的，除了它可以帮助成全一段感情以外[3]。对待女性主义，后女性主义者的态度是批判性的，有的甚至全盘否定。李银河在《女性主义》一书中提到，一个无法回避的现实是大多数女性虽然认同女性主义争取男女平等的目标以及提高了女性地位的事实。但是并不喜欢女性主义，往往还会憎恨这个词，认为女性主义者缺乏个人魅力、充满仇恨等等[4]。

布莉琪之所以被标榜为后女性主义的代表人物，正是因为她身上体现了支持和反对女性主义的双重声音，体现了女性主义理想在女性身上的投射与她们内心真实之间的差距，同时把读者的目光从以往对理想的想象转入女性在当下现实语境中的生存状态。布莉琪是伦敦一家出版社的调研员，三十有二，依然单身的她总是为自己贫乏的爱情生活苦恼，新年伊始她决定重新做人，每天写日记，记下自己跟体重、烟酒以及卡路里搏斗的过程。她有两个目标：减肥和

---

① 李银河：《女性主义》，山东人民出版社，2005年，第173页。

② Helen Fielding. Bridget Jones's Dairy. London：Picador，1996. p. 16. 小说引文均出自此处，以下只在正文标注页码。

③ Rosalind Gill and Elena Herdieckerhoff. "Rewriting the Romance：New Femininities in Chick Lit," Feminist Media Studies 6. 4（2006）：487-506.

④ 李银河：《女性主义》，山东人民出版社，2005年，第177页。

找到真爱。布莉琪跟故事中的其他女性一样，接受了高等教育，有稳定的工作和经济收入，完全没有经济上的担忧，但是，她并不像女性主义者笔下的那些女主人公那样只有追问地位和身份的高度，她没有太大的职业抱负，所关心的是自己的情感生活，是怎样可以嫁出去，不至于落到老处女的下场。这部小说是在西方社会单身女性数量日益上升的背景下出版的，被称为"单身文学"的代表，反映了 20 世纪 90 年代大龄女青年的生活。经过两次女性主义浪潮洗礼的现代女性已经获得了相应的自由和平等权利，她们无疑受益于女性主义运动对女性受教育和工作机会的推动，她们跟男人一样享受性生活和吸烟、喝酒，但是，这种生活状态依然让她们感到烦恼。在获得自由平等后，她们依然像传统女性一样渴望爱情和家庭的温暖，总是挣扎在自强独立的竞争要求以及保持传统女性气质之间。作者菲尔丁在谈到这点的时候，也认为小说就是现代女性的写照，她们处于一种职业与家庭的左右矛盾当中，而我们的母亲那辈人却没有这样的烦恼，她们知道自己的位置在哪儿①。从这个意义上来说，女性主义运动是片面的，而小说对这种矛盾心理的真实刻画无疑是对女性主义关于女性独立自主等理想的嘲讽。

小说的后女性主义因素不但表现在其对现代女性真实生存状态的揭示，当然也体现在女性生活方式多元化选择的思考上。比如：在关于女性在职业和家庭之间的选择问题上，小说暗示了"走出家门"不一定都是正确的选择。布莉琪的母亲与故事中其他女性不同，她是个家庭妇女，在为丈夫和子女操劳了大半辈子后，她突然对自己的主妇角色感到厌倦并离家出走，享受起了单身生活。这似乎是她的独立自由的宣言，她找了个工作，也结交了男朋友，真正过起了她一直梦寐以求的"职业女性"的生活，但是她却被卷入骗局，最后还是发现让她烦心的家才是温暖的依靠。这个结局又似乎在告诉读者：如果以抛弃家庭为前提来达到自由，那么这样的解放也不能给女性带来幸福。小说还暗示了另外一点，即选择家庭不一定就是选择倒退，家庭妇女也不一定就是毫无权利，在小说中布莉琪一再表达了母亲比自己更有力量和影响力的看法。事实上，认识到女性个体的差异以及生活方式的多样性是衡量女性价值的前提，就连女权主义运动领袖人物也开始检讨女性主义运动的失误。与自己的早期立场不同，贝蒂·弗里丹在世纪之交提出了女性"回归家庭"的主张："我们的失败在于我们在有关家庭问题方面存在盲点，它表现在我们自己极端反对那种妻子、母亲角色，那种全身心的依靠男人、养育孩子、充当家庭女性的角色。这

---

① 参见 Murray Wardrop, "Helen Fielding: Bridget Jones Dilemma Is a Modern Disease," Telegraph 21 May, 2009。引自菲尔丁于 2009 年 5 月在牛津大学的演讲。

种角色曾经是并且仍然是许多女性获得权利、地位及身份的源泉，是她们实现自己的目标、自我价值并获得经济保障的源泉，尽管这种角色早已不再是那么安全了"①。

　　女性主体的建构在后女性主义时期的另一个侧重点则是关于女性气质/性（femininity）的探讨。借用女性的第一人称自白，菲尔丁展开对性的直接而大胆的探讨，将人物内心的情感和欲望展现在读者面前。传统女性主义对此的态度可以说是批判性的，认为女性气质性是对女性受压迫和被统治的男权标志，是女性被动和从属地位的象征。而小说反映出来的后女性主义对女性气质/性的态度，可以说是跟女性主义完全相反的，后女性主义者拒绝之前的"受害者"哲学，肯定了女性对自己的身体具有主动权，善于用身体来表达自己。这跟后女性主义产生时的媒体背景有关，体现在当时一些流行文化的偶像代表开放的装饰和大胆的行为上。英国的"辣妹组合"便是使"女性力量"（girl power）成为了流行语，它是对传统女性主义主张的女性气质/性的反击。它抛弃了以往认为女性如果不想成为男性的性消费对象就不能性感的看法，张扬性，大胆表达性，并将性看作女性发自内心的一种生命渴求，是女性对自我生活的控制以及独立、平等和权利的体现。布莉琪没有把老板写给她的关于超短裙群的调侃当做性骚扰，而是乐在其中，这样，女性就被显现为有意识地利用自身的女性气质/性的性别主体，她们不必防备男性的攻势，而是享受这一性别带来的乐趣。正如罗莎林德·吉尔解释的那样，在后女性主义时代，女性渴望的性关系除了婚姻当中的异性恋一夫一妻制度外，还希望享有自由、解放和享乐②。

　　在《BJ单身日记》中，女性气质性又是跟消费文化紧密相连的。布莉琪除了要找个丈夫外，还要跟体重斗争，她的事情总是以记录卡路里摄取量为开始，总是为体重而计算卡路里吃饭。布莉琪的消费习惯在很大程度上反映了时尚女性杂志等主流文化对于当代女性的影响，这正是为什么众多读者能在她身上找到认同感。后女性主义的兴起与消费文化有密切联系，可以说没有消费文化的日渐勃兴，就没有后女性主义的诞生。在一定程度上，后女性主义实际上是一种消费主义的女性主义③。后女性主义肯定消费，认为时尚文化中的女性身体并不是深陷男权陷阱的"性客体"，它实际上启发和引导女性消费者通过

---

①　转引自李银河著：《女性主义》，山东人民出版社，2005年，第175页。

②　Rosalind Gill and Elena Herdieckerhoff. "Rewriting the Romance: New Femininities in Chick Lit," Feminist Media Studies 6. 4（2006）：487-504.

③　Stephanie Genz and Benjamin A. Brabon. Postfeminism: Cultural Texts and Theories. Edinburgh: Edinburgh Unversity Press, 2009. p. 5.

对自己身体的"呵护、打造、塑形"达到自我身份认同。

　　小说一方面认同了后女性主义肯定消费文化的态度，同时又揭露了这一文化对女性的负面影响。在其幽默搞笑的表象之下，对传媒、对女性日常生活产生的负面影响进行讽刺。菲尔丁用女主角近乎沉迷的行为来揭露当今大众媒体在女形成对外表、自我实现和爱情的态度上的过度影响。当布莉琪承认"我是时尚文化的孩子"时，她并不是要号召大家欣然接受时尚，相反，她是在谴责时尚文化的影响："我一直受到超模的精神创伤……如果去除一切外部影响，无论是我的性格还是身体，都无法自行运转"（第 36 页）。市场上流行的女性时尚杂志甚至滋生出一种病态的"苗条文化"，拥有完美身材的封面女郎也成为众多女性精仿的对象，布莉琪就是一个典型的例子。她总是为自己的体重烦恼，为了减肥而节食挨饿，希望可以获得更多的婚姻筹码，而积极投身到那些能够增加女性特质的消费中。但是，她的目标总是无法实现，她的日记里充斥着抽烟、酗酒、馋嘴之类的事情，而且更具有讽刺意味的是，她最终找到了爱情归宿，但并不是因为她的成功瘦身，马克爱上她是因为"喜欢她本来的样子"。

　　事实上，大部分后女性主义者并没有认为男女平等已经实现，麦克罗比（Angela McRobbie）在分析《BJ 单身日记》中的女性主义因素是指出："在后女性主义背景下，人们可以有名无实地援引和支持某种程度的性别平等，而大众文化却仍然会积极地重新巩固性别规范"①。后女性主义批评仍然关注社会性别这一概念，而这部小说也恰恰反映了性别政治对女性主体的规范这一事实。但是，有别于女性主义者那种简单化的、笼统的批评态度，后女性主义者更强调在承认这一社会文化构成的基础上去更好地适应自己的社会性别角色，正如麦克罗比所言，《BJ 单身日记》表达了女性的欲望——虽然通过消费主义的方式——但是，她表达了女性所期望的在承认性别规范的前提下实现的平等和自由②。

　　女性解放究竟意味着什么？这仍然是女性主义运动最本质的问题。解放意味着女性走向社会，还是回到家庭？这两者必须二元对立吗？成功的女性是否能够同时事业有成和家庭幸福？而这样的理想又让女性承受了怎样的压力？后女性主义对这些问题在新的社会背景下做了重新思考，在这个意义上，它是一场旧的同时又是新的运动。后女性主义给我们的一个启示，即不必要建立一个

---

　　① Angela McRobbie. "Postfeminism and Popular Culture: Bridget Jones and the New Gender Regime," The Aftermath of Feminism: Gender, Culture and Social Change. Londen: Sage, 2009. p. 2.

　　② Ibid.

固定的、本质性的"女性主义"概念，我们应当把女性主义传统视为流动的、不断改写传统成规的过程。在后女性主义时代，正如在《BJ 单身日记》中所透露出来的那样，承认男女差异，寻找女性自身优势，争取良心的共同、和谐发展，比对立和斗争更加实用和有效。

第三节　现代性多元叙事风格

　　女性用象征的手法，再次把真实的苦思冥想中的刺激放置在"窗台"边，她们自己的述说和书写去破解男性话语"魔咒"的一次又一次尝试。我们还需再一次回顾女性直接"发声"的历史性时刻，波伏瓦的先驱，女性的"姐妹"们在沙龙中的开创性建筑是不可磨灭的。

　　法国沙龙女人们，在自家的客厅中建立起自己的王国，高朋满座，富有才华的女主人，是这个社交小圈子里光彩照人的尤物，在这所教导礼仪的学校，她们聆听召集而至的才子名士的高谈阔论，甚至加入那些激烈犀利的辩驳，除了文艺界谈诗论文的高雅追求，日渐浓郁的政治色彩也不可避免的进入了沙龙的主题。《法国沙龙女人》记载的德·丝达埃夫人作为善谈、热情、博爱的高卢人的后裔，直接秉承了父亲的哲学深度，遗传了母亲的文学才华，融入自己的聪慧天分，"她有政治家的眼光、批评加的剖析力、哲学家的深刻思考、诗人的灵魂和女性的心灵"[1]。因此，没有理由不认为女性自己一手搭建的沙龙使她们从内帷进入公共领域，堂堂正正地参与到文学批评、创作乃至政治评论甚至活动之中——孟德斯鸠将矛头直指君主专制的《论法的精神》，正是在德·南特夫人安全、自由的沙龙中酝酿而生的，而瑞卡米耶夫人的沙龙成为反对拿破仑的阵线组织。

　　法国的沙龙女人以她们充沛的精力和热情，成为杰出的精英文化圈中的中心人物，成为两、三个世纪以来一流文人志士的至交、顾问，她们的影响力和感染力点燃作家的思想火花，她们的诗意、纯洁、热情潜入了男性作家的作品。即使仅仅在《法国沙龙女人》的记载中，就不难找到证据。据说，伏尔泰十分爱慕昆诺小姐——一位集才华和技巧于一身的沙龙主人，经常征求她的建议；夏多布里昂的代表作《基督教的真谛》就是在德·波蒙夫人的影响下

---

① 艾米莉亚·基尔·梅森：《法国沙龙女人》，郭小言译，中国社会科学出版社，2003 年 8 月，第 300 页。

完成的。自古以来女性所给予男性创作的灵感化为渐渐流芳百世的艺术作品，文艺长廊中鲜亮的女性形象，天使、圣女也好，巫婆、恶魔也罢，柔顺优雅、叛逆激进特征的女性身份，潜藏着女性的智慧，作品中的女性反映了真实世界中女性的物质和精神追求，可以把她们视作传统中"失声"的女性替身，尽管最初体现为间接的感召力，但一经时机成熟，女人便自己直接提起羽毛笔，描摹事态、抒发情致，构建现实和理想世界，包括打造女性自我的形象，确定文学作品中女性的身份。标新立异、打破传统是一种方式，与此同时，为女性行为规范"立法"、张扬"女德"也是并存的处事方针。如果说，17 世纪有那么多美丽女性因伤感情怀坠入修道院，在孤寂宗教情怀中找寻安慰，寻求生命永恒的意义。到 18 世纪，她们已从遁世的解脱中转为风花雪月的文学生涯，把自己的生活经历编织成浪漫故事，在营造真实与虚幻的情境中求得情感上的某种寄托、证实生命的存在。

弗莱在《批评的解剖》中描述了西方文学发展的大体模式，他将虚构型文学作品分为五种基本模式：首先是神话，人物的行动能力远远高于常人，并超越自然规律；其次是浪漫传奇，人物行动力量相对高于普通人，但服从自然规律；接下来依次是高模仿，如领袖故事类作品；低模仿，如现实主义作品；还有第五种：反讽或讽刺。这五种模式按顺序演变并形成轮回式的循环。他的分析颇具参考价值，按照他的理论，《理智与情感》是按主题命名的虚构作品①，《傲慢与偏见》所呈现的是低模仿作品的特征，"在浪漫主义时代，强调主题思想的诗人变成了传奇时代那种虚构主人公般的人物，他们超凡入圣，生活在比自然秩序更高、更富想象的经验秩序之中。他们创造了自己的世界，在这个世界中……虚构传奇的许多特征再度呈现"②。

童话是一种"复调"艺术，从民间原生态的童话故事的"生存环境"来看，它作为"炉边夜谈"的习俗形式，吸引的对象有修理工具的男人、缝补衣服的女人，作为娱乐大人的讲故事形式，也不排斥在近旁，一边游乐一边侧耳倾听的顽童。成人、儿童从"复调"多层面的故事的讲述内容中各取所需：或是提供乡野农人的业余笑料，或是吓唬、警示那些初生牛犊不怕虎的孩童遵守规矩，提供智慧和善意忠告并存；粗俗笑话与高尚情感、浅陋与深刻等构成层面让我们领悟：童话也具有多义性。"妇女颠覆父权制象征秩序的策略不在于重新造语言，而在于给语言赋予新的意义；不在于正名或命名，而在于偷换

---

① 诺斯罗普·弗莱：《批评的解剖》，陈慧等译，百花文艺出版社，2006 年，第 78 页。
② 同上，第 87 页。

概念，制造歧义。①"选取童话的基本元素，融入女性的现实生活体验，进行艺术再加工，酒瓶装上新旧，未必可口。叙述与阅读是动态，因而，"互文"状态下的女性的言说必将在表层的叙述下隐含了象征性的深意。

西方的文学家曾经进行过小说文本创作的实验，意大利的文学家伊塔洛·卡尔维诺（Italo Calvino，1923－1985）就是这样一位先行者，作为元小说大师，他曾以丰富的表现手法，通过文学作品展现当代人的生活和心灵。卡尔维诺改写的《意大利民间故事》，采集精选百年来的意大利民间传说，对意大利民族文化有着重要的意义，1962 年出版的英文版也广受欢迎。他的作品富于童话意味，正如中国作家莫言对他的评价，卡尔维诺将很多文学的因素嫁接在一起，他独特的讲述故事的腔调带有很多的童趣，但同时又是一个有哲学头脑的人在讲述。在他的作品中，复制了中世纪神话、骑士传奇、变幻莫测，从单纯的故事中折射出多层次的人生内涵。20 世纪 50 年代，他在收集意大利民间故事的同时就曾研究过普罗普的民间故事伦理，在法国巴黎十几年的生活，与列维·斯特劳斯、罗兰·巴尔特的交往使他不可避免受到结构主义、符号学思想的影响。

虽然他的创作实践最终并未成气候，但这一"文学实验"却对前人就故事文本结构的理性分析做出了实践性的回应，作品有意识地打碎、整合民间传说、经典文学作品的故事元素，经这位精通故事元素功能、了解故事结构规律、善用民间故事程式的"魔法大师"排列组合，在碎片中生成一个个新的文本，进行着解体、嫁接、搭建等"工程"。纸牌方阵的架构，源于传说、名著的元素组成了一个生命力异常强大的话语场，经由文学大家的实验性点化，作品呈现着斑驳异样的神秘色彩，具有后现代风格的作品中包含了不同主题。神奇的塔罗纸牌，在西方民间就曾用于占卜游戏，关于它的起源众说纷纭，但这古老的占卜工具却有着神秘的叙事功能，爱情、事业、胜利乃至命运等等主题都悉数涵盖，它上面所绘的神秘图案有着丰富多层的含义，牌的排列可以视之为故事上演时逐步地展开，不同的牌可以代表生活中的不同人物，或人生不同阶段的状况。它与前文所提及的中国古代幻方有着异曲同工之妙。卡尔维诺的《看不见的城市》《命运交叉的城堡》等作品采取新的写作模式，结构怪异，而这一思维方式正是这位探路者所尝试的"旁门左道"，通过故事元素的反复组合，并形成互文现象，让人仿佛游离于迷宫中，既感新鲜，有似曾相识。小说中糅合有自我求索的故事、英雄探险的神话、生存与死亡的母题，对

---

① 康正果：《女权主义与文学》，中国社会科学出版社，1994 年，第 137 页。

经典作品元素的重塑产生了巨大的文学张力。在他所架构的"命运城堡"中，再现文学永恒的主题，以俯瞰姿态玩味欣赏着结构主义和符号学视域下神奇的景观。他以创作实践，表白自己的观点："全部文学都被包裹在语言之中，文学本身只不过是一组数量有限的成分和功能的反复转换变化而已"。格拉斯、博尔赫斯等等大师用作品表达自我的思考，拆借的神话与童话元素，是连接历史与未来、打动读者心灵的最佳媒介。

在一系列后现代主义思潮的影响下，这一时期的女性小说家力图对小说的题材和手法做更彻底的实验和改革。阿尼塔·布鲁克纳（Anita Brookner，1928－）、A·S·拜厄特、爱玛·坦南特（Emma Tennant，1937－）和玛琪·姬（Maggie Gee，1948－）等作家均通过叙事技巧的变革来表现对身份的探索。安妮塔·布鲁克纳建立了一种叫后现代主义的叙事技巧同现实主义的传统叙事融为一体的创作风格而被形容为"后现代现实主义"①。而拜厄特则在其代表作《占有》（Possession，1990）年中不仅将大量的书信、日记、诗歌、神话和童话等文本巧妙交叉并置，而且还自如地使用戏仿、改写、拟写和互文等叙事手段，小说因其高超的叙述技巧，而被称为后现代主义的经典巨著。爱玛·坦南特对小说技巧的实验则更多的表现在对经典小说、神话和故事的改写，从女性主义角度再现文本的主题，力图颠覆男权话语和对女性的传统道德观。例如：她的《石头女王》（Queen of Stones，1982）和《伦敦的两个女人》（Two Women of London，1989）分别通过对威廉·戈尔丁的《蝇王》（Lord of the Flies，1954）和罗伯特·斯蒂文森的《化身博士》（Dr. Jekyll and Mr. Hyde，1986）的改写探讨女性与暴力之间的关系。

接下来，让我们聚焦于艾丽斯·默多克的小说《黑王子》来探查现实主义与后现代主义叙事手法的多元融合途径。

正如具有"极端形式主义"小说之称的 B·S·约翰逊曾经公开声称："生活中没有故事。生活混乱无序、变化无常，选择才能从生活中榨取一个故事。这无疑是谎言，讲故事其实是说谎"②。在他看来，小说是作家凭借自己的想象虚构而成的作品，它无法真实反映生活。"你怎么能通过虚构的小说来传达真实呢？真实和虚构这两个术语是对立的，这显然不符合逻辑"③。但默

---

① Deborah Bowen. "Preserving Appearance: Photography and the Postmodern Realism of Anita Brookner," Mosaic: A Journal for the Interdisciplinary Study of Literature 28. 2 (June 1995): 123-148.

② 李维屏：《英国小说艺术史》，上海：上海外语教育出版社，2003，第 326 页。

③ 同上。

多克创造性地解决了这一矛盾，她将布拉德利"爱的庆典"的虚构文本置于其他五位虚构作者的文本中，体现出一种独特的"棱镜效果"，使六面镜子共同折射出一个真实的主题，成为爱与艺术、自我与他人形而上学的相会之处。"爱是对个体的感知，爱是极其艰难地认识到自我以外的东西的存在……爱是对真实的发现，艺术和道德也是这样"①。对艺术家来说，最难的事就是认清并表现出人们彼此不同的本质。对"个体真正的理解"要求"思想的统一性"与"思想的独特性"相结合，前者让"零碎的生活"接受"艺术化的形式"，后者"抵制整理和分类，区别对待各类现象"②。小说中现实主义和后现代主义叙事手法的融合促成的文本间的互动，"最好也最令人尴尬地象征了艺术和生活的杂乱之间的密切关系"③，消除了自我和他人的隔阂，从而展示了完整的人生。

围绕爱和艺术的主题，默多克采用了后现代主义的叙事方法，即"元小说"的创作手法。帕特里夏·沃认为"元小说式的写作展示小说创作的常规，清晰地呈现创作行为状况，从而探求生活与虚构之间的关系"④。在布拉德利的故事正文外，默多克让一位名叫"罗克希尔斯"的编辑写了一个"前言"和"后记"。让叙述者布拉德利也写了一个"前言"和"后记"，并让四个剧中人物各写了一个"后记"，于是文本变成了故事和评论的混合体，更加突出了小说创作的虚构特征。然而通过人物、读者、作者三位一体的"复调"叙述文本的多样性及虚构作者与隐含作者的比较分析，我们领略到"元小说"这一后现代叙事艺术的开放性和包容性，及其所构筑的真实世界。

故事中的四个人物，在他们写的后记中纷纷质疑了布拉德利的故事。但他们并不互相认同，由布拉德利笔下的人物到故事外的读者，最后成为自己的作者，个人的声音越来越强，从而构成了丰富多彩的"复调"叙述。"复调"叙述是巴赫金借用了音乐学中的术语"复调"来说明这种小说创作中的"多声部"现象，"众多的地位平等的意识连同它们各自的世界，结合在某个统一的事件之中，而互相间不发生融合"⑤。作为布拉德利曾经的女性伴侣，克里斯蒂安、蕾切尔和朱莉安都极力反驳布拉德利在故事中的描述：克里斯蒂安不但

---

① Iris Murdoch. "The Sublime and the Good," Chicago Review, 1959 (13). p. 51.

② Iris Murdoch. "Metaphysics as a Guild to Morals." London: Chatto & Windus, 1992. p. 93.

③ Loma Sage. Women in the House of Fiction. London: the Macmillan Press, 1992. p. 28.

④ Patricia Waugh. Metafition: The Theory and Practice of Self-conscious Fictiom. New York: Methuen, 1984. p. 46.

⑤ 朱立元：《当代西方文艺理论（第二版）》，上海：华东师范大学出版社，2005 年，第 261 页。

否认自己"如何支配他,如何获取他的欢心"(432)①,而且认为"整个故事只在演示布拉德利对(她)的爱恋"(433);蕾切尔则断言布拉德利"把他与(她)家的关系中的一切都颠倒了"(444),嘲讽他"期望与(她)做爱的幻想",并认为"他这种不幸的爱情也解释了他虚构与(她)女儿的情感故事的原因"(446);朱莉安则表示故事中的她"不是一个令人信服的人物"(449),并"大体赞同她母亲的话"(457)。从表面上看,这些"复调"叙述似乎是布拉德利爱情故事里性别斗争的延续,但其内在的共性,即三位女性都极力否认自己的爱而相信布拉德利的爱,正是对布拉德利爱情故事的有力证明。而作为后期作者中唯一的男性,弗朗西斯尤为值得我们关注。在故事中他是个可怜的失败者、同性恋,是个可以让人们随意使唤的小人物,时常在布拉德利身边扮演传统女性的角色,如为他打理家务、照顾妹妹等,从而模糊了文本人物的性别界限。而作为后期作者的弗朗西斯则用他所谓的"科学"分析出了布拉德利对他"那种掩饰不当的爱"(440),这样就扩大了文本爱情的性别范畴,这里的爱似乎已不再局限于男女之间,而成为每个人的内心渴望。于是这四个人物所组成的"复调叙述"解构了第一人称男性视角下的性别政治,构筑了这个"关于爱的故事"(1)本身的真实性。

面对文本内部多个文本并置的不确定性,我们不禁要问:"这充满后现代色彩的文本意义何在呢?"在此有必要先弄清楚虚构作者与隐含作者的概念。虚构作者是默多克这部"元小说"作品的一大特色,她不仅虚构了正文故事"爱的庆典"的作者和编辑,还虚构了四个后记作者,他们都成为文本类第一人称叙述者,而隐含作者则兼具文本性和主体性,既是"以文本为基础的建构物"②,又是"真实作者的第二自我"③,所以我们应该在虚构作者和真实作者之间寻找隐含作者的声音,从而解开文本内多个文本并置不悖之谜。在虚构作者布拉德利试图用艺术来美化爱情的不可靠叙述中,我们体会到了"隐含作者如何跟与其对应的隐含读者进行秘密交流,从而产生反讽叙事者的效果"④。而在政治与作者身份出现在了前言和后记中后,布拉德利努力用艺术家的眼光看待自己的作品,隐含作者的声音就更加明显了。在前言中他这样写

---

① 艾丽斯·默多克:《黑王子》,萧安溥、李郊译,南京:译林出版社,2008 年。后文出自统一引文,将随文标出出处页码,不在另行作注。

② 申丹:《叙事、文本与潜文本——重读英美经典短篇小说》,北京:北京大学出版社,2009 年,第 39 页。

③ 同上,第 59 页。

④ 同上,第 52 页。

道："真正的政治不外乎是为自由流干的眼泪和无休无止的斗争。没有自由，就没有艺术，也就没有真理"（11）。这里的"艺术"不再是唯美的光环，而是将政治、自由和真理联系起来，最终指向真实的创作活动。由此可见，当布拉德利渴望艺术的境界时，是能够看到自己作品的局限性的，正如他在后记中评论的那样："大多数艺术家之所以仅仅是自己小天地里的二流诗人，因为他们只是一种嗓音，只能唱一首歌"（418）。这无疑是对隐含作者所采用的"复调"叙述的明确肯定。

在编辑后记中，布拉德利及罗克希尔斯都被认为是"子虚乌有，是某个名不见经传的作家的虚构"（457）。在此，真实作者墨多克不仅嘲弄了自己笔下的虚构作者，而且也将自己作为作者的权威地位降到最低。在她看来，"一部小说就像一座房子，可供角色自由的生活。它应当尊重现实和它的各种偶合性方式，并与完美的形式结合起来，这才是最高层次的散文艺术"①。默多克认为莎士比亚是创作了这种"最高层次的散文艺术"的典范，"也许只有莎士比亚才能成功地在最高层次上创造形象和人物"②。然而与莎士比亚魔幻般的现实主义手法不同，默多克采用虚构人物作者创作多个文本的后现代叙事艺术，使得人物的真实性在文本的多样性中得到体现，从而建构的一种充满自由人物独立力量的开放性结构。于是在这个充满不确定性的后现代主义文本里，我们看到了艺术对现实生活的明确指向。

无独有偶，克里斯蒂娜·斯台德也在其代表性小说《热爱孩子的男人》（以下简称《热爱》）中，同样用"复调"小说理论展现出多重声音交织而成的魅力。在这部小说世界里，"到处都有一些观念、思想和话语分属于几个互不相融合的声音，在每种声音中又独有意蕴。作者创作的意向所在……恰好是通过多种不同的声音展现主题"③。斯台德淋漓尽致地表现出这种多声的艺术特点，使众多的命运和思想汇聚出对话，引发读者更多角度、更深层次、更具个性的思考和解读，这恰恰是斯台德小说在被埋没多年之后重新焕发出其艺术魅力的根本原因之一。由于《热爱》是有多重声音结构而成，思想通过多种声音的对话展现出来，而对话是不会完结的，不能形成定论，这使小说具有未完成性。例如《热爱》的结局便是一种开放的未完成。亨妮的死并没有使萨

---

① Iris Murdoch. "The Sublime and the Beautiful Revisited." in Peter J. Conradi ed. Existentialists and Mystics. London：Chatto & Windus，1995. p. 285-286.

② Iris Murdoch. "Against Dryness A Polemical Sketch，" Macolm Bradbury ed. The Novel Today. London：Chatto & Windus，1995. p. 31.

③ M. 巴赫金：《诗学与访谈》，白春仁等译，石家庄：河北教育出版社，1998 年，第 369 页。

姆改变什么。他收养了妹妹邦妮的私生子，又将有一个孩子在他的控制下成长，他继续做孩子王，工作也有着落了。对萨姆而言，一切仿佛回到最初，甚至更好了。萨姆拥有这样一个"完美"结局，是否意味着之前路易和亨妮对他的种种指控是有失偏颇的呢？而路易决定离家出走，她会不会也遇到像波拉特这样的家庭，她到"世界散步"的结果会如她所愿吗？一切不得而知。这又使的小说打破宏大叙事的神话，而呈现出后现代的意味。

此外，斯台德的"多重声音"叙事效果还有另一层更深层意义。琼·利道夫认为：斯泰德小说经常表现的道德主题是反对自我中心主义，她采用多重声音的形式是为了获得比自我中心主义者更广阔的视野，并以此来反对自我中心主义①。但细读一下便会发现，斯台德不仅仅反对这种自我中心主义，更表达出了对父权制度下男性的单一声音——话语霸权的强烈反对。法国女权主义者吕西·依利加雷（Luce Irigaray）认为："女人真实的他性被化简为同一中的他者的他性。女人既在话语中出现，也在话语中消失。女人作为同一中的他者角色出现在话语中，这是话语一致性的保证"②。男性主宰着哲学、社会和话语，女性的言语只能是男性的反射，女性是永远的"他者"，而且是男性构建的"他者"。在依利家雷看来，父权社会是单一声音的社会，是在男性话语"同一"法则下运行的"同性恋"社会。女性的意志性被压迫，无法进行自我再现，女性的声音更是不被听见。斯台德在尊重人物独立意识的基础上让主要人物各发其声，使女性的声音上升到与男性声音平等的地位，并且在三个主要人物（萨姆、亨妮和路易）中两个是女性，这使得女性的声音更加强烈。所以在众多思想交火的地带，女性似乎拥有更多的火力。多重声音表达的不是一个思想和道德标准，而是呈现出众多思想的斗争。在一定程度上，对事实多重复杂性的尊重便是对女性的尊重，因为在男性单一话语主宰下的社会是稳定、牢固的，而这是以女性只能作为男性的反射物为前提条件的。因为一旦女性彰显自身的特性，一切将被重新估价，包括哲学、道德、法律等等。

斯台德运用"多重声音"的艺术手法是尊重两性的差异，不将一切化简为男性的"同一"法则的体现。现实的复杂是不可化简的，女性更是不可化简的。小说所展现的"多重声音"的世界便是为了展现女性的不同声音，摒

---

① John Lidoff. "Christina Stead." in Jean C. Stine, Daniel G, Matowski ed. Contemporary Literary Criticism Vol. 32. Michigan：Gale Research Company，1985. p. 416.

② 方亚中：《非一之性：依利加雷的性差异理论研究》，北京：外语教学与研究出版社，2008 年，第 70 页。

弃在父权社会下男性话语统治下的死气沉沉的"同一"社会，还原了一个多重声音汇聚的、喧嚣的，但却是真实的世界。

同样的，多丽斯·莱辛也在其短篇小说《喷泉池中的宝物》（*Out of the Fountain*）中通过现实和虚构的转换、物质与精神的对峙与冲突，体现了作者对人的终极存在价值的思考，体现了后现代叙事策略隐藏在文表面文本之下的深层含义。

这部小说以一个陌生人的角度，用轻松诙谐的语气讲述了一个有关理想和追求的沉重、深邃的话题。年近四十的钻石打磨匠伊甫瑞姆到亚历山大港为一个富商之女打造钻石，完工后他应邀到富商家里参加晚宴，期间邂逅了富商家的千金米润，并对她带假珍珠的事耿耿于怀。他用自己的积蓄买了个美轮美奂的珍珠送给米润，而这颗珍珠也从此改变了两个人的人生轨迹。米润解除了同保罗的婚约，甘愿放弃养尊处优的生活，嫁给一个"在正常情况下，她绝对不会认识"的意大利工程师，成了一个贫穷的家庭主妇。而偶然的相遇使伊甫瑞姆内心深处从此怀揣了一个美好的梦想，他辗转多年收集了许许多多的宝石，一心想要打造一盘由各色珠宝拼成的玫瑰送给米润。两个只有两面之缘的人四年后在街头重逢：如今米润已成了穷困潦倒的妇人，她饥肠辘辘却不肯把缝在衣裙里的那颗曾经给过她勇气、价值不菲的珍珠卖掉。这篇小说虽然只有寥寥数千字，但它的叙事结构却是独特的、耐人寻味的。小说采用"故事套故事"的框架式结构，在故事开始时，作者提引了一个总的框架，导出故事。她放弃了上帝式全知全能的叙述视角，始终在自己和故事之间隔开一段距离，以一个旁观者的身份聆听他人讲述故事，对整个故事进行客观冷静地审视。早在 19 世纪就有很多文学大师采用这种独特的叙述结构来反映小说的深刻主题，如马克·吐温（Mark Twain）发表于 1865 年的《加拉维拉县驰名的跳蛙》（*The Celebrated Jumping Frog of Caraveras County*）以及约瑟夫·康拉德（Joseph Conrad）发表于 1897 年的《礁湖》（*The Lagoon*）。在这种"故事套故事"的叙述结构中，作者始终躲在故事叙述者的身后，其实作者"从叙述中隐藏起来，其目的只是为了更好的'显露'，对叙述视角进行限制，其目的是为了让叙事获得更大的自由"①。莱辛在该小说中采用的"客观化叙事"完全放弃作者对读者进行"引导"的权利，而是留给读者想象和思考的空间，让读者自己进行是非评价。小说框架中的时间结构是想象和现实交混的两种序列。作者在故事开始及结束时提到的巴黎机场把读者从想象的虚构世界带到现实社会

---

① 格非：《小说叙事研究》，北京：清华大学出版社，2002 年，第 184 页。

中。在这个现实的框架结构中，叙述者获得了讲述故事的空间与时间，他讲述的故事就更加凸显出其虚构性。整个故事从开始到结束都像是被一团浓雾笼罩着，作者到处设置暗语，处处有玄机，其目的都是为了提醒读者这只是个虚构的故事。读完整篇小说，读者恍如坠入虚构与现实的叙述迷宫中，游走在虚构与现实之间。作者借用这种独特的叙事结构向读者传递了这样一个信息：现实再也不是一个充满戏剧性的圆满的线性结构，而是充满偶然性的、松散事实的总和①。这样的现实总是给人们一种虚幻的想象，现实与虚构的界限变得越来越模糊。小说采用"套中套"的结构是真实和虚构交替出现、相互交叉，以虚构的故事来揭露现实社会的不完美。

除了故事的虚实给读者设置了阅读的障碍外，讲述者的身份也犹如笼罩在机场上空的浓雾，给读者一种扑朔迷离、云里雾里的感觉。对于他的身份，作者并没有做明确的交代，讲故事的人一开始出场时，作者是这样介绍他的："旅客中有一个起今还没有讲过话的人在这时开口说"②。这样的介绍并没有向读者透露任何关于叙述者的信息。当他讲完故事后，乘客中有人质疑他会不会就是故事的主人公伊甫瑞姆，然而这个猜疑被作者否认了，那么他怎么会了解发生在主人公身上的事情？当依甫瑞姆向广场上的人群散落珠宝石时，他是在场的。叙述者承认他认识依甫瑞姆，他们认识已经接近五十年了"。故事接近尾声时，作者又提到了罗森博士，罗森博士是故事讲述者吗？看完全文，读者正在针对故事讲述者的身份感到疑云重重。作者为什么要安排这样一个身份不明的人物向大家讲述故事呢？这样一个虚构人物所讲述的故事可信度高吗？其实这样的安排主要是为了主题的表达服务的。这种若即若离的讲述就像半山腰间的云雾，时不时把主峰挡住，使小说的主题若隐若现，增强了作品结构的流动性和开放性，是对传统小说叙述形式的一种突破。传统小说经常采用全知全能视角，叙述者是无所不知的"上帝"。而在《喷水池中的宝物》一文中，作者采用的是有限视角，人物的言行、外表、背景只能通过某一在场人物传递给机场上听故事的乘客以及小说的读者。作者主要是想通过这样一个故事反映二战后英国的社会状况和人们的精神状态。第二次世界大战持续时间之长久、破坏程度之强烈都是前所未有的，给英国人民带来沉重的精神创伤，人们的精神信仰出现了空前的危机感，对于传统价值的信念都流于幻灭，各种权威也都受到不同程度的挑战。随着尼采"上帝之死"的提出，罗兰·巴特也发出了

① 格非：《小说叙事研究》，北京：清华大学出版社，2002年，第7页。
② 多丽丝·莱辛：《另外那个女人》，傅惟慈译，杭州：浙江文艺出版社，2003年，第103页。

"作者已死"的言论，在文学写作中作者的权威也受到了挑战。作者不再是全知全能的"上帝"，而只是一个不介入故事，不做道德、是非判断的局外人。作者采用一个不可靠的叙述声音来为我们讲述故事，是想提醒读者时刻牢记这只是个故事，它是虚构的，进而引导读者对社会现实进行思考。通过这种特殊的叙述视角，现实和想象的对立矛盾得到了深刻的揭露。

战争使"一切都在解体"，战后的社会是一个四分五裂的社会。社会主体不再是稳定的、统一的主体，人们不再拥有统一的世界观及人格，而是变得分裂、破碎和不稳定。作者对传统叙述形式进行革新，叙述结构很好地表达了分裂的社会现状。其开放式的结尾更是给读者留下了想象的空间，启发读者对人生意义进行思索。在使用独特的叙述结构来表现小说主题的同时，作者还采用了具有象征意义的特殊意象，使小说的主题得到了进一步的深化。

象征是文学创作中的一种艺术手法，它借助具体可以感知的事物或形象来揭示某种抽象的概念、思想和情感，化抽象为具体，从而诱发读者的想象力和联想力。美国学者劳伦斯·坡林指出："象征的定义可以粗略地说成是某种东西的含义大于其本身"，"象征意味着既是它所说的，同时也超过它所说的"[1]。小说的象征描写使小说具有一种暗示意识，使小说搭建起超越于表层之上的审美空间，从而使小说诗意化、哲理化和形象化[2]。莱辛善于运用象征性的事物来揭示具体事物背后的深层含义。在短篇小说《喷水池中的宝物》中，莱辛通过对雾、月亮和珍珠等象征意义的形象化叙事，赋予了这些事物丰富多彩的深层寓意。象征手法的有效运用增加了小说叙事的跌宕起伏感，对小说的主题起了很好的烘托作用。

首先，在《喷水池中的宝物》中，"雾"的意象贯穿于整部作品，对小说的内容起了一种象征性黏合的作用。由雾创造出来的喻象氛围极大地增加了作品的艺术感染力。对于作者来说，这个故事是"从一场大雾开始的"（102）。因为大雾延误了航班，素不相识的乘客才有机会围坐在一起聊天，叙述者也才有机会向大家叙述这个发人深省的故事。故事一开始，乘客们就分享着跟金钱有关的趣事，作者强调"这段开场白告诉读者，故事发生的时间至少叫我们知道那时正大雾笼罩"（102）。当故事讲述者在犹豫有没有时间跟其他乘客分享这个他"极其珍爱"的故事时，"餐厅的大玻璃窗外又出现了像大块儿丝绸一样闪亮的雾团"（104）。飞机起飞的时间又要延迟，为旅客赢得了讲述的宝

---

① 劳·坡林：《谈诗的象征》，载《世界文学》，1981（5），第56—59页。
② 施军：《叙事的诗意：中国现代小说与象征》，北京：人民出版社，2007，第279页。

贵时间。故事开始时，叙述者假设了故事的两种开场，但随即又被他否认了，因为"如果是这种情况，这个故事就不会这样开头了，不会跟下雾发生任何关系"（104）。当故事讲完时，作者乘坐的班机也即将起飞，"机场的起飞跑道上仍然留着一些透明的薄雾"（121）。"雾"的意象一再被提及，小说中无所不在的雾已超出其本身的含义，而被当做一种意象。作者借助雾的意象到底向读者传递一个怎样的信息呢？小说中的故事发生于二战期间。当伊甫瑞姆与米润再次在一个小广场上相遇时，二战刚好结束。经过战争的洗礼，英国从一个"日不落"帝国最终衰弱成在欧洲只能屈居第二的国家。整个是会显得萎靡不振，人们消沉的情绪弥漫在整个空气中。作者借助雾的意象渲染笼罩在人们精神世界的愁云。战争动摇了人们的传统信仰，对现有社会秩序的安全感和传统价值的信念都流于幻灭，人们的精神世界被战争的浓雾笼罩着，大家都感到迷茫，看不到出路在何方。同时，作者采用迷雾的意象是有意混淆现实和虚构的区分。雾掩盖了真实的世界，使真实不再真实，它象征着隔在幻想与现实世界之间的一道屏障。战争使人们的人生观发生极大的变化，人们对金钱的崇拜已经达到了顶礼膜拜的程度。在物欲横流的社会里，伊甫瑞姆用自己积攒下来舍不得花的钱为米润买了一颗极其完美的珍珠，并"毫无索取回报之心"（108）。珍珠唤醒了米润的自我意识，即使在"丈夫战火中身亡，第二个孩子再过几个月就要分娩"（113）的最困难的情况下，她也是珍藏着那颗珍珠，舍不得把它卖掉。尽管如果卖掉它，自己就可以舒舒服服地过日子了。这样一种对美和和谐的崇高的精神追求与纸醉金迷的社会现实相互映衬，引起了读者的震撼。这个贯穿始终，并得到反复渲染的"雾"的意象给作品涂上了一层浓重的象征色彩，一切都变得虚虚实实。在虚实的置换中，人们对于个人存在的价值感到迷茫、困惑，陷入了苦闷和彷徨。

接下来，"月亮"作为一种充满诗意的文学意象，深得中外作家的厚爱，屡屡出现在文学作品中，作家常被其恬淡、纯洁之美吸引，但也为其残缺无光而感叹。在文学作品中，作家常常借助月亮的永恒不变来衬托人世的变迁和离别。在小说《喷水池中的宝物》中，虽然只有两个地方对月亮进行描述，但作为一种象征性意象——"月亮"已超出了其自身的含义，它感应着人物的特定情绪和瞬间感受，从而有机的嵌入到人物的心理过程。小说中的月亮意象暗含了某种不可见的意蕴，留给读者无尽的启示。作者第一次对月亮进行描述是在伊甫瑞姆第二次参加富商的家宴后，他们坐在露台上喝咖啡，当他把一颗美轮美奂的珍珠送给了米润时，那时"月亮已经升到露台上的顶空，再过两天就要全圆了"（109）。此时的月色是温馨的、浪漫的。这样的月色容易引起人的遐想，它象征着年轻美丽的米润。那时的米润只有 20 岁，她"一直生活在一个得天独厚的豪华环境里"（106），从来不知忧愁的滋味。再过三个星期她就要结婚了，婚后啊"她的生活方式不会有任何的变化"，仍将继续过着富裕、奢华的上流社会生活。此时的米润正如那将要全圆的月亮，她身着一袭纱衣，纯洁而清新，如同出水芙蓉，闪烁着熠熠光辉。通过每一个月色，我们可以领略到米润那份让伊甫瑞姆无法抗拒的美。伊甫瑞姆不再有初次见到带着假珍珠的米润时的那种如坐针毡的感觉。那种美好的月色象征着美与和谐的情愫。然而人有悲欢离合，月有阴晴圆缺。月有盈亦会有亏。作者再次描写月亮是在伊甫瑞姆与米润在小广场上重逢时："小广场上空升起一轮瘦脊、惨淡的月亮"（118）。当两人再一次重逢时早已是物是人非，米润"已经从原来的生活模式中剥离出来"（121），成了一位贫穷的寡妇，"穿着一件不知洗了多少次的印花旧衣服"（117），正怀着孕，生活过的窘迫不堪，与伊甫瑞姆初次见到的那个无忧无虑、年轻漂亮的少女判若两人。此时的月亮是瘦脊的，月色是惨淡的。月色的晦暗使人联想到人生的不完美，浸透了生命中种种苍凉的情绪，这种月色增添了现实社会残酷和伤感的氛围。米润当初因为被唤醒了自我意识，怀揣着梦想，毅然从精神的荒原出发，追求更加美好的人生，希冀取得精神的升华。然而残酷的现实却把她的梦想撞击的粉碎，一切对她来说都已变得无关紧要了。两处不同的月色描述象征着米润两种不同的人生境遇，她的命运起伏引起了读者关于存在的终极价值的深思。

　　最后是"珍珠"的意象。珍珠是大自然的璀璨奇迹，它具有规律的色彩和高雅的气质，象征着富贵和幸福，自古以来就为人们所喜爱。在《喷泉池中的宝物》中，珍珠对整个故事的转折起着举足轻重的作用。因为到亚历山大港为一位富商的女儿打磨钻石，伊甫瑞姆才有幸邂逅富商的女儿米润。米润身上带的假珍珠让伊甫瑞姆看到了完美背后的瑕疵，他用自己辛苦积攒下来的钱给米润买了个"极其完美"的珍珠。而正是这颗"极其完美"的珍珠使两个人的人生都有了转向。珍珠唤醒了米润的自我意识，并坚定了她的决心，她毅然拒绝了三周后就要举行的婚礼，嫁给了一个"除了工薪收入以外别无资产，也没有特殊发展前途"（111）的意大利工程师。放弃了荣华富的生活后，米润成了一名贫穷的家庭主妇，珍珠并没有像传说中那样给她带来幸福。米润的生活极其艰辛，关于这颗珍珠的回忆却成了她唯一的精神支撑。无论现实如何残酷，丈夫战死，孩子夭折，她依然可以坚强地活下来，因为她想象着自己的价值也有如这颗珍珠熠熠生辉。即使在最困难的时候，她也舍不得把珍珠卖掉。一颗珍珠带给了米润无限的遐想，她借此熬过了人生最艰难的日子。珍珠成了米润走向成熟和获取人生知识的象征。珍珠给了米润出行的勇气，米润的出走虽然使她失去了物质的乐园，但她的精神却因为有了珍珠的滋润而获得升华和救赎，进入了崇高的境界。带着苦苦搜集的一盒宝石度过了战火纷飞的四年，他也不知道是否要把它们献给米润，因为他的记忆已经变得越来越像一份陈旧的月份牌了，只是时常在梦幻中出现一个穿着月光纱衣的美丽少女。两条没有交叉的平行线却因为一颗珍珠的种种想象而变得曲曲折折。他们不约而同的始终执拗地坚持着什么。当两人最终偶然相遇时，钻石匠所有的美丽幻想顷刻间都破灭了，米润也突然觉得一切都无关紧要了。象征美好的珍珠在小说中带给两个人的似乎更多的是悲剧和厄运。通过珍珠这个象征意象，莱辛究竟想传递给读者一个怎样的信息呢？珍珠在唤醒米润的自我意识的同时，也使伊甫瑞姆的生命因为有了追求而变得更加充实，他们都感受到生命的价值和生存的意义。虽然现实社会中的"珍珠"并没有想象中的美好，但作者主要是借助伊甫瑞姆和米润的幻灭来揭露现实社会的真实面貌。他们的生活越是不尽如人意，在他们对立面的那个无声而残酷的社会现实的面貌就越是清晰。作者对这些象征符号独具匠心的运用不仅加深了文章的内涵，而且使之更具艺术感染力，使整部作品有了更加深精深、恒久的艺术生命。

第七章　女性话语的童话化内涵变革

"神话是飞扬的现实"。进入后现代的世界，思想家及文论家建构起一个语言游戏的迷宫，在这个由各种符号搭建的世界中，文学作品的生产与再生产必须经由读者参与才能实现其意义和价值，读者的需求口味反过来不断"刺激"着作品的生产复制。戏仿的行为越发普遍，对经典作品的修正、改写甚至颠覆，将耳熟能详的故事情节拆分、组装，巴塞尔姆的《白雪公主》就是如此拼接、粘贴而成的。反偶像、反英雄的嬉戏态势并不仅仅表现在文学领域，伴随着视觉文化消费品制造"灰姑娘""白雪公主"……泡沫的同时，影像生产也已从浪漫经典进入到通俗大众化的解构时代。在此基础上，放眼 20 世纪的英国女性小说，不论是现代派、还是后现代派作家，一方面她们仍不约而同的把"女性"作为自己共同关注的主题，但是，另一方面她们亦不禁发现：仅仅用"女性主义"来概括这一时期的女性小说恰恰背离了其多元、广阔的特点。正如我们不会单列出男性小说家一样，我们本也不该采取这样一种分类法，这样做的目的主要是为了发掘女性作家有别于男性作家的性别文化和视角。女性主义思想框架已经很难涵盖对她们作品的解读，事实上，大部分战后英国女性作家的创作已经远远超出了女性主义思想的范畴。她们在创作实践中逐渐不再把自己写作的对象圈于女性，而是不断地拓宽关注的视野，放眼全人类的发展变化。

第一节　"旧瓶装新酒"——戏仿经典童话故事

以"旧瓶装新酒"，这是小说家们常用的手法，女性作家也不例外，她们继承前人的传统、技巧，同时能以女性的出发点加以创新，不失时机在作品中加入了"道德补品",极富营养,又迎合读者群的口味。人们熟知的传统"灰姑娘"成为一种深层心理结构,塑造了女性的生存状态,它也在女性作家的精心点染中按照女性追梦般的喜好和时代"心意"悄然"变装",在原有的固定模式基础上稍加改造,如奥斯丁笔下那些待字闺中的女主人公,在早期作品中,她们的样貌、人品才智方面都是堪称一流的宠儿,仍在高尚淑女的理想典范之列,而后期作品如《劝导》中的安妮,年华已逝,外貌优雅迷人的主人公悄然变为无足轻重的女子;《爱玛》中的主人公更令人"生气",沾沾自喜、自以为是,还多次错误判断,做出棒打鸳鸯的蠢事;《简·爱》的主角更非"屋里的天使",从小就是"不讨人喜欢的鬼丫头",毫无姿色且自小就不顺从、无才无貌;特立独行的艾米丽·勃朗特更为出格,在作品中抛弃淑女生活和形象,是个充满原始野性的人物,成为孤魂野鬼也还在心心念念地找寻"自我"的灵魂,她超越时代的换装让当时的读者甚至她的姐姐夏洛蒂都不敢苟同。除了这些显而易见的形象转变,女性价值观也随之"现代化",无论是奥斯丁笔下的地主乡绅阶层,还是勃朗特姐妹人群中自食其力的雇佣知识分子,理智、才行,还有自谦、自尊乃至自立都成为以往模式中不曾存在的精神内涵。

利用原型模式,述说心灵故事,反映并满足了边缘女性变化中的心理需求,灰姑娘的变化其实反映出淑女们逐步的反抗。"原型的反复性昭示着人们对于某些永恒主题、某些终极问题的关注……人类的文艺又是在不断的试图超越原型模式,以满足人的不断变化的精神需求"①。"所有伟大的小说也都是伟大的童话",(纳博科夫《优秀读者和优秀作家》)②,19 世纪女性作家,哪怕不是那么主动,也是自然而然的讲述着童话般的故事,来自现实生活的感受以及童话模式中那些永不"褪色"的母题,总能为女作家们提供创作灵感和思路,她们诉说的故事呈现某一时代特有的景象,同时也不厌其烦地一遍遍重述女性在不同历史阶段的精神成长故事。

她们笔下的人物虽处弱势,但往往有着坚定的意志和超凡的活动能力,男性化语中的女性常常被分裂为两极:"天使"——"魔鬼"或"仙子"——"巫婆"各据一端,维多利亚时期的男性作家狄更斯,其作品包含的简单的二元两极——理想化/妖魔化的女性形象,代表着男性叙事的典型特征。远古神话中的女性形象提供了"妖魔化"女性的原型,美杜莎、赛壬、斯芬克斯的

① 程金城:《原型批评与重释》,东方出版社,1998 年,第 304 页。
② 转引自王天兵:《西方自有宗师妙、汉译难观对属能——从几本名著看翻译问题》,《中华读书报》,2006 年 4 月 12 日。

形象在文本中时隐时现。而维多利亚时期"低模仿的"女性言说,描摹自我生活的常态,她们身处社会边缘,但以言说、书写的形态表现真实内心,文本中充满跃跃欲试的生命活力。伴随时代的进程,现实中女性与日俱增地参与社会活动,她们跟随时代的步伐,以更为直接的政治方式,力图主动积极的改变自身的命运。现当代的走势日渐明朗,在当代的文本创作中,颠覆男权话语,建构女性时代形象的文本愈发引人注目。英国有不少作家仍继续着童话述说,她们更为自觉主动地用"旧瓶装新酒"的方式进行着传述,"所有这些作家们都认为她们正重塑古老的故事,每次述说都是古老故事的新版本,同时又是一个新的开端"①。作家自然地遵循着艺术发展规律,体现出文艺发展中传承与突破两方面相辅相成的规律性现象,在故事中建筑现实家园和精神家园。

20 世纪的女性作家以自己的话语书写实践,试图破解男性话语的魔咒,她们借由"姐妹情谊",小心翼翼地采用替身策略树立自我的规范,建构自我的真实形象,她们不自觉地重述并重塑童话。承袭 19 世纪的余脉,20 世纪乃至当今的女作家开始大刀阔斧地动用童话的"叙述",以安杰拉·凯特为代表的作家大胆地改写经典童话,《与狼作伴》融恐怖、柔情、性爱和寓意于一体,对《血淋淋的卧室》《白雪公主》《美女与野兽》等作品矫枉过正地改写,表现出激进女权主义者彻底颠覆男权的强烈欲望。19 世纪女性作家含蓄内敛的笔法、童话式的叙说策略,在 20 世纪已演变为大张旗鼓地改造童话,"每一个时代都根据这一个时代的趣味创作或改写童话",卡特正是按照她的这一认识,根据当代人的观念情趣改造童话,其目的是教化儿童与成人。

男性作家拆借童话元素的创作倾向,是力图透视历史的真实的后现代的表现方式之一。唐纳德·巴塞尔姆作为美国后现代派的代表人物,以戏仿的《白雪公主》获得美国"全国图书奖",经典童话摇身变为现代都市的传奇故事,《玻璃山》改写了北欧神话,也被视为后现代的一个寓言。无论是反讽的罗曼司的创作意图,还是扰乱传统故事真假性的当代隐喻,现当代男、女作家不约而同地面向神话、童话找寻原材料,这或许从一个侧面看到了某种同步性:我们正需要从人类原初文化符号中,寻觅人类生命的真实,汲取诗意的灵感,从艺术的源头关注人类处境和人类自身。

接下来让我们把目光聚焦于安杰拉·凯特这位女作家及其作品的创作上,以她为代表来宏观探究一下现当代英国女作家是如何在继承、发掘和大胆变革传统神话、童话中以"原型女神""原型公主"为代表的母系社会进行了彻底

---

① Elizabeth Wanning Harries. Twice Upon a Time: Women Writers and the History of the Fairy Tale. Princeton University Press, 2001. p. 161.

地戏讽的。

卡特集记者、小说家、剧作家和评论家于一身，为20世纪最令人怀念的已故作家之一。她的作品具有典型的魔幻现实主义风格，其中揉进了哥特主题、后现代折中主义、思想暴力和情爱等成分，最为突出的莫过于将后现代主义与女权主义政治结合在一起的创作方式。她对民间传说和神话、童话故事的浓厚兴趣及采集工作推动了人们对类似题材的研究，出现了以神话、童话故事为主题的儿童文学的发展。

卡特本人对童话也颇有研究，除了创作过几篇艺术童话之外，她不仅在1977年发表了佩罗童话英译本并写了一篇颇有深度的序言，还精心编辑了三本童话集，如《悍妇童话集》。值得一提的是，卡特在该书的简介中为前工业时代的民间口述童话下了个定义："虽然这本书叫《悍妇童话集》，但在下列故事中，你几乎看不到真正的仙女。确实有会说话的野兽在更高或更低程度上具有超自然的存在，许多事件的序列有点违反物理法则。但是，几乎不存在仙女。因为'童话'是一种比喻，我们用来描述大量无穷无尽、种类繁多的叙事。无论是很久很久以前，还是现在，有时仍然可以通过口头传播——这些故事没有众所周知的创作者，说故事的人可以一再修改故事，'童话'是穷人永久、不断更新的娱乐形式"①。而此类童话往往不关注具体时代，故事似乎发生在一个永恒而封闭的空间。因为，"一般而言，民间童话往往篇幅短小，多为人们长期口头叙述并流传下来的故事，它的内容没有时间或空间上的界限，情节单纯，语言质朴，幻想神奇，气质天真"②。卡特论及传统童话故事自觉的虚构性时也间接触及了叙述时间的模糊性："亚美尼亚故事讲述人喜欢的程式性开头之一是：从前有、没有，从前有个男孩儿。高深莫测的英国和法国童话的亚美尼亚变体既完全精确又绝对神秘：从前、不存在这样的从前……"③而反观前工业时代就流传于英国的童话《福克斯先生》（实际上是蓝胡子母题的变体），自始至终，读者看不见反映时代语境的印记，故事甚至略去惯用的"很久很久以前"，直接向受众介绍女主人公："淑女玛丽很年轻，淑女玛丽很美丽"④。而佩罗的艺术童话《蓝胡子》尽管根据其所处阶层、时代精神及儿童观对民间文本进行了大肆删改、修订，在叙事时间上仍然沿袭了民间叙述传统，故事的开篇如下："从前有个男人无论在镇上还是乡下都拥有许多豪宅，他用的是金银餐具，做的是绒绣椅子、镀金马车；但是，哎呀！上帝也赐予了

---

① Angela Carter. The Virgo Book of Fairy Tales. London：Virgo Press, 1990. p. ix.
② 刘文杰：《前言：德国浪漫主义时期童话研究》，北京：北京理工大学出版社，2009，第1页。
③ Angela Carter. The Virgo Book of Fairy Tales. London：Virgo Press, 1990. p. xi-xii.
④ Ibid, p. 8.

他蓝胡子，看起来很可怕，女人一见他就逃"①。那么，卡特是否为《血室》设置了具体的故事时间？表面上看，故事中并未呈现明确的时间标记，但这并不表明故事发生于民间童话的模糊时空或永恒时空，因为作者独具匠心地运用故事人物服饰、乘坐的交通工具等文化符码，巧妙而含蓄地暗示了故事的时间维度。

在《血室》中，故事的开端明显有别于民间童话或艺术童话，叙述者兼女主人公一句"我记得……"② 就将读者带入对往昔的追忆，进入"我"的内心世界：当时年仅 17 岁的"我"在新婚之夜乘坐火车跟随身为法国首富的丈夫前往位于布列塔尼的一座古堡。尽管暂时无法识别故事发生的精确年份，但火车是现代性的标志之一，至少暗示了工业时代的到来。随着叙事的推进，更多的时间性文化标志接踵而来，比如"我"追忆与侯爵成婚前夜观看歌剧时颇为自豪地提到："而且我身上穿的是一袭普瓦莱晚礼服"③。回首 19 世纪末 20 世纪初，世界时尚也刚刚兴起，而保罗·普瓦莱（1879-1944）正是引领时装业的先锋人物。"他是 20 世纪初活跃于世界时装界的著名设计师，服装线条细致流畅。在被称为'高级时装'的专门化生产领域，服装时尚的形成准确地说是 1880—1900 年的事"④。雅克·杜加斯特指出："在 20 世纪初，时尚引领者的国际交流更为频繁了。时装师保罗·普瓦莱与维也纳高级时装界保持着密切联系，尤其是与弗绿阁姐妹，她们在 1904 年创办了自己的时装店。保罗·普瓦莱也是第一个到欧洲各大城市以人体模特来展示自己款式的人"⑤。借此，叙述者看似轻描淡写的一句话就交代了真实的故事时间。在小说的第一部分，"我"仍然在夜行火车上浮想联翩："这只戒指，那条红宝石的染血绷带，满柜普瓦莱和沃尔思的衣裳，他身上俄罗斯皮革的味道——这一切全将我诱惑得如此彻底，使我对离开原先那切片面包和妈妈的世界毫无一丝悔憾"（4）。"我"再次提到了两种品牌的高级时装及其设计师的大牌大名。实际上，巴黎的第一个"时尚设计师"正是我提到的英国人沃尔思，他于 1858 年成为这方面的先驱者。"当年他在巴黎的和平街开始了第一家'时装店'，从此开创了

---

① Charles Perrault. The Fairy Tales of Charles Perrault. New York: Avon Books, 1979. p. 30.
② 安杰拉·卡特：《染血之室及其他故事》，严韵译，台北：行人出版社，2005 年，第 1 页。
③ 后文出自《染血之室及其他故事》的引文，将随文标注出处页码，不再另行作注。
④ 雅克·杜加斯特：《19 世纪和 20 世纪之交的欧洲文化生活》，黄艳红译，北京：中国人民大学出版社，2007 年，第 139 页。
⑤ 雅克·杜加斯特：《19 世纪和 20 世纪之交的欧洲文化生活》，黄艳红译，北京：中国人民大学出版社，2007 年，第 142 页。

一个家族世系。这个世系在 20 世纪上半叶的时尚倡导者行列中占据了一流的位置"①。沃尔思（1826-1895）是英裔设计师，将设计师主动为客户量身设计的观念带进业界，被誉为高级定制时装支父。有的学者认为，文本中的历史人物与现实中的人物可看作是一致的、重叠的。作者在此借主人工兼叙述者之后暗示了故事发生的大体时代。

此外，嵌入文本的许多法国象征主义画家的作品也间接强化了具体的时代语境。叙述者在第一部分提到丈夫逝去的第二任妻子："那张脸就是大家都看得到的了，每个人都画过她，但我最喜欢的是鲁东那幅版画《走在夜色边缘的晚星》"。姑且不论这句话的其他内涵，叙述者提到的真实人物——法国著名象征主义画家鲁东（1840-1916）就足以暗示故事人物的生活年代了。画家笔下的模特儿也走出油画，被作者移植到文本中，成为侯爵的第二任妻子。这种虚实结合的效果不仅彰显了卡特的独创性，也有力地强化了故事的真实感。

不仅如此，作者还将其他史诗自然融入文本的叙事中。众所周知，西方工业革命带来的现代化技术革新被广泛运用于当时人们的日常生活中。比照文本，我们看到富可敌国的侯爵已拥有汽车、电话，他的仆人也拥有了自行车。而女主人公远在巴黎的娘家也安装了电话，否则母亲就不可能察觉女儿的困境，并心急如焚、昼夜兼程地赶到千里之外协助她消灭恶魔丈夫。这些现代化交通、通信工具在文本中的出现绝非偶然，也并非卡特刻意运用年代错置手法，而是符合史实的。因此，上述文化标志都不容置疑地将故事发生的时代语境指向动荡不安的 19 世纪末 20 世纪初。而此时"法国社会经济取得巨大发展，资产阶级政治稳固并逐步制度化。与此同时，社会发生了深刻变革，尤其在教育领域进行了广泛的改革，大大巩固了共和政治的思想基础，特别是在妇女问题上发生了根本性的变革，妇女地位有了相应的提高"②。正因如此，小说《血室》的女主人公在巴黎音乐学院接受教育的文本"事实"在这语境下才显得合情合理、真实可信。此外，透过叙述者似乎不经意的眼光，读者也看到了摆在丈夫书桌上的小说《在那儿》。尽管刻意抹去具体时间的作者并未透露更多信息，但纵览法国文学史，读者会发现这是一本真实存在的书。她出版于 1891 年，是法国象征主义作家斯曼之作。这本书和其余出现在侯爵书房中暗示性极强的书籍构成了一个历时与共识交织的系统，并较为明晰的定位了故事发生的时间坐标，让读者感受到一种真实感与历史的厚重感。

---

① 雅克·杜加斯特：《19 世纪和 20 世纪之交的欧洲文化生活》，黄艳红译，北京：中国人民大学出版社，2007 年，第 139 页。
② 谭立德：《特立独行的女作家》，见《柯莱特精选集》，北京：燕山出版社，2005 年，第 2 页。

阿克塞尔·奥尔里克认为："民间叙事文学总是单线索的，它从不回头去增添遗失的细节。假如需要以前的背景资料，它将以对话的形式表现出来"①。作为民间叙事文学的一个分支的民间童话在叙事安排上也具有上述特点。我国著名奇幻作家彭懿曾归纳出《格林童话》的叙事特征之一就是单线索叙述。他认为："《格林童话》总是单线索的叙述故事，不会插叙，更不会利用在现代文学中常用的倒叙的手法"②。在此，彭懿强调的其实就是童话的线性叙述模式。

在《血室》中，表面上看，卡特营造了一个类似民间童话的说故事氛围。因为在第一人称主人公回顾性叙述中，"我"用了诸如"你知道……""你要记得……"之类的措辞，似乎是"我"面对文内读者讲述一个个人的私密的生命故事。有时还有有问有答，似乎是"我"和另外一个自我在做心灵对话。尽管卡特在《血室》中吸纳了民间故事叙述的口头性特征，主要目的还是为了拉近叙述者与读者之间的距离，构建起仿真感。但此类取消人物心理活动，运用意识流、闪回、预叙等现代小说创作手法的叙述模式已全然偏离了民间童话叙述模式。

故事采用第一人称无名女主人公回顾性叙述。在话语层面，由于故事时间被重新安排过，读者不知不觉被叙述者的思绪牵引，得以随叙述者"我"穿越于不同时空，这种叙述手法在持续的安排上完全打破了童话的线性叙述。

著名学者申丹认为："一些以回忆往事作为情节基本结构的小说大致上都以一个引子开始回顾叙述。除了叙述者（通常是第一人称叙述者）在开篇时予以明确的追溯，故事时间往往是以过去某个点作为起点，并由此开始进入顺序叙述"③。比照上述看法，《血室》的开端不仅偏离了传统童话的程式化叙述模式，更易于上述创作常规。卡特仅用短简短有力的"我记得……"就开启了女主人公记忆的闸门，把读者带入"我"意识流动的不同时空之中。叙述中的"那一夜"是"我"回忆往事的起点，然而作为新娘的"我"心绪纷乱、思绪万千。在"我"的意识屏幕上演绎了一幕幕记忆与想象聚合成的情境与画面。

电影出现后，许多作家自觉地在小说中越界使用诸如蒙太奇、闪回（对应的是叙述学中的倒序）或闪前（对应的是叙事学中的预序）的手法。酷爱电影，熟悉影视、广播剧创作技法的卡特也常在小说中闲熟运用错时的表现手

---

① 阿克塞尔·奥尔里克：《民间故事的叙事规则》，见阿兰·邓迪斯编：《世界民俗学》，陈建宏、彭海斌译，上海：上海文艺出版社，1990 年，第 193 页。

② 彭懿：《格林童话的小说特征》，载《中国儿童文学》，2009 年，秋季号，第 53 页。

③ 申丹、王丽亚：《戏仿叙事学：经典与后经典》，北京：北京大学出版社，2010 年，第 116 页。

法。从叙事学的角度看，"在叙述过程中，一个约定俗成的惯例是：如果事件还没有发生，叙述者就预先叙述事件及其发生过程，则构成预序（prolepsis，即传统小说批评和电影理论形容的'flashforward'［闪前］）；时间事件早于叙述时间，叙述从'现在'开始回忆过去，则为'倒叙'（analepsis）"①。而"倒叙"就是"闪回"。对此，洛奇这样解释："如果转换时序，让叙述视点在时间上回溯一段时间，则很可能改变人们对这一事件的解释。这在电影界是一种为人熟知的技巧，即'闪回'（倒叙）"②。卡特在故事的第一部分多处运用了闪回的手法，先是让"我"在追忆往事的基调上回忆自己和母亲关于婚姻和爱情的对话片段。在叙述中，不仅时光倒流，叙述空间也从前往布列塔尼的火车跳至位于巴黎的狭小公寓——那是承载女孩快乐童年、少年时代记忆的狭小而温暖的空间。而后，随着意识的流动，"我"不由自主地将自己和母亲的结婚动机做了比较，暗示"我"对未婚夫并没有真爱，结婚最主要的动机是为了"脱贫"。进而思绪继续指向军人父亲的早逝及带给母女俩的精神创伤。很快，"我"的思绪又回到叙述原点，指向对神秘可疑的新婚丈夫的描摹。还引出了对其逝去的三位妻子的勾勒。就这样，"我"跳跃式的意识流动看似杂乱无序，却为读者勾勒出"我"的丈夫，一位曾拥有三位妻子的神秘而可疑的男子形象，也交代了和侯爵交往到求婚、结婚的一些细节以及"我"的矛盾心理。

在《血室》中预叙手法的使用不仅制造了悬念，也成为引导读者走出叙述迷宫的彩色线团。戴维·洛奇指出，"所谓的前叙即提前叙述未来事件，古典修辞学家称之为 prolepsis（预序）。这是因为这样做就等于暗示存在着一个叙述者，他明了整个故事内容……"③ 那么，使用预叙所达到的时间转换功能何在？洛奇写道，"通过时间转换，叙述者可以不按事件发生的实际顺序讲述人生故事，而是留下一些空白，让我们自己领悟事件之间的因果关系和讽刺意义"④。在《叙事话语》一书中，热奈特曾指出："提前，或时间上的预叙，至少在西方叙述传统中显然要比相反的方法少见得多"⑤。而从写作伊始就热衷于形式实验，一心要摆脱影响焦虑的卡特自然不会放过这一手法的使用。在《血室》中，意欲揭开丈夫真实自我的女主人公决定前往禁室探秘前有一段叙

① 申丹，王丽亚：《戏仿叙事学：经典与后经典》，北京：北京大学出版社，2010 年，第 116 页。
② 戴维·洛奇：《小说的艺术》，王峻岩等译，北京：作家出版社，1997 年，第 85 页。
③ 戴维·洛奇：《小说的艺术》，王峻岩等译，北京：作家出版社，1997 年，第 85 页。
④ 同上。
⑤ 热奈特：《叙事话语新叙事话语》，王文融译，北京：中国社会科学出版社，1990 年，第 38 页。

述："我决定前去一探，接着感觉自己对他那蜡像般静止神态所感到的难以定义的畏惧又再度微微浮现。也许当时我半是想象地思忖到，或许在他的小窝里我会找到他真正的自己，等着看我是否听他的话；或许他送去纽约的只是一具会动的躯体，是那具呈现在公众面前神秘内敛外壳，而那个我曾在性高潮的风暴中瞥见其真面目的真人，则在西塔下的书房忙着紧迫的私事。然而如果真是如此，那我更必须找到他、认识他。同时我也太受他对我表现出来的欣赏所蒙蔽，根本没有去想我不听话可能真的会触怒他"。显然上述引文的下划线词部分便是与女主人公命运走向相关的预述。此前，虽然暗示、伏笔时隐时现，但隐晦的叙述如侯爵的真实自我一样让人捉摸不透。由于作者所采用的是第一人称兼主人公的叙述手法，在锻造出真实感的同时，读者很容易在情感上与"我"产生认同，因此阅读时往往会站在主人公的立场思考、判断。而直到此刻，预叙的插入及时告知文内外读者那些主人公尚未获知的信息。如此一来，此前和"我"一样对侯爵人性满腹狐疑的读者得到了可靠的信息："我"的探秘之举确实会触怒丈夫，而他显然有不可告人的秘密。也许，他就是蓝胡子。在此，预叙的使用实现了多重功效；不仅促使读者加深了对侯爵的了解，而且强化了受众对"我"的同情及担忧。在加快叙事节奏的同时，不断打破读者的期待视野，牢牢抓住了读者的阅读兴趣。

如此繁复的时序安排及密度极强的心理描写仿佛一个个电影镜头，非但背离了童话的简单叙述逻辑，也与 19 世纪现实主义小说的叙述手法迥然相异。而电影手法的越界使用更是现代感十足。卡特不仅考虑了 19 世纪末 20 世纪初动荡不安的社会、经济、文化氛围，也考虑了采用与时代精神、小说创作手法相吻合的叙述模式，实现了形式与内容高度统一的艺术效果。

在民间童话与一些现当代艺术童话中，说书人或作家往往采用传统的全知叙述模式结构故事。"其特点是没有固定的观察位置，'上帝'般的全知全能的叙述者可从任何角度、任何时空来叙述；既可高高在上地鸟瞰概貌，也可看到在其他地方同时发生的一切；对人物的过去、现在和未来均要了如指掌，也可任意透视人物内心"①。因此，叙述主体往往是超燃的、仿若神灵一般的全知叙述者。

在经典童话叙事中，以"灰姑娘""睡美人"为代表的完美女主人公不仅无法掌控自我的命运，她们的故事也被动地由他人代为叙述。然而，在《血室》中，卡特挑战了童话的叙事传统。她让貌似童话女主人公的"我"在多年以后讲述自己 17 岁时的生命故事。这一叙述主体的变动不仅使《血室》与

---

① 申丹：《叙事学与小说文体学研究（第三版）》，北京：北京大学出版社，2004 年，第 219 页。

童话划清了界限，而且将被言说的边缘人物推至故事的中心，使之获取言说自我与他人历史的权利。而这样的叙事安排也契合作家本人的创作意图。在一次访谈中，卡特曾呼吁："女性自己来书写小说至关重要；这是语言去殖民化缓慢进程中的关键一环"①。叙述主体的置换不仅使叙述层次更为丰富，还造就了更加复杂的人性，从而有力地颠覆了童话叙事中的程式化、一元化的人物性格。谭军强指出："在第一人称叙述中，第一人称'我'既涉及进行故事讲述的叙述者，即叙述自我，同时也涉及作为故事中人物的自我，即经验自我。就聚焦而言，第一人称既可以作为"叙述自我"事后所认识与理解的讲述出来，也可以通过"经验自我"在经历中的更为有限的眼光叙述出来"②。在故事中，女主人公在事隔多年以后对他人讲述自己少女时代的历险故事。因此，现在和过去的两种眼光对于同一事件、同一人和物的两种认知和伦理判断交织出现于全文。比如，当处女新娘——"我"和丈夫刚下火车抵达城堡所在地时，有一段叙述："丈夫扶我走下火车的高高阶梯，我一下车便闻到海洋那胞衣的咸味。时值十一月，饱受大西洋风侵袭的树木一片光秃，火车停靠的此地偏僻无人，只有一身皮衣的司机乖乖等在一辆晶亮黑色汽车旁。天气很冷，我将身上的毛皮大衣拉的更紧，这黑白宽条相间的大衣是白鼬加黑貂，我的头在衣领衬托下仿佛野花的花萼。（我发誓，认识他之前我从不虚荣）。钟声当当响起，蓄势待发的火车奔驰而去，留下我们在这偏僻无人、只有我和他下车的临时停靠处。哦，多令人惊异啊：那强有力的蒸汽钢铁竟只为了他的方便而暂停。全法国最富有的人"（21-22）。上述引文中，括号之外的"我"是被追忆往事中的"我"，括号中的话则叙述自我对经验自我的反省及批评。不同层次、不同时空的"我"，使读者体验到叙述自我与往事的时间距离，从而凸显出现在"我"的价值观较之往昔已然改变。通过括号中的话语，叙述自我点出了自己在认识侯爵前家境贫寒，心灵却未被财富玷污，也为后文"我"财富观的复归埋下伏笔，做好铺垫。此话看似闲笔，却暗示了人性在不同境遇下的多变性。

由于"我"年少时认知的局限性，导致处于现在的"叙述自我"和过去的"经验自我"的认知差异，也彰显了"我"在死里逃生之后从幼稚走向成熟的蜕变过程与积极反省自我的人生态度。在故事的结尾，叙述者用平静的口吻向读者交代了"我"在丈夫死后处理财富的方式："我当然继承了巨额财

---

① Olga Kenyon. Writing Women: Contemporary Women Novelist. London: Plato Press, 1991. p. 14.

② 谭君强：《叙事学导论：从经典叙事学到后经典叙事学》，北京：高等教育出版社，2008 年，第 94 页。

富，但我们将大部分都捐给了各式慈善机构"（77）。接着，叙述者告诉读者他还创办了两所学校：城堡改造的盲童学校和巴黎郊外的小规模音乐学校。将财富用于办学源于"我"——一位出身贫寒的女学生求知过程中的切肤之痛。学校是传播知识、教化灵魂、完善自我的机构。"我"的善举不仅能使众多的底层人民摆脱蒙昧，而且质疑了西方宗教阻止女性及其他社会边缘人获取知识的险恶用心。借用"我"和调音师的一段对话，卡特将批判的矛头直指宗教与神话，揭露了将知识视为禁果，将人类的堕落归罪于夏娃、潘多拉之好奇心的虚构性。

与故事开端时那个爱慕虚荣、迷醉财富的"我"相比，直面死亡而又获得重生的"我"，显然拥有了正确的人生观和价值观。而第一人称主人公叙述也拉近了叙述者与读者的距离，使得"我"的叙述、"我"的蜕变符合现实的逻辑。

以世俗的眼光来看，故事开端时的"我"并不完美。然而，正因为"我"的不完美、"我"的年幼无知，才有了变化的可能性与叙事的动力。事实上，卡特根本无异于创造完美女性。在与《血室》几乎同期创作和出版的文化评论《萨德比下的女性》一书中，她写道："童话中塑造的完美女性的教训就是：在被动生存也就是被动中死亡——即被杀害"①。虽然卡特笔下的女主人公一开始柔顺、消极，但随着叙述的步步推进，她在一场场危机中逐渐获取了勇气和力量，一步步走向成熟。在故事临近尾声时，即便面对死亡，她也大彻大悟，能做到从容面对，甚至还能说出具有黑色幽默的调侃之语："长在上马石缝隙中的一点青苔，将是我临终看到的最后景物"（75）。与童话中顺从、被动、性格单一的女主人公不同，卡特笔下的"我"还有积极主动的一面：主动选择配偶，主动挑战社会禁忌，主动反思过错、拯救自我。因此，在言说自我与他人的过程中，在主动求变、思变的过程中，社会、历史、强权为她设定的必死命运也改变了。

由此，通过置换叙述主体，卡特不仅将话语权移交给长期处于边缘的女性，还刻画了一个血肉丰满、真实可信的三维立体人物，有力地戳穿了童话中完美女性和西方男性想象中永恒人性的神话。在某种程度上，作者在这个人物身上寄予了她对实现两性和谐关系的憧憬，也以性格多元化的女主人公形象巧妙地颠覆了法国作家萨德笔下的拥有不可变化人性的朱斯蒂娜和朱丽亚特的形象。从而，她也用自己的作品表明了对20世纪70年代女性主义童话改写的看法：简单地翻转传统童话中的男女刻板形象无异于是与父权制共谋的另一种极

---

① Angela Carter. The Sadeian Women: An Exercise in Cultural History. London: Vinago Press, 2000.

端形式。卡特成功地以小说为载体，印证了自己的观点：人性并非长久不变。

第二节　女性城市书写——童话从乡村到城市的蜕变

在本书的第三章中，我们已经详细探究和论述了童话的"民间性"特征，即童话脱胎于"民间神话传说"，在田间地头、街头巷尾、火炉前边、婴儿床旁边经由祖母、妈妈们口口相传，作为一种纯粹的乡村消遣娱乐方式，或是讲给孩子们当作一种早期家庭道德教育的有效途径，而成为世界范围内，宁静、单调的乡村生活中必不可少的生活元素。可见，童话这种文类的"泥土气息"异常浓厚。

后经文人的提炼、加工、再创作，基于他们对现实生活的理解，将口语化的生活元素进行艺术化的提炼，把存活于民间文艺的因子，尤其是自童年开始就深入创作者精髓的民间故事或童话元素，洗去他们身上的泥土味，成为文艺再生的最佳材料。通过对民间文艺元素的衍生复写，或进行一番综合组建，再生的文艺作品在具有时代感的创新中又附会了来自民众的认知传统，与读者群形成共鸣，基于千百年叙事根基的作品，将时代气息的营养汁液灌注其中，使生成重建的作品焕发出新的生命力。普希金的作品正是如此，他的童话诗浸染了诸多的童话故事元素——魔法师、隐身帽、死而复生等神奇宝物和情节，歌德的《浮士德》也是源于民间故事的素材。如果说男性作家是有意而为之，使作品更具历史的深厚感，那么19世纪女性作家相对来说更多地凭借本能的艺术直觉，契合童话的模式；20世纪女性作家则又表现为另一番光景，出于对童话话语中的男权意识的反感，在女权主义运动的影响下，她们表现出更为泼辣、大胆地对童话故事的"篡改"，虽与男性作家们后现代式的结构目标各异，但都不约而同选择了"童话"这一载体。

当代童话存活于我们每一个人心中，影响未来的人生岁月，它给予孩子教育、娱乐、游戏，无论男女，跨越种族，超超年龄，多元的内涵给予当代作家戏仿、变体、颠覆的丰富素材——纳博科夫的《洛丽塔》、巴塞尔姆的《白雪公主》、还有安吉拉·卡特带着强烈女性意识的《小红帽》故事。正解也好，戏仿也罢，孩子在童话中体验游戏，成人在童话中玩弄文字游戏，各得其所。

当时间的脚步迈入20世纪的大门之时，英国女性小说家的叙事策略和内容方面在继承发展的基础上，毫无疑问注入了与以往大不同的新鲜的血液，但无论如何还是最大程度上保留着现代童话文类中女性对两性、对家庭的细腻情

感诉求的叙事内容以及对女性身份的进一步探索和深入的思考的叙事方向，当
然现代城市化的步伐为女性作家提供了新的创作背景和思考空间……。正如波
德莱尔凭借诗人特有的洞察力和表现力，在田园诗与反田园诗不可调和的张力
之间注入了在瞬间捕获的、永恒的、忧郁的美学精神，西美尔以社会学家强大
的理性分析能力，用敏锐犀利的目光透视现代社会及其文化现象，首开社会领
域对城市问题关注的先河，那么，将城市经验和现代性批判关联起来，从建
筑、空间、街道、居民及其日常生活中挖掘"等待破译"的现代文化感性，
并对后来的社会学、哲学、文学、人类学等城市艺术和文化研究产生深刻影响
的，则非瓦尔特·本雅明（Walter Benjamin）莫属。本雅明"通过对城市生活
的建构原则和实践模式的研究而努力建构了对现代资本主义社会的一种零散的
却具有真知灼见的批判，为批评理论和革命实践规定了详尽而迫切的任务①"。

城市作为现代性的最重要的的发生场所，所包含的每一个实际形象和空间
结构都是社会整体风貌的微观体现，集合了现代性经济和社会结构等特征，提
供了观察和阐释现代文化和文学的最精准场所。本雅明就是通过这些意义丰富
的形象结构对城市进行了"相面术式的解读"，试图对整个新的资本主义社会
的精神和物质文化生活进行片段式的深度批判。城市的相面者，要从城市里的
每一个看似平常的建筑中，从城市人的日常生活中，从人与物的相互渗透和关
联中，发现一座城市的特征和属性。"生存就意味着留下痕迹"。集考古学家、
收藏家和侦探于一身的相面者就是在城市的迷宫中，追寻着这些意味着生存的
痕迹，阐释其掩盖的意义。于是，"城市从无数双眼睛、无数个事物中展现出
来②"。然而，作为多层次的实体，城市并没有单一的模式或视角供人们去捕
获其流动性和多元性，而只有从流动的形象和具有启示意义的瞬间中，从构成
社会复杂结构的片段里，人才能描述城市，才能把握城市的真实特征。

现当代女性作家们精准地捕捉和呈现了 20 世纪欧洲的城市风貌，那么，
寓言批评也就成了研究整个现代主义文学和文化批评的主要方法。"寓言的特
质在于总体的解体，在于内容与形式的分离；因此，在这种显现方式中，不可
能存在一种贯一的、统一的理论形式，而唯有一种分裂的现象——异质性的、
对象的、寓言性的关联③"。也就是说，现代主义文学和文化批评中可以抽象
出既相互独立又相互共存的一个个辩证形象，将寓言文本和历史材料整合起
来，实现了现代主义与马克思主义的统一，内在体验与外在形式的统一，以及

---

① Graeme Gilloch. Myth and Metropolis: Walter Benjamin and the City. p. 6.
② Ibid. p. 5.
③ 张旭东:《批评的功绩：文化理论与文化批评 1985—2002》，第 67 页。

美学理论与历史哲学的统一。

在她们看来，20 世纪的英国的城市化寓言诗学与 19 世纪至 20 世纪的商品文化中的物恋和商品消费密不可分。寓言与童话这两种相关文类，其表现形式不仅在以表层现象掩盖深层意义，还在于它所包含的任何一种因素都可以指向其他意义，也就是说，当确定的意义被驱逐的时候，语言就不过是一系列没有固定所指的任意符号而已。现代社会的商品就表现出寓言或童话的"任意性"。一旦商品的使用价值被掏空，留下的就只有任意的、偶然的交换价值了。鉴于此，寓言或童话的阐释者就有必要和责任把掏空的部分补充进来，把历史未曾书写的部分书写出来，在历史轮回的废墟上重建思想的大厦，继而它们的辩证关系就这样关联起来了。"童话"既具有破坏性又具有建构性。它的破坏性在于瓦解事物的内在联系，把永恒的一成不变的事物变成废墟；而它的建构性则在于积极的救赎力量，使被夷为废墟和碎片的事物重获意义，这是辩证形象中所包含的历史救赎。从现代女性作家的诗意凝视中，我们可以看到商店橱窗里琳琅满目的商品，可以看到密室里阴险的密谋，也可以看到热情的艺术家和沉默的大众；她们拥有诗意的激情，她们"面向现代生活的最深层的经验，以及现代生活中所有同经验能力本身敌对的东西[1]"。

商品的经验包含着经验的商品化；废墟的经验也同样包含经验的毁灭。本雅明在《讲故事的人》中将现代经验贫乏的根源追溯到战争，视其为人类带来的灾难性后果，毫无疑问，战争也成为 20 世纪女性小说中的一个经典的叙事内容，战争带给女性的精神创伤在现代女性小说中是无法回避的。

战争给人们留下的物质废墟远不如精神废墟那么严重，同样的，战争留给女性的情感和精神创伤也是男性不可同日而语的。对 20 世纪的女性小说家而言，"可交流的直接经验"——包括身体和道德经验在内的灵魂体验已经成为不可重建的废墟，而要复归完整的经验世界，无异于恢复一种记忆的延续性、重建记忆中完整的自我形象。她们通过口口相传的童话般的传统叙事形式，将外界的经验转化为可供记忆的、可供流传的经验，"让生命的灯芯在故事的火光中尽情燃烧"。然而同商品社会和消费文化的时代一起发展起来的新闻业，却不能帮助读者和观众将外界信息吸收为自身经验的一部分，相反，生活经验已经被商业和习惯的潮流所淹没，真正有意义的感知也随之让位于矫揉造作的肤浅感觉，并被现代化的各种潮流所淹没。深度经验已不复存在。

现代社会将个体置于不得不快速应对层出不穷的新事物、新变化的境地，而个体则在这个过程中培养了现代人持有的心理机制。伦敦街头上川流不息的

---

① Graeme Gilloch. Myth and Metropolis: Walter Benjamin and the City. p. 137-138.

人群最能说明问题。互相不认识、互不攀谈的人们拥挤在一个狭小的空间里，个体随时都会遭遇各种意想不到的情景，随时都要迅速消化瞬间的措手不及，以便在人流中找到自己的位置或改变自己的方向，以确保自己继续行走于其中。这种随时应对各种"惊颤"体验的能力就是现代人特殊的心理机制。"惊颤"改变了现代人的经验结构。经验与体验、意识与无意识被明确地区分开来；体验（Erlebnis）相当于西格蒙德·弗洛伊德（Sigmund Freud）把意识理解为精神抵抗外界刺激的方式，是一种足以抵抗现代生活的"惊颤"、令精神能够承受各种外来压力的心理形式。现代大规模的工业化生产令人眼花缭乱，意识也随之以史无前例的速度集聚着能量，全力抵制令人厌恶的刺激和激增的惊颤。工厂里昼夜不停的传送带，报纸上超出读者经验范围的新闻条目，以及摄影赋予瞬间的惊颤记忆，日复一日、周而复始地刺激着现代人，形成了"在清醒的意识上发展起来的训练"，其结果"使得大脑皮层的某个部位如此经常地受到刺激，提供了接受刺激的最好条件。从而惊颤被意识缓冲、回避了，这给事变带来了一种严格意义上的体验特征①"。

我们所理解的体验总是经过意识的过滤后作为完整的客体呈现给我们的。这种对惊颤的防御和保护性意识，使体验形成一种历史结构："惊颤防御的特别成就在于它将某个具体时间安排在时间和意识的某一点而不顾及其内容的完整性。这是智慧的成就，它把这一事件变成体验过的时刻②"。过去的生活经验被留在过去，由离散的、意愿的记忆来编排，而未来是现在的延续。体验的概念确保了一种历史的完整性：整个宇宙被看作是统一的、以人类生活为核心的整体。外界刺激作为惊颤而过滤，并内化为生活体验。普鲁斯特的意愿记忆就包含在这一内化过程之中。在这个意义上，记忆被引入了意识领域，作为"已死的财产"而被保存起来，也就是说，活着的人在记忆中保留着已死的或已经逝去的东西。

打破线性的和以人类为中心的历史概念，我们就可以从体验进入到经验的维度，经验是主体经过内化和个体化的内容，无论是口头传承的还是学习借鉴的，都是在潜意识层面无法成为有机整体的记忆碎片。这里所涉及的经验领域不在于生命的概念和现实的整体性，不是意识所能直接掌握的，因而也很难通过记忆和主观呈现而直接有机地融合到延续生命的概念之中。弗洛伊德在其代表作《超越快感的原则》中认为在同一系统中，进入意识和留下记忆的踪迹在同一个系统中互不相容，当置于脑后的某件小事无法进入意识的时候，记忆

① 瓦尔特·本雅明：《发达资本主义时代的抒情诗人》，第136页。
② Kate Jenckes. Reading Borges after Benjamin Allegory, Afterlife and Writing of History. p. 14.

的残片就作为经验而显现出持久和强大的力量。

与此相关的是,普鲁斯特把记忆分成"意愿记忆"与"非意愿记忆"两种。"意愿记忆"能帮助人们消除可能的不安、烦躁和惊恐,但由于受理至支配因而是完整。流淌在潜意识之下的"非意愿记忆"拥有被意识过滤掉的记忆痕迹,它就像一股清新的气息将失去的时光重新浮现于眼前。"只有尚未有意识地清洗经验过的东西,那种以经验的形式在主体身上发生的事才能成为非意愿记忆的组成部分①"。然而在现代生活中,人们无法原原本本地封存记忆的痕迹,任凭记忆将其缓冲、瓦解并吸收。个人从传统的经验世界孤立出来,滞留在人生体验的某一时刻。当工业资本主义用日新月异的技术手段侵犯自然的时候,当无孔不入的消费文化以纷繁多元的商品形象主宰城市生活的时候,当昼夜不息的报刊媒体用数不尽的新闻事件轰炸人们视听感官的时候,当形形色色的影像工具用机械复制手段除祛事物光晕的时候,意愿记忆的领域也在不断地扩大,侵蚀者隐藏在生活缝隙间的经验碎片。而正是在这个意义上,普鲁斯特为"非意愿记忆"付出努力就显得格外重要。《追忆逝水年华》就是由于执着于作为记忆碎片的经验,在对旧日光晕的呼唤中,在对残留光阴的拼凑中,重构了一个活生生的自我形象,把未曾书写的历史鲜活的呈现出来。

对记忆碎片或所谓真实历史经验的把握,重建已经逝去的昔日生活,在"通感"中聆听"往事的喃喃低语",这就是女作家们所探寻的"现代人所目睹的崩溃的全部意义②",也是现代艺术品正在经历的光晕的急剧消逝。光晕是感知对象在非意愿回忆中引起的联想,是"非意愿记忆的庇护所③",是人把对艺术品等认知对象的反应与这个对象本身发生转换而产生的经验。一幅画能唤起我们无穷的感觉,滋养着我们原始的审美欲望,这是因为这幅画的光晕具有回望我们的能力。现代摄影虽然能够释放短暂的生命力,但却不能弥补"无形的、虚幻的领域"失去了能够回望的光晕,只有艺术和文学才能"给人一块地方安放它灵魂的印记",并在弥漫着记忆的气息的光晕中引申出美的现代含义,美是"对一个距离的奇特表现";"纪念碑和绘画只从敬仰的薄纱之下展现自己,而这层薄纱是由仰慕者们几个世纪的热爱与敬仰为它们织成的④"。女作家们所哀悼的就是美的光晕在现代的消散,她们饱含着欲望的目光没有得到满足,却消失在没有节制、没有距离的一片现代荒原中,她们渴望通过拼凑经验的碎片,穿梭于记忆的长廊,在内心世界重建完整的自我。但工

---

① 瓦尔特·本雅明:《发达资本主义时代的抒情诗人》,第 134 页。
② 瓦尔特·本雅明:《发达资本主义时代的抒情诗人》,第 159-160 页。
③ 同上,第 163 页。
④ 瓦尔特·本雅明:《发达资本主义时代的抒情诗人》,第 168 页。

业化和商品化只允许人们进行刻板的时间体验，对"惊颤"报以机械的反应，使她们意识到在这嘈杂混乱、散发着瞬息万变的时尚魔力的现代城市中，满足个体自我精神诉求的外在条件已经土崩瓦解了。现代生活需要一种新的英雄来表现现代生活的瞬间性和短暂性。对女作家们来说，这个现代英雄不仅仅是作家本身，还应该是她们笔下形形色色的人物。城市漫步者、花花公子、收藏家、赌徒、工人、拾荒者、妓女……，这些人一方面最能体现社会的时代主潮，另一方面又能对主潮予以抵制和拒绝。"现代性的英雄使那些注定要承受其后果的人们，但同时也对它进行反抗①"。现代社会固有的矛盾是现代性幻想所决定的，但也恰恰是欺骗性的现代生活幻象才使人有在这个幻景中扮演英雄的可能性。

　　女作家们笔下的城市漫步者并不是人们所预想的那种诗人或艺术家，而是一个个普普通通的社会形象，但是，正是这个群体确立了自己现代英雄的地位。漫步者们迈着闲散的步伐，游荡在伦敦街头，不顾耳边机器的轰鸣声，信步游荡，左顾右盼，在凝视与扫视的变换中，在滞留于行走的交替中，打破空间的维度，割裂时间的延续。但它对城市景观的掌控是暂时的、短暂的、偶然的。比如在拥挤的人群中那位令人着迷的女子，她"欣长苗条，一身丧服，庄重忧愁，轻盈而高贵地走来"，"在她眼中，那暗淡的、孕育着风暴的天空啜饮迷人的温情，销魂的快乐②"……漫步者在一种权威性的、超脱视角支配下，自觉的与她/他赖以存在的人群保持一定距离，却在人群中保持回身的余地。

　　事实上，20 世纪的女作家们都饱有这样的一种共性：她们既隐身于人群享受观察的特权，又游离于人群保持超脱的姿态；既满足于无目的性的漫步，又用洞察一切的目光审视城市看不见的文本，捕获转瞬即逝的形象；既深受商品景观构成的形象世界的吸引，又用冷漠的精神态度拒绝实际的经济行为，进而抵制现代商品消费的诱惑。她们是感性的存在，同时也是历史辩证的存在。我们完全可以从她们笔下典型的城市漫步者的文学形象中，从其悠闲的脚步、巡视的目光、辩证的形象和犀利的认识中捕捉复杂多变的现代城市经验。

　　在创作生涯接近尾声时，弗吉尼亚·沃尔夫曾经提出"我为什么会不断描写伦敦？"这个问题③，而答案就在她卷帙浩繁的小说、信件、日记和散文之中。她对伦敦倾注了毕生的热情，这不仅源于她一生几乎都在伦敦生活的事

---

① Graeme Gilloch. Myth and Metropolis: Walter Benjamin and the City. p. 150.

② 夏尔·波德莱尔：《恶之花·巴黎的忧郁》，第 223 页。

③ Susan M. Squier. Virginia Woolf and London: The Sexual Politics of the City. p. 3.

实，或在于几乎所有现代主义作家都对城市背景和都市问题的关注备至（都柏林之于乔伊斯，巴黎之于普鲁斯特，布拉格之于卡夫卡），还在于（而且更重要的是）伦敦是她积累个人经验、激发审美想象、进行文化和政治批评的完美场所，是她挖掘社会和文化资源，在父权社会严酷的政治文化氛围里投身于波澜壮阔的现代主义文学思潮，表达自己对性别问题、阶级差异和政治、心理生活等寓意的思想源泉。伦敦对于沃尔夫就是一本书、一首诗、一种语言。"伦敦本身不停的吸引着我，刺激着我，当我行走于街头的时候，它毫不费力地赋予我一部戏剧、一个故事或者一首诗"①。而当她像"读者"一样漫步于伦敦街头，细心阅读那部蕴含着巨大财富的文本，在"城市的爱欲"中寻找沐浴城市隐喻的话语快感时②，街头丰富多彩的生活场景也激励她去寻找与之相匹配的同样生动深邃的语言。

　　城市本质上是人与他人相遇的场所。这是罗兰·巴特（Roland Barthes）所说的城市的爱意或城市的政治社会性③。沃尔夫走出家门，"以买支铅笔"为借口而漫步于伦敦。"如同猎狐者猎狐是为了保存狐狸这个品种，高尔夫球手打球是为了那广阔的空间不让建筑者所占领"，作家漫步于街头是为了"安全地尽享冬日里城市生活的最大快乐"④。这种快乐得自于封闭的自我的丧失，得自于在街头与他人的相遇与冥和，也得自于"街头令人快意的社会性和香槟般明亮的气息"。在夏日午后的四点到六点之间（下午茶与晚餐之间），一来到街头，"我们就失去了自我"，"褪去了朋友们熟悉的自我外壳，成为那无名的漫步者大军中的一员，在摆脱了自己房间里的孤独之后融入如此惬意的社会"⑤。街道是感性的、外在的，是一幅幅表现清晰的图画，一种种混杂吵闹的声音，和"无数都市的风魔的眼"：色情的眼、饕餮的眼，乐天的醉眼、欺诈的俗眼、亲昵的荡眼、伪善的法眼、奸猾的三角眼、朦胧的睡眼、桃色的眼、湖色的眼、清色的眼，那"眼的光轮里展开了都市的风图画"⑥；这一切的"眼"都聚拢在沃尔夫那蜕去了自我外壳的、无身体的、到处徘徊的一只"巨眼"⑦，一只聚焦于光明的、快活的、表面的"嬉戏的眼"。

　　作为 20 世纪 20 年代和 30 年代的"女性漫步者"，沃尔夫出于对战争的恐

---

① Leonard Woolf. The Diary of Virginia Woolf. Vol. IV. p. 155.
② Roland Barthes. "Semiology and the Urban". p. 170.
③ Roland Barthes. "Semiology and the Urban". p. 171.
④ Virginia Woolf. Street Haunting：a London Adventure.
⑤ Virginia Woolf. Street Haunting：a London Adventure.
⑥ 穆时英：《上海的狐步舞》，第 159-160 页。
⑦ Virginia Woolf. Street Haunting：a London Adventure.

惧而追求城市的光明的一面，以不断变换的身份饕餮"即澄明又浑浊"的"冬夜里美丽的街景"；那些"笔直对称的门窗"，"犹如漂浮的岛屿上闪烁着苍白之光的街灯"，在街灯中"匆忙穿行的贫穷的衣衫褴褛的男人们和女人们"，给人一种非现实感，一股征服者的劲头，也给生活本身造成了一种错觉：没有这些男人们和女人们，生活照常进行。然而，沃尔夫非常清楚，这不过是城市光滑的外表。"眼睛不是开矿者，不是潜水者，不是寻宝者"。它只能顺着平稳的溪水表面流淌；"眼睛观看的时候，大脑在熟睡"①。"嬉戏"的眼睛只满足于表面：面包车耀眼的光泽，肉铺里泛黄的肋肉和紫红的牛排，花卉橱窗里跳动着一束束红红绿绿的火苗。说来也怪，眼睛的属性决定"它只停留在美的事物上；仿佛蝴蝶寻求色彩、沐浴阳光一样"②。它匆忙地搜索，快速地窥视，一切都偶然而神奇地散发出美的光辉。"眼睛嬉戏而慷慨，它创造，它装饰，它强化"③，但没有任何购买的念头。波德莱尔笔下19世纪的巴黎街头，穆时英作品中20世纪30年代的上海街头，以及沃尔夫这篇短文中浓缩的20世纪30年代的伦敦街头，其经典形象无一能逃脱这只"知觉性的、牡蛎般的巨眼"。

"巨眼"在审视。它的目光在搜索着城市的物质表面，把街道生活变成它从独特的视角进行观察的对象，因而变成了它独特的审美体验的客体。而对于女性的作家来说，除了必须从女性独特的视角去体验城市生活外，她还必须在伦敦街头找到适于进行这种女性体验的形形色色的女性形象：

> 也许是那些两手叉腰，站在街头巷尾的女人，戒指深深地嵌到肥胖臃肿的手指里去，像莎士比亚的词句的韵律似的装腔作势地说话；或是卖紫罗兰，卖火柴的女孩子；或是坐在门洞下的老太婆；或是漂亮的女人，她们的脸像是日光和乌云下的海水一黑一亮，当男男女女走过她们的身旁，当她们走过明亮的店铺窗户的时候，像一个信号④。

如果说19世纪的巴黎和20世纪30年代的上海，街头上的三个经典人物是文人、妓女和乞丐⑤，那么，沃尔夫告诫年轻作家"打着火把去寻找的"也是类似的人物，只不过她的小说风格是抒情的，梦幻的；她的意识是流动的，片断的；而充斥于小说中的女性也都是游荡的观察者或街头漫步者。她笔下的三个经典女性人物——《逛街》中走出封闭的自我空间、通过在街头与人交

---

① Virginia Woolf. Street Haunting: a London Adventure.
② Ibid.
③ Ibid.
④ 弗吉尼亚·沃尔夫：《自己的一间屋子》，第110页。
⑤ 汪民安：《身体、空间与后现代性》，第140页。

往而寻求城市体验的女叙述者,《达洛卫夫人》中热爱伦敦街道、喜欢在伦敦散步,但仍然没有摆脱资产阶级女性桎梏的克拉丽莎,以及敢于冲破私人领域、积极参与公共生活的新女性伊丽莎白——都在伦敦街头留下了斑斑足迹,都在两次世界大战期间的岁月里自由地卷入了城市沸腾的人群,都是街道生产出来的固定游客,是把目光献给街道,与街道息息相关的漫步者。他们虽然不是像乞丐和妓女属于社会的底层,但也属于"街道所催生的人群"①。

在这个人群里,无论是克拉丽莎这样位高权重的议员夫人,还是像伊丽莎白这样出身资产阶级家庭的阔小姐,都怀着对生活的无限热爱,对未来的无限憧憬,都随着城市经验的流动、变化、交错和融合,因采撷无穷的印象而浮想联翩。"我喜欢在伦敦散步"②,伦敦街道的喧闹景象与克拉丽莎的思想意识相互缠绕,"即使置身于车水马龙的大街上,……都会感到一种特殊的寂静,或肃穆的气氛,一种不可名状的停滞,大本钟敲响前的提心吊胆之感……"③ 这里,克拉丽莎内在的自我时间,在对岁月流逝的感慨和强烈的情感冲击下陷入了停滞,而隆隆作响的大本钟却标志着外部客观时间的不可逆转性和永恒性,把克拉丽莎从对城市的记忆带回到城市的现实中来,使得内在的自我时间与外在的客观时间达成了一致;自我经验与外在经验超越了阶级的界限而融合在一起了,在克拉丽莎的心中构成了一幅城市生活与内心世界相呼应、相映衬的内外交融的全景图。

> 人们的目光、轻快的步履,沉重的脚步,跋涉的步态,轰鸣与喧嚣;川流不息的马车、汽车、公共汽车和运货车;胸前背上挂着广告牌的人们(时而蹒跚、时而大摇大摆);铜管乐队、手摇风琴的乐声;一片喜洋洋的气氛,叮当的铃声,头顶上飞机发出奇异的尖啸声——这一切,便是她热爱的:生活、伦敦、此此时此刻的六月④。

面对伦敦街头琐碎的、奇幻的、敏锐的、稍纵即逝的万千景象,克拉丽莎试图在内外的冲突中寻求一种自我形象。"她深信自己属于家乡的树木与房屋,尽管那屋子又丑又乱;她又属于那些素昧平生的人们;她像一片薄雾散布在最熟的人们中间,他们把她高高举起,宛如树木托起云雾一般"⑤。事实上,"薄雾"般的自我无形无踪,无拘无束,时而归属于象征积极身份的私人庄园,时而又融入街头陌生的人群,是现代纷繁的生活漩涡和战争阴影笼罩下人

---

① 汪民安:《身体、空间与后现代性》,第 140 页。
② 弗吉尼亚·沃尔夫:《达洛卫夫人》,第 110 页。
③ 同上。
④ 弗吉尼亚·沃尔夫:《达洛卫夫人》,第 110 页。
⑤ 同上。

们的分裂的、矛盾的、漂浮不定的意识状态，这也是沃尔夫自己作为作家的意识状态的最好写照。"她像一把刀子，插入每件事物之中，同时又置身局外，袖手旁观"①。她渴望深入到大千世界之中，去挖掘完整的、适于人们生存的精神空间，但客观现实所能给予她的却是一种"沼泽一般的荒漠、平滑的现代魔力，取消了一切节制和距离，从而取消了一切神秘"的东西②。在本雅明看来，"人的目光必须克服的荒漠越深，从凝视中放射出的魅力也就会越强"③。在对往来出租车的注视中，克拉丽莎内心的荒漠感似乎到达了极点，"内心总有远离此地，独自去海边的感觉"④。她和其他城市人一样，必须时刻保持警觉，周旋于形形色色的人物和是非曲直之间，或悲痛怜悯、或敬仰赞许，在潜入人群的"隐身"行走中，她完整而统一的自我身份似乎被进一步分解、甚至荡然无存了。

> 近来她这个身躯，以及它的各种功能似乎都不复存在——丝毫不存在了。她有一种极为荒诞的感觉，感到自己能隐身，不被人看见，不为人所知；现在再也没有婚姻，也不再生儿育女，剩下的只是与人群在一起，令人惊异而相当庄严地向邦德街行走。如今她是达洛卫夫人，甚至不再是克拉丽莎，而是理查德·达洛卫夫人⑤。

如果说《逛街》中叙述者/女漫步者是主动脱掉象征自我身份的外壳，退居到牡蛎般的"巨眼"背后以便饱览城市景象，如果说波德莱尔笔下的诗人/艺术家都带着面具，随意出入街头任何角落，行驶着诗人的权特权，而这二者又都体现了漫步者的一种主动的"不可见性"，那么，克拉丽莎的"不可见性"或丧失自我则是被动的，是父权制社会中女性在公共场所沦为男性附庸的被迫之举。在公共场所，女性的身份取决于丈夫的地位。无论多么喜欢和享受伦敦街头的漫步，她在公共场所都必须符合资产阶级女性的身份，履行社会赋予她的神圣职责，满足父权社会把女性局限在私人领域的传统观念。因此，她作为漫步者的出行就必须是隐身的、不可见的。她代表了沃尔夫在《一间自己的屋子》中已经告别了的"典型"女性，而沃尔夫呼唤的是最终打破父权制下所谓和谐的社会归属感，冲破私人领域的局限，主动参与能体现真正自我的公共生活的新女性。

伊丽莎白就是这样的新女性。她对象征着女性身份的帽子、手套、鲜花、

---

① 弗吉尼亚·沃尔夫：《达洛卫夫人》，第 8 页。
② 张旭东：《批评的踪迹：文化理论与文化批评 1985-2002》，第 74 页。
③ 瓦尔特·本雅明：《发达资本主义时代的抒情诗人》，第 170 页。
④ 弗吉尼亚·沃尔夫：《达洛卫夫人》，第 8 页。
⑤ 同上，第 11 页。

宴会等不感兴趣，而执意拥有自己的职业。"她要成为一名医生或一个农民，必要的话，也可能去当议员"。"而这一切想法都是由于滨河大街的感召"。那是伦敦商业生活的中心，"气氛非常严肃、非常繁忙"①。伊丽莎白被街上弥漫的现代张力、繁忙的公共职业生活的气息所深深吸引。"大街上人们忙忙碌碌奔走着，工人们用双手不断堆积石块，人们从来不会叽叽喳喳地扯淡（把女人比作白杨，等等——这些诚然叫人激动，但也无聊透顶），而总是专心致志于船舶、贸易、法律、行政管理，全是那么庄严的事业（她走进了法学协会），又很愉快（瞧那流水），而且虔诚（教堂嘛），因此她下决心，不管母亲怎么说，一定要做个农民或者医生"②。伊丽莎白决心拥有一份公共职业，这不仅是对母亲的逆反，更是对父权社会下将女性局限于私下领域的传统观念的挑战。"事实上，她是个开拓的先锋、迷途的羔羊，富于冒险精神，而又信任别人"③。伊丽莎白已经不满足于像母亲那样，甘当芸芸众生中的隐形人，她不但是可见的，而且是无畏的、高度凸显自我精神的，甚至具有海盗般"不顾一切、压倒一切"的冒险精神。

> 伊丽莎白在车站上，蓦地一个箭步，抢在众人之前，挺麻利地登上了公共汽车。她占了顶上一个位置。那辆闯劲十足的庞然大物（活像海盗船）一下子开动，疾驰而去；……这辆车简直就是艘海盗船，风驰电掣，横冲直撞，不顾一切，压倒一切，危险地绕圈子，……她那漂亮的身子自如地摆动，宛如一名骑手……④

此时的伊丽莎白已经全然抛弃了温文尔雅、彬彬有礼的传统女性气质，相反，她俨然是一个不拘小节、勇敢鲁莽的女性，驾驶着"海盗船"在变幻万千、暗礁四伏的伦敦街头，冲破扼杀女性自我身份的父权社会的习俗、偏见和理性，开拓和寻找供自己自由徜徉的一片广阔天地。

然而，沃尔夫笔下行走在伦敦街头的女性漫步者通常都带有一种"无产阶级的阶级性"；她们的都市经验并不局限于冬日里纯粹惊艳的美，或走出户外，打破父权禁锢、寻找真实自我价值的冒险，还是把漫游的目光从色彩和光艳移向构成人群的个体：皮鞋店里对自己唯一发育正常的双脚充满信心的侏儒，把头依偎在瘦弱男孩的肩膀上、向世人传达"片刻的沉寂、直白和灾难"的盲人兄弟，留着胡须、精神粗鲁、饥饿难耐、眼神里都透露着凄凉的犹太人，蜷缩在台阶上、裹着破衣烂衫、像死驴烂马一样被遗弃的驼背老太太。她

---

① 弗吉尼亚·沃尔夫：《达洛卫夫人》，第 139 页。
② 同上，第 139-140 页。
③ 同上，第 140 页。
④ 同上，第 138 页。

们不但与现代资产阶级女性的克拉丽莎、代表现代新女性的伊丽莎白形成鲜明的对比，而且与十九世纪巴黎街头的拾垃圾者、妓女、老妪等漫步者不无二致。她们是社会的边缘人物；她们构成了与丰裕社会对立的一端，而与她们构成对立关系的不是拥有贵重器皿的富人，而是象征着富人身份的物品本身：由镀金的高傲的天鹅脖子支撑的沙发，由色彩斑斓水果篮装点的餐桌，由足能撑得起野猪头的绿色大理石铺就的餐具柜。穷人就在这些贵重物品边上席地而卧①。

这些外表华丽、价格昂贵的家具既是资产阶级地位的象征，同时也为无家可归的流浪者提供了欣赏的客体和栖息的场所；既赢得了来自上层社会的漫步者的同情，最终也令他们产生反感和抵触；因而从一个更深的层次上反映了这些漫步者的阶级性：他们在伦敦街头寻找的身份不是他们竭力要避开的这些边缘人物，而恰恰是他们自己所代表的傲慢的资产阶级。正因如此，沃尔夫笔下的女性漫步者总是在目睹惊颤的街头景观的同时进入到无限的想象空间，以不同的个体衡量真正的自我：

> 一个月里站在人行街道上的人，六月里在阳台上俯身鸟瞰的人，哪一个是真正的我？我在这里，还是在那里？抑或真正的我非此非彼，不在这里也不在那里，而是如此多样和排徊，只有在让它不受羁绊地任意驰骋的时候，我们才是真正的自己？②

然而，环境决定一切，习俗是衡量真我的准绳。"一位好公民必定是一位银行家、高尔夫球手、父亲、丈夫，而不是流浪于荒漠的游牧民、凝视天空的神秘主义者、旧金山贫民窟里的浪荡子、奔赴革命的军人、高喊怀疑主义和孤独口号的贱民"③。这里划分的阶级阵线是再清楚不过了。当这些女性漫步者回到家里，告别了荒芜的街道、吵闹的人群时，她们便开始讲述着侏儒和盲人的故事、梅菲尔庄园的派对，以及文具店老板与老板娘的吵嘴。

> 能够更深一层地进入这些人的生活，以至于产生没有受限于单一精神的幻觉，而是能短暂地用几分钟的时间扮演其他人的身体和精神。你可能变成一个洗衣女工，一个酒馆老板，一个街头歌手。还有什么能比离开个性的笔直路线、走上通往荆棘和密林之下的哪些小路，进入那些野兽也就是我们的同胞所生活的森林深处，更快乐更令人惊讶不已呢？④

---

① Virginia Woolf. Street Haunting：a London Adventure.

② Ibid.

③ Virginia Woolf. Street Haunting：a London Adventure.

④ Ibid.

　　难怪沃尔夫总结说："逃离是最大的快乐；冬日里漫游街头是最大的冒险"①。在这"最大的快乐"和"最大的冒险"中，沃尔夫的女性城市漫步者为读者勾勒出一幅明亮的伦敦地图：无论是千帆竞发、百舸争流的伦敦码头，还是彩灯美轮美奂、丝绸堆积如山、汽车流光溢彩的牛津街，无论是把伦敦装点成一座"坟墓之城"的西敏寺和圣保罗大教堂，还是它那层叠有致的地貌、巍然挺拔的建筑和烟腾雾涌的天气，伦敦都堪称"一道亮丽的风景，一个商业中心，一座法院和一片繁忙的工业区"。人们在那里繁衍生息，聚会派对，婚丧嫁娶，写作表演，谈笑风生："伦敦依然存在，然而伦敦将永远不再是那座相同的城市"②。

　　总言之，沃尔夫笔下的伦敦街头呈现出主动与被动、融合与分解、异化与结合等一系列矛盾的对位关系，为作家建构伦敦现代性的宏大叙事提供了丰富凿实的素材：城市是一种符号，城市是一种话语，城市是一种语言。符号话语语言的共性在于它们借助某种媒介"对着城市居民说话"，向他们讲述一个空间化的时间的故事，并通过这个故事向他们传达某种要从根本上加以展开的"诗意"。如果城市是"石头上的写作"，文学是"纸面上的写作"③，那么，在城市中生活、行走、观察的人群就必然是这种"写作"的主体，无时无刻不在书写着城市错综复杂的历史，捕捉弥漫于每个街头的普鲁斯特式的瞬间，再用如诗人般的心智和眼光勾勒出城市特有的诗意和光晕。在这个意义上，现代女性城市文学作品的作者及其作品中的人物就都是城市漫步者。"城市"对于女性作家的"现代童话"之所以重要，因为它是一个形象。即是形象，它就必然具有隐喻意义。女性作家漫步于街头，审视、阅读街头的万般景象，无异于破解充满于这个城市之中的无数瞬息万变的现象的隐喻，在"从隐喻到分析"的过程中发现城市的象征意义及其生成④。这意味着"城市"就是现当代英国女作家创作的地缘依据，而"城市形象"则是她们再现城市文本、挖掘城市记忆、表达城市思想的必然依据。

---

①　Virginia Woolf. Street Haunting: a London Adventure.
②　弗吉尼亚·沃尔夫：《伦敦风景》，第 80 页。
③　Roland barthes. "Semiology and the Urban". p. 167.
④　Roland barthes. "Semiology and the Urban". p. 168.

第三节　游走于城市荒漠的女性——战争与家园

1940 年 9 月 7 日至 1941 年 5 月 10 日间，纳粹德国对英国首都伦敦和其他各大城市及工业中心实施连续八个月的战略轰炸。伦敦遭受了 76 次空袭，4.3 万多平民死亡，百万房屋被摧毁，200 万人无家可归。与柏林和重庆一道，伦敦成为第二次世界大战中遭受空袭最严重的城市之一。"被轰炸的城市"成了"这场战争的背景"①。与第一次世界大战相比，英国的伤亡人数远不及上次，但这次，战争就发生在家乡，就在人们每日工作、学习、生存的城市上空。德军的闪电式袭击以更直接、更具威慑力的方式侵入了英国普通民众的日常生活，改变了伦敦的大都市景观，摧毁了英国人和欧洲人延续数千年的傲慢。"没有哪个人会邪恶变态到希望看到这座伟大的都城，看到英格兰和整个欧洲的骄傲被焚之一炬……但如果不是见证了伦敦的荣光谁又会能够满足呢?②"

然而，都城没有在废墟上塌倒，伦敦人也没有在硝烟中屈服，却以顽强的生命意志诠释了战争的崇高和美。丘吉尔在 1940 年 5 月 19 日发布全国广播讲话，说英国正经历史上"最令人心生敬畏的时期"，这场战争无疑是"最崇高的"③。不论是捍卫民族主权的高尚道义，还是国家的政治宣传机器，强调战争的崇高都不能掩盖战争的暴力和暴力导致的严重后果。康德在《判断力批判》中讨论了战争具有的崇高性，但崇高的前提必须是维护秩序，以及对平民权力的神圣不可侵犯的尊敬。然而，康德的理论预设同样不能阻止昼夜不息的狂轰滥炸，同样不能避免这座人声鼎沸的城市沦为一片荒漠的命运。即使这样，对作家而言，战争除了惨绝人寰的暴力外，还具有一种崇高的美。诗人和小说家罗丝·麦考莱（Rose macaulay）就在这无言以对的可怕景象中看到了"炼狱般的耸人听闻的美"④。伦敦的艺术家和作家们凭借各自独特而敏锐的视角，体验着这场前所未有的战争，记录着被战争破坏的支离破碎的生活，探究着普通人在反常情况下的精神状态。路易斯·马克尼斯（Louis MacNeice）为

---

① Stephen Spender. War Pictures by British Artists, 2nd ser. p. 6.

② Edmund Burke. A Philosophical Enquiry into the Origin of Our Ideas of the Sublime and the Beautiful. p. 44.

③ Mark Rawlinson. British Writing of the Second World War. p. 80.

④ Rose Macaulay. "Consolatins of the War". p. 281.

这"毁灭的幻觉"同时感到"震惊"和"跃动"。面对前所未有的如此大规模的废墟景象,伦敦人的丧生成为"另一个问题",一个难以表达清楚的问题①。轰炸彻底改变了城市景观,末世般的毁灭触发了诗人人性中自发的同情和审美情绪的震撼,使他们在暴力的景观与崇高的美感之间摇摆。托马斯·德·昆西(Thomas De Quincey)就以一种超越道德的理解诠释了1809年德鲁里巷的大火,在普遍的同情悲悯过后,大火也以其壮美吸引着人们的感性,"自然而毫无约束的将其当做舞台景观来观赏"②。

空袭后的城市废墟把许多作家带到了前现代的世界,一个"表达残留而非进步观念"的世界③。芭芭拉·匹姆(Barbara Pym)这样描写空袭赋予城市空间的古老形象:"麦达维尔宽广而宏伟,我怎么这样认为,尽管那里的一些房屋显露出衰败的庄严。现在到处都是轰炸炸过的废墟,更增强了它崇高的庄重感,好像那就是古希腊和古罗马的遗迹"④。当人类文明受到现代科技手段摧残的时候,已经丧失的古代世界便以怀旧或记忆的方式重新出现在作家的想象当中。维拉·布里顿(Vera Brittain)把1940年遭空袭后的伦敦称作"特洛伊废墟"。希尔达·杜立特尔(H. D.)描写战时伦敦的三部长诗的第一部《墙未倒塌》(*The War Do Not Fall*)开篇就将伦敦的废墟和古埃及的卡纳克遗址联系起来。

> 那里,正如这里,废墟敞开
>
> 坟墓,神殿;走进那里
>
> 就如同走进这里,没有大门……⑤

走进空袭后的伦敦如同走进开放、静止、沉寂的埃及古墓。杜立特尔联想起20年前她参观卡纳克的情形,肃穆和敬畏之情油然而生,并在题献中写道:"献给卡纳克,1923年/来自伦敦,1942年"⑥。她后来还说,"生活在伦敦见证这毁灭的狂欢,赤裸裸的威胁和死亡的暗示让我越陷越深"⑦。《墙未倒塌》全诗共分43节,诗人在伦敦废墟上游荡时想起了古代城市,于是,现代战争在社会、文化、医药和宗教等方面造成的破坏与历史记忆勾连起来。在1943年写给批评家诺曼·霍姆斯·皮尔森(Norman Holmes Pearson)的信中,杜立

---

① Louis MacNeice. "The Morning after the Blitz (May 1941)". p. 118.

② Thomas De Qunincey. "1854 'Prostscript' to 'On Murder Considered as one of the Fine Arts'". p. 72.

③ Mark Rawlinson. British Writing of the Second World War. p. 81.

④ Barbara Pym. So Very Secret: Civil to Strangers and Other Writings. p. 297.

⑤ H. D.. The Wall Do Not Fall. p. 7.

⑥ H. D.. The Wall Do Not Fall. p. 7.

⑦ H. D.. The Wall Do Not Fall. p. 7.

特尔谈到埃及古城和伦敦的关联，"古埃及的'古'伦敦的平行关系是显而易见的，……我们见过了自己太多的展出的历史，它就像竖起的另一部薄墙，在墙的另一面，普通器具就像博物馆的珍品一样展出"①。《墙未倒塌》与艾略特的《荒原》有异曲同工之妙，诗人在影射、对比、探究古代传说和古代废墟的同时，呈现了战时伦敦的荒漠景观和伦敦人救赎与重生的主题。野草攀上残垣断壁，肆无忌惮地侵入已经破损的房屋和倒塌的屋檐，而诗人却在城市的荒漠中感受到了自由灵魂的气息。

> 到处是废墟，但坍塌的屋顶
>
> 逃离了密封的房间
>
> 向空中敞开；
>
> 就这样，穿过荒芜，
>
> 穿过骚动，穿过阴郁
>
> 灵感追逐着我们。②

城市荒漠的景象唤醒了诗人沉睡的意识，开启了诗人审美的眼光。罗伯特·罗森布鲁姆（Robert Rosenblum）从两方面解释了现代艺术中新的古典情愫："一方面，大规模宣传的希腊和罗马遗迹激发起回顾性的怀旧，指向已经丧失、无以挽回的过去；另一方面也引发了前瞻性的乌托邦主义，英雄般地试图在现代历史中重构这些远古的辉煌"③。在时间意识上，怀旧和乌托邦或许是相互对立的，但面对废墟中的城市和岌岌可危的生命，它们都已成为作家想象中重塑历史的契机和动力。

纳粹的闪电式空袭不仅改变了伦敦城的物理景观，同时也把战争意识渗透到伦敦人日常生活的方方面面，从工作机会、公共关系到家庭和个体的心理状况；空袭不仅是一次次孤立的事件，而且已经成为人们习以为常的生存环境。纳粹德国战败的消息给人们带来的与其说是胜利的喜悦，倒不如说是从暴力中的解脱，而人们大举庆贺胜利的狂欢场面不过是另一场战争的缩影和前奏曲。在伊丽莎白·鲍恩（Elizabeth Bowen）眼里，五彩的烟火、轰鸣的飞机和闪耀的灯光不外乎是"对战争的拙劣模仿"④。的确，作为英国最重要的描写二战的作家之一，鲍恩笔下超现实的伦敦印象主要源自对闪电式空袭的记忆，那些空袭撕碎了礼貌的外表和文明的矫饰，人类在支离破碎的生活中暴露了原始的生存本能，在扭曲的超现实世界中找寻着未来的出路，和其他人一样，鲍恩也

---

① Norman Holmes Pearson. "H. D. Letter to Norman Holmes Pearson". p. vii.

② H. D. The Wall Do Not Fall. p. 7.

③ Robert Rosenblum. Transformations in Late Eighteenth Century Art. p. 112.

④ Victoria Glendinning. Elizabeth Bowen: Portrait of a Writer. p. 157.

感到了错位和迷失的恐惧，但城市废墟中前所未有的经验和超越时空的混沌也令她振奋。她在小说《炎日》中写道，"世界大战意味着无法控制的跨越边界"①。战争已经失控，它以无数的碎片侵入了人们的日常生活，以至于任何整体的把握和分析都无从着手。

鲍恩从女性视角再现战时的伦敦。这种再现不是男性的、权威的、整体性的全景展示，而是顺时的、偶然的、短暂的印象碎片。无论是《炎日》中充斥着的谎言、背叛、危机，以及已经破除公私界限的女性社会经验，《墙未倒塌》中，诗人在古代废墟寻找伦敦踪迹的梦幻之旅，还是《我的荒野世界》（The World of My Wilderness）中女主人公从战争结束到重建时期获得的社会和心理经验，所描写的都是黛博拉·帕森斯（Debrah Parsons）所说的"城市中游荡的拾荒者"②，她们在废墟中寻找被人忽略的碎片，体验遍地瓦砾的荒凉，回想顷刻间倒塌的家园，试图理解那些怪诞野蛮的行径，在幻影般的视觉冲击和沉重的历史现实感面前，她们创造性的拼贴、构建和实践着战争的"崇高"美学。当然，她们绝没有为战争高唱赞歌，而是从自己的切身经历出发，从普通人在战时伦敦的所见所闻出发，绘制空袭后的城市荒漠，剖析危机时刻暴露的城市的社会关系。鲍恩在短篇故事集《魔鬼情人》（The Demon Lover）中写道，"战时，作为普通人和作家，我打开了生命的每一个毛孔，过着多种生活，被无以计数的其他人的生活包围着，他们都承受着巨大的压力……我觉得我写的东西都不是我的'创造'。在战争中，每个人超负荷的潜意识似乎都充溢而出，融合在一起了"③。作为"城市拾荒者"的女性作家。再充溢着潜意识的伦敦废墟中拾捡隐蔽的欲望、深埋的历史、迷惘的情结和遗弃的幻想，游走在现实与梦境的边缘，而所拾到的一切都无不投射到她们笔下那个飘忽不定、变幻莫测的幻影世界之上。

菲利斯·莱斯勒（Phyllis Lassner）称伊丽莎白·鲍恩为"世界女人"。这的确不无道理。涉世不深的乡间女孩很难想象鲍恩如何在纳粹密集轰炸伦敦时自由甚至玩世不恭地游走于伦敦和杜柏林之间，身兼妻子、情人、防空队员、情报侦查员、名媛、艺术家和作家等多重身份，"仿佛 20 世纪 40 年代英美影片中赞美的独立坚强的女性"④。鲍恩精于世故，对自己所处的世界有清晰深刻的认识。从 1899 年在都柏林出生到 1973 年于伦敦逝世，鲍恩丰富而又充实的一生都献给了她所钟爱的这两座城市，而她作为英国人和爱尔兰人的双重文

---

① Elizabeth Bowen. The Heat of the Day. p. 347.
② Debrah Parsons. Streetwalking the Metropolis: Woman, the City and Modernity. p. 188.
③ Elizabeth Bowen. The Mulberry Tree: Writing of Elizabeth Bowen. p. 95.
④ Phyllis Lassner. Elizabeth Bowen. p. 1.

化身份，虽然实时令她产生危机感，却在履行对传统的责任和对自我的本能表达中培养了敏锐的历史感。

　　"鲍恩庄园"是她继承的家族遗产，也是她躲避伦敦炮火、远离残酷战争的精神避难所。她在二战期间完成的、以家宅命名的回忆录《鲍恩庄园与七年之冬：都柏林儿时记忆》中写道，"就像福楼拜描写虚无的理想之书，其赖以存在的内在力量是风格"①。楼拜追求一种完美的文体，不需要讲什么故事，只把内容与形式紧密结合起来，就构成了不需要任何外在因素的自足体系。是远离现世威胁、稳定安逸的神话般的伊甸园。然而，神话终将破灭。"丧失纯真不仅是我们的命运，也是我们的使命，一旦失去了它，我们就再也不能享用伊甸园的野餐了"②。对这位作家来说，"鲍恩庄园"是一部沉甸甸的家族史和文化史，那里曾经有过的激烈的派系纷争、繁琐的世俗礼节、令人窒息的家族传承，都梦魇般地挥之不去。鲍恩的父亲不顾祖父反对，放弃管理家族财产的责任而转入律师业，从此家道开始衰落。鲍恩七岁时，父亲由于事业失败和承受的家族压力，终于精神崩溃。冷漠孤僻的母亲独自带着年幼的鲍恩搬到伦敦，永久稳定的生活从此消失。她 13 岁时，癌症夺去了母亲的生命。也就是在这时，"父亲那紧张又神秘的疾病，时而令人不安的沉默，时而狂躁如犬的叫喊，给我施加的最大、最可悲的影响就是让我患上了口吃症"。口吃从此伴随着她，而常常"令她经常口吃的一个词就是'妈妈'"③。她也因此把沉默当作一种策略来面对"痛苦和丧失的感觉"，承受"缺陷、变态和耻辱感"的只有折磨④。也正是这些感觉和折磨激发了鲍恩强烈的自我表达的欲望，最终通过创作发现了心中长久的积怨，甚至战胜了沉默和口吃，最终能够在电台和公共场合演讲了。

　　鲍恩的作品表现出强烈的情感和印象主义色彩，但她并没有单纯把情感作为传达个人感性的工具，而注重产生这些情感的社会核心力量。鲍恩相信，即使在虚构实践中，幻想和情感表达也势必掺杂着历史事实、行为后果和道德规范的调和。对鲍恩而言，写作是"难以抗拒的冲动"，是赋予情感和经历以清晰形式的本能，是"变幻万千的腹地"。没有出版的东西对于我都没有太大的价值。没有意义的、权威的知识生活在我看来是无法忍受的。当我看到书的价值而且没有书能够起到的作用时，我就渴望写作：我坚信没有比写作更值得投

----

① Elizabeth Bowen. Bowen's Court and Seven Winters：Memories of a Dublin Childhood. p. 21.
② Elizabeth Bowen. Collected Impressions. p. 263.
③ Victoria Glendinning. Elizabeth Bowen：A Biography. p. 32.
④ Phyllis Lassner. Elizabeth Bowen. p. 8.

入的事情了①。麦考莱最先发现了鲍恩的才华，在她的引荐下，鲍恩于 1923 年发表了第一部短篇小说集《遭遇》（Encounters），同年她嫁给了教育部官员阿兰·卡梅伦（Alan Cameron）。相对安逸的家庭生活，为鲍恩提供了良好的创作环境，特别是卡梅伦担任牛津市教育长官期间，鲍恩结识了当时文学界已久负盛名的女作家弗吉尼亚·沃尔夫和罗莎蒙德·莱曼（Rosamond Lehmann）、文学批评家戴维·塞尔西（David Cecil）、莫里斯·巴哈（Maurice Bowra）和哲学家以赛亚·柏林（Isaiah Berlin），这些延续一生的友谊不仅对鲍恩的写作裨益匪浅，而且进一步开启了她的内心闸门，让这个曾经孤僻无助的女人建立了情感和精神沟通的渠道。然而，在政治上，鲍恩却始终保持谨慎冷漠的态度。当极左和极右的意识形态在牛津大学的沙龙里和知识分子的聚会上甚嚣尘上时，鲍恩抵制这些政治思潮，将关注点集中在个体身上，考察他们如何在政治动荡的年代里构建自己的意识，提出自己的主张。尽管她与布鲁斯伯里团体保持着友好的关系，但无论在审美取向还是在历史价值方面，她都始终有意识地与之保持距离，给自我留有一片自由的天地。

"我开始认为，我的创作也许是为了弥补我与生俱来的缺憾——所谓与社会的正常关系。我的书就是我与社会的关系②"。写作为鲍恩架起了一座桥梁，把她孤立沉默的内心世界与她所处的知识、艺术以及更广大的社会连接起来，而她的勤奋和多产也进一步巩固了这种"社会关系"。"你每讲一个故事都是在创造一个社会。事实上，你和故事中的人物的关系会比你和现实社会中任何人的关系都密切。让读者着迷的也正是这种理想的亲密关系和你的能力③"。然而，作家和她的人物，也保持着清醒的批评距离。鲍恩认为"任何小说创作都是变形的自传。我可以，而且即使我不愿意，我也必须把我写的所有故事与我自己的生活联系起来"。然而，她同时也反对"作为赤裸裸的自我表现的艺术"；她不会仅仅出于展示或者背叛情感的目的而在作品中暴露自我④。可以说，写作为鲍恩架起的连接社会的桥梁在自我情感的风暴中顽强地屹立着。即使到了战时，当整座城市都在密集的炮火袭击下陷入了恐惧、不安和混乱时，鲍恩也未停止创作，相反，她将这一特殊时期的经历以更加丰富、更富有冲击力的表现方式转化到作品中。她直言不讳地说，"我不会为了任何东西而失去我战时的伦敦生活：那是我生命中最有意义的一段经历⑤"。

---

① Phyllis Lassner. Elizabeth Bowen. p. 11.
② Elizabeth Bowen. Why I Write. p. 23.
③ Ibid. p. 23-24.
④ Phyllis Lassner. Elizabeth Bowen. p. 18.
⑤ Victoria Glendinning. Elizabeth Bowen：A Biography. p. 158.

　　鲍恩和丈夫卡梅伦住在摄政公寓公园寓所，那里曾反复遭遇轰炸，但没有完全损毁，鲍恩坚持住了下来。此期间她多次回爱尔兰，为英国情报部门搜集爱尔兰人关于英国参战态度的情报。在伦敦，她主动申请当防空队员，这让她有机会穿行于弹坑和坍塌的房屋之间。她所看到的城市，要么是漆黑的深夜，只有在月光和探照灯的照射下才能看到的空无一人的阴森景象；要么是黎明时分，遍地瓦砾的街道上依然冒着炮火袭击后的滚滚浓烟。无家可归的人们仿佛一具具僵尸在空旷的大街上徘徊着。沃尔夫曾在《街头漫步：一次伦敦险》中描写一个走在街头、卸下包裹、在城市中游荡的女漫步者，周围的一切尽在她那"知觉性的、牡蛎般的巨眼"之中。鲍恩的《伦敦，1940》（"London，1940"）同样描述了她站在街头观察世界的经历。如果说沃尔夫的漫步者走上街头是为了"享受冬日里最大的乐趣"，人群为她提供了独特的审美体验，那么，鲍恩和其他从空袭中幸免的人们就面临定时炸弹随时可能爆炸的危险，必须时刻保持警醒的意识。沃尔夫笔下的牛津街以最张扬、最令人兴奋的形式彰显着现代消费文化美轮美奂、流光溢彩的繁华景象，而在1940年，经过空袭的"整条牛津街，从东到西，空荡荡的，就像抛光的舞厅，破碎玻璃片闪闪发亮"。鲍恩写道："此刻寂静是庞大的怪物，吞噬了整条街。绳索把街道划分成一块块区域，没有车辆通行，带着头盔的人说不允许任何人通行（但仍有人溜过去）。除了巨大的爆炸造成的后果，这个地区还被投下定时炸弹——我们都聚拢在一起，等着它爆炸"[1]。鲍恩和其他从废墟中逃出来的人们聚集在面目全非的牛津街上，好像置身于与世隔绝的"孤岛"。"我们看上去都像从坟墓中爬出来的死人，站在避难所门口无所事事地彼此打哈欠，或者站在空荡荡的街上，用脏手揉着眼睛。又是一个轰炸的夜晚。几乎整个街区都被炸没了——开放的弹坑除了尘土空空如也，晦暗的天空没有任何色彩"[2]。

　　遭遇袭击后的牛津街到处是魂不守舍的人们，互为彼此凝视的对象。但他们并没有像波德莱尔那样的藏匿于人群捕获诗意的特权，也没有沃尔夫的叙述者那样的主动摆脱身份的束缚寻求城市体验的兴致，他们有的只是彻夜未眠的呆滞和倦怠，只是饥肠辘辘的疲乏和无助。鲍恩写道："我们当中有的人穿着衣裳，有的没穿：只是外衣罩着睡裤。有些波兰人，他们又一次丧失了一切，随地瘫倒。他们已经有过这种经验了。我们忍不住盯着他们看。有两三对情侣，显得很不安——人们禁不住想到，'啊，爱情多么奇怪呀'。有几个两三天之前才来到这里的流浪者，他们先前藏身的地方遭到轰炸后就跑到了这里，

---

① Elizabeth Bowen. The Mulberry Tree: Writing of Elizabeth Bowen. p. 21-22.

② Ibid. p. 22.

现在又得继续寻找藏身之所"①。形形色色的人聚集在一起，加剧了战时城市的怪诞氛围。"不管多少人聚在一起，当风声呼啸、碎石震动的时候，每个人都是孤独的"。因为"九月的每一个夜里，没有一个舒适的地方。待在哪里那是你自己的选择，你的所想所感也是你自己的争斗"②。被迫聚在一起的人们在进行着孤立无援的战争，但是当紧张和恐惧变成了一种常态的时候，他们的意识终究会相互融合，以至于达到完全失去自我的地步。"在一颗又一颗炸弹之间，我们再次走到一起：我们差不多每个人都在猜测其他人都发生了什么。恐惧并非在累积：每天夜里它都重新开始。另一方面，抵抗已经成为一种习惯。再好不过的是它为什么搭建起了共同基础"③。

沃尔夫"嬉戏的"巨眼飘过城市光滑明亮的外表，"它只停留在美的事物上；仿佛蝴蝶寻求色彩、沐浴阳光"④。鲍恩警惕的、严肃的目光审视的却是防不胜防的空袭。鲍恩在《魔鬼情人》的后记中写道："在黑暗里行走六年（那黑暗把大都会变成了神秘莫测的峡谷），人们会产生新的明晃晃的戒备意识，发明自己本能的警报信号和符号体系。到了白天，他们总是要绘制新的地图来标明新的变化"⑤。空袭期间的伦敦不再四通八达。"交通停运，通讯中断，一个个警戒的区域，还有那些'肮脏的'夜晚，伦敦已经退化为集结的村落——几乎就是乡村公社"⑥。每个人的生活都局限在自己的村落里，朋友无法联络，左邻右舍在街头巷尾互道"好运"，他们之间最重要的交流就是打探别的村落的消息。而即使自家门口已经被划定为安全的生活区，定时炸弹的潜在威胁也时不时将人们赶上"流亡"的道路。鲍恩被迫离开了马里勒本，到牛津街宿营，等待着下次空袭的来临。

空袭改变了伦敦公共场所的景观形象和象征意义。摄政公园由于空袭而关闭。"大门里面一颗哑弹也已让柏油路开了花。环绕公园三面的摄政寓所的平台就像空无一人的剧场里的布景：在紧锁的大门下，积攒了一个星期的落叶飘来飘去，四周一片寂静。晚上，我站在阳台上，就好像住在荒芜宫殿的一角。我始终都把这座公园当做地球上最能代表人类文明的景观之一；纳什柱看起来和白糖一样脆弱——事实上它们没有倒下去，这简直是奇迹。有些平台已经毁坏——百叶窗摇曳不定，屋顶落到了地上，房间里充斥着发霉的气味。三角门

---

① Elizabeth Bowen. The Mulberry Tree：Writing of Elizabeth Bowen. p. 22.
② Ibid. p. 23.
③ Elizabeth Bowen. The Mulberry Tree：Writing of Elizabeth Bowen. p. 23.
④ Virginia Woolf. "Street Haunting：A London Adventure".
⑤ Elizabeth Bowen. The Mulberry Tree：Writing of Elizabeth Bowen. p. 99.
⑥ Ibid. p. 24.

楣散落在地上"。曾经开放的、熟悉的人类文明现已异化为封闭的、陌生的原始景象。堆积的落叶，空荡荡的剧场，荒芜的宫殿，破损的房屋，腐朽的味道，这一连串的形象渲染的是一种末日的氤氲。虽然公园大门紧闭，但不足以阻挡这种阴森恐怖的气息。"我们偷偷远眺封闭的公园，揣摩着那里的鬼魂"①。

作为伦敦大都会的标志景观之一的摄政公园在战争中沦落了，成了鬼魂出没的地方。文明与荒芜、现实与幻觉、常态与异化发生了错位和倒置，整座城市何去何从难以预测。人们每天都面对巨大的丧失和失落，越来越冷静，甚至麻木不仁。鲍恩写道："我们已经没有多余的情感了②"。西美尔在探讨城市人精神生活的时候说的并不是战争年代，也没有把战争当做一种刺激源。然而，无论是战时还是和平时期，强烈紧张的刺激都同样是都市性格的心理基础；身处大都会的个体所面对的同样是迅速而紧张的变化，刺激着人们的神经，使之产生瞬间的和持续的印象。战时的生死关头与和平时期都市残酷的务实性并没有本质的区别，生存的主体必然需要一种保全自我的"自我隐退"，或许是一种厌世的冷漠态度，这也是伦敦人在特殊时期抵御外界刺激的自我防御机制。

《炎日》在鲍恩卷帙浩繁的著作中占有重要地位，这不仅是因为小说广泛涉及了鲍恩一生所关注的很多重要主题：爱尔兰故土、历史叙事、感性和幻想、战争经验、个体生活和女性等，而且对作家个人而言也具有特殊意义。鲍恩在伦敦空袭期间结识了加拿大外交官查尔斯·里奇（Charles Ritchie），两人在英国主流社会的文化生活之外开始了一段短暂而剧烈的秘密恋情。鲍恩后来就是以这段经历为蓝本，创作了小说《炎日》。紧张的战争背景、友情与恋情的模糊界限、家庭责任和情感本能的冲突与调和都写入了这部溶战争与个人情感于一炉的小说之中。鲍恩于1944年就着手写作，1949年该小说才得以出版，一方面因为战争期间很难找到长时间不受干扰并能全身心投入的写作环境；另一方面，鲍恩在语言技巧和写作风格上进行了大胆尝试，以片段的、跳跃的、印象式的多元呈现打破了传统的写实手法，用作家自己的话说，她希望这部小说的结构类似于"剧烈震动后的万花筒，甚至连万花筒内部的反光镜也是破碎的"③。鲍恩透过万花筒般的碎片再现了战争中伦敦的日常生活经验的碎片。生活中曾经确定的概念，如情感家庭、遗产继承、历史习俗、阶级民族等，在战争中都变得模糊起来，甚至完全丧失了，取而代之的却是婚外恋、

① Elizabeth Bowen. The Mulberry Tree：Writing of Elizabeth Bowen. p. 24.
② Elizabeth Bowen. The Mulberry Tree：Writing of Elizabeth Bowen. p. 25.
③ Maud Ellmann. Elizabeth Bowen：The Shadow Across the Page. p. 146.

一夜情、精神病、谎言、敲诈、背叛和间谍活动。

小说描写了主人公史黛拉·罗德尼和情人罗伯特·柯维与英国情报人员哈里森之间的三角关系。伦敦遭到空袭后，哈里森怀疑罗伯特是德国间谍，因此开始跟踪调查；他试图说服史黛拉离开罗伯特而做自己的情人。史黛拉因此陷入两个男人，即一个间谍和一个反击间谍之间。然而，这并非是单纯的浪漫悬疑故事，小说结尾没有明确给出主人公的结局。罗伯特身份暴露后试图从史黛拉的屋顶逃走，但不幸落地身亡，究竟是自杀还是他杀也不得而知。哈里森也消失得无影无踪，到1944年伦敦再次遭到空袭时才又突然出现在史黛拉家，两人最终结局如何故事也未作交代，小说因此留下了很多悬念。但作为从印象碎片的视角呈现战时生活体验的一部小说来说，情节并不是主要的。在《魔鬼情人》的后记中，鲍恩非常清楚地说明了小说与历史事件之间的关系："这些是讲述战争时期的故事，但不是战争小说。甚至连战斗行动——如空袭——的描写都没有"①。同样，《炎日》关注的不是具体的战争细节，也不是主人公的结局；在"个体与民族、生活与政治无法化解的纠缠"② 中，战争"领域"和"氛围"无孔不入地渗透于城市的每个角落，也必然渗透于作家的创作之中。

鲍恩试图捕获的是生活在城市废墟中的人们的心理状态和感官印象。小说中唯一的一次空袭发生在最后一章。哈里森两年后来到史黛拉的新公寓门前。"他站在空荡荡的街道上"，远处的炮火仿佛"闪烁的吊灯"照亮了街道，使街道看起来像是"装了镜子的会客厅"。"东方的天空映出火烈鸟般的粉红，没有人注意到天已经亮了；西边的天空燃烧着摇曳的火"③。这里非但没有《伦敦，1940》中那种直接的、残酷的、血腥的暴力场面，反倒具有了日常生活中平凡的美。哈里森走出公寓，在和史黛拉的谈话中，外面响起了两阵密集的枪炮声，但他们似乎并没有特别在意，只有邻居家的猫显得焦躁不安。史黛拉"到处找猫。枪声响起来，哈里森打住话头，观察着她的一举一动，但又不被发现，他松了一口气"④。又一阵枪响过后，"史黛拉靠在椅垫上，静静地听着"。"台灯里的灯泡和窗框摇晃起来——但在火光闪烁、隆隆作响的天空的陪衬下，屋内依然是沉寂的黑暗的中心"。史黛拉的房间仿佛与世隔绝，远

---

① Elizabeth Bowen. The Mulberry Tree: Writing of Elizabeth Bowen. p. 95.
② Andrew Bennett and Royle Nicholas. Elizabeth Bowen and the Dissolution of the Novel: Still Lives. p. 92.
③ Elizabeth Bowen. The Heat of the Day. p. 355.
④ Elizabeth Bowen. The Heat of the Day. p. 357.

处的轰炸和近处的枪声都成了背景，"意识被愚弄了，枪声很快就消失了"①。"好一阵子，哈里森静静地坐着，那专注的样子好像他什么都没听到"②。这里，战争不过是幕间休息，在故事情节的发展中并未起到决定性作用。

然而，作为背景的战争不仅为小说讲述的背叛、危机、身份意识等主题提供了戏剧性的环境，也强化了人物的个体选择和意识视角，因此是不可或缺的。小说中的人物都处于同一个历史境遇，必须为各自的命运负责。关于战争时期的集体历史与个人经验，鲍恩写道，"表面上，我们承认个人命运在战时没有任何意义；暗自里，每个人的心中都又都痴迷于个人的命运"。"这个时期的每个作家都意识到个体的呼喊"③。鲍恩不仅聆听这些呼喊，还从个体的微观视角看待宏观的战争世界。但现实世界的景象也在个体意识的变换流动中发生扭曲和变形。一次，史黛拉和罗伯特一起乘火车去乡下，车窗外的日常景象在史黛拉的想象中一下子充满了神秘的气息。"在史黛拉的脑海里，两个车站成了一年中最具有深意的两个季节的象征——春季和秋季，世间万物将其奥秘传送给你的感观，没有什么陈腐的东西。况且，连年的战争使你把任何平静的场面看得如玻璃一样透明"④。战争不过是主体意识和外界事物之间的一层玻璃，事物投射在脑海里的印象都经过这块战争玻璃的过滤。"朝看台望去，你看到一种最明了、最可靠的英国生活方式。站台本身标志着一家之主晚上高高兴兴回家的旅途"⑤。平日里不起眼的站台在战争中却承载着对稳定家园的寄托。

史黛拉希望在乡下看到罗伯特成长的地方，找到他的根基。然而，挂满了照片的房间"感觉很空"；罗伯特说，"每次走进这个房间我都感觉当头挨了一棒，我不存在——不仅现在不存在，而且从来就没有存在过"⑥。战争不仅彻底颠覆了人们的生活方式和感观意识，还从根本上揭示了无归属的状态，致使人们彻底放弃了对稳定性和目的性的追求；民族、国家无非是抽象的意识形态概念。史黛拉后来质问罗伯特为什么背叛自己的祖国，罗伯特说："我不知道你指的是什么。国家？——已经没有国家了；除了名字什么都不存在了。在这个房间之外还有什么国家吗？精疲力尽的影子强行拖着自己的身躯去打仗

① Ibid. p. 360.
② Elizabeth Bowen. The Heat of the Day. p. 360.
③ Elizabeth Bowen. The Mulberry Tree：Writing of Elizabeth Bowen. p. 97.
④ Elizabeth Bowen. The Heat of the Day. p. 114.
⑤ Ibid. p. 113.
⑥ Elizabeth Bowen. The Heat of the Day. p. 129.

——他们还要拖多久呢"①? 罗伯特叛国的原因并非由于厌恶战争，但战争的确让罗伯特 "透过黑暗的望远镜看待一切事物"②，因此，他自认为自己选择的道路是出于 "理性"，能够尽快地解决混乱，迎来光明。

战争把罗伯特推向了敌营，但对史黛拉而言，战争加剧了自我意识对外界事物模糊和混沌的映射。她从乡下回到伦敦后独自走回公寓。"乡村好像跟着她回到了伦敦，像鬼魂一样的尾随着她，破坏着城市的现实"③。事实上，史黛拉在小说中第一次出现时就已经表现出不确定的、困惑的情绪。"史黛拉·罗德尼站在公寓的窗口，摆弄着百叶窗的拉绳。她打了个环，从环中望着外面的街道"。史达拉和街道之间夹着窗玻璃，百叶窗拉绳的环圈定了她的视线。"百叶窗滚轴藏在窗帘盒里，粗糙的百叶窗落下来，在屋顶的另一端投下了夜一样的阴影"④。而且，史黛拉透过公寓窗口向外看的动作并非出于闲情逸致，而是象征着空袭期间城市居民在相对封闭的环境中获得的安全感，但它同时也是自我意识的投射，无法摆脱黑暗阴影的笼罩，因此也必然是短暂的、不稳定的、危机四伏的。

战争强化了城市人的时间意识。城市的时间不再是单一的、稳定的、线性的，而是分离的、断裂的、动态的。什么活在当下，此时此刻就是生命的全部意义，这是战时生活的特征。当下不是过去与未来之间的链环，而是二者之间的断裂，"未来的真空已经被过去的真空所抵消"⑤。战时的伦敦完全依赖于当下，时间的当下性不仅表现为持续的空袭，还渗透于日常生活的方方面面：昼夜交替就是生的希望和死的恐惧的交替。时间是对城市和历史的巨大威胁，是具象而可以触及的。"每到中午，前一夜和后一夜就在张力的拱门中央相聚"⑥。普鲁斯特在《追忆逝水年华》中用非意愿记忆的碎片构筑起 "时间的大教堂"，鲍恩也在伦敦的废墟上重建起时间的拱门，无论敌军炮火多么猛烈，象征着日夜交替的拱门都巍然屹立在城市的荒漠上。

时间在日常生活中以时钟为衡量标志。史黛拉、哈里森和罗伯特卷入间谍活动之后，每分钟都格外重要，每分钟都不能浪费。哈里森第一次拜访史黛拉时，约定的时间本身就暗示了两人愈加紧张的关系。"八点已过几分钟了：她想为什么他一定要来，可现在没来——她不敢幻想他或许不会来了。他一向准

---

① Elizabeth Bowen. The Heat of the Day. p. 301.
② Elizabeth Bowen. The Heat of the Day. p. 125.
③ Ibid. p. 138.
④ Elizabeth Bowen. The Heat of the Day. p. 20.
⑤ Ibid. p. 103.
⑥ Ibid. p. 99.

时，好像捆在时钟指针上随着它转动一样。八点是他定的时间。……但现在讨论钟点已经没有意义了，因为他清楚地表明他会视具体情况而定"①。哈里森在电话中流露出"掌权人"的语气和"夸大的沉默"，这使史黛拉感到一种"无名的威胁"。哈里森在时间上的懈怠与史黛拉不安的等待构成了张力，表明了两人力量的悬殊和不平等的关系。

战争的威胁加剧了史黛拉身处劣势的无助感。甚至时间本身也成了她要全力抵抗的敌人。遭遇空袭的那天夜里，她翻来覆去难以入睡。"而即使睡着，那也伴随着一种被遗弃的感觉，令人筋疲力尽。但无论哪种睡眠都说明不了自己与昨天的距离和与今天的距离"。史黛拉失去对时间和周围环境的清晰感觉。"她看到的和摸到的东西没有一样能赋予其自身以真实感；甚至连手腕上的表也似乎在掩盖时间；她想象夜晚或许少了几个小时，现在已经是中午甚至是下午了——她急匆匆走上街头，第一件事就是想找一个公共时钟，但这也是徒劳的"②。在缺乏公共衡量标准的情况下，时间丧失了其本应该具有的客观性和中立性。史黛拉和罗伯特常去的餐馆"停业了，整条街都封锁起来了：谣传那里有定时炸弹"③。"定时炸弹"这种武器也凸显出时间的威胁。两人在陌生的餐馆落座后，"阳光照在饭店墙上挂着的时钟上，泛着金色的光晕，和伦敦的其他时钟一样，它也由于炮弹的震动而停止了运转"。"他们俩的手表——也逐渐相互独立开来，虽然从未同步过——一个指向差一分两点半，一个指向两点半零一分"④。

停转的指针，不同步的手表，不见了踪影的公共时钟，谣传的定时炸弹，这些就是充斥史黛拉生活中的时间意象。它们一方面随着她的感官印象而变化，另一方面也在消解现实生活中的真实感，使虚构与真实之间的界限越来越模糊。"他（罗伯特）说的饭店从来没去过；但在太多的朋友讲过的太多故事中，它的名字好像越过了虚构的界限——越过很多界限以至于把她推向了另一边。她感到自己要去书里的秘密地点去和他见面。况且，罗伯特本人不就是虚构的吗"⑤？史黛拉在真实与虚构之间徘徊，对情人的真实身份心生疑窦，这不仅因为哈里森指控罗伯特是间谍，还因为在战时的超现实环境下，迷失感和死亡恐惧很容易让史黛拉进入无意识的幻想，对自己的生活进行虚构的重写。

如果说在遭空袭的城市中时间是变动无常、模糊流动的印象碎片，那么，

---

① Elizabeth Bowen. The Heat of the Day. p. 21.
② Elizabeth Bowen. The Heat of the Day. p. 105.
③ Ibid.
④ Elizabeth Bowen. The Heat of the Day. p. 107.
⑤ Elizabeth Bowen. The Heat of the Day. p. 106.

人们对空间的感知也同样消失了确定性和稳定性。鲍恩在《魔鬼情人》的后记中写道:"我看待战争(毋宁说感受战争),更多的是将其看做一个领域而不是历史记录"①。战争作为一个领域,这意味着鲍恩的研究对象是"战争氛围",也就是战时不同时空关系构成的特殊体验。她所关注的并非"历史的客观行动";对于身处战争氛围中的普通伦敦人来说,个体的生存和感知才是最重要的。在这个意义上,作家平时感受到的自我差异在战时被"延缓"了,"我感到自己和其他人融合在一起了。有时我很难知道自己在哪里停止,他人又从哪里开始"。作家接着解释造成这种意识融合的原因:"坚固的事物被摧毁了,幻觉大规模的爆发出来,曾经承载的声望、权利和永久性都消失了,剩下的就是我们所有人都能同样感到的眩晕和空洞。墙倒塌了;即使不相互认识,我们也能感觉彼此。我们都生活在一个透明的异化状态下"②。在战争的氤氲中,人们对生死未卜的命运产生通感。他们亲眼目睹了一座座坚固的房屋倾刻间变成废墟,见证了整座城市的空间景观一夜之间发生巨变,人们也会自然改变对事物的认识,原本稳固、确定和永恒的东西现在被变动、模糊和偶然性取代了。史黛拉到达爱尔兰的莫里斯山庄时,"在极度的疲惫中,她想象自己来到了另一个时代而不是另一个国家"③。逃离战争领域意味着逃离那一整个时空环境。她住的房间完全"没有历史","在彻底的黑暗中无需害怕记忆的颤动"④。第二天醒来,她感觉"自己丢失了在时间中的位置"⑤。如果说地处中立国的莫里斯山庄是超越时空的世外桃源,那么,再次回到伦敦,她一定会有更强烈的感官震撼。即使在车窗紧闭、密不透风的列车中,史黛拉也清楚地知道,"一定是进入伦敦了:任何其他城市的建筑密度都不能给人以如此强烈的感觉"⑥。作为战争领域,伦敦拥挤的建筑和密集的空间加剧了城市的幽闭氛围。另一次,在从城外返回伦敦的火车上,史黛拉看到林立的临时围墙,纵横交错的栅栏,"铁道沿线的废墟连成一片"⑦。

无论在封闭的街区,还是在紧张的个体关系中,整座城市都处于压抑的状态。"伦敦不仅被英国占领了,也被整个被占领的欧洲占领了"⑧。在这个作为战争领域的城市里,个体对地理空间和政治空间界限的意识越来越模糊,国界

---

① Elizabeth Bowen. The Mulberry Tree: Writing of Elizabeth Bowen. p. 95.
② Elizabeth Bowen. The Mulberry Tree: Writing of Elizabeth Bowen. p. 95.
③ Elizabeth Bowen. The Heat of the Day. p. 180.
④ Ibid. p. 184.
⑤ Ibid. p. 196.
⑥ Ibid. p. 200.
⑦ Elizabeth Bowen. The Heat of the Day. p. 93.
⑧ Ibid. p. 139.

也被轻易地抹去。当"工作和思考都是痛楚","疲乏成为唯一的真实"时，现实与虚拟、人与动物，甚至生与死的界限也消失了。"医院里冷漠的、受伤的和将死的人看着墙上光影的变化。无家可归的人坐在规定的地方；或者和动物一样顽固地回到原地寻找已经不复存在的东西。更重要的是，死人也从太平间的碎石废墟中走出来，整个伦敦都感受到他们隐形的存在——不是作为今天的死人而是作为昨天的活人。他们无以计数，继续在白天的城市里游荡，将其破碎的感觉施与所看、所听、所感的一切事物，吮吸着他们曾企盼的明天"①。伦敦俨然成了一座"鬼域"，被炸死的人们阴魂不散，聚集在生死之间的林波界，相互倾倒往昔的记忆、今日的不幸和未来的夙愿。

"当活人与死人之间的墙壁变薄时，活人与活人之间的墙壁也不那么坚固了"②。在战争的威胁下，陌生人彼此"透明"起来，但这并不是说人们之间没有秘密，肤浅易懂；相反，"透明"说的是相互间的意识渗透，相互间的影响程度加深，以至于生活的"每一个细小的毛孔都张开了"。在这个意义上，伦敦表现出本雅明在那不勒斯看到的城市的"多孔性"，城市没有了清晰的地理空间界限，对立的现象相互融合，公共与私下、神圣与世俗、新与旧、文化与自然全都连成一片。本雅明在"多孔城市的"日常生活中发掘隐藏起来的辩证形象，如历史废墟庞贝城，无数旅行者在它面前陷入无尽的遐想，而在当地人眼里则充满了机遇、欺骗和实用价值。历史在现实语境下发挥了新的功能③。鲍恩笔下战时的伦敦同样具有"多孔性"，其最大的特点是私密性的丧失，即使最亲密的恋人也无法全身而退。

当史黛拉和罗伯特终于摆脱了妹妹，准备在餐馆里单独共进晚餐时，历史成为了第三者，但他们本身就是"历史的造物"，就在所难免。"人与人之间的关系取决于他们与时代的关系，取决于他们与时代之间发生了什么"④。史黛拉不知不觉扮演了中立的历史角色，通过 XYD 组织⑤为盟国效力，在不知情的情况下和纳粹间谍建立了亲密关系。然而，恋人的隐蔽世界无法抵御世界战乱的侵袭，任何孤立的岛屿都不可能与历史绝缘。"不，单独在一起是不可能的。白天光影在墙壁上移动；夜晚回想着所发生的变化；所有事物都在去往另一地——无论他们恍惚中怎样努力保持不变的状态，都能洞察到变化的动向，洞察到第三者的存在。有些事情始终在进程中。……拒绝眼前的一切的结

---

① Elizabeth Bowen. The Heat of the Day. p. 99.
② Elizabeth Bowen. The Heat of the Day. p. 99.
③ Graeme Gilloch. Myth and Metropolis：Walter Benjamin and the City. p. 25-36.
④ Ibid.
⑤ 小说中虚构的英国二战期间的情报组织。

果就是发现你终究无法摆脱，最终仍然要面对这一切"①。

战争的时代背景和民族历史作为第三者而插在一对恋人之间，这说明连最私密的物理空间也被直接、外在、露骨的轰炸彻底摧毁了。"当前战争的作用在于消除事物之间的隔膜，使它变得透明了"②。如穆德·艾尔曼（Maud Ellmann）所说，"这是一部关于缝隙的小说，建筑和心理空间的渗透使得人们无法保守秘密，无法抵御入侵者"③。罗伯特本人就是给敌人泄密的"缝隙"，而史黛拉和罗伯特之间则充满了秘密、猜忌、错位感，他们的私密关系由始至终伴随着外界的侵扰。他们在伦敦空袭时相识，第一次约会时彼此想说的话被飞机的轰鸣声和巨大的爆炸声淹没了，以后再没有提及，"成了失去的线索"④，没有明确开始的恋爱关系也就没有了明确的结局。小说最后一章不吝篇幅地引用了史黛拉所做的关于罗伯特死亡的法庭证词，但在回答问题和陈述事实时却反复出现"不清楚""不记得""不了解"的说法，罗伯特暴露了身份，从史黛拉家的屋顶坠落身亡，究竟是自杀、他杀还是意外，这始终是个谜，不断侵蚀史黛拉的内心世界，在史黛拉和哈里森始终悬而未决的模糊关系中扮演着"第三者"的角色。而且这个三角关系的另一边，哈里森从调查罗伯特、威逼利诱史黛拉开始，就直接介入两人之间。罗伯特发现之后说，"有人带着一个故事来找你。从那时开始，这个故事就在你我之间的缝隙中生了根"⑤。在罗伯特的叛国罪和哈里森的威胁之间，史黛拉被民族道义和忠贞爱情左左右右拉扯。单纯绝对的忠诚是不可能的；历史与现实、个人与民族、情感与责任的多重因素在他们之间相互渗透、相互影响。小说末尾，哈里森透露自己也叫罗伯特。重名绝不单纯是简单的巧合；它意味着"情人"和"第三者"的身份界限本身就是模糊的，本身就纠缠在一起，时而一分为二，时而合二为一。

如果说鲍恩在小说中有意削弱战时外在的政治斗争和意识形态冲突，将其作为人物生活的背景，那么，作为主要情节线索的个人生活则刻印着历史的痕迹，反映了时代的气息。小说将世界战争中的阴谋对抗放在了伦敦韦茅斯街史黛拉的公寓，也就是说这小小的公寓在战时丧失了私人住宅的保护功能和表现个体独立身份的表征功能。有批评家认为，"房间是身体的延展"，它在自我周围设立界限，从而"防止同世界发生毫无差异的关联"⑥，家庭环境成了个

---

① Elizabeth Bowen. The Heat of the Day. p. 218.

② Ibid.

③ Maud Ellmann. Elizabeth Bowen: The Shadow Across the Page. p. 153.

④ Elizabeth Bowen. The Heat of the Day. p. 104.

⑤ Ibid.

⑥ Elaine Scarry. The Body in Pain: The Making and Unmaking of the World. p. 38.

体主体性的延续，"它拒绝一切偶然性，但延续性从未停止；没有延续性，人就将是一个被四分五裂的存在"①。城市错综复杂的公共场所和迷宫般的街道代表着个体身份的匿名性，反之，私人住所及其彰显个人气质的物品则是个人身份的象征。然而，闪电式空袭不仅打破了家庭内部环境的延续性，大规模的房屋坍塌也在战火中的伦敦城投放出极度悲观的世界末世景观。阴谋、欺诈、威胁、怀疑侵蚀了个人空间，它与外在的墙即使没有彻底坍塌，也已经摇摇欲坠了。

总之，"战争"打破了英国妇女小说的"童话"诗意表征，带走了其"童真"的外表，却残酷而真实地反映了游走于城市荒漠女性的生存状况和心理内核。战争的崇高不在于战时的流血和牺牲，而在于它对文明的毁坏和毁坏之后留下的废墟。战时的历史、时间和知识都是不完整的，每个人都坚守着奉献生命的精神，但每个人都专注于生存的瞬间。战后，时间在征服者那里终结，知识在对现象的研究中完成，而历史的现实则以废墟的形式呈现。在废墟中，历史物质地融入了背景，它所呈现的不是永久生命的进程，而是不可抗拒的衰落。然而，废墟也蕴含着一种表象的美，一种颓废的美，一种救赎的美；它的真正动力是使身体在废墟中毁灭，使灵魂在废墟中升腾，达到精神的救赎，最终达到美的永恒。纳粹德国连续数月的闪电式空袭几乎夷平了伦敦，房屋倒塌，平民丧命，幸存者无家可归。这座巨大的"特洛伊废墟"以一种庄严的崇高，使感性错位，使恐惧迷失，但却已超越时空的混沌让作家们振奋，并以对表象美的充满激情的追求呈现了城市废墟瞬时的、偶然的、短暂的印象碎片。

第四节　幸存于城市边缘的女性——流散与他者

"流散"（dispora）就是移动，就是游荡，就是被放逐。早在《旧约》时代，以色列人就秉承上帝的旨意离开家乡，长途跋涉，历经磨难，去往乐土迦南，结果是几千年来犹太人的全球性散居。希腊古风时期，在从希伯来文向希腊文的翻译中，《申命记》中的犹太人"被迫流离失所"的含义演变为"播散种子"的正面意义。后来，历时数百年的犹太人、非洲人、巴勒斯坦人和亚美尼亚人的移民经历赋予该词以"残酷压迫"的含义，自现代性之初就与殖

---

① Gaston Bachelard. The Poetics of Space. p. 7.

民主义和帝国主义掠夺不可分割地捆绑在一起。再后来，犹太人和黑人及其他有色人种一道被贬斥为低劣种族，成为"至上"的白人种族的"他者"，不但没有摆脱"流离失所"和遭受"残酷压迫"的命运，反倒愈演愈烈，成为种族灭绝的靶子。如今，这个"他者"队伍不但没有缩小，反而不断扩大，加进了女性、少数族裔、"第三世界"以及一切背井离乡、客居异帮的人们，除了指世界上的边缘和弱势民族外，"流散"还名正言顺地成了"移民"的代名词，因此也和"后殖民话语""后殖民批评"和"后殖民文学"搅在了一起。

故单就女性的"流散"和"他者性"而言，女性的主体创造性与自身社会身份的非主导、边缘化特征有关，她们需要借助故事的话语权进行身份的重塑，自我提升的潜在意识特别强烈，故事叙述中，她们以"想象"实现"下意识"中渴求积极、主导地位的愿望，因而，在故事叙述中展现了女主人公的斗争意志，宣泄日常生活中的压抑与郁闷。如果赋予她们的斗争以社会历史价值，我们可以领悟到她们的悲剧背后，控诉神权钳制、家长专制、君王暴虐的残酷现实的勇气，现实中注定的悲剧，在故事中则尽显弱小女人"知其不可为而为之"的坚韧性和沧桑感，她们构成女性阴性文化象征符号，以其刚柔相济、坚定不屈张扬各自的生命意义。虽已苍凉的命运终结绚烂的抗争历程，但余韵犹存，铿锵如歌的审美感受至今让人们回味无穷。

女性该有怎样的气质？《第二性》已经告诉我们，女性是后天形成的，是男性话语规范了女性的言行。她们的行为规范随着社会需求的变化而有所调整的：18 世纪的英国，曾有不少文人教士担忧妇女的行为规范，她们的贞操成为纯洁家产继承人血统的至关重要的头等大事，"全世界的财产权都有赖它来保障①"。此时，贞洁、谦卑、顺从等"美德"是淑女的准则，道德和功利在巩固资产阶级父权制旌旗下竟结合地如此亲密，"女德"的内涵悄然演变，闲逸、高雅的淑女们被"驯化"而"升华"为具有仁爱、谦卑、正义品格的高尚淑女。这一境界下的"童话"，虽由女性参与演说，也免不了图解适应时尚的妇德的"清规戒律"，温柔、顺从、洁身自好地等待，会换来"王子"的出现和拯救的美德有报，《白雪公主》《灰姑娘》《美女与野兽》重复着经典的男性化"企图"，显而易见是男性话语的传声筒。

进入 20 世纪 80 年代，随着科技的迅猛发展和网络对生活的渗透，全球化时代全面到来，后现代主义思潮引发人们思想观念的裂变，亚文化和边缘弱势群体的权利和正当性得到宣扬。大众传媒的影响下，流行文化盛行，商品经济下消费文化兴起，这一切都影响着女性小说创作，她们在继续探讨二战后英国

---

① 黄梅：《女人和小说》，浙江文艺出版社，1991 年，第 6 页。

社会关注的主题的同时，与这一时期新的时代背景紧密结合。伴随女性主义浪潮的推进以及专门针对女性作家的维拉戈出版社（Virago）以及柑橘文学奖（Orange Prize）等对女性写作的促进，女性小说家新人辈出，女性小说更为读者和文学界所熟悉，可谓是进入了一个新的阶段。

多元化是这一时期女性小说的总体特征，这不仅反映在题材范围的扩大，而且还表现在女性作家背景的多样性和多种族特征上。在新一代女性小说家中，罗斯·特里梅因（Rose Tremain，1944-）、安卓利亚·勒维（Andrea Levy，1956-）、琼·莱利（Joan Riley，1958-）、莫妮卡·阿里（Monica Ali，1967-）和扎迪·史密斯（Zadie Smith，1975-）等均是拥有英国及其前殖民帝国双重背景的作家，她们通过对英国新移民生存经历的描写探讨多元主义时代下的种族关系及民族身份等问题。其中琼·莱利的《无所归依》（*The Unbelonging*，1985）刻画了一个处于文化边缘的英国黑人女性移民的形象。凸显出移民身份认同中文化差异、种族歧视等诸多问题。而扎迪·史密斯的代表作《白牙》（*White Teeth*，2000）则通过展示英国三代移民的广阔生活画面，暗示了英国移民的身份认同应该以建构流动的、尊重差异为前提的多元文化身份为目标①。另外，新兴的女性小说家中还有阿里·史密斯（Ali Smith，1962-）、安·恩莱特（Anne Enright，1962-）和A·L·肯尼迪（A. L. Kennedy，1965-）等地方作家，她们的地方叙事表达了除英格兰性以外的爱尔兰性、苏格兰性和威尔士性等文化身份认同，从而将英语小说从狭隘的英国本土性带入了一个更广阔的跨民族领域，也使英国性得到了重新的界定和发展。

2004年9月18日，英国《卫报》刊登了安德莉亚·勒维（Andrea Levy）一篇题为《英国制造》的文章，报道了她此前在英国图书馆参加的"伦敦的伟大一天"的摄影活动。此次活动的灵感来自1958年"哈姆雷特的伟大一天"的照片，当时吸引了众多美国黑人爵士音乐家。伦敦举行的这项活动邀请了50位英国当代少数族裔作家，庆祝英国少数族裔文学的"复兴"。这些"边缘"作家用他们自己的独特声音和新鲜视角为英国文学注入了新的活力，"英国终于开始汇集来自远方的声音，聆听他们的故事，它们就像人们比较熟悉的故事一样构筑了英国历史和文学的核心"②。无论这些作家根在何处，源自何方，他们的身份都是英国赋予的，他们也凭借自己丰富的经验和独特的创造力参与了英国当代文学经典的建构，这便是他们所说的"英国制造"。

---

① 李琼："略论英国移民族群认同的发展和走向——评扎迪·史密斯的《白牙》"，《外国文学》2007年第2期，第54-59页。

② Andrea Levy. Made in Britain.

的确，很多少数族裔作家，尤其是少数族裔女性作家在英国乃至世界文学领域受到好评和肯定，勒维便是其中一员。她 2004 年的小说《小岛》（*Small Island*）一发表就荣获柑橘奖、惠特布莱特小说奖、英联邦作家奖等多个重要文学奖项。确立了她在英国主流文学界的地位。然而，作为加勒比海后裔，少数族裔同莫妮卡·阿里、查蒂·史密斯（Zadie Smith）等其他少数族裔作家一样，往往被冠以种族和后殖民文学的标识，属于卡地亚·塞萨伊（Kadija Sesay）所说的"英国黑人文学"传统。尽管生长在英国，她的黑皮肤却把她划在了"纯正英国性"之外。童年时与她一起学习、玩耍、吃饭、看世界的白人儿童，长大后无需面对"他们是不是英国人"的身份问题[1]，而像她这样的少数族裔却时刻面临着身份的质疑，甚至种族歧视。在伦敦长大的巴基斯坦裔作家哈尼夫·库雷希曾一度"抵触和拒绝巴基斯坦的自我"，这种"自我意识错位的经历本身就是改民族性的一个方法"[2]。

与阿里、史密斯等第二代移民作家不同，勒维并不反对批评界把她划入后殖民或黑人文学传统。她充分认识到文学的社会功能，试图用自己的作品再现在英国历史中沉寂的黑人移民的生活。"对我而言，写书的起点始终是把不可见的变成可见的，即再现父母那代人及其后来人的经历，讲述他们如何在这个国家充满敌意的环境中生存下来的故事"[3]。勒维的父亲二战期间加入了英国皇家空军，是数千名西印度群岛志愿兵中的一员。然后他回到牙买加，于1948 年乘坐著名的"帝国风驰号"客轮抵达伦敦的蒂尔伯里（Tilbury）港，开始了移民生活。勒维的《小岛》就以 20 世纪 40 年代的英国伦敦为背景，描写了"帝国风驰号"开启的深刻的社会文化变革。通过对"风驰号一代"的文学再现，作家参与了后殖民话语中帝国与本土的权力对抗，基于那个时期的历史建构了多元文化混杂的民族叙事。作为展现英国社会变革的黑人小说，《小岛》与萨姆·塞尔文（Sam Selvon）的《孤独的伦敦人》（*The Lonely Londoners*）一样，讲述了"风驰号一代"的移民生活，只不过她回顾这段历史的视角不仅包括西印度群岛移民吉尔伯特和霍腾斯夫妇，还有怀有种族优越感的英国白人伯纳德和从中部乡村来到伦敦寻求新生的昆尼夫妇。这两个家庭的生活变故折射了整个英国社会的时代变迁，在续写移民文化记忆的同时，也抓住了重塑英国性的契机。

在再现社会变革的同时，勒维将性别、种族、阶级的张力对抗统统织进

---

① Andrea Levy. This is My England.

② Hanif Kureishi. London and Karachi. p. 204

③ Maria Helena Lima. Pivoting the Centre：The Fiction of Andrea Levy. p. 57.

《小岛》呈现的大都市文化空间之中。故事从 1948 年讲起，用 "1948 年" 和 "之前" 等标题统揽各章，四个主人公轮流用第一人称的叙事视角讲述 1948 年之前各自的成长经历、生活理想，以及 1948 年吉尔伯特和霍滕斯夫妇先后抵达伦敦，住在昆尼家之后发生的一系列事件。这种相互交叉、前后跳跃的自传式叙事看似缺乏一个客观全知的叙述者，但其背后却贯穿一个共同的语境，那就是 "风驰号" 带来的社会巨变。"风驰号穿越历史的通道，尽头就是帝国的终结和对英国人的整体评估"①。

第二这世界大战的炮火把帝国首都伦敦炸得千疮百孔，一座座废墟在冬日的阴霾中诉说着逝去的荣光。战争在小说中既是重要的主题，也是关键的隐喻。当骄傲的属民从帝国边缘投向祖国的怀抱，迎接他们的并不是想象中的认可和机遇。吉尔伯特和众多西印度群岛的志愿兵一样毫不犹豫的踏上了征程，虽然并没有像所期待的那样接受飞行训练，而被安排做了一名运输司机，但他 "保卫祖国" 的决心却丝毫没有改变。然而，侮辱和歧视终究让他重新思考这位 "祖国母亲"。

> 你想象一下。遥远的地方有一位你从未谋面的至亲。但你们的关系如此亲密，她就像你的母亲。……有一天你听到母亲在召唤——母亲遇到困难，需要帮助。你离开家，离开熟悉的地方，离开你爱的人。……最终迎接你的是肮脏的营房。……你能相信这就是你听过无数遍的至亲母亲吗？这扭曲疲惫的女人。散发着恶臭、脾气暴躁的老太婆。她对长途跋涉的你没有任何安慰。没有笑容、没有欢迎。但她却低下头透过主人一样的目光看着你说，"你究竟是谁？"②

"祖国母亲" 的形象在吉尔伯特的心中逐渐失去了原有的亲密感，她非但不能保护远在帝国尽头的儿子，面对风尘仆仆前来营救自己的儿子，仍然摆出不可一世的高傲姿态。吉尔伯特只有一个问题，这个令他朝思暮想的祖国母亲为什么不认识自己？对帝国的殖民地属民而言，效力祖国义不容辞，但 "如果牙买加遇到麻烦，有哪个少校、将军或军士能去帮助那可爱的小岛吗？"③ 如果说英国皇家空军的蓝色军装还能给来自殖民地的志愿兵带来一种自我安慰的归属感，战后离开遥远的小岛再次踏上帝国中心土地的吉尔伯特则遭遇了严酷的歧视。"我敲过多少家的门？多少人慢慢打开后连我的呼吸都没进入就迅速关上。天呐，这些英国房主真会找理由！"④ 吉尔伯特费尽周折才在战争中

---

① Michael Philip and Trevor Philip. Windrush: The Irresistible Rise of Multiracial Britain. p. 6.

② Andrea Levy. Small Island. p. 139.

③ Ibid. p. 142.

④ Ibid. p. 215.

结识的昆尼家落了脚，谁料又引来了邻居的一片非议，他们担心"这些黑人会把整个地区变成丛林"，甚至"希特勒入侵都没有这么糟糕"①。本土白人与外来移民者之间的身份在二战后的伦敦废墟上继续延续。

英国本土白人的种族主义歧视和对殖民主义剥削的无知，集中体现在小说的另一位男性主人公伯纳德身上。他是个懦弱的普通银行职员，战争的到来改变了他平静的生活。每当战斗机轰鸣、警报隆隆作响的时候，他非但无法安慰一战中患炮弹休克症的父亲，反而自己惊慌失措地失声痛哭起来。他"意识到这一切甚至充满歉意"，只能选择逃离父亲惊恐的面容、回避妻子失望的神色。他"渴望成为战争机器的一部分"，"即使要被派往海外"②。当这个满腹阶级意识、自私自利的小人物穿上军装，踏上征程的时候，终于引发了多年来并不爱他的妻子的一丝不舍和牵挂。伯纳德在印度服役的经历直到小说的后半部分才从以自述的形式讲述，一系列惊心动魄的故事不仅增添了人物的厚重感和文本的可读性，也让读者不自觉地从他的叙述角度对这个无能弱小的种族主义者产生了怜悯情绪。他亲历了战场上纷飞的炮火，目睹了战友被困火海却无法解救的悲惨景象，经历了印巴分治无序的血腥动荡，并疯狂地从少年妓女身上寻找生命的存在，却误以为染上了梅毒。战争结束后，他隐居伦敦周边的小镇等死，两年不敢回家，直到"奇迹发生"，却发现"那根本不是奇迹。原来我从未得过那种可怕的疾病。脓包可能还是虫子惹的祸。③"如果说，战争对伯纳德而言，好像一场轰轰烈烈又怪诞凄凉的闹剧，当他意外的重获新生，但自己却已成为匆匆过客，沦为一具空壳，那么，当仅有的作为帝国属民的自豪感也被加勒比移民的"入侵"削弱剥离的时候，他必定不遗余力的捍卫那唯一值得依赖的英国民族性的身份归属。对他而言，战争的意义"让人们和自己的同种人生活在一起。每个人都有地方。英国是给英国人的，西印度群岛是给有色人的"④。他不但对英国的殖民历史一无所知，无视殖民统治导致的暴力冲突，还天真地认为英国作为文明社会的象征，对印度问题采取了中立立场。"英国遵守公平原则。把印度留给了印度人。"⑤ 伯纳德的无知在小说中并非特例，事实上加勒比海移民多次被问及这个令人尴尬的问题："为什么每个英国人都认为牙买加在非洲?"⑥

---

① Andrea Levy. Small Island. p. 112.

② Ibid. p. 287.

③ Andrea Levy. Small Island. p. 427.

④ Ibid. p. 469.

⑤ Ibid.

⑥ Ibid. p. 298.

战争中加剧的冷漠情绪、对历史的愚昧无知，以及对纯粹英国性的执着造就了伯纳德这个冥顽不化的种族主义者。在小说结尾，吉尔伯特诚恳地对伯纳德说："你知道你的问题在哪里吗？你的白皮肤。……你知道白皮肤意味着什么吗？白皮肤。仅此而已。不比我好，也不比我坏——就是白。我们刚刚并肩作过战。……为了帝国，为了和平。但现在，我们都在受苦。你要告诉我，我一无所有，而你不是。我一直是仆人，你是主人吗？不！这一切必须停止！立刻停止！我们应该一起工作！否则你要跟我一直作对到底吗？"① 这番话感动了在场的每一个人，可颇具讽刺意味的是，纳德的回答却如此简单。"对不起，但你说的每一个字我都听不懂。"② 语言沟通的障碍一方面暗示了伯纳德对"风驰号"开启的伦敦多元文化时代的现状深深不解；另一方面突出了吉尔伯特无论从语言表达还是话语内容上都无法获得认可的事实。

事实上，小说采用的叙述模式本身，也就是四个叙述者交叉讲述事件的方式，决定了他们的语言和话语模式，这种模式必然能够表现移民与本地人之间的文化差异和文化融合。虽然使用同一种语言，但加勒比海移民的克里奥尔化英语与英国本土女王式的英语却代表了两种不同文化和身份，但这并非意味着话语模式与身份认同之间是不可动摇的对等关系，相反，如斯图亚特·霍尔所说，"文化身份根本就不是固定的本质"，"它总是由记忆、幻想、叙事和神话构建的"，文化认同的时刻是在"历史和文化的话语之内进行的"，"不是本质，而是定位"③。也就是说，语言意义的产生不仅仅取决于单方面的解读，还取决于话语本身的环境，它不是内在的、普遍的、超验的精神，而是动态的，是对话交流中的差异延宕。在这个意义上，如果说吉尔伯特和伯纳德戛然而止的对话反映了移民与种族主义者难以调和的对立关系和文化身份的冲突矛盾，那么小说中两位女主人公霍腾斯和昆尼则更多地展现了在都市多元、异质性的混杂空间中建构自我身份的动态过程。

霍腾斯到达伦敦前在牙买加高等师范学校获得文凭，一直在小学任教。这份职业给她带来了无上的优越感，自视对英国文化了如指掌，更坚定了她对伦敦理想生活的追求，一份光荣的教师岗位和一栋美丽的房子，但她必须讲一口纯正的英语。"我一到这个国家就决心用英国人的方式讲话。但模仿身边的人没有用，因为我碰到的人都是一口乡下口音。优美的辞藻被低俗的胡言乱语淹没了。不，我要讲上层社会的英语。我决心听最好的语言。每天收音机播放的

---

① Andrea Levy. Small Island. p. 525.
② Ibid. p. 526.
③ 斯图亚特·霍尔：《文化身份与族裔散居》，第216页。

是世界上最标准的英语——BBC!"①霍腾斯深知语言作为身份标志的重要性，但无论她如何模仿，语言却总是暴露她作为"外来者"的边缘地位。从霍腾斯抵达伦敦同出租车司机的第一次对话开始，交流障碍就一直困扰着她。这不仅仅是"没有打开元音"的发音问题，即使她用"最标准的、足可以让她在语音比赛中夺得头名的口音说话"，也无济于事。更重要的是，受过良好教育、习惯使用"优美辞藻"的霍腾斯总是令英国的"低俗"人士觉得她不知所云，"好像她是嚼着舌头说话"②，陈旧的语法、令人啼笑皆非的语言反映了她傲慢的虚荣心，而作家对此不遗余力的戏仿进一步揭示了隐藏在语言背后的英国殖民主义意识形态。殖民主义者打着传播文明与文化的旗号，为霍腾斯和她的加勒比海同伴们描绘了帝国中心富饶美丽的图景，激发了他们的无限向往，但只有真正抵达帝国首都伦敦，他们才知道无论背诵过多少地理知识，无论吟诵过多少赞美诗，无论怎样苦练女王式的发音，都不能赋予他们作为帝国属民的合法身份，在殖民者的种族主义等级体系中，他们注定是边缘化的他者。

霍腾斯对纯正英语的执着代表了她对英国人身份的渴求，语言虽然是文化身份的表征，但并不是构建身份的唯一途径。米歇尔·福柯（Michel Foucault）在《知识考古学》中指出，话语规则应该包括物质的和社会的体制与实践，也就是说，社会在很大程度上可以看做话语的集合体，而话语的交织无法避免权力的影响和价值的冲突和对抗。这就是说，从单纯的语言单位到具有意识形态价值的话语行为之间必然融入具有形象、象征和符号意义的社会文化赋值。即使霍腾斯能够模仿"上层社会"的语音、语调，却无法适应充满了惯用习语、多层寓意、地域风俗的话语风格和生活习惯。霍腾斯抵达伦敦的第一个早晨，房东昆尼太太的突然造访让她不知所措，礼貌地点头示意后，昆尼问道："猫叼了你的舌头吗？"本是询问她为什么不说话的简单问题，霍腾斯却听得一头雾水，但作为"受过教育的女人"怎么能对任何问题置之不理呢？所以便反问道："你的猫不见了吗？③"答非所问的一番交流之后，昆尼给了她善意的安慰，"你会慢慢习惯我们的语言的"，"我还有很多可以教你的，如果你愿意的话"。

昆尼主动提出带她上街逛逛，"别担心，你会发现我和其他人不一样。我不介意和黑人在一起"。霍腾斯不但对自己即将面临的种族歧视毫无心理准

---

① Andrea Levy. Small Island. p. 499.

② Ibid. p. 16.

③ Andrea Levy. Small Island. p. 227.

备，而且作为"受过教育"的职业女性和这个"以出租房屋为生"的英国女人走在一起，"应该是我觉得不舒服才对"。当看到昆尼穿着一身邋遢的棉衣就准备出门时，霍腾斯对这个英国女人更是心生鄙夷，直到她们走上拥挤的街头，她才惊奇地发现，"眼前的每个英国女人都穿着随便"，"不佩戴胸针、首饰，不戴手套甚至没有一顶漂亮的帽子"，而自己的"盛装打扮"却显得有些突兀了。但各色人种的英国人让她应接不暇、满心困惑的时候，昆尼"一丝不苟"地对她进行了"纯属多余"的文化教育，"这是面包"，"橱窗里放着肉的是肉铺。摆着漂亮粉色蛋糕的是糕点店"，"看到卖鱼的，她告诉我那是鱼铺"。霍腾斯终于不耐烦地说，"我知道，牙买加有这些商铺"①，并且比伦敦的还好，面包房老板不会用脏手把没有包装的面包直接递给客人，布匹都整齐地卷好供客人挑选，而不是像伦敦商店里那样乱铺在地上，人们的洗菜盆和洗脸盆不会混在一起。昆尼的确给霍腾斯上了一堂生动的文化教育课，但令她百思不得其解的是，在她梦寐以求的、象征着先进文明的帝国中心，人们竟然不具备最基本的卫生习惯，完美生活的幻想在不知不觉中已经开始破裂。在路边孩子诧异的目光和小伙子们的嬉笑辱骂声中，霍腾斯开始意识到一个残酷的事实，自己并不受欢迎，黑皮肤带来的异化感油然而生。

昆尼在霍腾斯面前俨然摆出一副高高在上的样子，尽管她颇具同情心和正义感，对待黑人移民相对友好，但面对这个初来乍到的黑人女性，昆尼具有一种天生的文化优越感，不自觉地站在了殖民者一边，将霍腾斯归为现代文明的反面。勒·佩奇和塔布尔特·凯勒谈到民族成见时指出："人们对他人的印象和感观，无论是身体的还是行为的，都是由所属文化的重要观念决定的，就像对语言的理解由自身语言的现有模式所决定的一样"②。在种族主义猖獗的男权社会，霍腾斯这样的黑人女性必然遭受来自种族、性别和阶级的重重压力。她们往往被排挤在社会的最边缘，从语言表达到文化素养，从行为举止到职业范畴，从情感依托到身份所属，都必须面对长久以来社会文化环境中已经形成的固定思维和陈腐印象。如果说霍腾斯在属于自己的房间里还可以有一定的权利，可以把一团糟的房间整理成自己想要的样子，那么，在充满了敌意、嘲笑、歧视和成见的社会空间中，霍腾斯毫无招架之力，只得在异化目光的凝视下落荒而逃。一次，霍腾斯趾高气扬地走进教育局招工处，却被告知她的牙买加学位和教学经历在英国毫无用处，冷漠的回答、虚伪的微笑和不容抗衡的

---

① Andrea Levy. Small Island. p. 229-231.

② P. B. Le Page and Andree Tabouret-Keller. Acts of Identity: Creole-based Approaches to Language and Ethnicity. p. 226.

"审判"让霍腾斯不堪重负,"站不起来,双腿软绵绵的",当她终于"振作起来"起身离开时,谁知又竟然径直走进了壁橱,彻底沦为被他人讥笑的小丑。又一次,霍腾斯发现昆尼的初生婴儿竟然是黑肤色的,便误认为是吉尔伯特的孩子,羞辱难耐的她立刻冲出家门。吉尔伯特忧心忡忡,因为他深知,"迷茫夜色中她无路可走,这里是伦敦,不出多久她就会坠落悬崖"①。深夜的街道绝非女人信步的场所,果然,吉尔伯特找到她的时候,霍腾斯正被一个司机纠缠。他怒斥道:"滚开,她不是你的妓女!"小说中这种场面不胜枚举;一方面烘托了黑人女性在社会中被视为家庭主妇或者妓女的边缘化形象,另一方面也表明,"祖国母亲"一记又一记"重重的耳光"最终将霍腾斯的乌托邦梦想彻底击碎,伤痕累累的她终于卸下高傲自负的包袱,主动接近"说话做事都是一副牙买加人的样子"的吉尔伯特,深情地依偎在他的怀中,完成了她来英国以后的成长和蜕变。她不再盲目追求主流英国人的身份了,接受了自己作为西印度群岛移民的外来者地位,以更加勇敢成熟的心态迎接未来生活的挑战,在多元文化并存的社会空间中开拓属于自己的一片天地。

如果说小说讲述了霍腾斯从西印度群岛到多元混杂的都市环境中的成长故事,那么与之相对应的还有另一位女主人公昆尼从乡村到城市的生活经历。从社会经济体系的边缘到中心的空间位移不仅为她带来了寻求自我独立的契机,开放多元的社会环境也让她重新认识了自己一直以来引以为豪的"大英帝国"。她出生在英国中部的乡村农场,父母两家都是世代的屠夫和农民,单纯而炽烈地热爱着英国王室,就连自己的名字也表达了对女王的敬意,虽然受洗时用了女王的俗名维多利亚,但对闭塞执拗的父母而言,显然昆尼比较接近于他们心目中的"女王"(Queen)。事实上,小说开头已经充分展现了对帝国的复杂情感。1924 年,八岁的昆尼跟随父亲和全村老小一起去伦敦参观大英帝国博览会,那是"缩小版的整个帝国,机械工程馆、工业馆,一座又一座房屋里是我们英国拥有的每一个国家。……可以说你能够看到整个世界"②。缅甸的森林、牙买加的咖啡、格林纳达的巧克力、澳大利亚的苹果、新西兰的绵羊,一个又一个殖民地展馆对参观者而言意味着丰硕多样的物产和取之不尽的资源。当他们坐着小火车驶向最高处时,父亲说,"看啊,昆尼。整个世界都在你的脚下"③。博览会强化了帝国坐拥天下的优越感,非但没有像官方声称的"增进大英帝国不同种族人民的相互理解"④,反而拉大了殖民者与被殖民

---

① Andrea Levy. Small Island. p. 489.

② Andrea Levy. Small Island. p. 3.

③ Ibid. p. 7.

④ Maria Helena Lima. Pivoting the Centre: The Fiction of Andrea Levy. p. 77.

者之间的距离。原始的"非洲村落"更让昆尼感到困惑。她从未见过黑人，听叔叔格莱姆说，"他们还未开化，只懂得敲鼓"。在昆尼好奇的目光和旁人的调侃下，"这个巧克力雕刻的"黑人俨然已经异化为没有思想供人观赏娱乐的"猴子"；当他用清晰的英语同昆尼讲话时，"格莱姆脸上的笑容顿时消散"①。因为这个在他们眼中尚未开化的野人用帝国的语言挑战了英国人高高在上的优势地位，填平了种族之间不可逾越的鸿沟。恰恰是这次与黑人的近距离接触，昆尼幼小的心灵里埋下了对黑人种族好奇而兴奋的种子，也为后来她同黑人大兵罗伯特的爱恋埋下了伏笔。

　　最初，昆尼随姨妈到伦敦帮忙料理甜品店的时候，她与刚到伦敦的霍腾斯一样，充满了对未来美好生活的憧憬，而语言也是她试图进入上层社会的第一要素。她苦练标准发音、上讲演课，只为了实现进入"文明社会""嫁个王子"的期许和梦想。姨妈的突然离世打碎了这个仍在酝酿中的美梦。迫于生活压力，昆尼选择向现实低头，嫁给了第一个追求她的男人，一个普通的银行小职员博纳德。昆尼并不爱这个比自己大很多、毫无情趣的男人。她渴望生个孩子改变自己的生活状态，但婚后一年多依然无果。当这种索然无味的生活最终被纳粹轰炸机的轰鸣声撕裂时，昆尼第一次感到"生命的激荡"，空袭是她搬进这座死气沉沉的城市以来最令人兴奋的事情，"毫无疑问，我期盼着这场战争"②。

　　昆尼对战争的期盼源于对生命前所未有的感知和体验。防空警报一响，伯纳德第一个戴上防毒面具钻进事先挖好的防空洞，"女士优先的风度"早已让位于逃命的欲望，那滑稽的样子让昆尼想起地上的蠕虫，生命在死亡面前何等渺小、何等卑微。纳粹的炮弹无情的摧毁了人们的家园，也深刻地暴露了他们的脆弱、自私、冷漠、排外的性格弱点。当昆尼和伯纳德一起躲进防空洞，闻着他呼出的"混杂着烟草和尚未消化的土豆的味道"，那"毫无生命气息的喘息"时，在阵阵袭来的爆炸声中，她感到"整个防空洞同时充斥着难以忍受的噪音和不寒而栗的寂静"③。本应是安逸、和谐、稳固的家庭私密空间在炮火袭击的恐怖阴霾笼罩下成为了异化的非场所，房屋、家园、身份、传统，一切的一切都可能随着一颗炮弹的爆炸化为乌有。"30号房屋看起来像个骷髅。炮弹穿过房顶落到地面上爆炸。所有窗户都碎了，前门也不见了踪影，只剩下个弹头像个空脑袋立在中央"。昆尼想起了姨妈常说的"你会和房子一样安

① Andrea Levy. Small Island. p. 6.
② Andrea Levy. Small Island. p. 266.
③ Andrea Levy. Small Island. p. 268.

全", "任何坚固的东西她都认为是安全的。包括伯纳德。我很庆幸她没活着面对眼前的事实，即便坚固的东西也会轰然坍塌"①。

一向因循守旧的伯纳德更是无法接受面临丧失他所熟悉的一切的痛苦，无以抵抗灭顶的炮火，转而将愤慨投向德国难民。"犹太人带来的麻烦比他们付出的代价高"，他们的离开令他拍手称快。即使对待那些不幸遭受轰炸丧失家园的同胞们，伯纳德和邻居也不愿敞开家门，"要是所有流浪汉都跑到这里怎么办？波兰人已经多得可以重建一个国家了，现在又来了这些伦敦人"②。他们捍卫自己家园的迫切心情可以理解，但对同胞无动于衷的自私和排挤却显得格外残酷。政府要求邻居纽曼太太收留一家难民，她无奈把他们安置在阁楼里，"像是把这家人塞进橱柜里，而不是给他们住的地方"③。炮弹威胁的不仅是房屋等坚固的实体，还有人们互信互爱、和谐共处的社会根基。当支撑一个稳定社会的个体信念和优良传统丧失殆尽的时候，"战争从精神上耗尽了英国文化，把整个社会变成了没有生命的假人剧院"④。"假人剧院"满目疮痍的舞台上演的是一幕幕妻离子散、痛失家园、哭天抢地的人间悲剧，而更可悲的是观众木讷呆滞的脸庞和麻木冷酷的内心。

战争损毁、侵扰、改变了私人空间，而公共空间的变化更是翻天覆地。在"完全倒置的世界"里，"原本熟悉的道路变成了垃圾如山的荒野，房屋倒塌，一片荒野"。此时在街道上行走需要克服重重困难，"不断飞落的碎石烂瓦卷着浓重刺鼻的味道呛得人咳嗽不止，小心跨过这个横沟，转身躲过那个断梁，不时地缩在墙角里躲避从街头工厂突然袭来的滚滚热浪"⑤。身处这样一个面目全非的世界，错位和迷失感主导着人们的精神感性。昆尼回忆道："一天早上，我想找自家附近的一条路，却完全认不出来了。这个新世界里，我是外地人。我得问路边的巡视员。'你知道长桥路在哪儿吗？'可怜他也一脸困惑，找不着北。只能回答'过去就在这附近'"⑥。战争彻底摧毁了人们熟知的生活环境，此时的伦敦成了一个全新的世界，虽然终日阴云密布、遍地伤痕累累，但陌生的环境对期待变革、渴望新生的昆尼而言不失为一个契机。如果说伯纳德代表了对传统的固守和眷恋，昆尼则用积极主动的态度应对眼前的巨大变革，当一切坚固的东西都和房屋一样倒塌，她不能再蜷缩在防空洞中坐以待

---

① Andrea Levy. Small Island. p. 274.

② Ibid. p. 270.

③ Andrea Levy. Small Island. p. 271.

④ Adam Piette. Imagination at War: British Fiction and Poetry 1939-1945. p. 2.

⑤ Andrea Levy. Small Island. p. 281.

⑥ Ibid.

毙；当安逸完美的家庭生活早已成为泡影，她决心走出家门在战时的伦敦找寻生命的悸动。

战争造就了很多像昆尼一样的女性。她们主动或者被动的放弃传统的妻子、母亲、女儿的身份，走出曾经固守的家庭环境，从事社会工作，在不再依赖丈夫而获得经济独立的同时也享有脱离家庭束缚的自由。伯纳德听说昆尼要去收容所工作，先是大吃一惊，然后坚决反对。但昆尼说："我不在乎他说什么，不管他想什么——我找了份工作，就这样！"①然而，正如帕森斯出的："战争中从事公共职业的女性必须习惯流动的而不是固定的生活方式"②。忙碌的工作再加上路途往返奔波的艰难，昆尼不得不经常在收容所里过夜，但她依然不顾伯纳德反对，坚守自己的岗位，尽她所能帮助落难的人们。

> 人口，我们在收容所这样称呼他们。那些被炮弹摧毁家园却依然强忍着面对被炸得粉碎的世界的人们。……他们成群结队的来，就像地铁里或商场特卖时拥挤的人群。他们只是人口，不是人。……只是人口。一大批人聚在一起，绝望的情绪让他们看起来无精打采，他们单调乏味的状态让教室角落里白色的儿童马桶显得像钻石一样熠熠闪烁。我永远不会原谅希特勒，他把人变成了这个样子。③

涌向收容所的大批无家可归的难民只能被称作"人口"，一个用来记录数量的空洞的统计学用语。战争酿造的悲剧反复上演着，直到绝望、麻木和防卫吞噬了他们的个性，被物化的人甚至不如马桶洁净。昆尼的工作是询问他们过去的身份和住所，回答她的或是"厌倦微弱的声音"，或是"恐怖的沉默"，或是"歇斯底里的狂笑"，或是"商场假人一样空虚茫然的凝视"。目睹了太多悲剧、感受了太多的无奈，昆尼仍然竭尽所能帮助那些走投无路的人们。伯纳德又一次因为她把家具拿去送人跟她争吵起来，她终于忍不住说："我告诉你一些事实吧——千千万万的人比你的战争体验多的多"④。或许就是这句话最终把伯纳德送上了战场。

伯纳德离开后，昆尼承担起独自照顾伯纳德父亲的重担，整日奔波在家里和收容所之间。这一次，她敞开家门收留了三个在伦敦短暂停留的皇家空军士兵，来自牙买加的志愿兵罗伯特就是其中之一。他的出现让昆明想起儿时第一次接触黑人的经历，"我又在召开帝国博览会的欧洲迷失了，仿佛自己还是那

---

① Andrea Levy. Small Island. p. 277.
② Deborah Parsons. Streetwalking the Metropolis, Woman, the City and Modernity. p. 191.
③ Andrea Levy. Small Island. p. 278-279.
④ Andrea Levy. Small Island. p. 285.

个穿着白纱裙的小女孩儿，血液沸腾，面颊绯红。他是黑人"①。昆尼即刻被眼前这个身着军装、神清气爽的年轻人吸引了。令她怦然心动的不光是罗伯特"标准的拍照时的微笑"，对于早已厌倦了索然无味的婚姻，又经历了战争的冷酷煎熬的昆尼而言，罗伯特充满了神秘和陌生感。这个被婚后单一程式化的性生活磨灭了所有生气，甚至在战争中寻求生命力量的女人，终于被黑人——一个陌生的对象激发了难以抑制的性幻想。然而，她和罗伯特的"一夜情"却以罗伯特不辞而别，昆尼从炮火中死里逃生告终。四年后（1948 年），昆尼突然生下一个黑皮肤的孩子。原来战后罗伯特专程来找昆尼，孩子是两人第二次约会的结果。她把真相告诉了伯纳德，然后说："有些话一旦说出口世界就会一分为二。一个是你说出去之前的生活，一个是你说出去之后彻底改变的生活"②。对于社会也同样，重大的历史事件一旦发生就会引发翻天覆地的变化。，从作家以"1948"和"之前"为线索的叙事结构可以看出，1948 年是昆尼和伯纳德、吉尔伯特和霍腾斯两个家庭的分水岭，也是整个英国社会的分水岭，从焕发着帝国荣光、崇尚纯粹民族性的单一社会向多种族、多发展共存的多元社会的转变。当然，这并不是说家庭变革和社会发展都是一蹴而就的，相反，这种突然断裂的时刻是本雅明所说的历史发展中具有闪电效应的"惊颤"时刻，它不是单纯的现在，而是过去和未来在现在时刻的交汇，总是处于消逝和生成、结束和开始的循环阶段。

所有人都想要重新开始生活。伯纳德希望搬到郊区，摆脱这里"萦绕不散的记忆"，得知他的战争经历以后，昆尼"只想祝贺他终于在一生中做了一件不那么无趣的事情"。"我知道两个人的错误不能相互抵消，至少我们可以在相互面对时挺直腰杆儿了"③。两人最后的命运如何我们不得而知，但坦诚地正视自我、正视对方至少是一个充满希望的开端。伯纳德坚持要留下昆尼的孩子，这对于深重种族歧视的伯纳德而言已经是巨大的让步了，但昆尼清楚地知道，伯纳德永远不能像对待亲生孩子一样对待他，不会"为他出头"，而一对白人夫妇带一个黑人孩子的"奇怪家庭"更不可能融入社区，不可能被他人认可，就连昆尼都"没有勇气面对"。她动情地说："我曾认为我可以。我应该做到，但我没有勇气。对于那样的斗争，我承认，我无法面对。而我是他的亲生母亲啊！"④ 随着大批移民的到来，战后的英国社会或主动或被动地接受了多种族共存的事实，但颠覆种族界限、违背民族身份的混血家庭仍然是被

---

① Andrea Levy. Small Island. p. 291.

② Andrea Levy. Small Island. p. 491.

③ Andrea Levy. Small Island. p. 512-513.

④ Ibid. p. 512.

排斥的。如约翰·麦克劳德（John Mcleod）所指出的，"伯纳德声称孩子是收养的，这否认了母子间的血缘关系，也掩盖昆尼没能在英国白人种族内部繁衍后代的事实"①。

吉尔伯特和霍腾斯也在牙买加同乡的帮助下拥有了自己的房子。小说末尾，吉尔伯特抱着昆尼的儿子，霍腾斯整理自己的帽子和衣服，两人"顶着寒风"头也不回地离开了昆尼家。未来的生活依旧困难重重，但已历经艰辛的他们将共同迎接生活的挑战。虽然完美生活的幻想早已被现实磨灭，但置身于庞大复杂、纷繁多变的现代都市，他们总能找到属于自己的位置，他们不再模仿上流社会白人的一言一行，相反，接受了自己游离于城市边缘的他者地位，在加勒比海移民内部建立起自己的社会关系和归属。也正是出于归属的考虑，霍腾斯和吉尔伯特夫妇才决定收养昆尼的孩子，因为在 1948 年的伦敦，一个混血孩子的归属并不取决于他的血缘，而取决于社会文化环境对种族身份的划分，也就是说，孩子对母亲的身体依赖不得不让位于在社会中立足和得到认可的社会身份的需求。然而，昆尼留下的照片必将成为这个混血儿成长中永远的伤痛，也揭示了战后伦敦社会主流权力话语内部根深蒂固的种族差异和文化隔阂。在这个意义上，"风驰号"的一代人从加勒比海的"小岛"历经艰难险阻、穿越大西洋来到伦敦，而面对的却是另一座同样封闭、同样面对各种限制的"小岛"。

作为孤立的地理空间，岛屿环境一方面给英国提供了地缘独立、免受外界侵扰的天然屏障，另一方面也加剧了本土白人独立自给的民族主义情绪。然而，在大英帝国繁荣景象的背后，是大不列颠和北爱尔兰联合王国的政治体制，是众多殖民体所属区域丰厚的物质和资源保障，是经济、商业、文化和社会与整个世界息息相关、错综复杂的交织体系。英国作为一个岛国的形象在战后全球化和异质性文化的大发展趋势中非但没有消亡，反而具有了全新的寓意。以"风驰号一代"为代表的移民不但从人口构成上给英国带来巨大的变化，也从根本上动摇了单一民族的身份所属。然而，盎格鲁中心主义不仅表现为对帝国文化的怀旧，岛国独立的民族主义仿佛一股从未停止的暗流，与异质性种族和多元文化的发展大潮汇合一处。大卫·詹姆士（David James）认为后殖民小说作为参与和再现这种复杂历史进程的主要特征，其特点是"无常"和"变动"。这些小说一方面追溯战后帝国主义的残余和盎格鲁中心主义的遗留，另一方面从个体身份政治的探讨，拓展到对整体地缘政治的关怀。"从再现移民历史到审视多种族文化的可持续性，后殖民小说家揭示了英国文化景观

---

① John Mcleod. Postcolonial Fictions of Adoption. p. 49.

不再是先在的、永恒的和不可撼动的根基，表明了帝国主义的不断变化的后果"①。

与拉什迪（Salman Rushdie）、塞尔文、奈保尔等男性后殖民小说家相比，出生在英国的第二代移民作家勒维占有更多的优势，她从20世纪末到21世纪初开放、多元、富有差异的跨文化语境回望50年代的"风驰号"时期，不但看到移民充满艰辛的生活状态和孤立无缘的挣扎，也看到了跨文化社会的萌芽。"黑人文化不仅通过音乐和时尚注入了英国城市空间，而且，加勒比海英语的语言形式本身也对盎格鲁英语产生了冲击和影响"②。加勒比海的黑人移民连接了中心与地缘的两座岛屿，在揭露帝国主义殖民统治完美幻象的同时，也在一定程度上打破了加勒比海地区落后无知的刻板成见。面对移民代表的多元文化的挑战，盎格鲁中心主义的单一文化最终摇摇欲坠。在流动的、异质的和多元的现代城市空间中，一代又一代的移民及其后代与英国本土人共同测绘了战后英国获得政治、历史和文化地图，而勒维这样的少数族裔女性作家，也通过自己的努力给这张地图增加了一个重要的坐标，也为英国现当代妇女小说的"童话"模式进行了内容和属义方面相关的扩展和延伸，注入了与以往大不同的新鲜血液。这种异质性变革也必然继续推动20世纪英国女性小说的多元化发展，继而促使一个更加开放和宏大的女性视野的建构，以及一个更具包容性和拓展性的女性小说的"童话"性大变革时代的到来。

第五节　成人版童话——关注全人类的走向

"传统童话"叙事关注的是妇女、儿童等弱势群体，而20世纪的女性"成人版童话"则越来越关注宏观的全人类走向的命题。肖瓦尔特在回顾20世纪英国女性小说发展的历史时说："如果说英国小说中女性文学传统在过去是所沉默的岛屿的话，如今它已经以胜利的姿态升起并主宰潮流"③；20世纪末的英国女性小说家已经以"后现代的创新者、参与政治的观察者和无限的

---

① David James. Contemporary British Fiction and the Artistry of Space: Style, Landscape, Perception. p. 133.

② Anna Grmelova. From Loneliness to Encounter: London in the Windrush Generation Novels of Sam Selvon and Andrea Levy. p. 84.

③ Eliane Showalter. A Literature of Their Own: British Women Novelists from Bronte to Lessing. Beijing: Foreign Language Teaching and Research Press, 2004. p. 320.

讲故事者"的身份进入了主流文学，女性小说不再只是分离的"属于她们自己的文学"①。现代性就是当代性。而与时代共脉搏、同呼吸则是每一位现代女性作家的职责。这个责任就是带着丝丝忧郁、缕缕情怀讲述城市或公开或私密，或张扬或谦虚的故事，并在讲述中忘记自己的身份，忘记自己的民族，忘记自己的苦难与忧伤、幸福和欢乐，以世界公民的身份把或"恍如隔世"或"看不见的"城市献给忠实的世界读者。

　　纵观 20 世纪以前的英国女性小说，女性小说家们在以男性为中心的房子里生活，并在参照或对抗男性标准的基础上进行创作，而 20 世纪的英国女性作家不仅获得了政治上的平等和经济上的独立，而且按照女性独立的价值观，用自己的声音创作属于自己的文学传统。我们可以说，英国女性小说在 20 世纪的百年发展史就是一个不断壮大和丰富这一文学传统的过程。但是，女性小说家在建立了传统的同时，又超越了这一传统。当代的英国女性小说家不仅继承了批判现实主义的文学创作传统，发展了 20 世纪初女性先锋作家的创新和实验精神，原先狭隘的形式和单一的女性主题逐渐被复杂性和多样性所代替，呈现出国际化风格。正如托马斯·F·斯特利所言："今天女性小说里的'特别的品质'已经不是狭隘的眼光和限制，而是属于全人类的艺术歧视和生存经验"②。她们在创作实践中，逐渐不再把自己写作的对象囿于女性，而是不断的拓宽关注的视野，放眼全人类的发展变化，比如艾丽丝·默多克、穆丽尔·斯帕克、多丽斯·莱辛以及安东尼亚·苏珊·拜厄特和玛格丽特·德拉布尔姐妹等 60 年代后享誉英国文坛的著名女作家。

　　多丽斯·莱辛是英国 20 世纪众多的重要女性作家之一，接下来我们就以莱辛作为切入点，来重新审视 20 世纪女性作家及其全球化视野的转变与发展的文化与文学表征。自《简述坠入地狱的经历》开始，莱辛的小说主题和创作风格开始发生重要转变。她开始尝试使用神话、幻想等小说形式来展示自己对于人类的历史、现状和未来的认识。内容虽然有一定的重复，但还是经历了一个大的承接与拓展。她一再从历史和现实的角度思考资本主义文明给人类带来的灾难，坚持不懈地探索，试图寻找出一条适合人类不同发展水平和不同思维方式的生存之道，特别是那种超越传统，能够支撑人们在劫难之后继续生存的信仰。

　　莱辛的《简述坠入地狱的经历》和《幸存者的回忆》属于内心空间小说

---

① Eliane Showalter. A Literature of Their Own: British Women Novelists from Bronte to Lessing. Beijing: Foreign Language Teaching and Research Press, 2004. p. 320-321.

② Thomas F. Staley. Twentieth- Century Women Novelists. London: Macmillian, 1982. p. xvi.

(inner - space fiction)，也就是说，它们通过披露主人公在异常精神状态下的心路历程来揭示非常态精神的各种原因，进而实现主题思想的表述。莱辛深受莱恩（Ronald David Laing，1927-1989）的影响，认为精神分裂是一次进入内心深处的旅行，往返于个人的生活之中。从更高层上来讲，精神分裂就是进入、往返并超越全人类的经验①。显然，这是集体无意识在个体身上的显现。在小说《简述堕入地狱的经历》中莱辛的叙事风格发生了转变，主人公第一次也是唯一的一次变成男性。剑桥大学教授威特金斯患上了精神分裂症，在河岸上游荡，人们把他送进精神病院。在那里，他讲述了自己幻想中的故事：他与同伙乘木筏在大西洋漂流，追踪一艘"水晶号"飞船，飞船上的人诱拐了他的同伴，把他孤零零地抛下。他来到一个神秘的荒岛，在半狗半鼠的动物的帮助下，发现了史前城邦的遗址。后来又卷入了半狗半鼠动物与猴子之间发生的流血冲突中。乘着大白鸟飞离荒岛，越过死海之后，他再一次邂逅"水晶号"飞船。所幸的是，飞船把他带回了现实世界，又让他目睹了神祇之间有关"投胎凡间"的争论。众神把地球视作可怕的地狱，无人愿意自投罗网。教授虚构的故事构成了小说的第一部分，小说的第二部分主要包括书信、对话、教授与同事间的通讯、他本人零碎的回忆以及大夫对教授实施的残酷治疗。故事以他恢复了正常的记忆而结束。

莱辛把幻想与现实结合起来，以象征的手法揭示了人类走出伊甸园的堕落过程。古老城邦遗址具有伊甸园般的氛围，在那里敌意、憎恨尚没有诞生，一切都沉浸在和谐、统一之中，这种世外桃源般的完美象征着文明早期人类个性与前自我意识的发展状态。然而，美好的想法很快就被非理性自我的阴暗面所打破。在古城的郊外，他目睹了仪式性的歃血活动，意识到他们的仪式把肉欲引入了纯洁的世界。威特金斯如同伊甸园里的亚当，获得了肉体的知识，急于遮掩自己赤裸的身体，同时他也开始远离一个"不知杀戮的世界"。随着半狗半鼠动物与猴子之间与日俱增的敌意和战争的爆发，威特金斯卷入其中，并在不知不觉中染上了恶习。正如鲁宾斯坦所说，威特金斯是一位"普通人"，通过探索自我的意识世界，再发现（回忆）人类的经验。②

《幸存者的回忆》是一位不知名的女性叙事者讲述的，关于发生在未来的恐怖灾难。故事发生在一个未确定的地点，但是显然暗指伦敦。核战争之后，

---

① Roberta Rubenstein. "Briefing for a Descent into Hell", Doris Lessing, ed., Harold Bloom. New York: Chelsea House, 1986. p. 155.

② Roberta Rubenstein. "Briefing for a Descent into Hell", Doris Lessing, ed., Harold Bloom. New York: Chelsea House, 1986. p. 153.

人们流离失所，成群结队地游荡在街头，整个城市到处都是垃圾和浊物品；食物紧缺，桶装水和空气十分昂贵，人们饥不择食，甚至以尸体充饥；政府官员官僚作风甚重，而且工作流于空谈，他们提供的信息与现实相去甚远。叙事者所目睹的正是文明崩溃、社会混乱无序的恐怖一幕。与此同时，居住在楼房底层的叙事者受人之托，负责抚养一位 12 岁的小女孩儿爱米丽，而这位女孩儿又喂养着一个狗身猫面的动物。与爱米丽共同生活的这段期间，女主人公表现出了超凡的透视力，她的视线竟然能够穿透墙壁，看到隔壁房间的景象，这些景象随着时间的推移不断变化。令人惊讶的是，在女主人公的心理现实中，她竟然摇身一变成为与爱米丽同名的女孩，爱米丽所见既是女主人公所见。若干年之后，街道上出现了一个未成年群体，其首领是杰拉德，他负责收养和照顾这些无家可归的野孩子。情窦初开的爱米丽逐渐爱上了杰拉德，两人开始了迥然不同的新生活。

　　莱辛之所以没有为她的叙事者和故事发生地命名，就是要赋予虚构以普遍性，让它代表人类所面临的普遍困境。故事中凄厉肃杀的景象实在令人触目惊心，俨然世界末日已经到来。然而，莱辛并未危言耸听，她的预言性故事有着可靠的历史背景，即 20 世纪 60 年代的古巴导弹危机和全球政治动荡等社会现实，这些都对时刻关注人类命运的莱辛产生了难以消除的影响。她用现实主义笔触勾勒的文明毁灭图景无疑是对人类扩张、争霸、牟利等恶习进行的有力鞭挞。小说中女主人公穿过墙壁透视到的维多利亚时代的生活景象具有广泛的意义，不仅体现了特异功能的心理治愈力量，更重要的是，用魔幻手法剖析了母女之间可能存在的各种关系现状。小说的这一部分内容借助于蒙太奇的叙事手法，指出了缺失爱的、空虚和冷漠的家庭关系与人类困境之间的关系①，同时又表现了对脱离人类整体困境，孤军作战的女权主义运动的重要性和可行性的思考。小说的结尾同样具有象征意义，表达了莱辛深邃的思想，它仿佛是一个新纪元的开始，因为莱辛不相信老一代人凭借传统的道德观念和社会体制能够把人类从核灾难之中解救出来，而是寄希望于杰拉德所代表的善于适应新环境的年轻一代身上。正如爱米丽的宠物修果（Hugo）一样，杰拉德和爱米丽们的灵与肉都发生了变异，他们将用新的道德观念、新的体制来延续人类的未来。莱辛的这些颇具挑战性和争议性的信念全部浓缩进了那枚黑色的蛋状物中。

---

　　① Lorna Sage. "New Worlds", Doris Lessing, ed., Harold Bloom. New York: Chelsea House, 1986. p. 172.

《南船星系中的老人星座：历史档案》是莱辛于 1979 年至 1983 年间推出的著名"太空小说"系列（也被称为"宇宙空间小说"），包括了宇宙空间五部曲。整个系列塑造了一个全新、神秘的宇宙，讲述巨大的银河星系中各星球，特别是地球的命运。故事内容集历史、政治、科技、神话和寓言于一体，写出了莱辛对人类历史和命运的深切关注和深刻思考，同时也体现了作者在思维拓展和艺术创作方面的革新。

故事全都发生在未来时刻，它们之间缺乏连贯性，各成为独立的叙事，但第一部和第三部例外，它们从老人星和天狼星的角度描写了地球的演变。档案系列第一部《事由：沦为殖民地的五号行星——什卡斯塔》（Re：Colonized Planet 5，Shikasta，1979）是老人星的叙事者根据他们的档案资料讲述的关于地球的故事。什卡斯塔原是波斯语，意思是"断裂"。老人星曾经统治过什星（地球）并引入了文明，他们最早把什星描述为"被破坏的荒凉之地"。什星的居民生活和谐，凭借着生命之能或超自然力量或气（SOWF）与老人星形成了牢固的纽带。然而，天狼星阴邪、险恶，只顾开采这种生命能源。宇宙的一次事故中断了这种生命之能，什星的宁静生活被打破，野蛮的舍玛特人统治了什星，什星居民的寿命从几百年骤减为几十年，各种丑恶现象，如政治暴力和滥用职权等，相继出现。老人星为此派遣使者，前来拯救什星。最后，什星的生命之能得到恢复，一场核战之后，野蛮人的统治垮台。《什卡斯塔》可以说是最早把荒诞、魔幻现实主义和苏菲神秘主义融为一体的小说。莱辛认为，上帝与天使实际上就是外空使者，他们的到来是因为人类的发展出了差错，目前的状况主要是因为地球与滋养她的机制相脱离，万物之气被大规模的阻断，这一点可以从小说描写的那些地球所排斥之气为生的种族所蒙受的种种灾难中得到证明。当然，老人星所采取的一些手段，例如，基因工程、种族屠杀以及其他残暴形式值得深省：建立在个人真理观之上的正确之道究竟是否存在？小说以第一人称叙述，但叙述者时有更换，叙述的口吻也不尽相同：有官样文体的报告、正式文体的历史文献、非正式的个人信件以及个人记事。小说中人物的性格特征变化无常，背景跨越星系、星球、南北半球、国家和城市，而时间跨度往往以千年为单位，对于习惯了传统小说的读者来说，时间上的大幅度跳跃会令人难以适从。不过，这种写作技巧恰恰体现了莱辛广阔的思考空间和宏观的思维方式。

系列作品的第二部小说《三、四、五区间的联姻》（The Marriages Between Zones Three，Four and Five，1980），故事主要围绕外太空气和神秘区域之间的抗争和交融而展开，其情节也更加连贯，内容也更为深邃。在第二、三、四、五区生活的人们彼此不相往来，因为贸然进入另外一区的人们会染上一种怪病。尽管如此，各区仍然各展才智，以高度的警惕性保卫着自己的家园不受侵犯。所以，他们安居各区，绝不越雷池一步。第三区是一个由女人掌权的国度。那里是一个平安宁静，生活富足，倡导自由平等的先进社会；其人民和生物具有心灵感应能力，那里没有压迫，没有暴力，是一个相互团结而富有艺术魅力的乌托邦社会。第四区域则是一个常年混战、野蛮落后、相对原始的国家。那里的男人残忍、好战，到处充满战争和掠夺；男孩早年必须参加童子军，接受军事训练；那里的女人没有地位，她们纯粹是男人的个人财产，女人特有的精神需求只有在地下隐秘之处，通过狂欢化的形式才能得到满足。野蛮的第五区是第三区和第四区共同的敌国。第三、四区发生了一个共同的怪异现象，他们的动物繁殖力逐渐下降，人类的生育率也在不断地降低。第三区的女王爱尔·伊斯对技术发达、文明昌盛地第二区仰慕已久，却根据上帝的旨意，被指定嫁给第四区的国王本·阿尔塔。经历了种种周折后，爱尔·伊斯与本·阿尔塔相爱并育有一子。但她随后被迫离开第四区，而本·阿尔塔又被指定与第五区的女王瓦斯结婚。爱尔·伊斯回到第三区后备受猜疑，有亲不能认，有家不能归，就连往日的情人也视她为异化了的怪物，精神低落的她只得沦为农民，隐居在二区与三区边界的乡间。起初，她想到二区居住的愿望遭到拒绝，后来二区的居民逐渐适应并接纳了她。因此三区和四区的动、植物和人类此后迸发出前所未有的生机和活力，最后小说在第三区修史人抒情的口吻中结束。几个区域间最终也实现了广泛而持续的接触和交流；自此，宇宙间新的秩序也逐渐形成。

　　这是一部深受莱辛本人喜爱的作品。她曾说："没有哪部小说能和它媲美……当写到结尾时，我都忍不住觉得悲伤"①。这部作品将虚幻与现实、历史与寓言融为一体，带给读者无尽的遐想和启迪。小说发表之后，在社会上引起了广泛反响。《周日时报》（*Sunday Times*）的马丽娜·华纳（Marina Warner）感叹被书中"如猫一般柔软诡异"的笔触所吸引；《纽约时报》（*New York Times*）的评论家罗伯特·陶尔斯（Robert Towers）则对书中充满想象力的事物、独特的叙述以及栩栩如生的形象塑造给予了高度评价；而《时报》（*The Times*）的盖·菲尔斯（Gay Firth）将此书称作是一部幻想的神话，充满了强

---

　　① 邓忠良、华菁译，"《巴黎评论》莱辛访谈录"，19 March 2011, http：//www.ewen.cc/qikan/bkview. asp？=bkid=150275 & cid==462385, n. 9。

有力的、浪漫的思想①。同时，这也是一部展现两性关系的小说，莱辛在一个非常特别的空间里，详细叙述了两性之间的彼此支配和互相需要。书中不仅创造出了超越传统的两性世界，也创造了与传统观念格格不入的性别角色，从而质疑了传统观念对两性关系的理解，并成功颠覆了传统的性别模式。

小说主要围绕对第三区和第四区的描述展开，并从一开始似乎就有意形成两个区域之间的鲜明对比。三区人民的生活和平而富足，女王爱尔·伊斯是统治者，也是多个孤儿的母亲。最为关键的是，这里的男女在性情上没有明显的差异，他们的社会分工也不存在明显的区分，这里男女平等，共同协作，一起抚养小孩儿，一同建设社会，而性生活也同样强调能为双方都带来愉悦。尽管三区主要是由女人掌管国家事务，然而这里的一切决定都是以广大人民的利益为出发点，体现出绝对的民主；而四区则常年混战，生活困顿，军队和政权都掌握在男人手里，并由国王传承给自己的儿子。这里的男女分工有着明显的差异，男人勇猛善战，女人不允许在战场上出现，她们只作为男人的助手和服务工具而存在。除此之外，两个区域的地理外貌也呈现出两种截然相反的景象：三区地处高原地带，各个大小城镇散布在广袤的绿地之上。城镇周围时而是连绵的山脉，时而是涓涓溪谷，整个区域散落有致，充满生机。而四区一眼望去却是一块缺乏生气的平夷，运河和军营整齐规则地分布在这片平地上。

因此，从社会意识形态上看，四区是一个典型的充满男权意识的社会，以本·阿尔塔为代表的统治者满腹侵略和占有的欲望，女人被男人控制，社会利益以男人为主来分配，社会等级和秩序按男人的标准来严格制定；而在三区，国家事务的管理以及重要的使命主要是由女人来完成，由一位女性同时承担多个孩子的抚育和培养更体现了充满母性的博爱。在女王爱尔·伊斯与四区国王本·阿尔塔的相处过程中，她明显表现出对自我女性身份的敏感和维护，可以说，爱尔·伊斯与本·阿尔塔两个人物是作为两个典型符号出现的，代表了各自不同的两种社会意识形态。从表面上看，三区似乎实现了人类，尤其是女性主义者的所有理想。这里不仅由女人自己来掌管国家，男人和女人都脱离了男权等级社会的局限，同时还是一个消除了仇恨和战争、实现了人人平等的富裕社会。然而事实上，三区也和四区一样，同样面临着生物无法继续繁衍的尴尬局面。小说中，三区被描绘成一个对外界一无所知、毫无所求的全封闭区域，这里的人们生活在没有任何好奇和欲望的自足自满之中，而这样一个停滞、自

①　详见 Doris lessing. The Marriages Between Zones Three, Four And Five. London：Flamingo, 1994. 封面。

大的文明社会却一直处于盲目状态，直到女王爱尔·伊斯与本·阿尔塔的相遇。

爱尔·伊斯与本·阿尔塔的结合被当地视作奇耻大辱，这样一个由女性掌权的先进社会是不屑与一个处于野蛮落后状态的男权社会交合的。然而，在两位主人公由最初的相互戒备甚至敌视的状态到最终达到灵与肉的完全融合的过程中，两性间的相互制衡和影响也得到了生动的体现。爱尔·伊斯是带着传播科学技术和现代文明的使命来到四区的，她是以一种居高临下的姿态来改造四区并与本·阿尔塔结合的。因此，她从未期望从这场联姻中能获得什么。而本·阿尔塔带着男权意识的深深烙印，最初仍以女性轻视的态度来对待爱尔·伊斯。然而，他们逐渐感受到相互间无法抗拒的影响力，一种征服了霸权的男权文化的女性智慧和勇气，以及另一种带给女性保护和安全的男性力量。故事中，爱尔·伊斯确实将三区的技术和文明带到了四区，为该区拟订了改造发展计划，并成功转变了本·阿尔塔统治王国的观念，于是，四区从此解散了所有军队，本·阿尔塔不仅学会了尊重和爱护女人以及自然界的一切生命，并开始了改造第五区的征途。与此同时，爱尔·伊斯也对自己王国的生活和管理进行了反思，深深体会到了自己国度停滞、自我封闭的危险，认识到必须打破区域界限的重要性。

因此，这部小说反对男性中心论的观点，也没有向读者展示一个女强男弱的社会，而是通过三区和四区的例子建立了"两性之间的辩证关系，这种关系的形成基于两性在传统观念中的作用，被放进了两个分离的区域里"①，从而表达了两性相互依存、相互交融的主张。一开始，小说首先构建了两个在表面上对比鲜明的区域，并分别赋予他们传统文化中男权意识和女权意识的一些表象特征。同时，小说通过一系列积极的描述，有意引导读者对第三区域及其代表人物爱尔·伊斯产生认同感，从而体现出一种明显的女性主义倾向。然而，随着故事的深入，通过爱尔·伊斯的眼睛和思想，读者看到之前几乎完美的三区其实也和四区一样存在种种瑕疵，同样闭塞狭隘，也同样存在争权夺利（这在爱尔·伊斯重返故土而遭遇其姐妹的无情放逐中尤其得到体现）以及对异己的打击和排斥等种种不良社会现象。三区并非是受到四区的影响而不完美，相反，在两个国王结合之前，三区已经开始面临生命无法继续繁衍的威胁，而正是两个区域的联姻开启了他们进一步认识和拯救自我的步伐。小说

---

① Katherine Fishburn. The Unexpected Universe of Doris Lessing: A Study in Narrative Technique. Westport, Conn.: Greenwood Press, 1985. p. 90.

中，两个区域都封闭且自大。四区在本·阿尔塔的带领下侵略了很多弱小地区，然而，这里却明确规定所有人都不准向上仰望（即指地处更高的三区或二区的方向），否则将受到严重惩罚。而三区则始终强调本区域自我的独特性和优越性，表现出明显的排他意识。三区不屑身居其下的四区，因此也非常唾弃爱尔·伊斯与本·阿尔塔的这场婚姻。以至后来将爱尔·伊斯驱逐出境外。正如她自己的区域一样，爱尔·伊斯在与本·阿尔塔的最初的接触中一直保持着强烈的自我意识。一开始她并不了解四区，也不了解真实的自己，她没有料到自己也会妒忌，会恨会爱，也同样有所欲求。三区的人民认为爱尔·伊斯"下嫁"给四区国王之后堕落成了脆弱低级的性奴隶。但是正是在这场婚姻中，爱尔·伊斯有机会接触到了他者（The Other）。通过本·阿尔塔，她发掘了自我又坚强又脆弱的两面性，而通过与四区女性的接触，爱尔·伊斯看到她们在男权社会受到重重压迫，然而却保持着坚韧和睿智，这是一种在三区早已被遗忘的品质。与此同时，强悍自大的本·阿尔塔在这个过程中却时而敏感，时而感到自卑，最终产生了对爱尔·伊斯强烈的依赖感。小说中不同区域和王国里充满了形形色色的人物和关系，有传统意义上的男权社会和女性意识，但却没有确定的两性本质区别。因此不论是两个区域间，还是爱尔·伊斯与本·阿尔塔，都是在这场联姻中创造了"通过其他人（others）来发现自我身份的新的可能"[1]。苏珊·罗曼尼（Suzanne Romaine）在她的《性别交流》（Communicating Gender）一书中认为，莱辛是将阴柔和阳刚的性格放进了不同区域，然后通过区域间的交流互动达到一种和谐共存[2]。由此可见，这部小说反对的正是停滞、封闭而没有变化的两性世界和两性关系。

故事的结尾，爱尔·伊斯又逐步进入了第二区域，而本·阿尔塔则通过与第五区域女王新一轮的联姻，结束了两个区域间的长期混战。这时，四区居民朝上仰望的禁令被解除了。女人们还自发组织到三区去参观。总之，结局实现了一个区域间持续交流互动的新秩序。正是通过男女超越了传统的性别界定，尝试了真实的精神和肉体的交流，才创造了两性间新的视野，发掘了区域之间新的活力和潜力，从而实现了新的可能。事实上，《第三、四、五区域的联姻》从一开始便构建了很多传统意义上二元对立：男人和女人，文明和野蛮，高级和低级等，并一步一步推翻和消解它们，从而表达了宇宙间你中有我、我中有你的错综复杂的关系。故事通过男女主人公的联姻以及区域间的交流，说

---

① Patricia Waugh. Feminine Fictions: Revising the Postmodern. New York: Routledge, 1989. p. 66.

② Suzanne Romaine. Communicating Gender. London: Lawrence Erlaum Associates, 1999. p. 341.

明了理智与情感、秩序与自由、男人和女人对于一个和谐健康的人类社会都一样重要。

莱辛曾说："人们互相之间都可以在对方身上看到自己的影子，因为他们你中有我，我中有你，互相引起思考，相互促成各自的行动"①。《金色笔记》（序言）莱辛正是以辩证的眼光来看待两性关系的，男人和女人既存在差异又彼此互补，不论是《第三、四、五区域的联姻》还是在她最新小说《裂痕》（*The Celft*）中，男女都通过重新发现，学习共存，形成了无可比拟的完美结合，在纯粹的动物式的性爱之外，也滋生出友谊与爱情，发现男女相互需要的意义所在。

莱辛在小说中表现出她对女性特有的关注。爱尔·伊斯体现了女性特有的坚韧、恢弘气度与自我牺牲精神。通过牺牲自己稳定幸福美好的婚姻，她打破了各区之间的封闭，促使文化交流逐渐走向通畅，生命也因丰富多彩而迸发出勃勃的生机。可以说，她与四区国王本·阿尔塔的爱情结晶、她到二区定居都极为富有象征意义。四区的女性虽然受到父权文化的压抑，她们从未放弃自己的文化，而是以不同的形式与父权抗争。

莱辛的作品更反映出一种个体自我、个体之间以及个体与全局之间动态和谐发展的生态观。她认为，男性的自我中心主义也是女性痛苦的根源，而女权主义者过分关注性别歧视，演变成了一种偏执的教条，而无谓浪费了女性的精力。因此，无论是男人与女人，东方与西方，或第三世界和第一世界，都应该打破相互隔绝的状态，应该通过不断的文化交流，彼此取长补短，共同发展。一个真正和谐的世界应建立在整个生态系统中各个子系统、各种物质因素和精神因素相互平衡的基础之上，唯有如此，整个人类收回以及万物的生存和延续，才有可能得以健康维持。

此外，莱辛向读者传递的一个重要的信息就是如何看待空间与异化的关系。空间与时间并存，时间与空间又与文化浑然一体，时间、空间、文化成为塑造个体身份的充分条件。在这个环境里，个体通过区分"我者"与"他者""内部"与"外部""这里"与"那里"来确定自己的身份②，脱离这种空间的保护，个体就会被认定为另类或异化。然而，莱辛认为，真正的异化来自狭隘的民族主义、故步自封或夜郎自大，爱尔·伊斯及臣民在异域的病症就是开放所带来的不适之症，他们的贫穷、四区对女性的压迫、穷兵黩武等现象无不

---

① Doris Lessing. The Golden Notebook. London：Harper Collins Publishers，2007. p. 7.

② Kathleen Kieby. Indifferent Boundaries：Spatial Concepts of Human Subjectivity. New York：Cuilford Press. p. 85.

是异化的表现形式。通过爱尔·伊斯的出嫁、与本·阿尔塔结婚生子、定居第二区以及本·阿尔塔与五区的女王联姻等事例，莱辛指出了狭隘自我的危害性，主张以"爱"为主旨的文化交流才是保持人类生生不息的奥秘所在。她希望，未来的人类能够像第四区与第五区那样，化干戈为玉帛，以交流代替战争，像三、四区的人们那样，走出去，迎进来，取长补短，共谋美好未来。

《天狼星人的试验》（The Sliria Experiments，1981）同样是从地球之外看地球的文明史。天狼星人阿姆布恩的叙事涵盖了人类从创世纪到 20 世纪的历史，包括亚特兰蒂斯岛的沉没、克尔特人的人祭狂热、蒙古兵横扫西方、幸福但脆弱的民主乌托帮等。阿姆布恩本是一位孤傲、行为果断的女强人。作为一位颇有预见的统治者，她对于纯粹技术先进社会的局限性逐渐产生了担忧，而小说情节发展也随着她的叙述向这种意识逐渐延伸。天狼星发达的技术给人们带来了越来越多的闲暇，充裕的闲暇时光非但没有解除人们以往的忧郁，反而导致了更加严重和复杂的生存忧郁症。天狼星为了与老人星争夺什卡斯塔而宣战，老人星最终赢得了这场战争，但依然允许天狼星人居住什卡斯塔。老人星人所表现出的高尚、正直、容忍和大度使天狼星的国君深有感触。阿姆布恩终于意识到：技术相对落后的老人星人的生活方式中大有值得自己借鉴之处。于是，阿姆布恩的观念因受到来自老人星的影响而发生了变化，而这种变化直接导致了天狼星国的根本改变。

通过阿姆布恩的叙述，莱辛指明了她对于人类社会曲折发展历程和现状的思考：人们往往会因为无知而忽略，进而失去一些极有价值的东西，例如，谦和、宽容、简朴、平等与博爱等。他们之所以发生改变恰恰是受到了那些以往未知事物的影响，这种变化给他们带来了所期盼的东西，人类的历史就是以这种规律循环往复、永无休止的发展变化。阿姆布恩的性格变化，即从一个鲁莽、愚昧、固执、冷漠的人转变成勇敢、坚毅并最终获得了真理的人，正好反映了这个现实。莱辛积极又悲观地认为，要认识到这一点，正如天狼星难以认识到自身的缺陷一样，地球人要借助于外空间力量才能正确认识自己。可以说，阿姆布恩的叙事过程体现了她道德上的成长历程。因此，莱辛的第三部小说如同第一部小说一样隐含着一个内在的结构，这个结构体现了莱辛思想的坡状梯度。如果第一部小说从第五区升至四区，再从四区升至三区，最后从三区升至二区，《天狼星人的试验》则从舍玛特的一孔之见上升到天狼星的半完美状态，再上升到老人星的清晰视角。

在第四部作品《八号行星代表的产生》（The Making of the Representative for Planet 8，1982）中，莱辛通过老人星的一位代表叙述了发生在那里的故事。

八号行星的居民在温润气候的滋养下，英俊秀美、朝气蓬勃、聪明睿智，生活在一个繁荣、祥和、自足的社会中。在这个群体里，每个人都扮演着举足轻重的角色。他们坚信，在老人星的统治之下，八号行星会走向更高的文明。在老人星的使者约或造访期间，人们按照他的指示围绕该星球建造了一座高墙。之后不久，八号星球的气候便开始反常，原本温和的气候转眼间变成了一片冰天雪地，刚建成的高墙恰好抵挡了袭来的冰雪，但是，星球上的植物和动物逐渐灭绝。在麻木迟顿、昏昏沉沉的生活中，八号星球的人们依靠老人星代们的诺言生活着：他们将移民到罗汉得（Rohanda），即美丽的地球，在那里继续生存。正当寒冷加剧、人们士气低落、绝望之时，约或并没有带来用以转移居民的大型宇宙飞船编队，而是告知他们地球的情况也不见得更好，已无法移居那里。就在人们感到获救无望时，在约或的耐心指导下，他们启动了隐藏在内心深处的一种神奇力量。这些力量聚合一起，化成一位能够超越个体、拯救万民于水火之中的代表性人物，因此，一个集体或全体的代名词取代了孕育它的众多个体。不言而喻，当一种生物濒临灭绝的危险时，与生俱来的动力就能帮助他们超越自我，让个体在群体的生存中得到延续。换言之，人类要拯救自身于灾难只能依靠自己。主人公的这一结局与《幸存者的回忆》中主人公越过高墙进入另一个世界的情境不无相似之处。莱辛在小说中不止一次地强调，每一个人都有必要认识到自己是集体力量的一个部分，他们必须懂得超越自我的重要性，必须懂得个体的愿望与理想只有在实现集体意识的过程中得到实现。莱辛的个体与集体关系论调早已有之，只是在这部小说中被发挥地更加淋漓尽致。

如果说上一部小说把历史类比、寓言、神话和预言融为一体的话，系列小说的最后一部则显然具有斯威夫特式的社会、政治讽刺意味。小说《伏令王国的多情使者》（*Documents Relating to the Sentimental Agents in the Vole Empire*，1983）深刻地揭示了伏令王国的堕落以及其遭受天狼星侵略的过程。从某种意义上来说，它与什卡斯塔有惊人的相似之处，只是更具有讽刺意味而已。居住在伏令王国的天狼星和萨媚特国的使者对伏令王国觊觎已久，暗中大肆进行颠覆活动。阅尽历史沧桑的老人星对此洞若观火，不遗余力地从中斡旋，努力拯救伏令王国于危亡之中。小说在描写天狼星入侵伏令王国的同时，不是仅仅拘泥于战争本身，而是进一步揭露了雄辩术的危害以及激情泛滥的毁灭力量。小说中的老人星医生克罗拉西以第一次世界大战为例，鞭挞了雄辩术的危害。老人星和萨媚特国都意识到雄辩术的力量和危害。出于防范，老人星竭力促使其臣民对此产生清醒的认识，免遭毒害，而萨媚特国则极尽其能事，甚至还开办了雄辩术学校，培养雄辩之才。受训的学生从小就用被灌输来的思想抑制自己的真实情感。考试的时候，他们必须就给定的题目，如"朋友""工作""同志""牺牲"等发表激情洋溢的演说，凡超过规定时限的演说全部判为失败。双方的军队分别受到狭隘民族主义激烈言辞的煽动，他们坚信自己拥有真理，决心为之奋斗、献身，其狂热几近疯癫。在雄辩术的诱骗下，数以百万计的人战死疆场，两国的经济、文化遭受到了前所未有、无法弥补的重创。在莱辛看来，大行其道的雄辩术借助于诡辩颠倒人们的判断标准，以言辞等同于思想，催眠了人们的意识，迷乱了人们的视线，是不折不扣的法西斯行径。这种道貌岸然的谎言阻止了人类迈向更高文明的步伐。

莱辛小说的思想性曾因为她的空间小说而遭到质疑，现在看来，这无疑带有些许不求甚解的误读。借助于荒诞及魔幻现实主义技法，莱辛对人类在奔向更高文明过程中的倒退进行了深刻又具有非凡意义的反思。她的结论对现实的指示直接准确、毫不含糊，其警世之效直指人心，她的苏菲神秘主义思想虽然屡遭非议，却也是特定环境的特殊产物。她在这个时期的小说无论是视野还是技巧都超越了以往各个时期。对于这种较大的变化，莱辛在该系列的第一部小说的序言中有过如下的表述："很显然，我为自己创造，或曰找到了一个新世界。在这个天地里，不要说个人，就是众多行星的不起眼的命运，也只不过是在巨大银河帝国间对立和互动中所表现出来的宇宙进化的一部分"。这一认识有力地体现了她对人类未来的焦虑与关怀，她的思考积极又有启示意义。

第八章　时空交错中女性现代性经验的诗意求索

如果说童心之"真"是童话以及女性小说创作的生命，那么女性创作的"至善"追求中所凝练的思想情愫，便可视之为女性小说创作的灵魂。"善"是文学创作不老的主题，"从功能观点来看，上古神话至少具有三种社会作用：一、它是一个解释系统；二、它是一个礼仪系统；三、它是一个操作系统"①。就现代意义的童话而言，其对象主要是面向儿童，因而它不但具有神话的某些功能，艺术性地解释某些神力，还具有礼仪规范和价值规范的作用，童话叙事的特殊性，所表现出来的特有艺术情趣，塑造着人类童年时期的精神取向与未来梦想，孩童对童话的接受，更多地转化为模仿，其内涵渐渐沉积为某一种行为自律。如同童话中所呈现的成人对儿童的行为规范的指向，女性作家的作品中透视出叙述者的认知过程。如果说那是女性作家在男性话语下的就范，或者认为那些文本中体现的女性作家的女性意识崛起，不管怎样理解，女性创作有意无意地再现了童话的教化功能。这些都是女性作家视域中的关键词，是作家们，尤其是女性作家们拿捏人物、为她们准确定位的度量衡，也是女性作家表达自我精神品格的基石，女性创作中"从善如流"的追求，体现为二元对立式的极致表达，与童话表达思想人格的手法不无二至。女性与儿童相似，相对男性父权来说，处于柔弱的被动状态，活动范围有限，涉世未深从而保留更多的本真性，女性特有的心理特质帮助她们在想象中建立一自信，要从"讲"故事的身份转为"写"故事的实践中，构建自我的主体性，从本能动机来说，她们理应冲破层层束缚，摆脱困境，在获得精神自由的状态下追求完美与和谐。

---

① 何新：《艺术现象的符号——文化学》，北京：人民文学出版社，1987 年 8 月。在其中的《中国上古神话的文化意义及研究方法》（249 页）中具体分析了上古神话的三种社会作用。

"只有善良才真正是高贵，仁爱的心重于玉冕金冠"①，丁尼生诗句中的"善"也不仅仅是伦理层面的含义，而同一时代的女性作家，寄托女性审美理想的文本同样包含着"善"性的追求。所谓"善"，不仅指代仁慈之心，还代表着一种积极的趋向、实现意义的愿望。现实中的"真"是那么不完美的，尽管艺术地、策略地反应在小说文本中，它仍旧呈现出一定的缺憾，要达到最终的完美，"善"是必须的中介和过程，它是事物臻于完美的有效渠道。从哲学的角度来看，"善"是合目的性的，是客观与主观的统一，而且是主、客观的和谐统一，童话中所表现的主题——人与自然的和谐、人与社会的和谐，在和谐的氛围中陶冶性情，或者完成某种功利性的教育目的。柏拉图在《理想国》中，曾经论及故事对孩子的影响。"如果要模仿的话，就应该从小开始只模仿那些适合他们职业的性格，比如勇敢、节制、虔诚、坦率等等……从很小就开始模仿，长大成人后，最终会成为习惯，乃至成为第二天性，影响身体、声音和思想"②。柏拉图提倡的模仿正是一种"向善"的努力，对于"善"的追求是人类实践活动中克服自身原始劣根性、挑战既有弊端、面向未来的积极心态，它聚集着意志、智慧和才能的力量，展现着理智、情操，"善"从理论角度外化为友爱、正直、仁慈等为人的基本道德准则。因此，从道德教化来说，童话中的"善"感溶解在情感熏陶之中，它潜移默化的教益纯洁儿童的灵魂，童话故事营造的审美意境勾画的纯美世界，熔铸了诗人的追求，提升了人类的精神追求品质。

雨果于1827年发表的《克伦威尔·序言》，面向保守的古典主义者，宣告了浪漫主义的创作主张，他的"美丑对照"原则的表现手法，艺术地再现了生活的丰富性和多样性，表达了人性的无比广阔和深邃、复杂性，形而上的二元对立，在童话与女性作家作品中早已以简单的样式表达于作品之中。雨果更是将它夸张、变形并放大到极致，以激情磅礴的气势将"美丑对照"原则应用于《巴黎圣母院》的创作实践，运用各层次的比照，多重的变奏，在强烈的心理反差中，刺激着读者的心灵审美，激荡着受众的情感波澜，锤炼人们对善-恶、美-丑的全身心的体验。在英国女性小说创作中不乏二元对立的生活图解，但表达方式不似雨果浪漫主义的恣意放纵，女性与儿童独特的审美使她们文本存在的形式理想化。生活是七彩的童话，小说中的文字符号、情感代码与赤橙黄绿青蓝紫的绚丽色彩一样，在并存中相互定义，在共鸣中达到和谐

---

① 丁尼生著：《丁尼生诗选》，黄杲炘译，上海：上海译文出版社，1995年6月，第35页。

② 拉曼·塞尔登：《文学批评理论——从柏拉图到现在》，北京：北京大学出版社，2003年10月，第486页。

的永恒。

女性作家在文本中所表现的至善追求更多地体现为乌托邦式的完美的理想，"善"在她们的视角中，更多地着眼于自我价值的实现。女性个体的自我价值，潜藏着心灵的自由、人格的平等、高尚的品德诉求几方面的内涵。在社会生活和个体生活都受到压抑的环境之中，知性的女性力图借助作品表达心绪，没有自己的"一间屋子"，但却拥有相对独立的心灵空间，文字中所展现的女性主人公刚柔并济的心理特征，让我们感触到女性形象源于传统，同时又异于传统的成长态势，抗拒与追求、反叛与顺从交织在理性的挣扎之中。如"灰姑娘""白雪公主"一般，她们虽处弱势但秉性善良，同情弱者也许是读者或旁观者的天性，这些女主人公们身处逆境之中，期冀她们时来运转、改变自身命运的意识已经悄悄地潜伏于心，在向善的共同目标下，但凡主人公的境遇有一丝转机，读者都将与之共同"努力"，巴望着实现某种飞跃的可能。这种心灵的默契意味着审美效果的逐渐形成，也表明"善"对于读者的感染与感化的力量。

20 世纪 70 年代，肖瓦尔特在谈到女性美学（the Female Aesthetic）时曾经指出，"如果作品中有女性品质的话，最棘手的问题是把这种特有的女性品质从作品中分离出来"[①]。尽管如此，50 多年的时间又过去了，英国女性美学又有了一定的变化和发展，对女性美学做一番探析还是极为必要而切实可行的。应当指出的是，女性小说理论探析并不仅局限于小说中的女性特质。在女权主义或后来的女性主义运动昌盛之时探讨女性小说理论，人们都很容易把女性小说理论中的女权主义或女性主义成分与整个女性小说理论等同起来。事实上，女性小说理论不仅包括女权主义和女性主义的特殊成分，而且还包括超越性别主义的那一部分。

绝大多数的英国女性小说家认为，作家应有一定的社会责任感，主张用小说反映社会现实并积极的发挥小说的教育作用。维多利亚时代的女性小说家大多数是妇女参政权论者（suffagette writers），尽管她们的艺术成就比不上她们的女权主义思想。一战之后，在穆勒（John Stuart Miller，1806-1873）的倡导下，妇女参政权论者开始把女权主义的政治主张与文学创作的技巧有机的结合起来，主张对词汇、句式和作品结构进行变革。到了 20 世纪六、七十年代，女性作家、批评家和理论家义无反顾地承担起更大的社会责任，高举批判父权文化的大旗。此后，她们又主张女性主义，希望在批判父权文化的基础上建立

---

① Elaine Showalter. A Literature of Their Own: British Women Novelists from Bronte to Lessing. Princeton University Press, 1999. p. 258.

女性自己的文化，在经历了 1000 多年的文化钳制之后，英国女性开始发出自己的声音，这不能不说是文化进步的有力体现。

与此同时，一些女性作家也发出了与反对父权文化不和谐的声音。她们不赞成孤立地解决广大妇女所面临的各种问题，主张把女性问题放在全人类共同福祉的框架下加以解决。莱辛、德拉布尔和默多克等女性小说家都被普遍地誉为女权主义小说家，但她们都明确反对女权主义思想。其中的主要原因是，如果男性不自由，而女性自由了，女性自由的结果只能是苦涩的，因为女权主义者提出的问题是一个综合性的文化问题。《纽约时报》（New York Times Magazine，July 27，2008）报道了对莱辛的采访。在谈到女权主义运动时莱辛说道："我认为女权主义运动并不能给女性的性格带来多大的改变。我是说，我们反而造就了一些令人恐怖的女性。从已发生的事情来看，女性有了批评和为所欲为的权利（to be critical and unpleasant）……男性就开始遭殃"。在解决女权主义者提出的各种压迫性问题上，莱辛主张男女双方相互忍让。

放弃女权主义之后，女性小说家认为，作家必须依靠美德来指引自己的艺术创作。美德就是明白他人的确存在，自由也正是知道、领悟并尊敬不同于我们自己的事物。从这个意义上讲，美德就是知识，它把我们自己与现实联系在一起。在女性小说家看来，美德派生于"善"，而"善"是最高的现实。"善"既是内在的，又是超验的。所谓内在性是指"善"体现在日常生活的每一个侧面，而"善"的超验性是指它的存在不局限于每一个具体的事物，是以现世性为基础的。女性小说家必须依靠美德来指引自己的艺术创作，因为读者容易从幻觉或自我中心主义（偏见、妒忌、焦虑、无知、贪婪等）当中找到安慰并感到满足，就会放弃最高真理（"善"）的追求，失去认识现实的能力。在这种情况下，"优秀的艺术家能够帮助我们认识生活的节点，帮助我们了解什么是应该忍受的，什么能够成事，什么能够败事，从而帮助我们净化自己的想象，思考（忧虑与幻想笼罩下的）现实世界，包括恐怖与荒诞"①。用美德来代替女权主义思想，女性小说理论实现了思想上的提升与超越。

介于这两者之间，还有一种逃避责任的"双性同体"创作理念。"双性同体"一词是女权主义小说家沃尔夫提出的，主要指作家的男性气质或女性气质达到平衡的一种写作状态。在这种状态下，女性小说家既可以表现女性的母性，又可以表现男性的霸气。"双性同体"的初衷是让女性作家找到一种能够将女性书写方式与文学传统相结合，但又能超越性别烙印的途径。换言之，这

---

① Iris Murdoch. The Fir and the Sun：why Plato Banished the Artists. Oxford：Oxford Universuty Press，1977. p. 80.

种途径非个性化、不惹眼，对女性气质不褒也不贬。但肖瓦尔特指出，男性气质和女性气质在沃尔夫身上并没有达到和谐的状态，而是迎面冲来并扭打在一起，以混乱的方式流动着。沃尔夫的错误在于她只看到了女性经验的消极一面，而没有看到它的积极之处。因此"双性同体"是一个神话，让沃尔夫避免与令自身痛苦的女性气质正面相对，从而抑制自己的愤怒和雄心①。可以预见，关于"双性同体"创作理念的争论不会在短时间内有一个明显的结论。

虽然女性小说家没有盲目崇拜后现代主义，过分强调小说的自治性，淡化小说与现实的关系，从而减轻她们的社会责任，但她们反对真实与虚幻的传统二分法，即真实是物理的和经验的，而虚幻则是形而上学的。她们认为虚幻是现代生活的本质，并从柏拉图和现代哲学那里找到了依据。柏拉图认为真实是理念的影子，而现代哲学则认为事物的本体地位通过语言和其他随意的体系是不可知的，或者真理永远处于一种延宕状态。也就是说，物理和经验性的真实，实质上是虚幻的，因为物理和经验性的真实没有意义，如果它们有意义的话，也是人类所赋予的。所以，真实具有偶然性和被决定性。

女性的小说理论家指出，尽管 20 世纪以来人类通过理性规划和科学分析建立了各种各样的系统，但世界反而越来越呈现出偶然性。偶然性呈上升趋势的原因有三：一是人类的道德水准在不断下降，人类不仅不能够完善自己，反而倒退了几个世纪。换言之，人类的邪恶发展的速度难以想象；二是人类正面临着去中心化。在爱因斯坦的相对论、微粒子和光传播理论的影响下，人类不得不面对不确定性和多价（multivalent）逻辑；三是人类拒绝死亡的意义。死亡意味着意义在个体面前消失，人类企图通过虚幻叙事表达战胜死亡的欲望，因此，虚幻叙事成为人类逃避无意义现实的重要方式②。对于女权主义来说，真实与虚幻之间的关系的消失标志着父权文化的权威性瓦解了。因此，男性与女性身份需要重新定义，在定义的过程中，女性获得了更多的言说机会。叙事（书写）标准的相对性为女权主义思想的发展提供了有力的理论支撑。

厘定了真实与虚幻的标准并不等于彻底地解决了小说叙事的技术问题，在坚持现实主义还是进行一场小说变革的问题上，女性小说家内部存在着不同的声音。意识流小说家们在艺术上虽然没有进行沟通并结为同盟，但是她们共同吹响了现代主义小说艺术的号角，撼动了现实主义的霸主地位。可以说，沃尔夫是传统现实主义小说的彻底批判者，她的批判精神诞生于她对小说"危机"

①　Elaine Showalter. A Literature of Their Own: British Women Novelists from Bronte to Lessing. Princeton University Press, 1999. p. 263, 280, 285, 265, 264.

②　Christine Brooke-Rose. A Rhetoric of the Unreal. Cambridge: Cambridge University Press, 1981. p. 6-11.

的敏感。她在《现代小说》中指出，科学技术得到了长足的发展，然而，小说创作却并没有进步。在《班内特先生和布朗太太》中，她把 1910 年 12 月（乔治时代）的开始确立为小说艺术发生变化的时间分界线。她认为爱德华时代的小说偏重于物质，而乔治时代的小说家，如福斯特和劳伦斯则企图妥协，没有完全扔掉陈旧的东西，他们的作品发出的是"土崩瓦解、倒塌和毁灭的声音"。唯一让她振奋的是乔伊斯所力行的心理描写①。在沃尔夫看来，英国小说艺术非要发生一场革命不可。

　　与此相反，女性小说家队伍里有一批作家对现实主义表现出浓厚的兴趣，只不过她们并不特别关注小说对精神活动的描写。德拉布尔曾毫不讳言地说，她宁愿处在现实主义之尾，也不愿意处在后现代主义之首。她说，"我不想写一部实验主义小说，50 年后的人们读完之后评价说，哦，是的，她遇见了即将发生的事情……我（对后现代主义）根本不感兴趣"②。众所周知，德拉布尔所处的时代面临着严重的信仰危机，和谐、团结几乎是不可能的事情。但是，她仍然坚信作家的使命感，坚持小说必须描写现实生活。默多克则颇为欣赏 19 世纪的批判现实主义小说，主要有两个原因：一是由于生活是真理的影子，艺术家的责任就是通过艺术来揭示生活的本质；二是因为批判现实主义作品中人物的刻画栩栩如生，表现出了强烈的道德责任感。她反对某些浪漫主义小说表现出的明显的唯美主义倾向，主张小说家要在善念的指引下，超越自恋倾向，通过创造一个个具有鲜明个性（偶然性）的生动人物，来体现作家肩上所承担的社会责任。

　　事实上，沃尔夫对现实主义进行批判的目的不是要取而代之。她在《现代小说》结束时指出，"一切都是小说的合适素材，一切感情、一切思想、头脑和精神的一切特质都听候调遣，一切感觉无不合用"，只要它们不伪造和做作。显然，沃尔夫强调内心活动的重要性，但并不否定外部世界。她之所以批判传统小说的物质主义，不是因为它再现了外部世界，而是因为它误把表象当做本质。在沃尔夫看来，能够揭示生活本质的艺术才是真正的艺术，狄更斯的小说以及俄国的现实主义作品并非意识流小说，但同样得到沃尔夫的青睐，其原因就在于此。可见，现实主义在女性作家的争论中仍然延续着它的艺术生命，所谓现代主义及后现代主义也并非是盲目地"为了现代而现代"的。

　　出于对现实主义的批判，女性意识流小说理论应运而生。意识流小说主张

---

① 伍蠡甫主编：《西方文艺理论名著选编》（下卷），北京：北京大学出版社，2001 年，第 149-177。

② Bernard Bergonzi. The Situation of the Novel. London：Penguin，1970. p. 65.

摒弃现实主义小说的艺术规范，把表现的中心从客观物理世界转向主观心理世界。沃尔夫认为那些世界才是唯一真实的世界，认为小说创作应表现内心世界的真实，"生活是一圈光晕，一个始终包裹着我们的半透明气囊"。因此，小说家的任务就是尽可能不掺杂外在事物，"表达这种变化的、未知的、尚未探索的精神，不管它多么不合常规或者是错综复杂"①。

沃尔夫在《诗歌、小说和未来》（"Poetry, Fiction, and the Future"，1927）一文中对意识流小说的体裁提出了民主化的观点，认为意识流小说的文体应该是综合而又开放的。首先，用来叙事的散文可以带有诗歌的特征。在她看来，诗歌语言很少用于生活，而散文却承担着生活中所有"不雅"的差事，例如写信、结账等。为此，她要把诗歌与散文结合起来，不仅用散文描写玫瑰与夜莺、晨曦与夕阳，而且还可以用它描写生命与死亡以及人类命运等传统小说极少关注的内容。在描写的过程中，散文也可以像诗歌一样更多地关注轮廓而不是细节，可以容纳情感，让情感涌动并盘旋升起。其次，小说也可以具有戏剧的性质，但绝不是戏剧，因为它的消费形式是阅读，而不是用于表演。总之，沃尔夫跨越文体之间的鸿沟，创造出一种全新的小说语言形式。

与主张优美、典雅的文体风格迥然不同的是狂欢化文体风格。在狂欢化文体中，受女性意识的驱动，句子可以支离破碎，标点被大量的省略。沃尔夫把狂欢化文体称之为"女性的心理句法"，因为这种句法是用来描述女性而不是男性的心理活动。尽管这种句式具有明显的人工痕迹，但它能够很好地表现女性特有的开放的、没有定格的生活节奏，从而产生一种像意识所感觉到的真实。优美、典雅的文体风格比较温和，而狂欢化文体"从根本上反对理性主义的任何组织原则，反对体现理性主义的文化"②。应当肯定的是，两种意识流文体风格不同，但它们都认为意识流叙事能够很好地反映女性的生活及其节奏，兼具美感和责任感。

出于对现实主义的喜爱，女性小说家把虚幻成分与现实主义融合在一起，形成了虚幻小说。女性小说理论认为纯虚幻小说包含三个要素：一是要面对明显的超自然现象，读者在自然式和超自然式解读之间自始至终举棋不定（这是由文本的模糊性导致的）。二是小说的主要人物同样摇摆不定。因此，当至少是天真的读者与小说人物认同之时，读者无法从小说中梳理出明晰的主题思想。读者面对小说主题思想所表现出的举棋不定正是小说叙事所要产生的效

---

① 沃尔夫：《现代小说》，伍蠡甫主编，《西方文艺理论名著选编》，北京：北京大学出版社，2001 年，第 153。

② Gillian E. Hanscombe. "Dorothy Richardson Versus Novel", Breaking the Sequence, ed. Ellen G. Friedman. Princeton：Princeton University Press, 1989. p. 90.

果。三是读者不能对虚幻小说进行诗歌式或寓言式的阅读，否则就会完全毁掉纯虚幻小说。

无论是坚持"现实主义"还是"意识流"或"虚幻小说"的创作，女性小说家都似乎倾向于描写不同阶层的女性的人生经历。不难发现，女性的生活与情感极少受到文学作品的关注，因为它们历来被视为理性与知识的对立面，不仅混乱而且具有破坏性。最具有革命性和理论意义的是，女性小说家倡导并身体力行"书写身体"（女性书写）。所谓"书写身体"包括以下三个方面：一是使用女性所熟悉的表达方式；二是描写女性的性体验以及全方位的感觉和知觉经验；三是通过描写以身体为中心的感受与经验，女性小说家试图建立属于女性特有的知识体系，以此来颠覆长期做主宰的男性文化，从而获得不可剥夺的言语权。

纵览 20 世纪女性小说主流叙事艺术，其中不少叙事技巧颇具新引性，而且还具有很大的发展前景。比如说，布鲁克·罗斯能够巧妙地把大到不同的学科，如化学、天体物理，小到键盘的物件与文学相结合，创造出别具一格的小说艺术形式，这不能不说是她天才的一面。拜厄特与拜厄特在小说结构方面表现出超常的艺术天赋。拜厄特的《占有》把历史与现实中三代人的爱情、悲喜巧妙地编织在一起，而拜厄特则又近一尺，她的《七个时代》以四季为时序，横跨十个世纪，把有关妇女生活与知识的宏大叙事有条不紊地呈现在读者面前。从这个意义上讲，她们都发展了莱辛在《金色笔记》中所体现的艺术革新精神和追求人性"真""善""美"的诗意表达。不得不提的是，以默多克为代表的女性小说家的理念式小说也取得了可喜的成就。此外，卡特的《聪慧子女》也旗帜鲜明地体现出叙事的唯美主义倾向。凡此种种，不一而足，女性现当代小说艺术的迅速发展与成熟，已然成为英国文学史上令人振奋的一章。

神话中隐含了人类精神成长的全息图，人类代代相传的文化基因潜伏在记忆"冰山"的底层，并积淀为集体无意识。我们日复一日地体验西绪弗斯式的神话，从发生在天空的非凡地带，感悟人类童年时期生命价值的一次次飞跃，从而获得崇高、伟大的审美体验；而品味"童话"，那是自身躯体的原生地带，这里是人类个体童年的活动场地，是探索奇妙世界、理解生活真谛的艺术体验的起点。每个人都将在现实生活中习得生存技能，而只有在艺术生活中成为具有灵魂的人，她/他才能够成为区别于走兽的类属，品味源于生活现实的原味生命——酸、甜、苦、辣，将艺术提炼的"真""善""美"与生活中的"理""智""情"相互融通，最终外化为文本式的心路记载，进而内化为精神领域的人文诗性关怀。如果说，"童话中的主人公仿佛在一块儿看不见的磁铁的引领下，信心十足地朝着正确的方向走去"①，那么 20 世纪进入文坛的女性艺术家们也义无反顾地坚持对生命诗意的追求，走向自我升华的"不归之路"。

---

①　麦克斯·吕蒂:《童话的魅力》，张田英译，社会科学文献出版社，1995 年 3 月，第 96 页。

参考文献

一、中文文献

［1］艾德里安娜·里奇："强制的异性恋和女同性恋存在"，《女权主义文学理
论》，玛丽·伊格尔顿编，胡敏等译，湖南文艺出版社，1989 年。

［2］艾丽斯·默多克：《黑王子》，萧安溥、李郊译，南京：译林出版社，
2008 年。

［3］艾米莉亚·基尔·梅森：《法国沙龙女人》，郭小言译，中国社会科学出
版社，2003 年 8 月。

［4］阿思海姆·鲁道夫：《艺术与视知觉》，滕守尧、朱疆源译，中国社会科
学出版社，1984 年。

［5］埃莱娜·西苏：《从潜意识场景到历史场景》，转引自张京媛主编，《当代
女性主义文学批评》，北京大学出版社，1992 年。

［6］艾米丽·勃朗特：《呼啸山庄》，方平译，上海译文出版社，1993 年 5 月。

［7］安东尼·吉登斯：《亲密关系的变革——现代社会中的性、爱与爱欲》，
陈永国译，2001 年 10 月。

［8］安杰拉·卡特：《染血之室及其他故事》，严韵译，台北：行人出版社，
2005 年。

［9］阿克塞尔·奥尔里克：《民间故事的叙事规则》，见阿兰·邓迪斯编：《世
界民俗学》，陈建宏、彭海斌译，上海：上海文艺出版社，1990 年。

［10］A. S. 拜厄特：《隐之书》，于冬梅、宋瑛堂译，海口：南海出版公司，
2008 年。

［11］阿瑟·奎尔-考奇爵士：《美女与野兽》，安静译，中国电影出版社，
2004 年 2 月。

［12］北京大学哲学系美学教研室编：《西方美学家论美和美感》，商务印书馆，1980 年 5 月。

［13］柏拉图：《理想国》，光明日报出版社，2006 年 6 月。

［14］陈勤建等选注：《民间文学》，广州：广东人民出版社，2003 年 1 月版。

［15］程金城：《原型批评与重释》，东方出版社，1998 年，第 304 页。

［16］戴维·洛奇：《小说的艺术》，王峻岩等译，北京：作家出版社，1997 年。

［17］达芙妮·杜穆里埃：《牙买加客栈 法国人的港湾》，王东风、姚燕瑾译，南京：译林出版社，2001 年。

［18］大卫·莫那翰：《简·奥斯丁与妇女地位的问题》，见朱虹，《奥斯丁研究》，北京：中国文联出版公司，1985 年。

［19］邓忠良、华菁译，"《巴黎评论》莱辛访谈录"，19 March 2011，http：//www. ewen. cc/qikan/bkview. asp？＝bkid＝150275 & cid＝＝462385，n. 9。

［20］丁尼生著：《丁尼生诗选》，黄果炘译，上海：上海译文出版社，1995 年6 月。

［21］多丽丝·莱辛：《另外那个女人》，傅惟慈译，杭州：浙江文艺出版社，2003 年。

［22］方亚中：《非一之性：依利加雷的性差异理论研究》，北京：外语教学与研究出版社，2008。

［23］费迪南德·滕尼斯：《礼俗社会与法理社会》，严蓓雯译，载汪民安等编《现代性基本读本》，开封：河南大学出版社，2005 年。

［24］弗吉尼亚·沃尔夫：《自己的一间屋子》，王还译，北京：生活·读书·新知三联书店，1989 年。

［25］弗吉尼亚·沃尔夫：《达洛卫夫人》，孙梁等译，上海：上海译文出版社，2000 年。

［26］盖斯凯尔夫人：《妻子和女儿》，秭佩、逄珍译，上海译文出版社，1998 年。

［27］格奥尔格·西美尔：《大都会与精神生活》，费勇译，载汪民安等编《城市文化读本》。北京：北京大学出版社，2008 年。

［28］格非：《小说叙事研究》，北京：清华大学出版社，2002 年。

［29］格林兄弟：《格林童话全集——儿童和家庭故事》，人民文学出版社，1988 年 5 月。

[30] 豪·路·博尔赫斯：《宁静的自得》，载《博尔赫斯全集——诗歌卷（上）》，林之木等译，杭州：浙江文艺出版社，1999 年。

[31] 何新：《艺术现象的符号——文化学》，北京：人民文学出版社，1987 年 8 月。

[32] 侯维瑞，李维屏：《英国小说史》，南京：译林出版社，2005 年。

[33] 黄继刚：《爱德华·索雅的空间文化理论研究》，山东大学博士学位论文，2009 年。

[34] 黄梅：《推敲自我：小说在 18 世纪的英国》，北京：三联书店出版社，2003 年 5 月。

[35] 蒋承勇：《英国小说发展史》，浙江大学出版社，2006 年 3 月。

[36] 凯伦·乔伊·福勒：《奥斯丁书友会》，刘文译，新星出版社，2006 年 1 月。

[37] 凯瑟琳·奥兰斯姐著，杨淑智译：《百变小红帽：一则童话的性、道德和演变》，张老师文化事业股份有限公司，2003 年 8 月。

[38] 克拉马雷、彭斯德主编：《路特里奇国际妇女百科全书：精选本》（上卷），北京：高等教育出版社，2007 年。

[39] 康正果：《女权主义与文学》，北京：中国社会科学出版社，1994。

[40] 拉曼·塞尔登：《文学批评理论——从柏拉图到现在》，北京：北京大学出版社，2003 年 10 月。

[41] 劳伦斯·斯特恩：《多情游客记》，人民文学出版社，1990 年 2 月。

[42] 劳·坡林：《谈诗的象征》，载《世界文学》，1981（5），第 56-59 页。

[43] 雷蒙德·威廉斯：《大都市概念与现代主义的出现》，阎嘉译，载汪民安等编《现代性基本读本》，开封：河南大学出版社，2005 年。

[44] 利奥塔：《后现代状况：关于知识的报告》，岛子译，长沙：湖南艺术出版社，1996 年。

[45] 李晶："被冷落的角落——同性恋侦探小说综述"，《电影文学》2008 年第 10 期。

[46] 刘文杰：《前言：德国浪漫主义时期童话研究》，北京：北京理工大学出版社，2009。

[47] 林树明："后女性主义文学批评及其启示"，《贵州师范大学学报》（社会科学版）2009 年第 1 期。

[48] 李维屏：《英国小说艺术史》，上海：上海外语教育出版社，2003。

[49] 李银河：《女性主义》，济南：山东人民出版社，2005 年。

[50] 李琼："略论英国移民族群认同的发展和走向——评扎迪·史密斯的《白牙》"，《外国文学》2007 年第 2 期，第 54-59 页。

[51] 罗伯特·达恩顿著，吕健忠译：《屠猫记——法国文化史钩沉》，新星出版社，2006 年 4 月版。

[52] 刘魁立：《欧洲神话学派的奠基人——格林兄弟》，《民间文学论文选》，长沙：湖南人民出版社，1982 年 12 月。

[53] M. 巴赫金：《诗学与访谈》，白春仁等译，石家庄：河北教育出版社，1998 年。

[54] 麦克斯·吕蒂：《童话的魅力》，张田英译，社会科学文献出版社，1995 年 3 月。

[55] 玛丽·伊格尔顿：《女权主义文学理论》，胡敏、陈彩霞等译，长沙：湖南文艺出版社，1989 年。

[56] 马歇尔·伯曼：《一切坚固的东西都烟消云散了——现代性体验》，徐大建等译，北京：商务印书馆，2003 年。

[57] 马克思、恩格斯：《共产党宣言》，载《马克思恩格斯选集》，第一卷，北京：人民出版社，1972 年。

[58] 麦克斯·吕蒂：《童话的魅力》，张田英译，北京：社会科学文献出版社，1995 年 3 月。

[59] 马泰·卡琳内斯库：《现代性的五副面孔——现代主义、先锋派、颓废、媚俗艺术、后现代主义》，顾爱斌等译，北京：商务印书馆，2002 年。

[60] 穆时英：《上海的狐步舞》，北京：中国文联出版社，1998 年。

[61] 尼尔·波兹曼著，吴燕莛译：《童年的消逝》，广西师范大学出版社，2004 年 5 月。

[62] 诺斯罗普·弗莱：《批评的解剖》，陈慧等译，百花文艺出版社，2006 年 1 月。

[63] 彭懿：《格林童话的小说特征》，载《中国儿童文学》，2009 年，秋季号。

[64] 乔治·爱略特：《亚当·比德》，周定之译，长沙：湖南人民出版社，1984 年 10 月。

[65] 瞿世镜、任一鸣：《当代英国小说史》，上海：上海译文出版社，2008。

[66] 瞿世镜：《沃尔夫研究》，上海文艺出版社，1988 年。

[67] 热奈特：《叙事话语新叙事话语》，王文融译，北京：中国社会科学出版社，1990 年。

[68] 荣格：《分析心理学的理论与实践》，成穷、王作虹译，北京：生活·读书·新知三联书店，1991。

[69] 斯蒂·汤普森著，郑海等译：《世界民间故事分类学》，上海文艺出版社，1991 年 2 月版。

[70] 苏拉密斯·萨哈著，林英译：《第四等级——中世纪欧洲妇女史》，广州：广东人民出版社，2003 年 10 月。

[71] 申丹，王丽亚：《戏仿叙事学：经典与后经典》，北京：北京大学出版社，2010 年。

[72] 施军：　《叙事的诗意：中国现代小说与象征》，北京：人民出版社，2007。

[73] 斯图亚特·霍尔：《文化身份与族裔散居》，陈永国译，北京：中国社会科学出版社，2000 年。

[74] 索菲亚·孚卡：《后女性主义》，王丽译，文化艺术出版社，2003 年。

[75] 谭君强：《叙事学导论：从经典叙事学到后经典叙事学》，北京：高等教育出版社，2008 年。

[76] 谭立德：《特立独行的女作家》，见《柯莱特精选集》，北京：燕山出版社，2005 年。

[77] 谭旭东：《重建儿童文学理论批评》，《文艺报》，2005 年 2 月 24 日第 2 版。

[78] 夏尔·波德莱尔：《恶之花·巴黎的忧郁》，郭宏安译，上海：上海人民出版社，2008 年。

[79] 夏洛蒂·勃朗特：　《简·爱》，祝庆英译，上海：上海译文出版社，1995。

[80] 谢静芝：《全球化语境下的女性主义文学批评》，郑州：河南人民出版社，2006 年。

[81] 西蒙·德·波伏娃：《回忆少女时代》，何三雅等译，海口：海南出版社，1995 年 9 月。

[82] 裔昭印等著：《西方妇女史》，北京：商务印书馆，2009 年。汪安民等编：《现代性基本读本》，开封：河南大学出版社，2005 年。

[83] 瓦尔特·本雅明：《发达资本主义时代的抒情诗人》张旭东等译，北京：

生活·读书·新知三联书店，2007 年。

[84] 汪民安：《身体、空间与后现代性》，南京：江苏人民出版社，2006 年。

[85] 王天兵：《西方自有宗师妙、汉译难观对属能——从几本名著看翻译问题》，《中华读书报》，2006 年 4 月 12 日。

[86] 汪炜报道：《〈妖娆罪〉是一部"肉体忏悔录"——访作家海男》，《文汇读书周报》，2007 年 1 月 12 日。

[87] 王佐良、周珏良：《英国二十世纪文学史》，北京：外语教学与研究出版社，1994.

[88] 威尔伯·克劳斯：《英国小说发展史》，周其勋，李未农，周骏章译，南京：国立编译馆，1935 年。

[89] 威廉·华兹华斯：《威斯敏斯特桥上》，载《湖畔诗魂——华兹华斯诗选》，杨德豫等译，北京：人民文学出版社，1990 年。

[90] 韦苇：《世界童话史》，福建教育出版社，2002 年 10 月。

[91] 沃尔夫：《现代小说》，伍蠡甫主编：《西方文艺理论名著选编》，北京：北京大学出版社，2001 年。

[92] 吴景荣、刘意青：《英国十八世纪文学史》，外语教学与研究出版社，2000 年 12 月。

[93] 伍蠡甫主编：《西方文艺理论名著选编》（下卷），北京：北京大学出版社，2001 年。

[94] 西蒙·德·波伏娃：《回忆少女时代》，何三雅等译，海口：海南出版社，1995 年 9 月。

[95] 谢有顺：《铁凝小说的叙事伦理》，载《当代作家评论》，2003（6），第 25 页。

[96] 杨武能：《格林童话何以诞生在德国》，《中华读书报》，2006 年 11 月 1 日第 7 版。

[97] 雅克·杜加斯特：《19 世纪和 20 世纪之交的欧洲文化生活》，黄艳红译，北京：中国人民大学出版社，2007 年。

[98] 杨静远：《勃朗特姐妹研究》，中国社会科学出版社，1983 年 11 月。

[99] 叶舒宪选编：《神话——原型批评》，西安：陕西师范大学出版社，1987 年 7 月版。

[100] 于尔根·哈贝马斯：《现代生活的画家》，曹东卫译，载汪民安等编《现代性基本读本》，开封：河南大学出版社，2005 年。

[101] 张旭东：《批评的功绩：文化理论与文化批评 1985——2002》，北京：生活·读书·新知三联书店，2003 年。

[102] 詹明信：《晚期资本主义的文化逻辑》，陈清侨等译，北京：生活·读书·新知三联书店，2003 年。

[103] 朱虹：《奥斯丁研究》，中国文联出版社，1985 年 9 月。

[104] 赵景深：《童话 ABC》，上海书店，1990 年 12 月版（据世界书局 1929 年版影印）。

[105] 赵毅衡：《当说者被说的时候：比较叙述学导论》，中国人民大学出版社，1998 年 10 月。

[106] 周作人著：《儿童文学小论》，石家庄：河北教育出版社，2002 年 1 月版。

[107] 朱立元：《当代西方文艺理论（第二版）》，上海：华东师范大学出版社，2005 年。

二、英文文献

[1] Adamds, Percy G.. Travel Literature and the Evolution of the Novel. Kentucky：The University press of Kentucky, 1983.

[2] Bachelard, Gaston. The Poetics of Space. Boston：Beacon, 1969.

[3] Barthes, Roland. "Semiology and the Urban". Rethinking Architecture, ed. N. leach. London：Routledge, 1997.

[4] Benjamin, Water. Illuminations, Essays and Reflections. New York：Schocken Books, 2007.

[5] Bennett, Andrew and Nicholas, Royle. Elizabeth Bowen and the Dissolution of the Novel：Still Lives. New York：Palgrave Macmillan, 1995.

[6] Bentley, Nick. "Introduction：Mapping the Millennium：Themes and Trends in Contemporary British Fiction," British Fiction of the 1990s. London：Routledge, 2005.

[7] Bergonzi, Bernard. The Situation of the Novel. London：Penguin, 1970.

[8] Bowen, Deborah. "Preserving Appearance：Photography and the Postmodern Realism of Anita Brookner," Mosaic：A Journal for the Interdisciplinary Study of Literature 28. 2（June 1995）：123-148.

[9] Bowen, Elizabeth. Bowen's Court and Seven Winters：Memories of a Dublin

Childhood. London: Virago, 1984.

[10] Brand, Dana. The Spectator and the City in Nineteenth-century American Literature. Cambridge: CambridgeUP, 2011.

[11] Bressler, Charles E.. Literary Criticism: An Introduction to Theory and Practice. New Jersey: Prentice-Hall, 1999.

[12] Brooke-Rose, Christine. A Rhetoric of the Unreal. Cambridge: Cambridge University Press, 1981.

[13] Brooks, Douglas—Davies, ed. Silver Poets of the Sixteenth Century [M]. Rutland, Vermont: Everyman's Library, 1992.

[14] Browers, Toni O' Shaughnessy. Sex, Lies, and Invisibility: Amatory Fiction from the Restoration to Mid-Century, The Columbia History of the British Novel, ed. John Richett. Beijing Foreign Language Teaching and Research Press, 2005.

[15] Burke, Edmund. A Philosophical Enquiry into the Origin of Our Ideas of the Sublime and the Beautiful. Oxford: Oxford UP, 1990. Byatt, A. S.. "Introduction." in The Shadow of the Sun. New York: Harvest, 1993.

[16] Cadell & Davies. An Enquirey into the duties of the Female Sex. London: The Macmillan Press, 1997.

[17] Campbell, Jane. A. S. Byatt and the Heliotropic Imagination. Waterloo: Wilfrid Laurier UP., 2004.

[18] Carter, Angela. Nights at the Circus. New York: Viking, 1984.

[19] Charvel, John. Feminism. Everyman's University Library, 1982.

[20] Eagleton, Mary, ed. Feminism Literary Theory. Great Britain: Norwich Basil Blackwell, 1987.

[21] Ellmann, Maud. Elizabeth Bowen: The Shadow Across the Page. Edinburgh: Edinburgh UP, 2003.

[22] Franken, Christien. A. S. Byatt: Art, Authoship, Creativity. New York: Palgrave, 2001.

[23] Fielding, Helen. Bridget Jones's Dairy. London: Picador, 1996.

[24] Fishburn, Katherine. The Unexpected Universe of Doris Lessing: A Study in Narrative Technique. Westport, Conn.: Greenwood Press, 1985.

[25] Frisby, David. Sociological Impressionism: A Reassessment of Georg Simmel's

Social Theory, London: Routledge, 1992.

[26] Gamble, Sarah. "Postfeminism," Rouledge: Companion to Feminism and Postfeminism, ed. Sarah Gamble. New York: Routledge, 2006.

[27] Genz, Stephanie and Benjamin A. Brabon. Postfeminism: Cultural Texts and Theories. Edinburgh: Edinburgh Unversity Press, 2009.

[28] Gilbert, Sandra, Guber, Susan, eds. The Norton Anthology of Literature by Women: the Tradition in English [M]. New York: W. W. Norton company, Inc. 1996.

[29] Gillbert, Sandra M. & Gubar, Susan. The Madwomen in the Attic, the Women Writer and the Nineteenth- century Literary Imagination. New Haven and London: Yale University Press, 1979.

[30] Gilloch, Graeme. Myth and Metropolis: Walter Benjamin and the City. Cambridge: Polity, 1996.

[31] Gill, Rosalind and Elena Herdieckerhoff. "Rewriting the Romance: New Femininities in Chick Lit," Feminist Media Studies 6. 4 (2006): 487-506.

[32] Glendinning, Victoria. Elizabeth Bowen: A Biography. New York: Knopf, 1978.

[33] Grmelova, Anna. "From Loneliness to Encounter: London in the Windrush Generation Novels of Sam Selvon and Andrea Levy." Litteraria Pragnsia, Studies in Literature & Culture 20 (2010): 70-84.

[34] Hanscombe, Gillian E.. "Dorothy Richardson Versus Novel", Breaking the Sequence, ed. Ellen G. Friedman. Princeton: Princeton University Press, 1989.

[35] Hanson, Clare. "Fiction, Feminism and Femininity from the Eighties to the Noughties," Contemporary British Women Writers, ed. Emma Parker. Cambridge: D. S. Brewer, 2004.

[36] Head, Domicile. The Cambridge Introduction to Modern British Fiction, 1950 -2000. Cambridge: Cambridge University Press, 2002.

[37] H. D.. The Wall Do Not Fall. Oxford: Oxford UP, 1944.

[38] Herdman, John. The Double in Nineteenth-Century Fiction. London: The Macmillan Press, 1990.

[39] Jacobus, Mary. Reading Woman: Essays in Feminist Criticism. London:

Methuen & Co. Ltd., 1986.

[40] James, David. Contemporary British Fiction and the Artistry of Space: Style, Landscape, Perception. London: Continuum, 2008.

[41] Jehlen, Myra. Archimedes and the Paradox of Feminism Criticism, Women, Gender and Research. The University of Chicago Press, 1981.

[42] Jenckes, Kate. Reading Borges after Benjamin Allegory, Afterlife and Writing of History. Albany: State U of New York P, 2007.

[43] Joannou, Maroula. Contemporary Women's Writing from The Golden Notebook to The Color Purple. Manchester: Manchester University Press, 2000.

[44] Jung, Carl Gustav. Psychology and Alchemy (Collected Works, vol. 12). Trans R. F. C. Hull. Princeton University Press, 1968.

[45] Kaplan, S. J. Feminine Consciousness in the Modern British Novel. Urbana: University of Chicago press, 1975.

[46] Keith, Michael and Steve, Pile. Place and Politics of Identity. London: Routledge, 1993.

[47] Kelly, Kathleen Coyne. A. S. byatt. New York: Twayne, 1996.

[48] Kenyon, Olga. Women Novelists Today: A Survey of English Writing in the Seventies and Eighties. Brighton: The Harvester Press, 1988.

[49] Kieby, Kathleen. Indifferent Boundaries: Spatial Concepts of Human Subjectivity. New York: Cuilford Press.

[50] Kureishi, Hanif. "London and Karachi." Patriotism: The Making and Unmaking of British National Identity, Vol. 2: Minoruties and Outsiders, ed. Raphael Samuel. London: Routledge, 1989.

[51] Lassner, Phyllis. Elizabeth Bowen. Savage: Barnes & Noble Books, 1991.

[52] Lessing, Doris. The Dairies of Jane Somers. Beijing: Foreign Language Teaching and Research Press, 2000.

[53] Levy, Andrea. "Made in Britain." The Guardian, Set. 18, 2004.

[54] Lidoff, John. "Christina Stead." in Jean C. Stine, Daniel G, Matowski ed. Contemporary Literary Criticism Vol. 32. Michigan: Gale Research Company, 1985.

[55] Lima, Maria Helena. "Pivoting the Centre: The Fiction of Andrea Levy." Write Black, Write British: From Post Colonial to Black British Literature,

ed. Levy Kadjia Sesay. Hertford: Hansib, 2005.

[56] Macaulay, Rose. "Consolatins of the War". Britain at Wara; An Anthology, ed. Arthur Stanley Eyre and Spottiswoode. London: Eyre and Spottiswoode, 1943.

[57] MacNeice, Louis. "The Morning after the Blitz (May 1941) ". Oxford: Oxford UP, 1990.

[58] Hanscombe, Gillian E. "Dorothy Richardson Versus the Novvle", Breaking the Sequence, Ellen G. Friedman. Princeton: Princeton University Press, 1989.

[59] Harries, Elizabeth Wanning. Twice Upon a Time: Women Writers and the History of the Fairy Tale, Princeton University Press, 2001.

[60] Massey, Doreen. City Worlds, London: Routledge, 1999.

[61] Mcbrien, William. "Muriel Spark: the Novelist as Dandy," Twenties-Century Women Novelists, ed. Thomas F. Staley. London: Macmillan, 1982.

[62] Mcleod, John. "Postcolonial Fictions of Adoption." Critical Survey 18. 2 (2006): 45-55.

[63] McRobbie, Angela. "Postfeminism and Popular Culture: Bridget Jones and the New Gender Regime," The Aftermath of Feminism: Gender, Culture and Social Change. Londen: Sage, 2009.

[64] Michael, Magali Cornier. Feminism and the Postmodern Impulse: Post-World War I Fiction. Albany: State University of New York Press, 1996.

[65] Miles, R. The Female Form: Women Writers and the Conquest of the Novel. London and New York: Routledge & Kegan Paul, 1987.

[66] Miller, Karl. Doubles: Studies in Library History. New York: Oxford University Press, 1985.

[67] Montrose, Louis A.. "Professing the Renaissance: The Poetics and Politics of Culture," The New Historicism, ed. H. Aram Veeser. New York: Routledge, 1989.

[68] Murdoch, Iris. "Against Dryness A Polemical Sketch," Macolm Bradbury ed. The Novel Today. London: Chatto & Windus, 1995.

[69] Parsons, Deborah. Streetwalking the Metropolis: Women, the City and Modernity, Oxford: Oxford UP, 2000.

［70］ Peach, Linden. Angela Carter. New York: St. Martin's Press, 1998.

［71］ Pearson, Norman Holmes. "H. D. Letter to Norman Holmes Pearson". London: Carcanet Press, 1973.

［72］ Perez, Nuria Soler. "The Diaries of Jane Somers". ［EB/OL］ http://mural. uv. Es/nusope/work10. html, 2005-3-10.

［73］ Perrault, Charles. The Fairy Tales of Charles Perrault. New York: Avon Books, 1979.

［74］ Philip, Michael and Philip, Trevor. Windrush: The Irresistible Rise of Multiracial Britain. London: Harpercollins, 1998.

［75］ Piette, Adam. Imagination at War: British Fiction and Poetry 1939-1945. London: Papermac, 1995.

［76］ Pizer, John David. Ego - Alter Ego: Double and/as Other in the Age of German Poetic Realism. Chapel Hill: The University of North Carolina Press, 1998.

［77］ Prop, V.. Morphology of the Folktale, University of Texas press, 2003.

［78］ Punter, David and Byron, Glennis. The Gothic. London: Blackwell, 2004.

［79］ Pym, Barbara. So Very Secret: Civil to Strangers and Other Writings. London: Macmillan, 1989.

［80］ Rapport, Nigel and Dawson, Andrew. Migrants of identity, Oxford: Berg, 1998.

［81］ Rawlinson, Mark. British Writing of the Second World War. Oxford: Clarendon, 2000.

［82］ Romaine, Suzanne. Communicating Gender. London: Lawrence Erlaum Associates, 1999.

［83］ Rosenblum, Robert. Transformations in Late Eighteenth Century Art. Princeton: Princeton UP, 1969.

［84］ Rubenstein, Roberta. "Briefing for a Descent into Hell", Doris Lessing, ed., Harold Bloom. New York: Chelsea House, 1986.

［85］ Sage, Lorna. Women in the House of Fiction: Post-war Women Novelists. Houndmills, Basingstoke, Hampshire and London: The Macmillan Press, 1922.

［86］ Scarry, Elaine. The Body in Pain: The Making and Unmaking of the World.

New York: Oxford UP, 1985.

[87] Showalter, Elaine. A Literature of Their Own: British Women Novelists from Bronte to Lessing. Princeton University Press, 1999.

[88] Simmel, Georg. "The Berlin Trade Fair", Cultural Theory and the Problem of Modernity, ed. Alan Swingewood. New York: Macmillan, 1998.

[89] Spencer, Jane. The Rise of Women Novelist. Oxford: Basil Blackwell, 1986.

[90] Spender, Dale. Mothers of the novel: 100 Good Women Writers Before Jane Austen. New York: Pandora, 1986.

[91] Spender, Stephen. War Pictures by British Artists, 2nd ser. No. 4, Are Raids. Oxford: Oxford UP, 1943.

[92] Squier, Susan M.. Virginia Woolf and London: The Sexual Politics of the City. Chapel Hill: U of North Carolina P, 1985.

[93] Staley, Thomas F.. Twentieth – Century Women Novelists. London: Macmillian, 1982.

[94] Stoneman, Patsy. Elizabeth Gaskell. Indiana University, 1987.

[95] Sutherland, John, ed. The Standford Companion to Victorians: 1830–1880. Vol. 8. New York: Oxford University Press, 2002.

[96] Todd, Richard. A. S. byatt. Plymouth, UK: Northcote House, 1997.

[97] Wallhead, Celia M.. The Old, the New and the Metaphor: A Critical Study of the Novels of A. S. Byatt. London: Minerva Press, 1999.

[98] Wardrop, Murray. "Helen Fielding: Bridget Jones Dilemma Is a Modern Disease," Telegraph 21 May, 2009.

[99] Watson, Nicholas. Julian of Norich. In the Cambridge Companion to Medieval women's Writing [M], ed, Carolyn Dinshaw David Wallace. Cambridge University Press, 2003.

[100] Waugh, Patricia. Feminine Fictions: Revising the Postmodern. New York: Routledge, 1989.

[101] Wheeler, Kathleen. A Critical Guild to Twentieth – Century Women Novelists. Oxford: Blackwell, 1998.

[102] Williams, Raymond. The Country and the City. New York: Oxford UP, 1973.

[103] Woolf, Leonard. The Diary of Virginia Woolf, Vol. IV. London: Chatto &

Windus, 1967.

[104] Woolf, Virginia. "Modern Fiction," The Norton Anthology of English Litera-
ture, Vol. 2, ed. M. H. Abrams. New York: Norton, 1996.

[105] Zipes, Jack. Breaking the Magic Spell: Radical Theories of Folk & Fairy
Tales. The University Press of Kentucky, 1979.